D1844093

Dorothy Gilman wurde in New Brunswick, im Bundesstaat New Jersey, USA, geboren. Sie studierte Kunst an der Pennsylvania Academy of Fine Arts in Philadelphia. Noch während ihres Studiums begann sie zu schreiben, zwischen 1948 und 1960 veröffentlichte sie ein Dutzend Jugendbücher. Es folgten Romane, Erzählungen und drei Kinderbücher. Ihre Spionageromane um die Abenteuer der etwas skurrilen Mrs. Pollifax brachten ihr in Amerika auf Anhieb großen Erfolg. Sie lebt heute in Portland, Maine, und Albuquerque, New Mexico, USA.

Die Karawane: In einem feinen Londoner Stadthaus schreibt eine alte Dame, Lady Caressa Teal, für ihre Enkelin die Geschichte ihres Lebens auf. Es ist eine Geschichte voller Romantik, Abenteuer, Dramatik und Verrat – die Odyssee einer jungen Frau durch die nordafrikanische Wüste.
Aufgewachsen ist Caressa im amerikanischen Zirkusmilieu zu Beginn unseres Jahrhunderts, von ihrer Großmutter zur Jongleurin und virtuosen Taschendiebin ausgebildet. Dr. Bowman, ein älterer Gelehrter, heiratet sie und nimmt sie mit auf eine Forschungsreise nach Nordafrika. Während Dr. Bowman sich in Tripolis um die Ausrüstung einer Karawane kümmert, mit der sie die Sahara überqueren wollen – um 1910 ein in jeder Hinsicht riskantes Unternehmen –, durchstreift Caressa, von einem alten Einheimischen begleitet, die fremdartige Stadt. Begierig saugt sie die Bilder des geheimnisvollen exotischen Lebens in sich auf. Einen Überfall kriegerischer Tuaregs auf ihre kleine Karawane überlebt Caressa als einzige; die Tuaregs halten sie wegen ihrer hölzernen Fingerpuppen für eine Zauberin. Eine Weile lebt sie als Gefangene bei den stolzen Herren der Wüste. Bakuli, ein schwarzer Junge, wird ihr ein treuer Gefährte. Gemeinsam fliehen sie und irren umher in der unendlichen Weite, von dem blinden Mursa geführt, von Sandstürmen und vom Tod durch Verdursten bedroht. In einem Haussadorf wird Caressa von der kräuterkundigen Amina gesundgepflegt und mit der Lebensweise des Wüstenvolks vertraut, mit ihrem handwerklichen Geschick und ihrem Glauben an die Magie der Geister. Auch ihr schreiben die Haussa magische Kräfte zu und stellen sie auf eine lebensgefährliche Probe. Dabei spürt Caressa auf wunderbare Weise in sich jene Kräfte wachsen, die ihr das Leben retten.
Mit einer Berberkarawane ziehen sie schließlich ostwärts. Noch einmal erfahren sie die Freiheit und die Schönheit der Wüste unter dem weiten Himmel. Und dann begegnet Caressa der Liebe ihres Lebens, dem Schotten Jared MacKay, der in Abessinien einen Goldschatz vergraben hat.
Vier lange Jahre liegen hinter ihr, in denen sie die Wüste lieben gelernt hat, als sie 1914 in Kairo ankommt, um hier auf Jared zu warten…

Dorothy Gilman

DIE KARAWANE

Roman

Aus dem Amerikanischen
von Klaus Pemsel

Fischer Taschenbuch Verlag

Deutsche Erstausgabe
Veröffentlicht im Fischer Taschenbuch Verlag GmbH,
Frankfurt am Main, November 1993

Die Originalausgabe erschien unter dem Titel
›Caravan‹ bei Doubleday, im Verlag Bantam Doubleday
Dell Publishing Group Inc., New York
Copyright © Dorothy Gilman Butters 1992
Für die deutschsprachige Ausgabe:
© Fischer Taschenbuch Verlag GmbH, Frankfurt am Main 1993
Umschlaggestaltung: Friederike Simmel, Frankfurt am Main
Gesamtherstellung: Clausen & Bosse, Leck
Printed in Germany
ISBN 3-596-11801-8

Gedruckt auf chlor- und säurefreiem Papier

BUCH 1

1 Meine ganze Kindheit und Jugend hindurch versuchte Mama, eine Dame aus mir zu machen, während Amma mir ihre Zaubertricks beibrachte und mich zur Taschendiebin ausbildete, und rückblickend muß ich sagen, daß Ammas Lektionen sich in meinem Leben als die wertvolleren erwiesen haben.

»Kopf hoch«, sagte Mama immer, »Schultern gerade, Caressa, sag nie ›nich‹, achte auf deine Manieren, sei eine Dame und lerne, Schläge wegzustecken.«

Amma – Gott sei ihrer Seele gnädig – lachte nur und meinte: »Verschwendung – reine Verschwendung!«

Sehr zu meinem Vergnügen ist schließlich doch noch eine Dame aus mir geworden, ganz elegant und anständig in diesen letzten Jahren, und wenn ich nun zu meinem Federhalter greife, um über die seltsamen Ereignisse in meiner Vergangenheit zu schreiben, so deshalb, weil ich sie lange genug geheimgehalten habe. Ich gönne es mir: Die Zeit ist reif, auf dem Papier festzuhalten, wer und was ich wirklich gewesen bin – und was ich gesehen habe –, und alles zu berichten, was mir während jener Jahre zugestoßen ist, da ich jung war und von aller Welt für tot gehalten wurde und man annahm, daß meine Knochen zusammen mit denen all der anderen Ermordeten unter der Wüstensonne bleichten.

Es ist auch wichtig, von jenen Jahren zu sprechen, weil heute früh ein Fremder an meine Tür kam und Lady Teal sprechen wollte wegen eines gewissen *antiika nahet* mit einem grünen Edelstein, das aus dem Grab einer Königin in der Sahara stammt. Was für Erinnerungen da wachgerufen werden! Ich bin sicher, Bertram hielt ihn für verrückt – Bertram ist ein sehr korrekter Butler –, aber er überbrachte mir getreulich die Nachricht. Der Fremde war freilich sehr diskret, denn *antiika nahet* bedeutet auf arabisch eine sehr alte Skulptur, und ich fand erst Jahrzehnte später heraus, daß der grüne Edelstein ein Smaragd von beträchtlichem Wert war. Der Fremde sprach von dem Grab der Königin Tin Hinan, das 1925 südwestlich des Hoggar-Gebirges von Reygasse und deProrak offiziell gefunden wurde, doch wie der Mann von der Existenz dieser kleinen Steinfigur, die ich aus dem Grab mitnahm, oder überhaupt von meiner Existenz erfahren hat, weiß ich nicht, denn ich hatte viele Namen, und es ist alles schon so lange her; damals war dieses Jahrhundert erst wenige Jahre alt.

Ich empfing den Mann nicht. Ich bat Bertram zu sagen, ich wäre unpäßlich... ein interessantes Wort. Doch ich lebe schon viel länger als die meisten anderen, und wenn ich nächste Woche sterben sollte, muß die prähistorische Figur dem Land, aus dem sie stammt, zurückgegeben werden, und Deborah soll erfahren, warum. Schade, daß ich ihr Gesicht nicht werde sehen können, wenn sie liest, was ich gerade schreibe. Nur zwei Menschen wußten um meine Vergangenheit, und beide sind tot, aber Deborah dachte immer, daß der Mann, den ich geheiratet habe, ihr Vater wäre. Es wird ein Schock für sie sein, und sie muß ihn aushalten, wenn die Wahrheit so bloßliegt wie die nackte Frau bei Mr. Laski. Wenn aber Mama mir zufällig vom Himmel aus, an den sie immer geglaubt hat, über die Schulter sieht, würde ich ihr gerne sagen, daß ich wirklich gelernt habe, Schläge wegzustecken – ein paar zuviel, möchte ich hinzufügen –, und daß schließlich doch eine Dame aus mir geworden ist, sogar eine adlige.

Herrje, würde sie sagen – aber hören Sie mir einfach zu, wie ich wieder in unsere alte Sprechweise aus Oklahoma verfalle, obwohl wir jetzt doch 1980 haben und ich vor so langer Zeit schon ein »makelloses Englisch«, wie Linton es nannte, zu sprechen gelernt und sogar meinen Anteil an Premierministern und Botschaftern kennengelernt habe, ein gewöhnlich langweiliger Schlag. Doch wie leicht gleiten in meinem Alter die Gedanken zurück in die Vergangenheit. Ich verrate jetzt nicht mein Alter, und ich blicke auch nicht mehr in den Spiegel. Schönheit ist Schönheit, und davon hatte ich mehr als genug, doch ob sie ein

Fluch oder ein Segen war, vermag ich nicht zu sagen. Amma sagte, es sei mein Schicksal, und: »Schau auf ihre Handlinien«. Doch Mama kniff nur die Lippen zusammen und weigerte sich hinzusehen und erklärte dabei störrisch: »Sie wird zurechtkommen, wenn sie sich wie eine Dame benimmt und lernt, Schläge wegzustecken.«

Als ich jung war, erzählte ich den Leuten, daß ich aus einer Zirkusfamilie käme, aber das ist lang her und nur halb wahr, denn als mein Vater vom Trapez fiel und das Netz verfehlte – schon beim Aufprall war er tot, hieß es –, verließen Mama und Amma den Zirkus, um ihren eigenen Abstieg anzutreten. Er endete auf dem Rummelplatz – erst in großem Stil und dann in Lumpen –, wo Amma im Boxerzelt die Zukunft weissagte und Mama zunächst tanzte und später, als sie nicht mehr so jung war, die Dame ohne Kopf spielte. Wenn ich die Augen schließe und fest lausche, kann ich jetzt noch die Klänge hören: die Dampfpfeifenorgel, die ihre übermütige Musik herunterdudelte, die Schreie aus dem Kettenkarussell, das Scharren von Hunderten von Füßen auf dem Hauptweg, und der Geruch von Sägespänen, heißem Fett und Popcorn steigt mir wieder in die Nase. Ich kann noch den Ausrufer seine Lockssprüche brüllen, die Schlepper und Nepper ihre Leier bis zum Überkippen rufen hören: »Seh'n Sie die tätowierte Dame! Den Schwertschlucker! Nur einen Nickel, und Sie sehen echte, lebende, menschenfressende Schlangen! Seh'n Sie den Gummimenschen – den Hanswurst! Nervenkitzel am laufenden Band, Leute, Nervenkitzel am laufenden Band... Kommen Sie hoch und versuchen Sie Ihr Glück am Glücksrad... an der Schießbude... jeder Schuß ein Treffer!... das Wurfspiel, das Hexenrad... eine Puppe, ein Teddybär zu gewinnen...!«

Da der Rummel gewöhnlich viele harte Spiele bot und die Polypen geschmiert waren, mischte ich mich oft unter die Menge, nicht mehr im Knabenkittel, sondern als unschuldiges Kindchen mit einer Schleife im Haar, einigen Rüschen, einem gewaschenen Gesicht und reichlich Taschen in meinem Kleid für die Geldbörsen und Scheine, die ich abends einheimste und Amma, wenn meine Taschen gefüllt waren, in ihrem Zelt aushändigte.

Ich hatte flinke Finger für eine Taschendiebin, sagte mir

Amma, lang und spitz, Zeige- und Mittelfinger beinahe gleich lang. Sie achtete auch darauf, daß ich sie gut pflegte und jede Nacht mit Glyzerin oder Vaseline einrieb. Durch ständige Übung erlernte ich alle Schliche. Es sei wie Zaubern, betonte Amma, gar nicht viel anders, als Münzen verschwinden zu lassen, wozu ein scharfes Auge, Schnelligkeit und zwei kräftige, biegsame Finger nötig waren. Taschendiebstahl auf dem Rummelplatz war einigermaßen einfach, wenn ein Gimpel von einem Spiel gefesselt war und in seine Tasche nach dem Geld langte und damit anzeigte, wo er es aufbewahrte, doch als ich geschickter wurde, sorgte Amma dafür, daß ich mich ab und zu auf den Straßen einer Ortschaft betätigte, wobei sie von fern zusah und ich ein Cape oder einen Sweater über dem Arm trug, um zu vertuschen, was meine Finger machten. Normalerweise stieß ich mit einem Mann zusammen, streifte ihn und entschuldigte mich, fragte einen freundlich Blickenden nach dem Weg oder lenkte auf andere Weise ab, während ich zwei Finger in seine Tasche steckte, um sie wie eine Schere zu öffnen und den Inhalt herauszuholen. Später zog ich allein durch die Straßen. Es bedurfte einiger Erfahrung, um genau zu wissen, wie fest ich eine pralle Brieftasche anpacken mußte, um sie weder zu verlieren noch zu tief in jene Tasche zu fahren. Oh, ich war gut, wirklich gut.

Würde Linton dies »geruhsam erinnerte Gefühlsregung« nennen? Ich wußte nie, ob er mich tatsächlich liebte, aber er machte aus mir eine ehrbare Frau – eine adlige obendrein –, bevor er so taktvoll war, zu sterben. Aber ich war auch für ihn von Nutzen, und als er starb, war ich immer noch schön, keine alternde Frau mit arthritischen Knien, und Gott sei Dank sind meine Finger auch jetzt noch geschmeidig, und ich kann alle meine Ringe tragen – sonderbare, ungewöhnliche Ringe, mittlerweile wahrscheinlich Museumsstücke, da sie von so fernen Orten kommen.

Wenn der Fremde wiederkommt, werde ich ihn empfangen? Was würde ich ihm sagen, was würde ich zugeben? Auf einmal ist mir wieder zu viel in den Sinn gekommen: der in die Nase steigende Geruch von Hartkäse, den sie ›tikamarin‹ nannten, und der Haferschleim – ›assink‹ –, mit dem sie mich fütterten.

Trommelklang vermag das immer noch – mir alles wieder zu vergegenwärtigen, zuviel auf einmal.
Zufrieden in jenen Rummelplatztagen damals, wußte ich nicht, wie entschlossen Mama war, aus mir eine Dame zu machen, und warum sie sich jeden Groschen vom Munde absparte. Es genügte ihr nicht, wenn sie sah, wie ich gerade dastand und bitte und danke sagte; sie hatte einen Plan. Während wir von einem Ort zum anderen zogen, brachte sie mir im Lauf der Jahre Lesen, Schreiben und Rechnen bei; später zog sie zwischen den Vorstellungen ihre besten Kleider an, fragte sich zur Leihbibliothek durch und schmuggelte Bücher heraus, die sie nie zurückgab, und auf einmal mußte ich Geschichte, Rechtschreibung und Geographie lernen. Als ich vierzehn war, eröffnete sie mir ihren Plan: Ich sollte nächstes Jahr nach Boston auf eine Mädchenschule gehen, eine teure, die Miss Thistlethwaites Mädchenpensionat hieß. Zu allem Übel war ich bereits angenommen.
»Aber warum, Amma, warum?« weinte ich.
»Es ist ihr Traum«, sagte Amma und fuhr mir übers Haar. »Leute brauchen Träume, sie sind so nahrhaft wie Essen.«
»Aber was ist mit meinen Träumen?«
Sie lächelte zaghaft: »Und was wäre dein Traum?«
»Ich kann Zauberer werden«, erinnerte ich sie.
»Du bist schon ein Zauberer und wirst es immer bleiben.«
»Dann bring sie davon ab, Amma«, flehte ich. »Schon der Name Thistlethwaite bleibt mir im Hals stecken. Ich möchte dich oder den Rummel nicht verlassen, das ist mein Zuhause.«
Doch Amma schüttelte nur den Kopf. »Es ist nicht bloß ihr Traum, es ist mehr als das.«
»Was denn?« fragte ich stürmisch.
»Es ist das Schicksal, das durch sie waltet«, sagte sie. »Es ist der Anfang.«
Doch von was, wußte ich nicht, genausowenig wie Amma, aber ein Anfang war es, o ja.
Stoffe und Schnittmuster wurden aus dem Versandhauskatalog bestellt, wie auch Schere und Zwirn, und den ganzen Winter über gab es eine wahre Nähorgie. Mir läuft heute noch ein Schauer über den Rücken eingedenk dessen, was es Mama und Amma an Geld und Ausdauer gekostet hat, weil der Rummel

selten länger als vier Tage in einer Stadt blieb, und das Nähen mußte im Wagen, immer wenn der Zug anhielt, oder am frühen Morgen vor Beginn der Vorstellungen erledigt werden. Sie hatten untereinander ausgemacht, daß sie sich eine Thistlethwaite-Uniform leisten konnten, einen marineblauen Kittel mit Wappenaufdruck, der erschreckende zehn Dollar kostete, wenn sie meine Alltagskleidung selber machten. Ich half, so gut ich konnte, doch beim Nähen hatte ich zwei linke Hände. Bis zum Sommer, als der Rummel nordwärts zog, waren drei knöchellange Röcke, vier Hemdblusen und ein Cape entstanden, das aus Mamas schwarzem Wintermantel zusammengeschneidert worden war, und Amma hatte für mich einen ihrer alten Hüte mit einem Samtband und einen von Mamas Strohhüten mit Blumen ausstaffiert. Die Dicke Frau veranstaltete eine Kollekte für zwei nagelneue helle Ziegenlederstiefel für mich, die ganze ein Dollar fünfzig kosteten – die ersten eigenen, die nicht aus Stoff waren –, und die Frau des Schwertschluckers kam eines Morgens mit einer Handvoll Bänder und Spitzen für meine Hemdblusen zu unserem Zelt. Ich hielt mich bereits für eine Dame, als ich die Kleider sah, die ich in dem alten Strohkoffer, den die Tätowierte Frau beisteuerte, mitnehmen würde.

Es gab also kein Zurück mehr, und an einem regnerischen Tag – ein Omen, dachte ich – wurde ich in einen Zug nach Boston gesetzt, um in die Thistlethwaite-Schule einzutreten, ein riesiges gotisches Herrschaftshaus, nicht weit vom Bostoner Stadtpark. Es gab einen Blumenrasen und Dutzende von Mädchen, so hübsch wie Blumen, die schöne neue Kleider trugen, und eine Glocke bimmelte zu jeder Unterrichtsstunde. Das Treppengeländer war aus echtem Messing, und überall waren Farne und Blumen in Töpfen. Die Klassenzimmer befanden sich im Erdgeschoß, die Zimmer für auswärtige Schülerinnen oben unter dem Dachboden, doch die meisten Schülerinnen waren die Töchter von Bostoner Ärzten, Anwälten, Pfarrern, Richtern oder Geschäftsleuten und gingen jeden Abend nach Hause.

Was kann ich von Thistlethwaite berichten? Meine Kleider waren alle verkehrt und schlecht gemacht, meine gelben Ziegenlederstiefel zu grell und die beiden Hüte altmodisch. Erst als eines der Mädchen sah, wie ich geistesabwesend eine Münze verschwinden ließ, erlangte ich Sichtbarkeit. Oder einen schlechten Ruf. Ansonsten waren diese ersten Wochen einsam und erfüllt von Heimweh, und ich bekam Mamas Ehrgeiz sehr grausam zu spüren. Ich konnte bloß fleißig lernen, damit ihr gespartes Geld nicht vergeudet wurde. Selbst der eine Dollar Taschengeld, den Amma jeden Monat schickte, war ein Opfer, das wußte ich, wie auch, daß ich gute Noten erzielen mußte, damit ich nach zwei Jahren ein verschnörkeltes Zeugnis erhalten und wie durch Zauber eine Dame werden würde. Was mir das einbrächte, war mir nie erläutert worden, und ich hatte nie daran gedacht, zu fragen. Schließlich lebte ich den Traum einer anderen aus, was nie leicht ist, und die gesetzte Atmosphäre, in der ich ihn auszuleben hatte, drückte schwer auf meine Stimmung.

Bis zum November.

Ich hatte meine grellgelben Ziegenlederstiefel braun gefärbt und das peinliche Kleiderproblem dadurch gelöst, daß ich die Schuluniform tagtäglich trug, doch deren Stoff war mittlerweile schon fast so glänzend, daß ich mein Gesicht darin spiegeln konnte. Zu allem Übel stand noch Weihnachten vor der Tür, und ich war entschlossen, Amma und Mama ein Geschenk zu schikken. Ich hatte mich zweieinhalb Monate lang sehr gut benommen, aber jetzt brauchte ich Geld; es war Zeit für einen Rückfall.

Ich übte erst, indem ich Jeannie Todds Tasche um fünfzig Cents erleichterte und sie ihr mit den Worten wieder zurückgab, die Münze wäre ihr aus der Tasche gefallen. Ich stibitzte dem Pedell die Schlüssel, ohne daß er das geringste Wispern der zwei Finger spürte, die in seine Tasche schlüpften, und so vergewisserte ich mich, daß ich mein Fingerspitzengefühl nicht verloren hatte. An einem frischen und sonnigen Samstag nachmittag machte ich mich auf in den Park, um mich nach ergiebigeren Möglichkeiten als Jeannie Todd und dem Pedell umzusehen, und war froh, für ein paar Stunden die tugendhafte und muffige Umgebung von Thistlethwaite los zu sein.

2

Ich setzte mich auf eine Parkbank und beobachtete die Vorbeigehenden, sah mir jeden genau an, um den zugänglichsten und besten Gimpel auszusuchen. Ich bemerkte ein paar große Damen in Pelzen, die profitabel aussahen, doch aus Ehrgefühl gegenüber Mama und Amma würde ich keiner Frau etwas wegnehmen. Dann erblickte ich einen Mann, der auf mich zuschlenderte und genau richtig aussah; wohl ein Professor, so beschäftigt und mit den Gedanken vollkommen woanders sah er aus, doch das beste war, daß er keinen Mantel trug, sondern eine Norfolk-Jacke mit Gürtel, die eine halbe Nummer zu klein war, denn die Beule in seiner rechten Hosentasche war zu sehen. Er war weder jung noch alt, hatte ein strenges, eher längliches Gesicht und dunkle, melancholische Augen. Er sah eindeutig wie eine leichte Beute aus, und meine Stimmung stieg sogleich. Ich stand auf und schlenderte ihm hinterher, während ich Form und Inhalt seiner Tasche studierte. Dann war ich an seiner Seite, um ihn zu überholen, und eine Sekunde später ließ ich seine Brieftasche in meine Manteltasche gleiten.

Zwei Sekunden später blieb mir glatt die Luft weg, als ein Arm herschoß und mich packte; der Mann riß mich fast von den Füßen. »Junge Dame«, sagte er streng, »Sie haben soeben meine Brieftasche eingesteckt.«

Ich dachte an Mama, die mir gesagt hatte, ich sollte Schläge wegstecken, und konnte mich auf keinen Ausweg besinnen, weil sein Griff fest war und ich das Beweismaterial an mir hatte, also holte ich tief Luft und sagte tapfer: »Ja, Sir, das stimmt.«

»Hm«, brummelte er und starrte auf mich herab. Seine Augen taxierten meinen Mantel, der nicht so fadenscheinig war, wie er es womöglich erwartet hatte, und mein Gesicht, das nicht eingeschüchtert dreinzuschauen versuchte, bis er sagte: »Warum?«

»Also«, fing ich an, »ich wollte…« Doch ich würde ihm nichts sagen, und so kniff ich die Lippen zusammen und schüttelte den Kopf.
»Hm«, brummelte er wieder. »Das war sehr schlau ausgeführt; also wenn ich nicht weitgereist wäre und gelernt hätte, einen…« Er blickte auf seine Jacke und nickte. »Ich war aber auch sorglos heute, ja ja. Wo haben Sie das Gewerbe gelernt? Kommen Sie«, sagte er mit einem leichten Lächeln. »Wenn Sie es mir sagen, werde ich Sie nicht der Polizei übergeben, das verspreche ich.«
An diesem Punkt versuchte ich ernsthaft, mich ihm zu entwinden. Wäre ich geistesgegenwärtig gewesen, hätte ich um Hilfe geschrien, da der Anschein ganz zu meinen Gunsten war – ein erwachsener Mann, der sich an einer Schülerin vergreift –, doch da ich noch nie vorher erwischt worden und so in Panik war, fiel mir das nicht ein, und ich konnte nur wortlos zerren. Als nächstes nagelte er beide Arme auf meinem Rücken fest und bugsierte mich auf das nächste Geschäft zu, das zufällig eine Eisdiele war, und sobald wir drinnen waren, drückte er mich auf einen dieser kleinen runden Drahtstühle, setzte mich hin, nahm den Stuhl neben mir und bat die Bedienung, zwei Eiscreme-Sodas zu bringen. Vanille.
»Schokolade«, sagte ich.
Er änderte die Bestellung und blickte mich an. »Aha – Sie mögen Schokolade lieber als Vanille und stibitzen Geldbörsen. Wie alt sind Sie?«
»S-s-sechzehn«, stammelte ich. Er schaute schon weniger streng, und ich war bereit, soviel zuzugeben, weil ich ziemlich stolz darauf war, daß ich vor einer Woche mein fünfzehntes Lebensjahr hinter mich gebracht hatte.
Er blickte nachdenklich auf das Blau meiner Thistlethwaite-Uniform mit dem ins Auge stechenden goldverzierten Wappen. Bevor ich meinen Mantel enger um mich ziehen konnte, um es zu verbergen, sagte er sehr ruhig: »Und jetzt werden Sie mir – im Tausch gegen ein Schokoladen-Soda und keine Vorwürfe – sagen, wie eine Schülerin von Thistlethwaite und eine anständig angezogene junge Dame…«
›Mama‹, dachte ich, ›wäre erfreut, das zu hören.‹

»...gelernt hat, mit solcher Raffinesse zu stehlen.«
»So raffiniert wieder nicht«, erwiderte ich verdrossen. »Sie haben mich ja erwischt.«
Er lächelte, was ihn ziemlich nett aussehen ließ. »Ah, Sie wußten ja nicht, daß ich ein Mann mit einem sechsten Sinn bin. Auf zwei Reisen in den nahen Osten habe ich gelernt, mich vor jeder Person zu hüten, die so nah an mir vorbeigeht, wenn rundherum Platz ist. Es ist, wie gesagt, eine Wachheit, die sich in mir entwickelt hat aufgrund der Raubgier, die man manchmal in fremden Ländern antrifft.«
»Ist es das, was Sie mit dem sechsten Sinn meinen?« fragte ich. Mein Interesse war geweckt.
Er nickte. »Ich kann Ihnen versichern, junge Dame, daß Sie, wenn Sie irgendeinen anderen Mann auf der Straße ausgesucht hätten, jetzt nicht hier wären – ah, dankeschön«, sagte er der Bedienung. »Nicht auf diesem Stuhl sitzen würden, kurz davor, mir Ihren Namen zu sagen, schätze ich, und ein Eiscreme-Soda zu sich zu nehmen. Darf ich jetzt wieder meine Brieftasche haben, bitte?«
Widerstrebend griff ich in meine Tasche und legte seine Brieftasche auf den Tisch, wo sie zwischen uns lag, unanständig mit knusprigem Papiergeld aufgebläht. Während er mich beobachtete, sagte er: »Ich sehe meinen Fehler ein... ich habe es nicht mit einer Schülerin von Thistlethwaite, sondern mit einer Straßengöre zu tun.« Er griff sich mit langen, bleichen Fingern die Brieftasche und entnahm ihr einen Zehn-Dollar-Schein, den er auf den Tisch legte. »Verdienen Sie sich das«, sagte er und fügte trocken hinzu: »Haben Sie die Uniform auch gestohlen?«
Zehn Dollar und ein Eiscreme-Soda waren ein besseres Angebot als die Polizei und in Ungnade heimgeschickt zu werden. Ich schüttelte den Kopf.
»Aber wo haben Sie dann solch eine Geschicklichkeit gelernt?«
»Auf dem Rummel«, erzählte ich ihm und ergriff den Löffel, um das Eis zu essen, bevor es im Sirup zerschmolz. »Rummelplatz, meine ich.«
»Ach so«, sagte er und starrte mich an. »Schön, schön, Sie haben also einen Rummelplatz besucht? Nein«, fügte er nachdenklich

hinzu, »ein Besuch reicht nicht; wer hat es Ihnen beigebracht?«
»Amma.« Am Strohhalm zu saugen machte viel Lärm, und so nahm ich – ladylike – wieder den Löffel.
»Sie meinen, von der Großmutter?« Als ich nickte, sagte er: »Und war sie auch eine Taschendiebin?«
»Sie ist eine Zauberin und Wahrsagerin.« Ich würde Amma nicht verraten. »Sie ist auch eine Jongleurin.«
»Und Ihre Mutter?«
»Zur Zeit ist sie die Dame ohne Kopf.«
Bald schon holte er die Geschichte aus mir heraus, wie ich auf die Thistlethwaite-Schule gekommen war, und stellte eine Unzahl ermüdender und dummer Fragen. »Weil«, sagte er schließlich, »ich sozusagen auch ein bißchen Anthropologe bin, wie auch Linguist und Gelehrter...« – er runzelte die Stirn – »und ich mich gerade frage, ob ein Aufsatz über die Sprache des Rummelplatzes für die Gesellschaft in Ordnung wäre. Polypen zum Beispiel, was sind das?«
Da ich weder wußte, was Anthropologe, noch, was Linguist bedeutete, sagte ich ihm ganz freundlich, daß die ›Polypen‹ die Polizei waren.
»Ach so«, sagte er nickend. »Ja, das könnte brauchbar sein, sehr brauchbar. Übrigens, Sie haben mir Ihren Namen noch nicht gesagt.«
»Caressa.«
Er zuckte darauf zusammen. »Caressa wie?«
»Caressa Horvath.«
Er schob mir den Zehn-Dollar-Schein über den Tisch zu. »Und ich heiße Jacob Bowman, doch bevor ich gehe, möchte ich Ihnen bei Ihrer Ehre das Versprechen abnehmen, daß Sie nicht mehr stehlen gehen. Sie müssen wissen, daß dies unehrlich, ungesetzlich und höchst verwerflich ist.«
Offen gestanden hatte ich es nie für mehr als ein Spiel gehalten. Rummelleute bleiben unter sich, haben einen festen Familienzusammenhalt, der von den Abendvorstellungen, dem beständigen Unterwegssein und dem Überlebenskampf herrührt, während Städter aus einer Welt mit geregelter Arbeitszeit, regelmäßigen Mahlzeiten und richtigen Häusern kamen, mit Kirchgang am

Sonntag und einem Bad am Samstagabend in richtigen Zinkwannen. Sie kamen zum Rummelplatz, um unterhalten zu werden, forderten regelrecht dazu auf, sie zu beschwindeln, und waren uns so fremd wie Ausländer. Wenn Gus Fritz darauf wartete, einen Gimpel mit einer Wette beim Hexenrad zu leimen, eine Wette, die der Mann nie gewinnen konnte – nicht, wenn Gus unter den Brettern den Fuß auf dem Pedal hatte –, was war da schon ein bißchen Brieftaschen-Stibitzen? Nichtsdestoweniger schaute ich diesen Mann an und gestand ernsthaft ein, daß es unehrlich sein mochte, ja. In Wirklichkeit meinte ich damit, daß ich endgültig verstand, daß ich jetzt ein Mitglied der anderen Welt war, wo die Polypen nicht geschmiert waren und es Ärger geben könnte. Das gehörte offensichtlich zum Lernprozeß dazu, die Dame zu werden, die Mama aus mir machen wollte, und Damen verlegten sich nicht aufs Stehlen von Brieftaschen. Ich versprach es.

»Ein irregeleitetes Schaf muß etwas gehütet werden«, sagte er fest. »Es ist die Pflicht jedes guten Christen, dem vom Wege Abgekommenen Hilfe angedeihen zu lassen. Ich werde gelegentlich bei Ihrer Schule vorbeischauen – ich wohne in der Nähe, und man kennt mich dort – und mich nach Ihrer weiteren Entwicklung erkundigen. Haben Sie die Bibel gelesen?«

Als ich den Kopf schüttelte, sagte er: »Ich werde Ihnen eine Bibel mitbringen.«

So also lernte ich Jacob Bowman kennen. Er war ein sonderbarer Mann. Am nächsten Besuchstag kam er mit einer Bibel und einer Shakespeare-Ausgabe unterm Arm an; er erteilte mir wieder eine Lektion über Aufrichtigkeit und drückte mir einen Fünf-Dollar-Schein in die Hand, als wir uns zum Abschied die Hände gaben. Nun hatte ich Mama, die meine Zukunft als Dame plante, Mr. Bowman, der hart daran arbeitete, meinen Charakter zu bilden, und die Schule, die versuchte, meinen Verstand mit Unterricht in Englisch, Grammatik, Literatur, Französisch, Mathematik und Geschichte zu schärfen. Es war irgendwie alles ganz gut, aber mich überraschte, wie ermüdend es war und wie gefangen ich mich fühlte.

Ein paar Wochen später erhielt Mr. Bowman die Erlaubnis, daß ich ihn einen Tag lang zu Hause besuchen durfte, und da bekam ich allmählich ein klareres Bild von ihm. Vor allem war er reich. Er lebte in einer großen dunklen Villa mit bunten Glasfenstern, brauner Holztäfelung und Büchern überall. Es war erstaunlich: da waren Bücher auf dem Boden gestapelt, Bücher auf Tischen und Bücher in Regalen. Alte Schwerter und Dolche hingen an den Wänden und Wandteppiche mit bizarren Webmustern. In seiner Bibliothek standen eine Glasvitrine, in der Goldmünzen ausgestellt waren – dummerweise war sie abgesperrt – und ein Glasschrank mit Fossilien und merkwürdigen kleinen, aus Stein gehauenen Figuren von Menschen. Und Wörterbuchregale in jedem Zimmer, außer der Küche. Jede Wandfläche, die nicht mit Büchern, Teppichen, Bildern oder Dolchen ausgefüllt war, war mit Karten von fast jedem Land der Welt bedeckt. Er war gewiß ein merkwürdiger Kauz. Es gab eine Haushälterin namens Mrs. Briggs und einen Mr. Briggs, der die schwere Arbeit verrichtete, das Schüren des Ofens und das, was er die Hofarbeit nannte. Ich lernte auch, was ein Linguist ist, denn Mr. Bowman studierte alle möglichen fremden Sprachen und zeigte mir deren Wörterbücher.

In jenem Winter war noch jemand bei ihm im Haus, ein junger Mann namens Sozap. Anscheinend hatte Mr. Bowman eine Tamahak genannte Sprache gelernt, die in Nordafrika von einem Volk mit dem Namen Tuareg gesprochen wurde, doch während einer Sommerreise nach Maine hatte er Sozap gefunden, einen vollblütigen Abenaki-Indianer, der noch deren Sprache beherrschte. Er hatte ihn sich auf der Stelle ausgeborgt, um ihn zu sich nach Hause mitzunehmen, hatte das Tamahak beiseite gelegt, um Sozaps Sprache zu studieren, vermutlich, damit er auch darüber eine Arbeit schreiben konnte. Sozap belegte ein kleines Zimmer mit einem Schreibtisch und sah niedergeschlagen aus, als ich ihn das erstemal sah. Wir betrachteten einander mit Interesse, da wir beide neu in diesem Haus und etwa gleichaltrig waren. Er sah viel besser aus als Indianer-Joe vom Rummelplatz, der mit durchdringenden Schreien Kriegstänze aufgeführt hatte, während er einen Tomahawk schwang, aber natürlich war Indianer-Joe auch kein echter Indianer, sondern Italiener.

Sozap schloß sich uns zum Essen an, und ich stellte überrascht

fest, daß er Englisch sprach. Es war ein merkwürdiges Essen, da nur wir drei an einem riesigen Mahagoni-Eßtisch saßen, während Mr. Bowman leutselig versuchte, seinen neuen Abenaki-Wortschatz auszuprobieren. »Caressa«, sagte er, »heute ist *Kadawasanda*, stimmt es, Sozap?«
»Samstag, ja«, sagte Sozap höflich.
»Und der Monat ist – nein, hilf mir nicht, Sozap – *Peb* – *Peb*...«
»Pebonkas.«
Nebenhin bemerkte Mr. Bowman ernst: »Es ist so ungeheuer interessant zu erfahren, daß das Wort für Auf Wiedersehen auf Abenaki *adio* ist... Wenn du dich entsinnst – das wirst du sicher –, daß das spanische Wort für Auf Wiedersehen *adios* und das französische Abschiedswort *adieu* ist, gibt es eine faszinierende Verbindung, der nachzuspüren sich lohnt, wenn ich die Zeit dazu habe.«
Doch Zeit war etwas, wovon Mr. Bowman nie genug zu haben schien; er plante seine irgendwann in der Zukunft beabsichtigte dritte und ausgiebigere Reise nach Nordafrika; es gab noch Sprachen zu lernen und Arbeiten für seine geheimnisvolle Gesellschaft zu schreiben; doch jeden Samstag kam er ins Thistlethwaite und eskortierte mich für den Tag zu seinem Haus, wo er mir fünf Dollar gab, wenn ich ging. Das war zu jener Zeit eine Menge Geld, wenn eine Nähmaschine für zwölf Dollar, ein Seidenunterrock für fünf Dollar und ein Dutzend Orangen für zwanzig Cents zu kaufen waren. Jede Woche schickte ich drei Dollar an Mama und Amma, und von dem übrigen Geld kaufte ich mir eine neue Schuluniform und unauffälligere Ziegenfellstiefel. Den Rest legte ich auf die hohe Kante für das, was nach Mamas Worten auf jeden zukam: schlechte Zeiten.
Zu Weihnachten schickten mir Mama und Amma drei Holzeier als Geschenk. In jedes war ein kleines, sich verjüngendes Loch gebohrt. Auf eines hatte Amma einen Bart aus schwarzen Fäden geklebt und Augen, Nase und Augenbrauen aufgemalt, was ein wundervoll lustiges Gesicht ergab. Anbei waren ein paar Zeilen, deren Wortlaut ich lange Zeit in Ehren hielt und nie vergessen habe:

Für deine Finger das richtige Maß,
Keine Diamanten, denn du mußt wissen,
Auch Diamanten sind kein ewiger Spaß,
Da wir uns ja alle durchschlagen müssen.

Hinzugefügt war noch: »Wir vermissen Dich, brechen heute noch nach Kansas City auf. Wir danken Dir beide für die warmen Sweater und die Schokolade. Gott befohlen. In Liebe.«

Meine Finger paßten genau in die Löcher der Holzeier, und das, welches Amma bemalt hatte, mochte ich wirklich gern. Wenn mir einsam war, steckte ich es mir auf den Zeigefinger und redete mit ihm oder setzte mich vor den Spiegel und ließ es mit mir reden. Ich nannte es Mr. Jappy, und sobald ich das Geld hatte, mir Farben zu kaufen, malte ich auf die anderen zwei auch Gesichter, einen Clown mit einem breiten roten Grinsen und traurigen Augen und ein Mädchen mit einem Mund wie ein Amorsbogen und gelbem Haar. Ich steckte sie mir auf die Finger, wenn ich allein im Zimmer war, und unsere Unterhaltungen waren lebhaft und viel interessanter als Mr. Bowmans Gespräche über seine Reisen und die Arbeiten, die er darüber schrieb.

Wegen Mr. Jappy wurde ich mit Sozap besser bekannt. Ich hatte mir eines Tages nach dem Essen bei Bowman die Puppe aufgesteckt, und Sozap kicherte, als er sie sah.

»Ihr habt einen lustigen Mann auf eurem Finger!« sagte er.

»Magst du ihn, Sozap?«

Er verzog das Gesicht. »Bitte, mein Name ist eigentlich Joseph. Mr. Bowman besteht auf Sozap, aber mir ist er fremd.«

Das war interessant. »Warum?«

»Er will mich ständig als Abenaki sehen«, sagte er bloß. »Und Joseph ist auf Abenaki Sozap.«

»Bringst du ihm gern deine Sprache bei?« fragte ich.

Er seufzte. »Es ist, um ehrlich zu sein – in meiner Sprache ist das Wort dafür ›pizwi‹. Es heißt…« Er runzelte die Stirn. »Es heißt sinnlos. Was will er damit, frage ich mich. Von meinem Volk kennt oder spricht kaum jemand die Sprache mehr. Er zahlt mir gutes Geld und kleidet mich gut, aber es ist ›pizwi‹«, sagte er bestimmt.

»Mir gibt er auch Geld«, verriet ich ihm nachdenklich, aber

dann mußte ich eben auch zugeben, daß Mr. Bowman mir viel mehr gab, wegen der Bücher. Abgesehen vom Essen, das er immer spendierte, und den fünf Dollar, die ich jede Woche bekam, gab es bei Mr. Bowman nicht viel zu tun, und so besah ich mir die Bücher in den Regalen. Schon vor Weihnachten hatte ich Gene Stratton Porters ›Freckles‹, ›Der kleine Lord‹ und ›Robin Hood‹ entdeckt und war dann fortgeschritten zu ›Das Haus der sieben Giebel‹ und ein paar Happen Shakespeare. Die Lektüre hatte mir die Gefährten eingebracht, die ich an der Thistlethwaite-Schule nie haben würde, und nachdem ich mich mit Büchern abgegeben hatte, die ich als Kind nie gelesen hätte, begab ich mich auf eine echte Entdeckungsreise. Mr. Bowman hatte zum Beispiel mehrere Übersetzungen von Omar Khajjams ›Rubajat‹, die alle unterschiedlich waren, und ich liebte: »Des Lebens Karawane zieht mit Macht dahin, und jeder Tag, den du verbracht ohne Genuß, ist ewiger Verlust.« Ich lernte auch dies auswendig: »Bis heute lag die Zukunft nicht in deiner Macht. Dein Sorgen um das Morgen hat nur Qual gebracht. Den Augenblick, der Lust verheißt, versäume nicht! Weißt du, wie lang dein Herz noch spricht, der Tag dir lacht?«

Die Worte hatten in mir ein Verlangen geweckt, meinen eigenen Platz in des Lebens Karawane zu finden und den Augenblick, der Lust verheißt, nicht zu versäumen, bloß wußte ich nicht, wie. Auf der Schule war ich eine Gefangene, die lernte, eine Dame zu sein, und bei Mr. Bowman war das Leben nur zwischen Buchdeckeln zu finden.

Oder vielleicht bei Sozap. Ich sah ihn mir genauer an, als er neben mir in der Bibliothek stand und mich beobachtete. Er war wirklich sehr anziehend: sein schwarzes Haar war wie dunkles Wasser voller Lichter, seine braune Haut saß straff über sehr hohen Wangenknochen, und seine sanften Augen blickten mich auch sehr interessiert an. Sehr langsam, wie magnetisch angezogen, rückten wir näher zusammen, und auf einmal legte er den Arm um mich. Wir standen so eng beieinander, daß ich sein Herz unter seinem Hemd schnell schlagen spürte; und obwohl ich nicht wußte, ob Indianer mit den Lippen küßten oder wie die Eskimos die Nasen aneinanderrieben, hob ich mein Gesicht und drückte meine Lippen auf seine, und offenbar kannte er sich aus, weil wir uns lange küßten. Er schob seine Zunge durch meine Lippen, wo sie auf meine Zunge traf, wobei mir innerlich sehr warm und dann auf seltsam neue Art heiß wurde. Als wir uns trennten, war ich atemlos.

»Miña«, murmelte er mit geschlossenen Augen. »Mehr – noch einmal!«

Doch da wir Mr. Bowmans Schritte draußen im Flur hörten, sprangen wir auseinander. Sozap wirbelte müßig einen Globus herum, und ich schlug ein Buch auf. Mr. Bowman war gekommen, um mich zu fragen, ob ich Lust hätte, Dame zu spielen, und ich folgte ihm bescheiden aus der Bibliothek, empfand aber, daß ein Damespiel es unmöglich mit einem Kuß von Sozap aufnehmen konnte.

Am nächsten Wochenende mußte ich für meine Prüfungen büffeln; ich vernachlässigte das Lernen nie, da ich Mamas in mich gesetzte Hoffnungen immer beherzigte, und am folgenden Wochenende benachrichtigte mich Mr. Bowman, daß er und Sozap sich eine Erkältung zugezogen hatten. Das war eine Enttäuschung, denn da ich bei den Prüfungen über Themen, die ich gründlich erforscht hatte, sehr gute Noten bekommen hatte, hatte ich mich sehr auf eine andere Art Forschung mit Sozap gefreut. Und so waren zwei Wochen mit Warten und Einsamsein vertan.

Das brachte uns in den frühen April und den Frühling, eine riskante Zeit für solche Experimente, wenn der Saft in die Bäume schießt, die Forsythienknospen golden glühen und alle Welt einen Geliebten gern hat. Ich stellte fest, daß Sozap nach seinem Schnupfen blaß aussah, aber der feurige Blick, den er mir zuwarf, war nicht blaß, und nach dem Essen lenkte mich ein kaum merkliches Kopfnicken von ihm in die Bibliothek.

Dort trafen wir uns und kamen gleich einander näher. Unsere Küsse wurden immer leidenschaftlicher, so daß es im Eifer des Gefechts nur natürlich erschien, daß Sozap seine Hände an meine Brüste legte und sie liebkoste, als ich plötzlich »Pssst« zischte, sicher, daß ich Mr. Bowman im Flur gehört hatte. Wir fuhren auseinander und starrten uns an, ganz gerötet und nach Atem ringend, und waren erleichtert, als wir Mr. Bowman aus dem Eßzimmer nach Mrs. Briggs rufen hörten. Erst dann begab

er sich durch den Flur in die Bibliothek, wo er Sozap wieder beim Spiel mit dem Globus antraf, während ich mit dem Finger die Seite eines Buches entlangfuhr und wirklich äußerst lernbeflissen aussah.
Daß Mr. Bowman uns doch gesehen und sich taktvoll ins Eßzimmer zurückgezogen hatte, bevor er wieder in die Bibliothek ging, wurde erst am folgenden Samstag offensichtlich, als ich ins Haus kam.
Sozap war weg.
»Aber – wohin?« stammelte ich.
Mr. Bowman schien nicht fähig, mir in die Augen zu sehen; sein Blick richtete sich auf den Boden, wo er anscheinend die feinen Muster des orientalischen Läufers studierte, auf dem wir standen. »Um die Stammessprache zu benutzen«, sagte er trocken, »*mojo wigiidit* – er ist auf dem Heimweg.« Er sah mich immer noch nicht an, als er entschlossen hinzufügte: »Es war Zeit, daß ich mich wieder meinen Studien des Tamahak widmete.«
Zwei Monate später, gerade bevor die Schulzeit endete, machte mir Mr. Bowman einen Heiratsantrag.

3 Mr. Bowman hatte mich in seine Reiseabsichten nicht eingeweiht, doch ich hätte ahnen müssen, daß seine Pläne sich festigten, denn seine Bibliothek füllte sich allmählich mit Kisten, sehr sorgsam verschnürten Kisten, die nun, da ich näher hinsah, Aufschriften trugen wie ARZNEIMITTEL, KLEIDUNG (kaltes Wetter), KLEIDUNG (heißes Wetter), NAHRUNG, MUNITION. Ich hatte einige Wochen lang angenommen, sie enthielten nur neue Bücher für seine Bibliothek.

»Nein«, sagte er ernst, »ich plane eine neue Reise nach Nordafrika, diesmal, um die Sahara zu erkunden, und ich hätte auf dieser Reise sehr gern deine Gesellschaft, Caressa.«

Ich sah ihn verständnislos an. Er wußte sehr genau, daß ich im Sommer zu Mama und Amma zurückkehren würde, um dann noch ein letztes Schuljahr zu absolvieren.

»Der Gedanke, dich zu verlassen, gefällt mir gar nicht«, fuhr er fort, »denn deine Jugend und Unerfahrenheit machen dich anfällig für Versuchungen, weshalb du Betreuung brauchst.« Er warf mir einen Blick zu, der mir sagte, daß er hier auf Sozap anspielte. »Ich bin beträchtlich älter als du, aber es wäre mir eine große Ehre, wenn du mich heiraten würdest, Caressa, damit ich mich um dich kümmern kann.«

Während ich diese Worte so viele Jahre später hinschreibe, komme ich nicht umhin, sie mit Ironie zu betrachten, wenn ich bedenke, was einige Monate später folgte. Aber so machte er mir seinen Heiratsantrag, und zweifellos hätte Amma mir gesagt, daß dies schon in meiner Hand geschrieben stand. Ich war über seinen Antrag ehrlich erstaunt und platzte dümmlich los: »Ich müßte Mama und Amma fragen.«

»Aber selbstverständlich«, sagte er. »Ich werde dich nicht fragen, welche Zuneigung du mir entgegenbringst. Viele Heiraten

sind arrangiert, zumindest in anderen Ländern, doch die Liebe wird später schon noch aufblühen. Und für dich wird sehr gut gesorgt sein«, fügte er taktvoll hinzu.
Das mit dem Aufblühen sprach mich nicht besonders an, aber ich erkannte schlagartig, was die Worte »versorgt sein« bedeuteten. Ich konnte Mama und Amma ihre Investitionen in mich zurückzahlen und mit einem Schlag eine große Dame werden sowie auch eine Möglichkeit erhalten, die Welt kennenzulernen. Schließlich zog des Lebens Karawane mit Macht dahin, ich war schon sechzehn. Da war auch noch die Shakespeare-Zeile, die ich gelernt hatte... wie der Strom der menschlichen Geschäfte wechselt, der zum Glück führet, nimmt man die Flut, versäumt man sie aber... also ich war niemand, der sich lieber durch Not und Klippen winden wollte.
Wie konnte ich nein sagen?
Mama und Amma waren in diesem Monat mehr als tausend Meilen weg, gaben Vorstellungen in Colorado, also war es unmöglich, mit ihnen von Angesicht zu Angesicht zu reden. In seinem Brief an Mama beschrieb Mr. Bowman seine Herkunft, seine Geschichte und seine Pläne, zählte seinen Bildungsweg (die Universitäten Harvard und Brown), seine Clubs und seine Veröffentlichungen auf, ließ sein Alter aus, legte aber listig eine Bankanweisung über eintausend Dollar bei.
Freilich war sein Alter in meinen Briefen an sie unzweifelhaft angegeben worden. Als ich endlich von Mama hörte, wollte sie wissen, ob ich Mr. Bowman liebte, und da erinnerte ich mich ziemlich wehmütig, wie sie sich auf den ersten Blick in meinen Vater verliebt hatte, als er in seinem Glitzerkostüm die Leiter zu seinem Hochseil hinaufstieg. Ammas Brief war vertraulicher; sie schrieb, daß Mama aufgebracht war, denn obwohl sie nie gewollt hatte, daß ich einen Gelegenheitsarbeiter oder einen Schlangenbeschwörer heiratete, hatte sie nie davon geträumt, daß ich einen Mann »so über meinem Rang« im Leben heiraten würde, der noch dazu zwanzig Jahre älter war. Amma schrieb nicht, was sie dachte, aber ich nehme nicht an, daß es viel geändert hätte. Mit sechzehn sah meine Zukunft nicht vielversprechend aus; ich schien nirgends hinzupassen, und hier war Mr. Bowman, der mich behütete und mir ein Aufblühen ver-

sprach. Bis Mamas Brief mich erreichte, war ich ohnehin bereits Mrs. Bowman und bemühte mich, ihn Jacob zu nennen. Die Zeremonie fand in der Bibliothek statt, zwischen der Kiste mit der Aufschrift GEWEHRE und der Kiste mit der Aufschrift MUNITION, mit Mr. und Mrs. Briggs als Trauzeugen. Die Hochzeitsnacht stellte sich sowohl für mich wie für Mr. Bowman als nicht besonders reizvoll heraus und war nicht das, was Omar Khajjam einen Augenblick, der Lust verheißt, genannt hätte. Rein technisch verlor ich meine Jungfräulichkeit, doch Jacob war offenbar von dem Vorgang so abgeschreckt, daß er jeden Gedanken an eine Wiederholung verwarf und zu seinem eigenen Schlafzimmer, seinen Plänen und seinen Listen zurückkehrte. Im Rückblick denke ich – und das war nicht unerheblich –, daß, genau wie ich ihn als Vaterfigur ansah (obwohl es mir damals nicht bewußt war), er mich als Tochter betrachtete, wofür ich sicherlich jung genug war, und so packte ein Ruch des Inszestuösen sein Gewissen und machte ihn impotent, worüber ich nicht genug wußte, um es zu der Zeit zu erkennen. Armer Jacob.

Seine Angetraute zu werden hatte zur Folge, daß ich täglich über die aufregende Reise unterrichtet wurde, die wir unternehmen würden. Wir sollten über den Atlantik nach Southampton in England fahren und dann mit dem Zug nach Marseille weiterreisen, wo wir an Bord eines kleineren Schiffs nach Tripolis gehen würden. Dort würden wir ein oder zwei Monate verbringen, um Dokumente zu beschaffen, Führer anzuheuern, Schutz zu erkaufen und Kamele zu finden, die uns im Oktober in die Wüste bringen würden, wenn die Hitze nachgelassen hätte. Er war nicht ohne Ziel: Während einer vorherigen Reise nach Nordafrika hatte er einen interessanten Abend im Gespräch mit einem Weißen Pater namens Père Arnaux verbracht, der auf Urlaub von seiner Missionsstation in Ghadames war, und Père Arnaux sollten wir besuchen und ihm französische Bibeln mitbringen. Auf dem Weg zu ihm, erklärte Mr. Bowman, würden wir etwa eine Woche durch sandiges Gelände reisen, und ich konnte nur vermuten, daß darüber wieder eine Arbeit für seine Geographische Gesellschaft geschrieben werden sollte. Mir wurde gesagt, daß eine solche Reise einst wegen gewisser

Wüstennomaden, die Tuareg hießen, unmöglich gewesen sei, doch nach einer Reihe offener Feldschlachten hätte die französische Armee sie unterjocht. Nichtsdestoweniger habe er einige Worte auf Tamahak gelernt, das ihre Sprache war.
»Und ich bin zuversichtlich«, sagte er zufrieden, »sollten wir auf Tuareg treffen, so wird meine Fähigkeit, ein paar Worte in ihrer eigenen Sprache mit ihnen zu wechseln – wie auch unsere gute Bewaffnung –, ausreichen, alle Probleme in Grenzen zu halten.«
Ich schlug Afrika in Smiths ›New Geography‹ nach, wo es hieß, es sei bemerkenswert »wegen seiner riesigen, brennendheißen Wüste, der dunklen Haut und des barbarischen Charakters seiner Bewohner sowie als uralter Sitz der Künste und Wissenschaften«. Hinzugefügt war, daß dieses »geheimnisvolle Land« Geographen fast unbekannt war, die mit gutem Grund in alle weißen Flecken Elefanten setzen mochten. Auf Smiths Karte traf das nicht zu; die Wüste war rosa gefärbt, dazu waren ein Kamel und ein Strauß abgebildet, aber kein Elefant. Dann aber wies Jacob mich darauf hin, daß ich mir ein Geographiebuch ansah, das 1860 veröffentlicht wurde, förderte neuere Karten zutage und zeigte mir Tripolis und wo grob geschätzt die Oase Ghadames zu finden war. Es gab so viele Städte und Ortschaften entlang der Mittelmeerküste, daß alles sehr zivilisiert aussah. Mit der Zeit freute ich mich ungeheuer auf unsere Reise, war von einer seltsamen Rastlosigkeit gepackt und spürte nur vage – freilich uneingestanden –, daß die samstäglichen Besuche in der düsteren Villa ganz anders gewesen waren als nun der Aufenthalt im Haus an sieben Tagen in der Woche und daß ich nur eine Gefangenschaft gegen eine andere ausgetauscht hatte. Es gab für mich sehr wenig zu tun. Jacobs Leidenschaften galten seinen Studien, die Briggs hielten das Haus in Schuß, und so zog ich mich, weil ich aus Einsamkeit ein Bedürfnis nach der Verbindung mit Amma verspürte, mehr und mehr in das kleine Zimmer zurück, das Sozap bewohnt hatte, um zu lesen, meine Fingerfertigkeiten oder das Jonglieren und alle gelernten Zaubertricks zu üben. Die hatte ich Mr. Bowman – Jacob, meine ich – vorenthalten, damit er sie nicht mißbilligte und sie so ungeziemend für mich fand wie das Geldstehlen. Und so packte ich in

den kleinen Koffer, der mir für unsere Reisen gegeben wurde, meine wenigen Kleider, meine Fingerpuppen, eine Anzahl glänzender Münzen und weißer Taschentücher für Zaubertricks sowie ein kleines englisches Wörterbuch, damit ich die umständlichen Wörter, die Jacob gebrauchte, übersetzen konnte.
Am 1. Juli fuhr ich mit Jacob auf dem Dampfer nach Europa. Es gab keine Anzeichen oder Vorboten, die mir sagten, daß ich Mama oder Amma oder gar die Vereinigten Staaten nie wieder sehen würde. Schon Shakespeare sagte, »daß eine Gottheit unsre Zwecke formt, wie wir sie auch entwerfen«..., obwohl es Augenblicke gab, in denen ich mich fühlte, als formte der Teufel meine Zwecke. In solchen Zeiten versuchte ich, Schläge wegzustecken und die Worte im ›Rubayat‹ zu erinnern: »Schachpuppen sind wir alle in des Schöpfers Hand. Hat er im Spiel dich matt gesetzt, fällst du hinein ins Kästchen, in den dunklen Schrein, Nichtsein genannt.«
Ich war jedenfalls durchaus vorausblickend gewesen, mich auf die Reise zu freuen, denn ich lernte eine große Menge auf den beiden Reisen, die uns nach Tripolis brachten. Ich lernte zuerst die Weite und die Stimmungen des Atlantiks kennen und erfuhr, daß ich schön war, da es mir von einer überraschenden Zahl junger Männer gesagt wurde, die ich an Bord des Schiffes anzog – bis sie allerdings entdeckten, daß ich nicht Mr. Bowmans Tochter, sondern dessen Frau war. Selbst dann blieben einige fesche junge Männer hartnäckig, so daß während der Überfahrt nach England viel um mich hergemacht wurde. Von Southampton nahmen wir ohne Aufenthalt den Zug nach Marseille und stiegen dort an Bord eines ramponierten, aber seetüchtigen kleinen Schiffes, das uns nach Tripolis bringen sollte. Das war sogar noch aufregender, denn wir speisten am Tisch des Kapitäns mit dem Sohn eines Maharadschas, einem Ägypter, der den Gerüchten nach ein Spion war, einem geheimnisvollen Bulgaren und – ach, am besten von allen – Miss Isabelle Stanhope, die irgendwie mit den Vanderbilts verwandt war. Liebe Belle! Ihr Ziel war Kairo, wo ihr Bruder einen diplomatischen Posten bekleidete, und sie reiste mit einem Drachen von Anstandsdame, die seekrank wurde, sobald die ›Valeria‹ ins Mittelmeer stach. Ich glaube wirklich, wenn ihre Anstandsdame

dabei gewesen wäre, hätten wir nur Gefälligkeiten ausgetauscht, denn Isabelle wäre es gewiß nie erlaubt worden, mit jemand so Unbelecktem wie mir vertraut zu werden. Isabelle war vier Jahre älter als ich, aber so freundlich, und ich war von ihrer Großzügigkeit so beeindruckt, daß sie meine erste echte Freundin wurde und fast augenblicklich alle Kränkungen vergessen machte, die ich im Thistlethwaite erlitten hatte. Binnen Stunden waren wir füreinander Belle und Caressa und hingen sehr aneinander. Selbst als ich ihr anvertraute, daß ich aus einer »Familie von Zirkusleuten« kam, wie ich es formulierte, war sie nicht schockiert.

»Die meisten Leute sind so langweilig«, erklärte sie bloß, »und du triffst in Newport, Boston oder New York immer wieder dieselben. Aber wie schade, daß du in die Wüste gehst«, sagte sie und schüttelte den Kopf über mich. »Mit deinem Gesicht – es ist vollendet, Caressa –, was für eine Vergeudung, dich zu verstekken! Ich bin sicher, du wärst in Paris, New York oder London eine Sensation. Wir müssen unbedingt mit Mr. Bowman darüber reden, ob du nach Kairo kommen kannst, bevor du wieder heimfährst.«

Und mit blitzendem Schalk in den Augen fügte sie hinzu: »Ich würde einen Ball geben nur für dich, Caressa, und mich für diesen Abend in den Schatten stellen lassen. Freilich nur einmal. Ein echtes Opfer meinerseits, das versichere ich dir.«

»Oh, Belle«, sagte ich, »es wäre wunderbar, dich wiederzusehen, doch was die Schönheit betrifft – da machst du mich verlegen.«

»Das hast du nicht gewußt?«

Ich hatte es wirklich nicht gewußt. Einmal hatte Amma gesagt, daß ich hübsch wäre, wenn ich meine grobe und bubenhafte Art sein ließe, doch bei einem Blick in den Spiegel hatte ich nur zwei dunkle Augen, eine Nase, einen Mund, ein Kinn und langes dunkles Haar gesehen; ich hatte nicht erkannt, daß Gesichtszüge einander so zugeordnet sein können, daß sie Schönheit ergaben. So geschah es, daß ich allmählich bemerkte, daß eine Nase zu lang sein konnte, um in ein Gesicht zu passen, oder ein Kinn zu spitz oder zu klein, oder Augen zu nah beisammen und Lippen zu dünn oder zu breit. Das hob wirklich ganz schön meine

Stimmung, und ich fragte Mr. Bowman – Jacob, meine ich –, ob er mir nicht ein neues Kleid kaufen könnte, wenn wir in Tripolis angelegt hätten, denn ich trug immer noch Schulmädchenkleidung, Hemdblusen und lange eintönige Röcke, und außer dem Kostüm, in dem ich geheiratet hatte – Mrs. Briggs hatte darauf gesehen, daß ich eine Seidenbluse und einen Rock trug –, hatte Mr. Bowman nicht daran gedacht, meine Garderobe zu erweitern. Nun wischte er meine Bitte beiseite, indem er mich daran erinnerte, daß in einem der Überseekoffer ein langer Hosenrock für mich war, den ich beim Kamelreiten tragen sollte, und daß Tripolis nicht der Ort war, eine Garderobe zu erweitern, da es ein türkischer Vorposten war, der von Berbern und Arabern und nur einer Handvoll Europäern bewohnt wurde. Vielleicht, fügte er milder hinzu, da er mein langes Gesicht sah, vielleicht ließen sich in London auf unserem Heimweg ein paar reifere Kleider für mich finden.

Damit mußte ich mich begnügen, obwohl ich Isabelle weiterhin leidenschaftlich um ihre vielen Kostümwechsel während des Tages beneidete – von einem schlichten Morgenkleid zu einem Teegewand, und Seide oder Samt zum Abendessen. Belle, der meine neidischen Blicke auffielen, lachte nur und sagte, mein Gesicht genüge, um jedermanns Aufmerksamkeit zu fesseln, und meine bescheidene Kleidung erhöhe das nur. Ich glaubte ihr keine Sekunde.

Wir waren nur vier Tage zusammen an Bord des Schiffs, woraus zu ermessen ist, wie viele Stunden wir damit verbrachten, uns Dinge anzuvertrauen, zu reden, zu lachen und bis weit in die Nacht zusammen zu bleiben, so rasch hatten wir Freundschaft geschlossen. Als wir uns in Tripolis trennten, lief das mit Tränen, Umarmungen und einem Austausch der Adressen ab, ihrer in Kairo und meiner in Boston. Aus Angst, dieses geschätzte Zettelchen zu verlieren, lernte ich ihre Adresse auswendig und verbrachte manche spätere Nacht damit, sie mir zu wiederholen und Briefe an sie zu entwerfen, die ich aus Tripolis und dann nach unserer Rückkehr aus Boston schreiben würde.

Ich war jedoch nicht ganz ohne Trost, denn wir hatten Nordafrika erreicht.

4 Die Stadt Tripolis schmiegte sich in prächtigen Farben an die Mittelmeerküste: gelber Sand, blendend weiße Mauern, staubig grüne Palmen, goldgekrönte Minarette und leuchtende Flaggen, all das hob sich von dem tiefblauen Meer unter dem klaren Licht der afrikanischen Sonne ab. Als unser Schiff an einem auf einer Felsspitze sitzenden Leuchtturm vorbeidampfte, sah ich, daß sich eine Menschenmenge an der Küste aufgereiht hatte, um unsere Ankunft zu beobachten. Die meisten trugen lange Gewänder – *Barrakans*, sagte mir Jacob. Dann gab er mir seinen Feldstecher, und als ich durchsah, entdeckte ich, daß die Gesichtsfarben von weiß bis ebenholzschwarz reichten. Die ganzen Mühen unserer langen Reise fielen von mir ab, denn das war wirklich etwas völlig anderes als Boston!

In einer Barkasse wurden wir ans Ufer gebracht, unsere Koffer und Kisten sollten folgen, und sobald wir an Land waren, sahen wir uns neugierig umringt, denn zu jener Zeit hatte noch niemand von Touristen gehört, und sehr wenige Reisende machten in Tripolis Station. Ich muß bekennen. ich war auf den ersten Blick enttäuscht, denn ich war neu im Orient, und das Paradies, das ich vom Schiff aus gesehen hatte, erwies sich bei näherem Hinsehen als mit einer Patina von Schäbigkeit, Schmutz und Alter überzogen. Doch Mr. Bowman – Jacob, meine ich – erklärte mir, daß Tripolis von Konstantinopel aus verwaltet würde, die Türken gleichgültige Herren seien und der schäbige Triumphbogen, der nicht weit vom Hafenbezirk entfernt stand, 164 nach Christus erbaut worden sei.

Wir wurden vom englischen Konsul empfangen, mit dem Jacob während der vorausgegangenen Monate korrespondiert hatte. Es hieß, daß bald ein amerikanisches Konsulat eröffnet werden

würde, doch zu der Zeit waren hier nur englische, französische und italienische Konsuln ansässig. Viele Befehle wurden erteilt; ein zweirädriger, bunt bemalter kleiner Pferdekarren wurde weggewinkt und dafür ein Hansom mit zwei Pferden herbeigerufen, und während die Koffer nachfolgen sollten, machten wir uns auf zum Konsulat in der Shar'a al-Kuwash Nr. 27, wo wir bleiben würden, während die Vorbereitungen für unsere Wüstenreise getroffen wurden, da es in der Stadt keine Hotels gab. Ich war immer noch sehr eingeschüchtert vom Anblick der Stadt. Das Bauwerk, das Jacob mir gezeigt hatte, mochte der Triumphbogen von Marc Aurel sein, der 164 nach Christus erbaut wurde, doch kleine Geschäfte hatten sich wie Muscheln darangeheftet, und die Straßen waren voller Abfall: Fischgräten, Eierschalen, Obstschalen und Dung. Doch noch bevor wir weit vorangekommen waren, fühlte ich mich schon heiterer. Die Straßen wurden eng und wimmelten vor Leben, es war wie auf dem Rummelplatz mit seinem brausenden Hintergrundlärm – wie war ich die Stille in Mr. Bowmans Haus leid geworden! Wir überholten verschleierte Frauen, die irdene Wasserkrüge trugen, und alte Männer in langen weißen Gewändern mit sanften Augen, in langer Reihe kam uns eine Ziegenherde entgegen, und einmal näherte sich auf leisen Sohlen ein Kamel, das dann bei unserem Anblick schrecklich stöhnte, so daß wir uns in eine Seitengasse wenden mußten, um es vorbeizulassen. Die längsten Mauern waren mit gezackten Bögen verziert, unter denen Männer hockten, die Metall hämmerten, Teppiche webten oder fest schliefen.
»Nun, Caressa?« fragte Mr. Bowman und lächelte mir wohlwollend zu.
»Es ist wundervoll«, hauchte ich.
»Ich werde dir einen Führer besorgen«, sagte er und nickte. »Ich selbst werde mit den Vorbereitungen zu sehr beschäftigt sein, aber es wird dich sehr bilden, die historischen Stätten zu besichtigen; du wirst fast so viel lernen wie im Thistlethwaite.«
In diesem Augenblick kam mir erstmals in den Sinn – häßlicher Gedanke –, daß Mr. Bowman kein Mann für Vergnügungen war, sondern sein ganzes Leben geistiger Bildung widmete. Es war nur ein flüchtiger Gedanke, der später wiederkehren sollte, aber

es war wohl die erste bewußte Erkenntnis meines neuen Lebens.
Wir kamen weiter an Moscheen und Märkten vorbei, und als wir die Shar'a al-Kuwash erreichten, stellte ich fest, daß sie vom Wesen her überhaupt nicht anders war, tatsächlich kamen wir an Brotlaiben vorbei, die auf einer Straßenseite aufgeschichtet lagen und aus einem Backofen unter freiem Himmel unterhalb des Straßenniveaus heraufgeworfen wurden. Da mir berichtet worden war, daß das Konsulat einst ein großer Palast gewesen war, konnte ich es kaum glauben, als der Hansom an einer kleinen Tür in einer hohen Mauer nicht weit von den Backöfen anhielt. Doch als uns die Tür geöffnet wurde, schritten wir in einen herrlichen Hof mit einer breiten Treppe, die zu einer offenen Galerie führte, und an den Stufen waren uniformierte Wachen postiert, so daß wir mit großem Pomp hochstiegen.
Wir hatten uns bald eingerichtet, wenn auch noch nichts ausgepackt war. In diesen ersten Tagen verbrachte Jacob viele Stunden mit dem Konsul, um Informationen über Karawanenleiter, passende Führer und Proviantlieferanten einzuholen. Nun erst erfuhr ich, warum wir Tripolis statt Algier für unseren Aufbruch nach Ghadames gewählt hatten; eine solche Wüstenreise war durch die Regierung in Algerien verboten, zumindest für alle Europäer, und wir wurden unliebsamerweise mit Europäern in einen Topf geworfen. Doch für unsere Abreise aus Tripolis wurde ebenfalls eine Genehmigung benötigt, und zu Jacobs großem Bedauern war sie noch nicht eingetroffen, was ihn fast jeden Tag zum Pascha ins Schloß von Tripolis führte, um auf einen Bescheid zu dringen. Wenn er nicht damit beschäftigt war, führte er seine Einstellungsgespräche, so daß die Tage selten waren, an denen er im Hof nicht im Gespräch mit einem in einen schmutzigen *Barrakan* gehüllten Mann zu sehen war, der ein schwarzbraunes Gesicht hatte und mit vielen Gesten in einer rauhen, gutturalen Sprache redete, ein verblüffender Gegensatz zu Jacobs Statur und seiner feinen westlichen Kleidung.
In der Zwischenzeit beschaffte mir der Konsul – sicherlich mit einiger Ironie – einen Führer, damit ich in der Geschichte von Tripolis wie auch in den Besonderheiten, ein Kamel zu besteigen, unterwiesen werden konnte. In Anbetracht dessen, daß weniger als ein Dutzend Menschen in der Stadt Englisch sprachen,

war das Auffinden dieses Mannes wie ein Wunder. Es muß auch eine verzweifelte Suche gewesen sein, denn der Ausgewählte, wie ich bald erkannte, war außerordentlich seltsam; er wurde mir als ein arabischer Kaufmann beschrieben, so daß ich mich nur wundern konnte, wie so ein Mann hatte überredet werden können, eine junge Frau, zudem eine Ungläubige, herumzuführen. Und wie um alles in der Welt hatte er Englisch gelernt?
Er hieß Mohammed und war ein Mann im besten mittleren Alter, alt genug, um Jacob in Sicherheit zu wiegen, der herkam, um ihn sich anzusehen, zweifellos, um sich zu vergewissern, daß er kein Sozap war. Mohammeds Gesicht war dunkel, mit grauen Bartstoppeln, einem zerzausten grauen Schnauzer und scharfsinnigen Augen, die unter dichten Brauen steckten. Als ich ihm im Hof vorgestellt wurde, sah ich, wie er mich mit großer Neugier von Kopf bis Fuß musterte – diese Christin, deren Gesicht nicht hinter einem Schleier verborgen war –, und obwohl ich nun mein Haar aufsteckte, wie es einer verheirateten Frau geziemt, muß ich ihm sehr jung vorgekommen sein, was ich ja auch war. Seine Musterung war gründlich, und dafür achtete ich ihn; er hatte nichts Unterwürfiges an sich, er trug seine Würde wie einen Mantel, aber ich hätte schwören können, daß ich in seinem Blick etwas Spott sah, bevor er mit den Worten ging, daß er am nächsten Morgen wieder zu mir kommen würde.
Und so wurde ich ohne Anstandsdame, doch nur aus reiner Notwendigkeit, Mohammeds Obhut übergeben, auf daß ich mich in meinem Zimmer nicht langweilte.
Zur vereinbarten Stunde stellte sich Mohammed ein und trug die Liste der Sehenswürdigkeiten bei sich, die Jacob ihm übergeben hatte, auf arabisch geschrieben. Wir zogen zu Fuß los, weil das Gurgi-Minarett nicht weit war, und dann, meinte er, wenn ich noch nicht ermüdet sei, könnten wir zum Strand weitergehen, um die Schwammtaucher zu beobachten. Für mich war es eine große Erleichterung, das Konsulat zu verlassen und mich selbst in die Stadt zu wagen. Meine Augen und Sinne wurden geblendet von strahlendem, schräg auf weiße Mauern fallenden Sonnenlicht, von flachen Dächern, engen, schattigen Gassen und Musik aus einem unsichtbaren Ort, eine jammernde und schrille Melodie, die mir durch Mark und Bein fuhr. Wir waren noch gar nicht weit

gegangen, als ich erkennen mußte, daß ich mich zu sehr hatte blenden lassen, denn die Shar'a al-Kuwash war eine belebte Durchgangsstraße. Jacob hatte mir ein Bündel türkische Lire gegeben, die in einem Beutel mit Knopfverschluß steckten, den ich an mein Hüfttuch gebunden hatte. Als ich stehenblieb, um den Bäckern zuzusehen, wie sie die runden gelben Brotlaibe aus dem Ofen herausholten, merkte ich, daß jemand in der Menge auch angehalten hatte. Als ich mich umblickte, sah ich einen barfüßigen Mann, der nur eine Baumwollhose und einen Turban trug und eine Stofftasche an einer Schnur um sein Handgelenk geschlungen hatte.

Wir waren schon weitergegangen, als es passierte: aus dem Augenwinkel sah ich ein Messer aufblitzen, und dann ging alles so rasch und behend, daß ich, wäre mir der Mann nicht schon vorher aufgefallen, den Verlust meines Seidenbeutels nie gespürt hätte. Er machte sich nicht einmal die Mühe zu laufen, sondern ging ohne einen Blick an uns vorbei, wobei er meine kleine Tasche offensichtlich in seine größere gestopft hatte.

Zu Mohammed sagte ich: »Schnell, haben Sie ein Messer?« Verblüfft langte er in die Falten seines *Barrakans* und brachte einen Dolch zum Vorschein, indem er sagte: »Wozu brauchen Sie...«

Doch ich schnappte ihn mir, zu wütend über meine Unaufmerksamkeit und den Überfall, um etwas zu sagen. Mit raschen Schritten holte ich den Dieb ein und hieb heftig auf die Schnüre ein, an denen er seine Tasche trug. Er wandte sich überrascht um, starrte mich mit empörten, blutunterlaufenen Augen an und knurrte Worte, die ich nicht verstehen konnte. Mein Messer hatte nur eine der zwei Schnüre aufgetrennt, doch dies hatte seine Tasche aufklappen und von seinem Handgelenk baumeln lassen. Ich ignorierte seine halbirren Augen und griff aus dem Innern seiner Tasche meinen seidenen Knöpfbeutel, nickte ihm höflich zu und entfernte mich. Er wäre mir gefolgt, hätte er nicht Mohammed gesehen, der in seinen Schritten innegehalten und erstaunt zugesehen hatte. Als ich mich ihm wieder anschloß, warf mir der Dieb einen letzten tückischen Blick zu und verschwand in der Menge.

Mohammed sagte streng: »Meine kleine Bowman, was bedeutet das? Was sind Sie für ein Mensch?«

»Er hat meine Börse abgeschnitten und sie gestohlen«, sagte ich ihm.
»Aber wie haben Sie das gemerkt? Diebe sind hier raffiniert.«
»Ich habe es gemerkt, das ist alles«, sagte ich verstockt mit verkniffenen Lippen.
»Sie waren von Sinnen, ihm zu folgen – wahnsinnig –, denn er war voller Haschisch, und sein Messer war schärfer als meines.«
In diesem Augenblick fiel mir ein, daß ich mich nicht wie eine Dame benommen hatte, und ich bemerkte höflich: »Es tut mir leid, wenn ich Ihnen Ungelegenheiten gemacht habe.«
Er lachte plötzlich auf. »Sie sprechen die Unwahrheit, meine kleine Bowman, es tut Ihnen nicht leid. Ich war es, der nicht klar gesehen hat, als ich Sie für ungeformt und unbedarft gehalten habe wie so viele Ausländerinnen. Kommen Sie mit, wir kaufen Ihnen einen *Barrakan*«, sagte er. »Ich werde Ihnen viele Dinge zeigen, meine kleine Bowman, denn ich liebe diese Stadt, doch so, wie Sie aussehen, würden Sie sehr auffallen. Wenn Sie wirklich wünschen, meine Stadt zu besichtigen, müssen Sie wie jemand unseresgleichen aussehen, einen Barrakan tragen und Ihr Gesicht bedecken.«
Wir bogen um eine Ecke und tauchten in eine schmale Gasse, wo ich den Klang von sausenden Weberschiffchen hören konnte. Mohammed blieb bei einem Laden stehen, in dem sich Seiden- und Kamelhaargewänder stapelten, und begann ein endloses Begrüßungsritual mit dem Händler, dem ein endloses Feilschen um den Preis folgte. Schließlich wandte er sich an mich: »Ich habe guten Preis für Sie gemacht, meine kleine Bowman, zeigen Sie ihm Ihre Lire.«
Er wickelte den *Barrakan* aus und zeigte mir, wie er übergeworfen wurde, so daß er alles bis auf ein Auge bedeckte, und mit mir als glücklicher Teilnehmerin an einer Maskerade – denn es freute mich, meine Identität abzulegen – nahmen wir unseren Gang wieder auf, der das reinste Vergnügen war. Wir bummelten durch lichtlose schmale Passagen unter pastellfarbenen Bögen in Flecken strahlenden Sonnenlichts und dann wieder in den Schatten, stets zu einer Kakophonie von Straßenrufen, Eselsgebrüll, Schreien von Passanten und dem Hämmern von

Kunstschmieden, die Silber und Gold zu Armreifen und Halsketten verarbeiteten. Es war wie die Hauptgasse eines Rummelplatzes, nur daß wir statt auf Sägespänen auf Sand gingen und über den Unrat aus weggeworfenem Gemüse, Knochen und Dung stiegen, während der Fäulnisgeruch stärker wurde, als die Sonne mittags höher stieg.

Jeden Morgen stellte sich nun Mohammed in einem bunt bemalten, kleinen Karren bei mir ein, der Araba genannt und von einem mit Glöckchen behangenen Pferd gezogen wurde. Da übergab er mir meinen *Barrakan*, den ich über meinen Kleidern trug. Sogleich wurde die Araba weggeschickt, und wir gingen zu Fuß, streiften die Schultern von zerlumpt aussehenden türkischen Soldaten, schwarzen Sudanesen und frommen Männern mit Käppchen und Fez, doch eines Tages sah ich die geheimnisvollsten von allen: Männer in blauen Gewändern, stolz und abweisend, die Gesichter verschleiert, so daß nur ihre Augen zu sehen waren.

»Wer sind denn die?« fragte ich Mohammed, als sie an uns vorbei waren.

»Wüstensöhne, die Tuareg heißen«, sagte er, »und denen nie zu trauen ist.«

»Tuareg!« rief ich aus. »Aber Jacob sagt, sie sind von den Franzosen bezähmt worden, und er muß doch recht haben, wenn sie auf den Straßen von Tripolis herumlaufen.«

»Bezähmt?« wiederholte Mohammed. »Bezähmt? Sie kommen in die Stadt, ja, um ihre Kamele zu verkaufen und Silber einzukaufen, doch sie kommen auch als Spione.«

Ich runzelte die Stirn. »Was spionieren sie aus?«

»Die Tuareg nennen sich ›Volk des Schleiers‹, doch die Araber nennen sie Tuareg, was ›von Gott verlassen‹ heißt«, sagte er und wiederholt bestimmt: »Es sind Wüstensöhne, denen nicht zu trauen ist.« Mehr wollte er nicht sagen.

Wenn er auch von den Tuareg nicht mehr sprechen wollte, so hatte er viele andere Geschichten zu erzählen. Einmal standen wir da und blickten auf die Gurgi-Moschee mit ihrem herrlichen Turm, da beschrieb er, wie es zu ihrer Erbauung kam. Vor Jahren, sagte er, waren einmal zwei Freunde, die einander sehr zugetan waren, einer der Sohn eines Paschas und der andere ein

Seemann namens Mustafa Gurgi. Eines Tages standen sie am Strand und sahen zu, wie die Flotte des Paschas in den Hafen einsegelte, und der Sohn von Ahmed Pascha sagte, daß er als Zeichen seiner Freundschaft seinem Freund das letzte Schiff in dem Achter-Konvoi schenken würde. Dies war gewohnheitsmäßig mit dem leichtesten Frachtgut beladen, da die wirklich wertvollen Sachen immer in den vorderen Schiffen verstaut waren. Als die Flotte vor Anker lag, stellte sich zu ihrer Überraschung heraus, daß das letzte Schiff ein gekapertes Piratenboot war, das mit einem Schatz aus Gold und Silber, Wandteppichen und Teakholz beladen war. Mustafa Gurgi, der von solchen Reichtümern überwältigt war, aber auch die Freundschaft des Paschasohns nicht verlieren wollte, ließ aus Anstandsgefühl von den ungeheuren Werten des Piratenschatzes eine Moschee erbauen.
»Es ist eine sehr hübsche Moschee«, sagte ich höflich mit einer von den Hüllen gedämpften Stimme, »aber wie kommt es, daß Sie als Araber so gut Englisch sprechen?«
Er lächelte; seine Zähne waren strahlend weiß gegen seine dunkle Haut, aber er antwortete nicht. »Kommen Sie, es gibt noch mehr zu sehen und noch eine andere Geschichte.«
Seine nächste Geschichte handelte von der Jamal Kharruba, was nach seinen Worten die Moschee des Johannisbrotbaums hieß.
»Nach einem Baum benannt?« fragte ich ungläubig.
»Ja, meine kleine Bowman, ein höchst bedeutsamer Baum.« Sie war, sagte er, vor langer Zeit nach einer großen Seuche in der Stadt erbaut worden, als die armen, kranken Teufel zum Sterben vor die Stadtmauern verbannt worden waren. Ihnen wurde kein Essen gegeben, und so mußten sie sich von dem ernähren, was sie finden konnten. Also aßen sie die fleischigen Schoten eines großen Johannisbrotbaums, der wild vor den Toren wuchs, und das Johannisbrot heilte sie, und sie starben nicht. Deswegen wurde aus Dankbarkeit die Moschee dort errichtet, wo der alte Johannisbrotbaum gestanden hatte.
»Ja«, sage ich und lächelte ihn an, »aber Sie haben mir immer noch nicht verraten, wie es kommt, daß Sie in Tripolis Englisch sprechen, was hier so wenige beherrschen.«
Er lachte nur.
Ich wurde noch neugieriger, als dieser rauhe, aber herzliche

Mann mich zum Bogen des Marc Aurel führte. Bei seinem Anblick sagte ich vorsichtig: »Ich habe gehört, er ist schrecklich alt.«
Mohammed lächelte ein wenig, schloß die Augen und sagte zu meiner großen Überraschung: »Alles, was dir passiert, ist dir seit Ewigkeit vorbestimmt, und die Verkettung der Ursachen verknüpfte deine Existenz seit Ewigkeit mit dem Eintreffen dieses Ereignisses.«
Das klang unheimlich, und so grummelte ich unter meinen Hüllen: »Haben Sie sich das ausgedacht? Es klingt wie Amma.«
»Amma?« Er wandte sich mir zu und blickte mich an. »Das sind Worte von Marc Aurel.«
»Oh«, erwiderte ich.
»Sie kennen nichts von ihm?«
Ich schüttelte den Kopf. »Ist er jemand wie Omar Khajjam?«
»Ah, doch gar nicht so unwissend«, sagte er und betrachtete mich lächelnd.
»Unwissend!« stieß ich beleidigt hervor.
Doch er lachte nur.
Ich sah ihn nicht jeden Tag, denn Freitag war sein Feiertag, der *jom al-jum'a*, der Tag der Zusammenkunft, meinte er, und Sonntag war der christliche Sabbath. Er war auf unseren gemeinsamen Spaziergängen ein bekannter Mann, und die arabischen Begrüßungen waren zeitraubend, machten mich ungeduldig und ungehalten, bis ich selbst einige der Worte lernte.
Da blieb etwa ein bärtiger Mann stehen, als er ihn sah. »*Ya*, Mohammed!«
»Alaam«, erwiderte dann Mohammed.
»Ahlan wa sahlan. Keif halak, bahi«, rief sein Freund darauf.
Und so lief es ab: ›Wie steht's? Fein, wie geht es dir? Sehr gut, Allah sei Dank...‹ bis endlich zum ›Friede sei mit dir, adieu‹ (das Adieu, meinte ich, würde Jacob interessieren), woraufhin wir weitergehen konnten, ich immer einen Schritt hinter ihm wie eine richtige Muslimfrau. Doch als ich Mohammed unwirsch fragte, ob er mich in einen *Barrakan* gesteckt hätte, um sich die Peinlichkeit zu ersparen, neben mir gehen zu müssen, lächelte er nur. Ich liebte die Vormittage mit ihm, an denen wir etwa eine Stunde lang den Schwammtauchern zusahen, wie sie

sich verwegen ins Wasser stürzten, oder in einem Suk stehenblieben, um einem Jungen beim Töpfern oder einem Mann beim Elfenbeinschnitzen zuzusehen. Bei jedem Ruf des Muezzins schloß sich Mohammed den anderen zum *taschah-had* an, ihrer Glaubensbekundung, während ich im Schatten wartete und zusah, und jeden Tag, nachdem wir die Stadt zu Fuß durchkämmt hatten, brachte er mich in einer Araba wieder förmlich zum Konsulat zurück. Ich nahm meinen *Barrakan* ab und stieg aus, dankte ihm mit einem verschwörerischen Grinsen und ging in meiner westlichen Kleidung durch die Tür. Ich wurde gebildet, aber nicht nach Jacobs Erwartungen, dessen war ich sicher.

Nachts ging ich dann allein auf das Dach des Konsulats, schaute in den tiefsamtenen Himmel und sah mehr Sterne, als ich je in meinem Leben erblickt hatte. Dabei spürte ich den Zauber der Stadt in mein Herz dringen. Dank Mohammed hat er sich mir für immer eingeprägt.

Jeden Tag fragte ich Mohammed: »Wie kommt es, daß Sie so gut Englisch sprechen?«

Eines Tages sagte er: »Kommen Sie, ich zeige Ihnen etwas.«

Diesmal nahmen wir eine Araba zum Hafenbezirk, und nachdem wir sie fortgeschickt hatten, gingen wir durch ein Gassenlabyrinth, bis er vor einer kleinen Tür stehenblieb. Sich zu mir wendend, sagte er: »Das ist mein Haus.«

Es berührte mich tief, daß er mich sogar in sein Privatleben einließ, was ich für ein großes Kompliment hielt. Er öffnete die Tür, und wir schlenderten in einen zum Himmel offenen Hof mit leuchtenden Passionsblumen darüber, die wie ein Gitter die Sonne durchließen und den Boden mit Schatten überfluteten. Er führte mich über den Hof, und wir betraten einen so düsteren Raum, daß ich erst wie blind war, doch als sich meine Augen auf den Lichtwechsel eingestellt hatten, sah ich, daß er mit Kissen und niederen Tischchen ausgestattet war. Da saß eine dralle Araberin mittleren Alters mit Nähzeug im Schoß. Er redete arabisch mit ihr, sie nickte und ging hinaus, wobei sie mir einen neugierigen, aber freundlichen Blick zuwarf. Er zeigte auf einen Kissenberg, ich sollte mich dahin setzen. Dann warteten wir schweigend, bis die Frau ein Tablett mit Kaffeetäßchen brachte.

»Das ist meine Frau Asma«, teilte er mir mit und lud sie mit einer Geste ein, sich zu uns zu setzen. Ich nickte höflich, und als sie lächelte, lächelte ich auch.

»Nun werde ich Ihnen etwas zeigen«, sagte er, stand auf und brachte aus einer Zimmerecke ein Päckchen, das in erlesene Seide gehüllt war. Daraus zog er zwei sehr zerfledderte Bücher mit gewellten Seiten, als wären sie im Wasser gewesen und dann unter heißer Sonne getrocknet worden. Er drückte sie mir in die Hände. Es waren eine kleine Bibel – auf Englisch – und Marc Aurels ›Selbstbetrachtungen‹.

»Sie haben aus diesen Büchern Englisch gelernt?« fragte ich verwundert.

Er schüttelte den Kopf. »Diese Bücher befanden sich in meiner Tasche, als ich auf See gefunden wurde, halbtot, eine Planke verkohlten Holzes umklammernd, die mich kaum über Wasser hielt. Ich wurde ans Ufer gebracht und von ihrer Familie wieder gesund gepflegt.« Er nickte seiner Frau zu. »Als dies geschah, war ich nicht älter als Sie, meine kleine Bowman.«

»Aber – dann sind Sie überhaupt kein Araber oder Türke«, stammelte ich. »Sie können sogar Engländer sein!«

Er zuckte mit den Schultern. »Ich erinnere mich selbst bis zum heutigen Tag an nichts. Ich weiß nur, daß Englisch die einzige Sprache war, die ich sprechen konnte. Alles andere ist aus meinem Gedächtnis gelöscht. Alles«, fügte er bestimmt hinzu.

Er sagte dieses letzte Wort zu schnell, so daß ich wußte, es stimmte nicht, doch ich würde nicht mehr davon hören.

»Und der Konsul erfuhr davon?«

Er lächelte. »Ein kluger Mann, der Konsul, ja, ein kluger Mann. Ich handle mit Esparto – das Wildgras der Wüste, das zur Papierherstellung nach Europa geschickt wird –, und eines Tages sind er und der Vizekonsul hergekommen, um zuzusehen, wie das Esparto zur Verschiffung in Ballen gepackt wurde. In meiner Gegenwart unterhielt er sich geschäftlich mit seinem Begleiter, auf englisch, verstehen Sie, und als ich seine Worte hörte, erklärte ich ihm die Sache deutlicher – auf arabisch, verstehen Sie, aber« – er lächelte leicht – »was er für ein Gesicht machte! Später schickte er nach mir und sagte: ›Sie haben unser Englisch verstanden!‹ Also habe ich es ihm erzählt. Er ist der einzige Europäer, der es weiß.«

»Und jetzt weiß ich es.«
»Und jetzt wissen Sie es, meine kleine Bowman. Sie haben gefragt und gefragt, und jetzt wissen Sie, wie ich dazu gekommen bin, englisch zu sprechen.«
Ich sagte leise: »Und dafür danke ich Ihnen, Mohammed.«
Er nickte, stand leichtfüßig vom Boden auf und sagte: »Kommen Sie, Sie haben die Wüste noch nicht gesehen, und nächste Woche lernen Sie die Kamele kennen. Haben Sie Ihren Kaffee ausgetrunken? Ich habe Ihnen die Moschee von Sidi Hammuda, die Jama Gurgi, die Märkte, das Schloß und die Suks gezeigt. Bevor ich Sie heimbringe vor Ihrem morgigen Sabbath, wird es Zeit, daß Sie die Wüste sehen.«
Für diesen Ausflug nahmen wir wieder eine Araba, deren Glöckchen fröhlich bimmelten. Aber diesmal fuhren wir an den Stadtrand, von wo wir zu Fuß durch enge, beidseits von Lehmmauern begrenzte Gassen, knöcheltief voll Sand. Schließlich erreichten wir die letzte Mauer, wo ein paar Palmen standen, und dann endeten abrupt alle Spuren der Stadt. Wir standen vor so viel Raum, wie ich ihn erst einmal vorher gesehen hatte – auf unserer langen Überseereise. Die Erde erstreckte sich flach und gelbbraun – sicherlich in die Unendlichkeit –, bis sie auf den gelben Sonnenuntergangshimmel traf und mit ihm verschmolz. Zu meinen Füßen war der Boden hie und da mit gebleichten trockenen Gräsern übersät, aber kein Halm war hoch genug, um im Wind zu zittern, den ich im Gesicht spürte und der nach der Hitze und den Gerüchen der Stadt voller Frische war. Weit weg konnte ich eine Reihe dunkler Gestalten über den spärlichen Bewuchs ziehen sehen, Kamele oder Ziegen, doch sonst war da nur faszinierende Stille und riesige Leere.
Mohammed, der mich beobachtete, sagte: »Nun?«
Ich holte tief Luft und nickte. »Ja«, sagte ich.
»Sie werden viele Tage mit den Kamelen reisen, bis Sie Ghadames erreichen.«
Ich hatte keine Vorahnung. Schließlich war ich erst sechzehn, und am Montag würde ich lernen, ein Kamel zu reiten. Ich gab keine Antwort. Nach ein paar Minuten gingen wir wieder, und ich wurde ins Konsulat zurückgebracht.

5

Ich hatte stets angenommen – und mein Geographieunterricht an Miss Thistlethwaites Schule hatte nicht dazu beigetragen, diesen Glauben zu erschüttern –, daß eine Wüste vollständig aus Sand besteht, aber Mohammed lachte darüber. »Soviel Sand gibt es gar nicht, meine kleine Bowman, wie die Leute meinen«, sagte er. »Die großen Sanderhebungen heißen *ergs*, doch es gibt viele Meilen mit Schotterflächen oder *regs* und große Steingebirge in der Sahara.«

Im Geographieunterricht war mir auch der Eindruck vermittelt worden, daß Kamele wochenlang ohne Wasser auskommen könnten, doch Mohammed meinte, das sei eine Übertreibung; ich hatte angenommen, daß Kamele schnell sind und viele Meilen am Tag zurücklegen, doch Mohammed lächelte nur über meine Unbedarftheit und sagte, die beste Geschwindigkeit eines Reitkamels betrage acht Stundenkilometer, und Packtiere seien sogar noch langsamer, und ja, es gebe Geschichten von Kamelen, die unglaubliche Strecken in kurzer Zeit zurückgelegt haben, doch niemand füge hinzu, daß diese Kamele sich am nächsten Tag oft hinlegten und an Erschöpfung starben. Darauf verkündete ich, ich hätte gehört, das Kamelreiten mache seekrank, woraufhin er mir versicherte, daß auch dies selten vorkam; wahrscheinlicher sei es, daß ich in den Schlaf gewiegt würde, was weitaus schlimmer und gefährlicher sei. So waren meine sämtlichen Vorstellungen über den Haufen geworfen worden, und mir blieb nur die Neugier, wie es nun in Wahrheit sein mochte.

Da Mohammed ein erfolgreicher Espartohändler war, besaß er eigene Kamele, von denen er zwei zu meinem Kameltag ausgesucht hatte. Sie warteten vor den Stadtmauern auf uns, zusammen mit einem halben Dutzend zerlumpter, ausgelassener Jungen. Jacob schloß sich uns nicht an, er schien damals wahrlich von Sinnen zu sein; seinem Brief an die Hohe Pforte in Konstantinopel mit dem Antrag auf einen Reisepaß oder *furman*, wie er hieß, war immer noch nicht mit der Gewährung der Reiseerlaubnis entsprochen worden, und nun gab es neben den Vorbereitungen zur Abreise verzweifelte Besuche beim Pascha im Schloß, um ihn zu überreden, stellvertretend den *furman* auszustellen. Jacob war schon zu weit vorangekommen, um sich noch aufhalten zu lassen; ich hatte die Wichtigkeit dieser Reise für ihn unterschätzt, ebenso seine Hartnäckigkeit. Ich ahnte, daß der Bericht für seine Gesellschaft ein Höhepunkt oder krönender Abschluß sein sollte, sein Eintritt in die Welt als Abenteurer und Weltreisender, aber er hatte mir seine Träume nicht anvertraut; und ich sah ihn so selten, daß ich mich oft fragte, warum er mich geheiratet hatte.

Das Kamel, das ich an diesem Tag zum Reiten bekam, war eine sandfarbene Stute. Ich hatte mich darauf gefreut, mich mit ihr genau wie mit einem Pferd anzufreunden, aber auch das war ein Fehler, wie ich augenblicklich lernte. Als ich auf sie zuging und einen Arm hob, um ihren langen Hals zu streicheln, schrie Mohammed »NEIN!«, und ich hielt verwirrt inne. Das Kamel sah aus großer Entfernung auf mich herab, fletschte mit einem verächtlichen Blick seine riesigen gelben Zähne und spuckte nach mir. Dieses Kamel war also kein Pferd, und man durfte es nur reiten, aber es war auch sehr hoch, und ich war sehr klein neben ihm. Unter Schreien und Stockhieben brachten die Jungen das Kamel in eine Hocke, ich wurde in einen Holzsattel gehoben, der sich sehr wacklig anfühlte, das Kamel wurde auf die Füße geprügelt, und ich fiel nach vorne; es gab einen gewaltigen müden Seufzer von sich, als es zum Stehen kam, und ich fiel nach hinten und klammerte mich verzweifelt an den Sattelknauf.

Schon zogen wir los, während ein Junge mit einer Führungsleine neben dem Kamel herging. Ich nahm an, das geschah, um das Biest am Davonlaufen zu hindern, was unvorstellbar schien, weil sein Schritt so langsam war. Auch diese Annahme war ein Irrtum; jedesmal, wenn wir an ein paar Grashalmen oder Dornbüschen vorbeikamen, blieben wir stehen, das Kamel senkte den Kopf, um hinzusehen und dann zu fressen, wobei ich über seinen Kopf beinahe wieder auf den Boden rutschte. Während es das Grünzeug in den großen Rachen seines Mauls stopfte, kaute, rülpste und brüllte es erbärmlich, und ich rutschte wieder in den Sattel. Ich sah allmählich ein, daß ein Kamel ein sehr exzentrisches Tier war, und konnte nicht verstehen, warum Nomaden ihnen Liebeslieder sangen.

Bei dieser ersten Übung ritten wir nicht weit, denn nach ein paar Minuten rief Mohammed *»Ghibli!«* und deutete zum Horizont, der eben von einer gelben Wolke verdüstert wurde. »Zurück – *yuaf*!« schrie er und drehte mit vielen Hieben sein Kamel herum. Da ich keine Ahnung hatte, was ein *Ghibli* sein mochte, spürte ich einen leichten Schrecken, der noch durch die störrische Art meines Kamels vergrößert wurde, auf das eingesprochen, eingeschrien, eingeprügelt und eingedroschen wurde, bis es schließlich gegen seinen Willen umgedreht war. Der Himmel war noch lebhaft blau, doch die Hitze schien an Wucht und Intensität zugenommen zu haben, und Wind erhob sich, der unberechenbare Sand- und Staubwirbel herwehte, so daß meine Lippen, als wir unseren Ausgangspunkt erreichten, rauh waren vom Sand, der mir auch in die Augen stach und meine Nase verstopfte. Mohammeds Gesicht war zu einer weißen Maske geworden.

»Was ist ein *Ghibli*?« fragte ich unwirsch.

»Der nach Norden blasende Wind aus der Wüste«, teilte er mir mit. »Das bleibt so, bis der Wind dreht. Wie hat Ihnen Ihr Ritt gefallen?«

»Ich werde es morgen besser machen, Sie werden sehen«, versprach ich ihm.

Er sagte unbekümmert: »Morgen wird es Ihnen ein anderer beibringen.«

Verblüfft sagte ich: »Was meinen Sie?«

Er wandte sich ab und erteilte den Jungen auf arabisch Anweisung, die Kamele wegzuführen. Mohammed und ich gingen zu den zwei Eseln, auf denen wir aus der Stadt geritten waren; sie warteten unter den Palmen, an einen Baum gebunden, im Lee des von der Wüste herblasenden Windes, und als ich meinen losband, fragte ich: »Mohammed, was haben Sie damit gemeint, daß morgen ein anderer kommt?«

Er blickte mich gelassen über die Schulter seines Esels an. »Ich muß morgen – an eurem Sabbath – nach Misurata reisen, meine kleine Bowman.«
Verdutzt sagte ich: »Oh, wirklich, Mohammed?«
Er nickte. »Ich muß Sie meines Geschäftes wegen verlassen, es duldet keinen Aufschub mehr.«
Ich sah ihn bestürzt an. »Aber ich sehe Sie wieder, wenn Sie zurückkehren, nicht wahr? Ist Misurata weit? Jacob macht sich Hoffnungen, daß wir in ein paar Tagen einen *furman* erhalten, doch der Konsul besteht darauf, daß wir dann noch warten und uns einer Karawane aus Bengasi anschließen, die erst in ein paar Wochen hier sein wird. Werden Sie so lange weg sein?«
Er setzte ein schiefes Lächeln auf. »Er wird seinen *furman* bekommen, aber ich halte Ihren Gatten nicht für einen Mann, der geduldig auf eine Karawane wartet, meine kleine Bowman.«
»Aber – aber ich werde Sie vermissen«, stammelte ich. Als ich dann merkte, was er gesagt hatte, wurden meine Wangen rot. »Oh, Mohammed, es tut mir leid, ich habe überhaupt nicht an Ihr Geschäft gedacht, das Sie verlassen haben, um mein Führer zu sein. Hat der Konsul Sie dazu gezwungen?«
Er schüttelte den Kopf. Dann sagte er ernst: »Wissen Sie, ich studiere sehr eifrig den Marc Aurel, meine kleine Bowman. Er hat geschrieben: ›Die Urkraft des Weltganzen ist wie ein wilder Strom. Er reißt alles mit.‹ Ich habe viel nachgedacht über seine Meditationen und darüber, was vom Faden des Schicksals für uns gewebt wurde.« Schlicht bemerkte er noch: »Es war meine Pflicht, Ihnen meine Stadt zu zeigen.«
Ich starrte diesen Mann an, der so viele Jahre seines Lebens schon in Gesellschaft einer arabischen Frau und des Marc Aurel verbracht hatte.
»Doch ich bin auch ein ehrlicher Mensch«, fügte er mit einem plötzlichen Lächeln hinzu, »und wollte Ihr Führer sein, denn wenn ich Engländer bin – wenn ich Engländer sein sollte –, hätte ich wohl eine Tochter so wie Sie gehabt.«
Das berührte mich tief. »Oh, das hätte ich sehr gemocht«, sagte ich ihm freundlich. »Sie waren so nett zu mir, Mohammed.«
Er nickte. »Ich will sogar noch netter sein und Ihnen etwas anderes sagen, meine kleine Bowman. Es ist gut, daß Ihr Gatte

Edrasi als Karawanenleiter ausgesucht hat, aber wie ich höre, will er auch Umar als Reiseführer haben.«
»Ja, kennen Sie ihn?«
Er zuckte mit den Schultern. »Ein guter Führer, Umar, aber es hat vor kurzem in den Suks Gerüchte gegeben, meine kleine Bowman, die der Konsul wohl noch nicht vernommen hat. Wenn Sie Einfluß haben...«
»Was für Gerüchte, Mohammed?«
»Glauben Sie, ich möchte in einer dunklen Nacht ein Messer in den Rücken bekommen? Es wird geflüstert von Habgier, daß er zu freundlich sei zu den – aber ich sage nichts mehr. Wenn Sie Einfluß haben...«
Er verstummte, und obwohl ich in ihn drang, wollte er nicht mehr sagen, aber schon der Ton gefiel mir nicht.
Wir bestiegen die Esel – liebenswerte Geschöpfe nach meinem feindseligen, spuckenden Kamel – und trotteten durch die sanderfüllten Gassen, bis wir die Stadtstraßen und dann schließlich das Konsulat erreichten. Als Mohammed am Eingang abstieg, sagte er: »Ich habe etwas für Sie, meine kleine Bowman.«
Es war eine Hand der Fatima, aus gediegenem Silber gefertigt, die klein genug war, um in meine Handfläche zu passen. Dieses Zeichen hing als Schutz gegen das Böse über jedem Haus und Suk in Tripolis. Sein Geschenk trieb mir Tränen in die Augen.
»Es ist wunderschön, Mohammed, ich danke Ihnen.« Und mit einem schiefen Lächeln setzte ich hinzu: »Hat Marc Aurel irgend etwas über Abschiede zu sagen?«
Ein anerkennendes Blitzen war in seinen Augen. »Er hat geschrieben: ›Wie lächerlich und weltfremd ist derjenige, der sich über etwas wundert, was im Leben geschieht!‹«
»Nun gut«, sagte ich traurig, »ich werde dennoch hoffen, Sie wiederzusehen.«
»Das«, sagte er, »liegt in den Händen unserer beiden Götter.« Er verbeugte sich und fuhr sich mit der Hand an die Lippen und die Stirn, das traditionelle Zeichen der Ehrerbietung; ich tat das gleiche, obwohl ich ihm lieber um den Hals gefallen wäre. Er ergriff die Führungsleinen der zwei Esel und führte sie die Straße entlang; ich sah ihm nach, bis er in eine Gasse abbog – er blickte sich nicht um – und aus meinem Blickfeld verschwand.

Seine Worte blieben jedoch bei mir, denn ich vertraute Mohammed, und mir war sehr unbehaglich, da ich nicht wußte, was er über diesen Umar hatte sagen wollen, der vom Konsul so sehr empfohlen worden war. Ich beschloß, etwas über Jacobs Entscheidungen und Pläne in Erfahrung zu bringen.

Der *Ghibli* blies die ganze Nacht und den nächsten Tag, ein heißer und ungesunder Wind, sehr stark und so trocken, daß es schwerfiel, Nahrung zu schlucken, die sowieso vor Sand knirschte, egal, wie geschützt sie in der Küche gewesen war, denn Wind und Staub krochen durch die Wände herein und hinterließen eine dünne weiße Schicht auf den Überseekoffern, dem Bettzeug, den Kisten, Tischen, Stühlen und dem Boden. Als ich so vom hartnäckigen *Ghibli* gefangengehalten wurde, ängstigten mich die nächsten Wochen ohne Mohammeds Gesellschaft, denn jeder im Konsulat hatte Arbeit zu erledigen, und Jacob verbrachte lange Stunden damit, die Vorräte für unsere Reise durchzugehen, sie wieder und wieder zu überprüfen, wobei er gar nicht zum Reden aufgelegt war. Ich vertraute Mr. Jappy meine Gefühle an, doch unglücklicherweise war das gemalte Lächeln auf seinem Holzkopf starr, und er konnte mir keinen Rat geben. Ich übte die arabischen und türkischen Wörter, die ich von Mohammed gelernt hatte, ich schrieb einen langen Brief an Belle Stanhope und war unendlich erleichtert, als nach zwei Tagen der Wind in seinem Wüten aus dem Süden nachließ und wir wieder in den Genuß der köstlichen Mittelmeerbrisen kamen.

Es war noch am selben Tag, als der Pascha in Tripolis es persönlich auf sich nahm, Jacob den *furman* auszustellen, zweifellos, um seine lästigen täglichen Besuche loszuwerden, und an diesem Abend sah ich Jacob, den Vizekonsul und einen hageren Mann mit Turban und *Barrakan* in eines der vom Hof entfernten Zimmer gehen und die Tür hinter sich schließen.

Ich machte die Tür wieder auf und ging hinein.

Alle drei Männer drehten sich überrascht um. Jacob sagte scharf: »Caressa, wir sind beschäftigt. Später bitte.«

Ich hielt die Stellung. Er hatte mich zuvor schon einmal zum Schweigen gebracht, aber nun war ich aufgewühlt. Es war nicht die Sorge um meine Sicherheit, sondern etwas Tieferes, das aufbegehrte. Zu viele plötzliche Veränderungen waren im letzten Jahr auf mich eingestürmt, und ich hatte mich allem gefügt, weil ich in Jacobs Welt ein Kind gewesen war. Aber wir waren nicht mehr in Jacobs Welt. Eine ganz andere Caressa hatte fünfzehn Jahre lang in einer anderen Welt gelebt, bevor sie ihn getroffen hatte, eine Caressa, die die Tochter eines Trapezartisten und einer Frau ohne Kopf war, und diese Caressa verlangte Gehör. »Mr. Bowman – Jacob«, sagte ich, »ich möchte über die Pläne Bescheid wissen.«

Schockiert entgegnete er: »Caressa...«

Mit fester Stimme sagte ich ihm: »Wir sind zu zweit, Jacob. Ich gehe mit dir und will es wissen.«

Ich hatte ihn sehr verlegen gemacht, aber er setzte sich elegant, nur mit einem knappen vorwurfsvollen Blick darüber hinweg. Wie zu einem Kind sagte er: »Dann setz dich in die Ecke, aber sei ganz still.«

Ich saß still da und lauschte. Als erstes erfuhr ich zu meiner Überraschung, daß Umar Jacobs Arabisch nicht immer verstand. Jacob hatte klassisches Arabisch studiert, nicht das umgangssprachliche, also war es notwendig, daß der Vizekonsul häufig unterbrach und Umar erklärte, was gesprochen wurde. Ich wunderte mich schon, was für eine Verständigung draußen in der Wüste möglich sein würde, ohne Vizekonsul als Dolmetscher. Dann trat Umar ins Licht, so daß ich sein Gesicht besser sehen konnte, und etwas in mir mochte es gar nicht besonders. Gewiß beeindruckte er Jacob mit seinem raschen Auflachen und den dramatischen Gesten, aber mir waren seine Augen zu nah beisammen. Er erinnerte mich an Sharkey Bill, einen der Ausrufer auf dem Rummelplatz, der mit einer wundersamen Leier die Städter anlockte, aber nach Ammas Worten das Herz einer Schlange besaß.

Als ich dort in meiner Ecke saß, erkannte ich, daß Jacob trotz all seines Reichtums und der gelehrten Arbeiten, die er für seine Gesellschaft schrieb, nie viel über Menschen gelernt hatte. Er konnte den Spott in Umars Augen nicht blitzen sehen, als Umar sich vor diesem Andersgläubigen verbeugte und ihn umschmeichelte. Ich war sicher, daß Mohammed in bezug auf diesen Mann recht gehabt hatte und daß er von Jacob zehnmal mehr Geld verlangte als von jedem arabischen Händler, der nach Ghadames reisen wollte. Ich wußte nicht, ob ich über Umar oder über Jacob ungehaltener sein sollte, der sich seiner Scharfsinnigkeit so rühmte, aber dennoch nicht sehen konnte, daß in diesem Land sein Reichtum eine ebenso fette Beute war wie ein ausgestopfter Panda bei einer Hexenrad-Wette, die von Anfang an getürkt war.

›Schön‹, dachte ich, ›wenn er gerupft werden soll, kann er es sich zumindest leisten, aber er wird nicht nett dreinschauen, wenn ich ihm diese Gedanken anvertraue.‹

Damit wandte ich meine Aufmerksamkeit wieder dem Gepräch der drei Männer zu. Sie hatten bereits über das Geld für freies Geleit gesprochen, das an die Ajjer-Tuareg zu zahlen war, durch deren Gebiet wir mußten. Ihr Gespräch kreiste nun um die Karawane, die, wie es hieß, von Bengasi aus auf dem Weg war. Ich hörte genau zu, denn von Mohammed hatte ich viel über solche Dinge gelernt. Er hatte mir erzählt, daß Tripolis einst der Ausgangspunkt für fast alle Karawanen gewesen war, die sich zu einer Wüstendurchquerung von Norden nach Süden aufmachten, und auf einer Landkarte hatte er die Route nachgefahren, die sie gewöhnlich einschlugen, einige Richtung Murzuk im libyschen Fezzan, einige zu den Salzminen von Bilma, andere Richtung Tschad-See, Sudan oder an den Niger. Doch die Zeiten hätten sich geändert, hatte er gesagt, weil die Briten und Franzosen Kolonien südlich der Sahara besetzt hätten, und nun schickten sie ihre Güter an die Elfenbeinküste, um sie per Dampfer nach Europa zu verschiffen. In diesen Tagen sah man in Tripolis selten eine Karawane, und die Türken, die hier herrschten, begnügten sich mit der Stagnation im Lande.

»Wo die Türken hintreten, wächst kein Gras mehr«, hatte Mohammed gesagt, und er behauptete, daß es in Murzuk noch immer einen florierenden Sklavenmarkt gab, obwohl der Handel nun illegal war. Die Sklaven, sagte er, wurden dorthin gebracht, um in die Harems von Konstantinopel verschleppt zu werden.

Nun wurde besprochen, wie lang genau die Karawane aus Bengasi brauchen würde, um hier einzutreffen. Jetzt, da Jacob den *furman* erhalten hatte, wollte er es ungeduldig wissen; und er schien zudem voller Ungeduld, endlich aufzubrechen.

»Es ist lächerlich, zu warten«, höhnte er.
»Aber sicherer«, betonte der Vizekonsul. »Je größer die Karawane, desto sicherer die Reise.«
»Aber um Himmels willen, es ist nur ein dreiwöchiger Ausflug bis Ghadames«, beschwerte sich Jacob. »Sie reden, als würden wir in den Sudan oder zum Niger aufbrechen, durch halb Afrika. Wir sind hier schon sechs Wochen, und niemand weiß, wann diese Bengasi-Karawane uns erreichen wird; vielleicht sind sie noch gar nicht aufgebrochen. Weiß das jemand?«
»*Lah*«, sagte Umar kopfschüttelnd.
»Also dann...« und Jacob zuckte mit den Schultern. »Warum nicht losgehen? Wir haben den vermaledeiten Tuareg ihren Tribut gezahlt, die Kamele sind bereit und unsere Vorräte verpackt. Sie haben mir gesagt, ich habe in Edrasi den besten Leiter, und Umar wird uns führen. Wir haben Kameltreiber, ich habe Wachen angeheuert, und wir haben Waffen. Wir vergeuden Zeit.«
Der Vizekonsul lächelte ein wenig. »In diesem Land lernt man Geduld.«
Da schlich ich mich weg, weil ich nichts weiter hören wollte, denn ich erinnerte mich an das, was Mohammed gesagt hatte: »Ich halte Ihren Gatten nicht für einen Mann, der geduldig auf irgendeine Karawane warten wird, meine kleine Bowman.« Er hatte natürlich recht, und ich wußte, daß wir bald aufbrechen und unseren Aufenthalt in Tripolis beenden würden.

6 Drei Tage später verließen wir Tripolis.

Unsere Karawane sollte vom Fonduk aufbrechen, der Karawanserei, hinter deren dicken Mauern und gewaltigem Tor Reisende aus der Wüste nachts Schutz fanden und zusammen mit ihren Ziegen, Schafen und Kamelen schliefen. Wir kamen am hellen Nachmittag dorthin, um noch zu sehen, wie die letzten unserer Kamele beladen wurden, denn wir sollten vor Sonnenuntergang losziehen. Ich hatte Mohammeds Rat wegen meiner Kleidung befolgt, was Jacob sehr irritierte. Ich trug zwar den langen Hosenrock, den er mir hatte anfertigen lassen, hatte aber die vorgeschriebenen Lederreitstiefel gegen ein Paar weiche türkische Filzstiefel eingetauscht und mir ein Paar Wüstensandalen um den Hals gehängt, die *nails* hießen und auf die Jacob geringschätzig blickte. Mohammed hatte gesagt, es bräuchte nur einen Ziegenschlauch voll Wasser, wertvoller als Gold, ein oder zwei Decken, der Rest obliege mir – ich hatte viel von ihm gelernt, seit ich in Tripolis angekommen war –, und so weigerte ich mich, Unterröcke, Hüftgürtel oder einen Tropenhut zu tragen. Er hatte mich auch darauf aufmerksam gemacht, daß gegen die Tageshitze wie die Nachtkälte viele Schichten nötig waren und daß Wolle am besten sei, also hatte ich heimlich meinen wollenen *Barrakan* in meine Deckenrolle gewickelt und bestand auf einem Turban für meinen Kopf, mit einem Strohhut oben drauf. Da ich mich behutsam Jacobs Herrschsucht entzog, hatte ich Taschen in den Hosenrock und den *Barrakan* genäht, worin ich die silberne, mir von Mohammed geschenkte Hand der Fatima trug, ein paar Münzen zum Zaubern und meine drei Fingerpuppen – den Clown, die goldhaarige Isabelle und Mr. Jappy.

Jacob hingegen sah aus wie ein strenger Rittmeister in seinem Khaki, den Reitstiefeln und dem Tropenhelm.

Ich war erstaunt, daß so viele Kamele und so viele Leute für einen Dreihundert-Meilen-Ritt durch die Wüste notwendig waren, obgleich die Karawane drei Wochen brauchen würde; ich hatte die Vorratskisten vergessen, die uns in Jacobs Bibliothek umgeben und im Konsulat ein ganzes Zimmer eingenommen hatten. Edrasi und Jacob hatten sechzig Packtiere zusammengetrieben, die unter ihren Lasten stöhnten und grunzten und in den Farben von beige über braun bis reinweiß variierten. Die Reitkamele waren gewöhnliche *jamal*, doch von irgendwoher hatte Edrasi für Jacob ein *mahari* ergattert, das schlank, elegant und grazil war.
Als ich den belebten Fonduk betrat, sah ich mich mit viel Erstaunen und Neugier betrachtet – ein Weib an so einem Ort und dazu eine »Europäerin« –, und ich sehnte mich nach der Verkleidung, mit der Mohammed mich vor diesem Gemisch aus Neugier und sicher wohl auch Feindseligkeit geschützt hatte. Ich stand in einer Ecke und versuchte herauszufinden, wer bloß zum Zuschauen da war und wer mit uns kommen würde. Ich zählte sechsundzwanzig Kameltreiber; ich sah Edrasi und Umar und die acht bewaffneten türkischen Soldaten, die die Militäreskorte für uns bilden würden, bis wir Mizda erreichten (um uns dann der Gnade Allahs zu überlassen), und zwischen ihnen allen rannte Jacob mit verkniffenen Lippen herum und schrie unwirsch Befehle, damit diese Araber sein Zeitgefühl respektierten, was sie aber nie taten.
Nichtsdestoweniger wurde bei Sonnenuntergang verkündet, daß wir reisefertig waren, und es gab ein aufgeregtes Hin und Her, von dem ich selbst auch nicht unberührt blieb. Ich stieg auf den strohgefüllten Sack, der auf dem Rücken meines *jamals* lag; ein Kameltreiber bearbeitete das arme Wesen mit einem Stock, das umständlich die Knie und Gelenke entfaltete, bis es stand, so verstimmt und mißmutig wie ich. In diesem Augenblick fiel ein Futterballen von einem der Lastkamele hinter mir, und ich saß da und wartete, wie es mir schien eine Meile hoch, während zerlumpte Männer um das andere Tier schwärmten, um es auf die Knie zu zwingen und wieder zu beladen. Hinter den Mauern der Karawanserei flammte der Himmel rot und gold, verschwendete seinen Glanz in einem Rausch von Farben, bevor er

sein Licht entzog. Kamele schrien, brüllten und ließen ihren Mist fallen; kleine Jungen riefen mir Worte zu, die ich nicht verstehen konnte; Jacob, Edrasi und Umar standen beisammen und beaufsichtigten das Verstauen des letzten Gepäckstücks. Dann wurde das Kamel unter Geschrei auf die Füße gepeitscht; Jacob stieg auf sein *mahari*, und die Tore der Karawanserei wurden uns geöffnet, so daß wir in den rasch verblassenden Sonnenuntergang reiten konnten.
Mir war unsere Route gezeigt worden – südlich nach Mizda und dann südwestlich nach Ghadames –, aber in dieser Nacht würden wir nicht weit gehen; der erste Reiseabschnitt sollte kurz sein, um sowohl uns wie die Kamelladungen auszuprobieren, doch es würde Mitternacht werden, bevor wir anhielten. Bald schon ging die Sonne unter, beraubte den Himmel seiner Farbe und erlöste uns von der Tageshitze. Als der Mond im Westen aufging, senkte sich eine Kühle herab, so kalt wie das gediegene Mondsilber, aber es machte mir nichts aus, denn wir ritten unter einem samtigen Himmel, der vor Sternen glitzerte, und sobald Geschrei und Gelächter des Aufbruchs abgeklungen waren, verfielen wir in Schweigen, das nur vom sanften Scharren der Kamelfüße und dem Knarren von Holz und Leder gebrochen wurde.
Um Mitternacht hielten wir an, um ein Zeltlager zu errichten, was mir eine große Zeitverschwendung erschien, bis mir Jacob erklärte, daß wir weit vor der Morgendämmerung wieder unterwegs sein und nicht vor Mittag Halt machen würden, wenn die Sonne am höchsten stand. Nichtsdestoweniger war es ein Schock für mich, festzustellen, daß jedes einzelne Packkamel wieder entladen und für diese wenigen Stunden gefüttert und getränkt werden sollte, so daß nun ich meine Ungeduld hinunterschlucken mußte. Das Errichten dieses Lagers löste wahnwitziges Gebrüll der Kamele und Geschrei der Männer aus. Ein Feuer wurde entfacht, das einen goldenen Kreis schuf, der die Sterne verblassen ließ und die Gesichter der Männer in ein Chiaroscuro tauchte, als sie Tee tranken, die Kamele an den Vorderbeinen fesselten und sich im flackernden Licht hin und her bewegten. Irgendwo unter all den Packen und Kisten war ein Zelt für Jacob und mich, doch im Halbdunkel war es nicht zu

finden, und ich konnte ihn wütend darüber zetern hören, daß es nicht auf das dafür ausgewählte Kamel gepackt worden war.

»Was macht das schon?« fragte ich verdrießlich, denn ich war bereits steif und wund vom Reiten.

»Das verstehst du nicht«, warf er mir kurz angebunden zu. »Wir werden das Gesicht verlieren vor diesen Menschen, wenn ich mich nicht in allen Belangen durchsetze. Sie arbeiten für mich, und ich bin es, der sie bezahlt.«

Sobald die Ballen in einem losen Kreis angeordnet waren, verließen ein paar Männer das Feuer, um sich Kuhlen im Boden zu buddeln, in die ihre Leiber paßten. Als ich sah, wie sie sich zum Schlafen hinlegten, wickelte ich mich in eine Decke und tat es ihnen nach. Ich stellte fest, daß die Erde noch warm von der Sonne war. Vor dem Eindämmern lag ich noch da und betrachtete das Züngeln der Flammen, das nicht mehr als ein Flimmern unterm Himmel war, während Jacob immer noch von Ballen zu Ballen eilte, um nach seinem Zelt zu suchen. Bald fielen mir die Augen zu, und für die uns spärlich zugemessene Zeit schlief ich ein.

Wir glichen einer kleinen, in sich geschlossenen Welt, die sich langsam über steinigen Boden auf die flachen, kahlen Hügel von Gharyan zubewegte, wobei wir acht bis zehn Stunden am Tag ritten und zu ungelegenen Zeiten unruhig schliefen. Zuerst gab es noch vereinzelt Wildblumen, Olivenbäume und Felder mit Esparto, doch bald wurde der Pflanzenwuchs spärlicher, und wir reisten durch eine baumlose, trostlose Öde, stumpfgrau im ersten Licht, bernsteinfarben zu Mittag und bronzefarben im Dämmerlicht. Nur ein paar sanfte Hügel und Sandwellen oder ein Beduinenlager, das wir in weiter Ferne erspähten, verringerten die Montonie. In Mizda machten wir zwei Tage Halt, um weitere Vorräte einzukaufen und uns auszuruhen, doch Mizda war ein freudloses Dorf aus Steinhäusern, und hier verloren wir unsere Eskorte türkischer Soldaten. Als wir Mizda verließen, zogen wir nach Südwesten, umgingen die Hammada al-Hamra – die rote Steinwüste – mit dem Ziel Ghadames, wobei es zwischen dort und Mizda nichts als lange Stunden des Reitens und eine einzige Oase gab.

Mohammed hatte recht gehabt, daß der Kamelschritt einen einzuschläfern droht. Erst während unserer zweiten Reisewoche erholte ich mich von einer schrecklichen Schläfrigkeit, die von der tödlichen Eintönigkeit der langen Stunden im Sattel, der sengenden Hitze bei Tag und der in die Knochen fahrenden Kälte bei Nacht herrührte. Vom Proviant, den Jacob gekauft hatte, öffneten wir lustlos nur eine kleine Kiste, die Sardinen und Dosenpfirsiche enthielt, und die aß ich immer wieder. Die Kameltreiber wunderten sich darüber, da sie noch nie Sardinen gesehen hatten und sich viel lieber an ihre Hirse, ihre Datteln und stark gezuckerten Tee hielten. Dieser Tee wurde bei jedem Halt zelebriert; Jacob schrie meist die Männer an, die Uhr in der einen, den Kompaß in der anderen Hand, machte darauf aufmerksam, daß noch Kamele zu beladen waren und wir mit dem Aufbruch im Verzug waren. Aus der Beobachtung von ihm lernte ich etwas Geduld, da ich sah, wie wenig seine Tiraden ausrichteten.
Eines Morgens erwachte ich und merkte, daß ich auf den vor uns liegenden Tag gespannt war, da mir plötzlich die Freiheit des Karawanenreisens bewußt wurde, die der des Schaustellerlebens nicht unähnlich war. Ich sah allmählich ein, wie klug es war, zuweilen mit dem Kamel am Seil ein paar Stunden zu gehen; ich hatte es gern, wenn die Dinge gut liefen und die Männer sangen. Einmal gab es Gerüchte, eine Gazelle sei gesehen worden. Jacob und Umar ritten mit Gewehren davon, und obwohl sie mit leeren Händen zurückkehrten, hatte die Hoffnung auf Fleisch alle wieder aufgemuntert. Ich lernte auch einige der Männer kennen, lächelte und nickte dem Taubstummen zu, der einen Esel ritt. Edrasi war besonders nett; schon möglich, daß Mohammed in Tripolis ihm von mir berichtet hatte, denn er nahm sich gelegentlich Zeit, um neben mir zu reiten oder zu gehen und mir die Wunder von Ghadames zu beschreiben.
»Die schönste Oase, die Allah geschaffen hat«, sagte er in einer Mischung aus Arabisch und Französisch, doch irgendwie schafften wir eine Verständigung, und ich lernte neue Wörter.
Wenn es auch die Aufgabe Umars war, uns zu führen, und die von Edrasi, die Kameltreiber zu beaufsichtigen, so hatte Edrasi diesen Treck schon sehr oft gemacht, wie er sagte, und er zeigte

auf fast unsichtbare Anhaltspunkte des Pfads, dem wir folgten: gelegentlich ein versteinerter Kamelhufabdruck im Fels, eine kleine Bodenerhebung zur rechten oder linken oder die Knochen eines Kamels, das vor langer Zeit auf dem Weg nach Ghadames gestorben war.

Wir waren noch einen Fünftagesritt von Ghadames entfernt, als Jacob seinen Kompaß und mit ihm seine Fassung verlor; ab da ging alles schief. Er war wütend darüber, seinen Kompaß nicht zu finden, und verbrachte seine Mittagsrast damit, mit Umar ein paar Meilen unserer Wegstrecke zurückzugehen, was sehr dumm von ihm erschien, da die Mittagssonne erbarmungslos brannte. Er kehrte bleich und abgekämpft zurück, um dann wütend Kisten aufzubrechen in dem Versuch, einen anderen Kompaß zu finden, so daß er überhaupt keine Ruhe und keinen Schlaf hatte und wir uns mit dem Aufbruch verspäteten; aber Jacob hatte immer noch keinen Kompaß. Kaum waren wir losgezogen, als Umar von der Spitze der Karawane herrief: *»Ghibli! Subka!«*

Hastig wurden die Kamele in die Hocke gebracht und ihnen Ballen und Kisten vom Rücken gezerrt. Es blieb kaum Zeit, sie an den Vorderfüßen zu fesseln, bevor der messingfarbene Schleier am Horizont mit erschreckendem Tempo zu riesigen Türmen kränklich gelber Wolken aufstieg, die Sonne und Himmel verdeckten. Der Sturm warf sich mit der Geschwindigkeit eines Tornados auf uns. Das Tosen des Windes klang wie das Schreien von tausend Teufeln – einen Ballen mit wertvollem Futter wehte es an mir vorbei und dann ein Akazienbäumchen von weiß Gott woher, gefolgt von einer Zeltstange. Ich wickelte mich in den *Barrakan* und drängte mich in der erstickenden Hitze eng an mein Kamel, während Sand und Staub selbst in meinen Umhang drangen. Schlimmer war noch, daß ich wohl von Menschen und Tieren umgeben war, aber niemand von ihnen sehen und mich auch nicht vergewissern konnte, daß ich nicht allein war. Als Trostspender brachte ich Mr. Jappy heraus und sprach mit ihm auf äußerst unsinnige Weise, bis ich nach einer Stunde meinen Kopf freimachte und feststellte, daß ich fast vom Sand zugeschüttet war und mich ausgraben mußte.

Zwei weitere Stunden hielten wir diesem Angriff der Natur

stand, und als er endlich aufhörte, war es Nacht, aber eine sternenlose Nacht. Wir hatten im Sturm zwei Kamele und drei Ziegenfellschläuche mit Wasser verloren, und es dauerte eine weitere Stunde, bis die Kamele wieder beladen waren. Umar riet uns, die ganze Nacht zu reiten, um die verlorene Zeit wieder gutzumachen, und so verfuhren wir auch.
Erst als am nächsten Morgen die Sonne aufging, entdeckten wir, daß wir die ganze Nacht in die falsche Richtung gegangen, nach Süden statt nach Südwesten gesteuert waren. Jacob verlor die noch nicht wiedererlangte Fassung nun gänzlich und stauchte Umar in seinem Zorn darüber zusammen, daß so etwas geschehen konnte. Da ritten dann auch zwei Tuareg über den *reg* auf uns zu und baten hungrig um Essen. Als ich sie sah, dachte ich mir, wie gern Joe Laski von Laskis Fahrender Truppe einen Targi für seine Bude gefangen hätte. Sie waren unglaublich groß und unglaublich gespenstisch mit den schwarz verhüllten Gesichtern, aus denen nur ihre dunkel geränderten Augen herausschauten. Jeder von ihnen trug ein Dutzend oder mehr Amulette um den Hals geschlungen, winzige Ledersäckchen, Silberstückchen, Federfetzchen, und ihre Schwerter steckten in Leder mit grünen und roten Mustern. Die Gewehre, die sie trugen, waren altmodisch, gar nicht wie Jacobs Gewehr vom Kaliber 12 oder die 450er Cordite Express.
»Na gut, gebt ihnen was«, sagte Jacob unwirsch, sein Gespräch mit Edrasi und Umar unterbrechend, »und dann laßt uns um Himmels willen unsere Route wieder aufspüren. Mein Gott, wir müssen zwanzig oder vierzig Meilen vom Kurs abgekommen sein. Umar...« Da er merkte, daß er wieder englisch gesprochen hatte, tadelte er den Führer auf arabisch. Was immer er auch sagte, ich konnte es nicht verstehen, doch Umar blickte unfreundlich drein. Die beiden Tuareg baten um Tee und Zucker, was ihnen geistesabwesend gegeben wurde, und während Jacob und Umar sich darüber stritten, was als nächstes zu tun sei, musterten uns die Tuareg scharf und ritten davon.
»Wenn ich meinen Kompaß nicht verloren hätte...« schnappte Jacob.
Umar unterbrach ihn mit den Worten, er wüßte von einer Abkürzung nach Norden, wenn er sie finden könnte, und schlug

vor, zu dem eine Meile entfernten Sandrücken zu reiten und nach Anhaltspunkten zu schauen. Ich sah zu, wie sein Kamel immer kleiner wurde, sich den Hügel hinaufmühte und verschwand. Das Warten war langweilig, und ich wagte es, wieder meine Fingerpuppen hervorzuholen und mich zu unterhalten, bis auf einmal eine Schar Männer auf dem Sandrücken weiter südlich erschien und auf uns zugeritten kam.

Jacob, den Feldstecher an den Augen, fing zu fluchen an: »Nicht Umar: Tuareg, ein Dutzend gleich.«

Neben ihm hörte ich Edrasi murmeln: »Das gefällt mir nicht, Sir.«

Die Tuareg hielten direkt auf uns zu, ihre Gestalten veränderten die Form und flimmerten in der Wüstenhitze, doch als sie näherkamen, änderte sich nicht nur ihre Form, sondern auch ihre Zahl; ich zählte zwanzig gegen uns dreißig. Edrasi griff mit der Hand an den in seinem Gürtel steckenden Revolver, und wir warteten.

Als sie uns erreicht hatten, sah ich, daß ihre Schwerter diesmal nicht eingesteckt waren. Der Anführer der Gruppe sah Jacob an, aber er sprach mit Edrasi. Er grüßte arabisch: »Sein Friede sei mit dir«, worauf Edrasi mit zusammengekniffenen Augen erwiderte: »Friede sei mit dir.« »Kein Übel«, sprachen die Tuareg. »Kein Übel«, sagte Edrasi, gefolgt von: »Wie geht's?« »Kein Übel, Gott sei gedankt. Mögen du und die deinen wohlbehalten bleiben, kein Übel, Gott sei gedankt.«

Das lief alles ab, während Edrasi die Hand am Revolver in seinem Gürtel hatte und die Tuareg ihre Schwerter gezogen hatten.

Jacob, der sich bemühte, diese Situation in den Griff zu bekommen, entsann sich seiner Tamahak-Studien und trat einen Schritt vor. »*Matulid*«, sagte er zu dem Targi, und zu Edrasi: »Sag ihm, wir hätten Tribut – *mouna* – für freies Geleit gezahlt und die *ghefara* seines Stammes erhalten, hier reisen zu dürfen.«

Der Targi achtete nicht auf Jacobs Tamahak-Gruß und sprach direkt auf Edrasi ein, der dolmetschte. Ich schnappte die Wörter *sukkar, schay, bandejiya* und etwas anderes auf.

Edrasi erklärte: »Sie wollen Tee, Zucker, Gewehre und zwei Kamele.«

»Sie wollen was?« sagte Jacob ungläubig.
»Attini«, sagte der Targi und streckte die Hände nach Gaben aus, *»Attini.«*
Ich sah Jacob an, der seinen Kompaß, seinen Schlaf sowie den Weg nach Ghadames verloren hatte und sich gegen widrige Umstände bemühte, diese Konfrontation unter seine Kontrolle zu bringen. Zu meiner Verwunderung sah ich, daß er blaß vor Wut war, als er sich diesen großen, skeletthaften Männern in ihren fremdländischen Schleiern und Gewändern mit ihren alten Steinschloßgewehren und den Schwertern an ihrer Seite zuwandte.
»Sag ihnen, sie sollen gehen, sie werden nichts bekommen«, sagte er wütend, völlig blind gegenüber der Tatsache, daß wir umzingelt waren. »Das ist Piraterie, das dulde ich nicht, das dulde ich nicht.«
›Caressa‹, dachte ich, ›das hast du davon, über deinem Rang zu heiraten; er muß denken, diese Männer sind Halloween-Rabauken, um Himmels willen. Der Mann hat kein Gespür.‹ Er sah neben den auf ihren Kamelen sitzenden Tuareg auch sehr klein aus, und das würde ihm genausowenig gefallen, dachte ich, und: ›Oh, verdammt, er wird versuchen, sich zu behaupten – all diese Colleges, all diese vermaledeiten Arbeiten für seine Geographische Gesellschaft.‹
Edrasi sagte geduldig: »Sie wollen einen Tribut, Sir. Gewehre, ein paar Kamele, Tee und Zucker.«
»Lächerlich«, schnaubte Jacob. »Wir haben zweien von ihnen was zu Essen gegeben, die erst vor Stunden betteln gekommen waren.«
»Sir, Tuareg betteln nicht.«
»Nein?« meinte Jacob belustigt.
Edrasi schüttelte den Kopf. »Sie fordern.«
»Fordern!« sprudelte Jacob aufgebracht hervor und zog den Revolver aus seinem Halfter. »Ein unsäglicher Affront! Verdammt noch mal, ich habe ein kleines Vermögen an Geld für freies Geleit durch dieses Gebiet bezahlt.«
Edrasi schüttelte heftig den Kopf. »Nein, Sir, Sie haben Ajjer-Tuareg bezahlt, diese sind Hoggar-Tuareg. *Much-ta'lif* – geben Sie jetzt, ich bitte Sie darum.«

»Blutsauger und Erpresser«, schnaubte Jacob und fuchtelte wild mit dem Revolver herum. »Sag ihnen, sie bekommen nichts von mir, sag ihnen, sie sollen sich verziehen, oder ich schieße.«
Ich schrie ihn an, falls er nicht verstanden hatte. »Jacob, das ist ein anderer Stamm, gib ihnen, was sie verlangen!«
»Niemals«, schrie er.
Ich hörte, wie er sein Schießeisen entsicherte, und dachte: ›Er ist verrückt geworden, er ist echt übergeschnappt.‹
Edrasi schrie auf: »*Lah! Hayir, hayir!* Nein!«
Doch es war zu spät. Jacob – der wütende, unnachgiebige Jacob – drückte den Abzug und feuerte dreimal.
Drei Tuareg fielen. Der eine griff an seinen Bauch, kaum noch am Leben, und stieß seltsam wehklagende Laute aus, während die anderen beiden bereits tot zu Boden sanken.
Es folgte eine schauerliche Stille, und mir schien, daß sogar die Tuareg schockiert waren; das hatten sie nicht erwartet. Hinter mir bemühte sich einer der Karawanenmänner, von seinem Kamel abzusteigen, doch es war zu spät, es war schon in dem Augenblick zu spät gewesen, als Jacob den Finger an den Abzug gelegt hatte. Die Stille endete mit einem wütenden Aufschrei und Peitschenknallen, und die Tuareg mit ihren in der Sonne blitzenden Schwertern drängten sich ungeheuer geschickt zwischen uns. Nun rollten buchstäblich Köpfe, und Jacobs war der erste.
Ich starrte entsetzt auf seinen im Sand liegenden Kopf mit den noch weit geöffneten Augen. Die Geräusche des Blutbades waren grausig: Rufe, Schreie, vor Angst brüllende Kamele. Nun fielen auch andere. Ich war wie gelähmt vom Anblick des aus den abgeschlagenen Köpfen steigenden Dampfs, mir wurde schlecht von dem Blutgeruch, der die Kamele in Panik versetzte, aber mir blieb keine Zeit zum Nachdenken, ich stand neben meinem Kamel, immer noch am Leben, und war als nächste dran.
Es war abscheulich, daß ich sein Gesicht nicht sehen konnte, nur seine wilden, dunkel geränderten Augen, die mich anblitzten. Als er sein blutbesudeltes Schwert mit beiden Händen hob, konnte ich seine Muskeln sehen, angespannt zu dem Hieb, der mein Leben beenden würde, und ich zuckte unwillkürlich zu-

sammen und hob in einem dummen, nutzlosen Versuch, meinen Kopf zu schützen, den Arm, wobei mir kaum bewußt war, daß dabei noch immer die Puppe auf einem Finger meiner rechten Hand steckte.

Der Anblick des Clowngesichts auf meinem Zeigefinger verblüffte den Targi. *»Ugarra«*, fauchte er, machte einen Schritt zurück, senkte sein Schwert und rief einen Gefährten, der zu ihm kam. Sie deuteten auf das Holzgesicht an meinem Finger, Worte wurden gewechselt, und dann ertönte zu meiner Erleichterung ein erneuter Ruf, und sie wandten sich einstweilen von mir ab und den Männern zu, die die Kamele zusammentrieben.

Es war schon grausam genug gewesen, als ich meinem eigenen Tod ins Auge geblickt hatte, doch es war noch grausamer, als ich mich umsah und erkannte, daß ich der einzig überlebende Mensch unserer Karawane war. Innerhalb von fünf Minuten war alles, was ich gekannt hatte, dahin: Jakob, die Heimat, die Vergangenheit und die Zukunft. Alle Männer lagen tot auf der Erde, einige enthauptet wie Jacob, andere mit zertrümmerten Schädeln. Eine große Übelkeit stieg in mir hoch, doch ich würgte den Brechreiz hinunter, entschlossen, keine Schwäche zu zeigen. Das alles ging über meinen Verstand; und dann kam mir ein schrecklicher Gedanke. Ich verließ den Schutz meines Kamels und machte einen Rundgang unter den Toten, kniete mich neben die Gefallenen, um jedes Gesicht zu prüfen, und als ich jeden Mann identifiziert hatte – nur den armen Jacob ließ ich aus –, wußte ich, daß Umar nicht von den Sanddünen zurückgekehrt und nicht unter ihnen war.

Vor kurzem noch hatte Mohammed mir Tripolis gezeigt. »Es gibt Gerüchte in den Suks, meine kleine Bowman, die der Konsul wohl noch nicht vernommen hat.« Von Habgier, hatte er gesagt und war dann verstummt.

Wie naiv von mir, anzunehmen, Umar würde von Jacob nur den zehnfachen Preis verlangen. Nun wußte ich, daß Umar es gewesen sein mußte, der uns an die Tuareg verraten hatte. Er wollte etwas von Jacobs Reichtum für sich haben und hatte sich schlau davongemacht, sobald er uns in die Falle geführt hatte. Wie ihm der Sandsturm und der Verlust von Jacobs Kompaß gelegen ge-

kommen sein müssen, wobei ich keinen Zweifel hatte, daß der Kompaß die ganze Zeit in Umars Tasche war. Als ich auf diesem blutigen Schauplatz stand, schwor ich, daß ich Umar umbringen würde, wenn ich überlebte und ihm noch einmal begegnete. Es war ein Schwur, der genügte, mich aufrecht zu halten, wie es die Wut oft tut, und ich brauchte diese Wut angesichts meiner Lage, die Tod durch das Schwert, Gefangenschaft oder Schlimmeres bedeutete. Ich drängte mich zwischen den Leichen durch, fand den Esel des Taubstummen, setzte mich darauf, denn ein Esel hatte wenig Wert, sie würden die Kamele schätzen. Ich würde hier mit steinernem Gesicht sitzen bleiben und darauf warten, daß sie über mein Schicksal entschieden.
Da ich mich aber doch noch erinnerte, daß etwas an meiner Fingerpuppe mir mein Leben etwas länger bewahrt hatte, zog ich Mr. Jappy aus der Tasche meines Barrakans und steckte ihn auf einen Finger der anderen Hand. Ich schaute nicht mehr zu Jacob hin, es war so, als wären die Monate, die ich ihn gekannt hatte, so sauber von mir abgetrennt worden wie sein Kopf von seinem Körper; ich wagte es nicht einmal, an Jacob zu denken, schließlich war dieser schreckliche Augenblick seiner Besessenheit zu verdanken, für seine Gesellschaft zu schreiben. Ich dachte stattdessen an den Vater, den ich nie kennengelernt und der Abend für Abend auf dem Hochseil balanciert hatte, und daran, daß Amma gesagt hatte, es sei ein schöner Anblick gewesen, ihn in seinem Glitzertrikot so hoch über der faszinierten Menge zu sehen. Nachdem er sich zu Tode gestürzt hatte, habe Mama gelernt, Schläge wegzustecken, sagte Amma, und: »Was dich nicht umbringt, macht dich stark.«
›Nun gut, sie haben mich noch nicht umgebracht‹, dachte ich. Und mit einem Blick auf die leere, sengende Wüste konnte ich sehen, wie stark ich würde sein müssen. Ich sah zu, wie drei seichte Gräber in den Kies gescharrt, drei Tuareg hineingelegt und Stein- und Felsbrocken mit den Händen auf sie gehäuft wurden, um sie zu bedecken. Für die anderen würde es keine Gräber geben, und die Geier kreisten bereits. Ich sah zu, wie Packen aufgerissen wurden und die französischen Bibeln, die Jacob für die Weißen Patres mitgebracht hatte, über den Boden verstreut wurden. Jacobs Gewehre wurden verteilt und die Mu-

nition ausgepackt. Kamele, die sich abgesondert hatten, wurden zurückgeführt, darunter Jacobs schönes weißes *mahari*... diese Tuareg würden reich an Tieren und Waffen abziehen. Ich sah zu, wie langsam eine Karawane Gestalt annahm, die Packen wieder aufgeladen wurden, Männer schrien und Kamele grunzten und stöhnten. Als sie abmarschbereit waren, kam der Targi, der ihr Anführer zu sein schien, zu mir her und sah mich an. Ich starrte ausdruckslos zurück. Seine Augen richteten sich wieder auf meine Finger, und er blickte finster drein. Nach einer Weile griff er nach der Leine des Esels und führte mich und den Esel schweigend zur Karawane. Ich sollte mit ihnen ziehen.

7 Später erfuhr ich, welches Unbehagen diese beiden Fingerpuppen ihnen bereitet hatten, denn sie befürchteten, ich wäre eine Zauberin oder Hexe, und wagten deshalb nicht, mich umzubringen. Offenbar sprachen sie ernsthaft darüber, ihre Route zu ändern und mich nach Murzuk zu bringen, um mich an einen Sklavenhändler zu verkaufen, eine gute Möglichkeit, mich loszuwerden, ohne einen Fluch auf sich zu laden, doch ihre Route ging direkt nach Süden und dann nach Westen über das Tassili-n-Ajjer-Massiv, da lag Murzuk zu weit östlich. Sie hofften statt dessen, unterwegs auf eine Sklavenkarawane zu treffen, so entschied es zumindest ihr Anführer, der *amrar*.

Es war gut, daß ich dies nicht wußte, denn ich blies Trübsal genug, als die lange Reihe der Kamele an jenem Tag ihren Weg nach Süden nahm, mit mir am Ende, wo ich den Esel an der Leine führte. Die meiste Zeit ging ich lieber zu Fuß, wobei es nichts zu sehen gab außer dem von dem Kamel vor mir herabfallenden Mist. Trotz meiner Hoffnungslosigkeit – was einen ergötzlichen Konflikt ergab – wußte ich, daß ich Augen und Ohren offen halten mußte und nicht unbekümmert werden durfte – unbekümmert, wenn es mich doch kaum kümmerte, ob ich tot oder lebendig war? Es gab an jenem Tag Augenblicke, da ich freudig in die Wüste hinausgeritten wäre, um allem ein Ende zu setzen, und andere Augenblicke, da meine Wut so hoch wallte, daß ich diese Leute hätte anschreien mögen, auch wenn es mich das Leben gekostet hätte. Solche Augenblicke kamen und gingen, ließen mich zittern und fluchen, bis es mir langsam dämmerte, daß es genauso schwer sein kann, eine Möglichkeit zum Sterben zu finden, wie im Elend zu leben, wenn es einem nicht in der Hand geschrieben steht, jung zu sterben, wie Amma sagen würde.

Und so schleppte ich mich Stunde um Stunde dahin, hungrig

und durstig, bis ich vor der Abenddämmerung eine Beschleunigung der Karawane wahrnahm, Stimmen und Gelächter unter den Männern hörte. Als ich nach vorne spähte, sah ich vor den Dünen eine Ansammlung von einem halben Dutzend niederer Zelte. Sehr zu meiner Überraschung konnte ich dort Frauen sehen, als wir näherrückten: es war ein Tuareg-Lager, und ich erkannte, daß dieser furchtbare Tag seinem Ende zuging. Bald würde ich erfahren, welches Schicksal mir zugedacht war und ob der Tod mit Jacob gütiger gewesen wäre.

An jenem Abend sprachen sie rund ums Feuer viel von mir, wie ich an ihren häufigen Blicken merkte, die mich im Schatten der Zelte trafen. Mit Überraschung sah ich, daß sich die Frauen gleichermaßen an allen Diskussionen beteiligten; ich hatte angenommen, daß sie als Muslime verborgen und stumm blieben, aber dem war nicht so. Sie trugen auch keine Schleier wie ihre Männer. In jener ersten Nacht war mir noch nicht bekannt, daß den Tuareg-Frauen viel Macht und Freizügigkeit zugebilligt wurde und man ihnen in galanten Liedern und Gedichten, zu ihren Ehren komponiert, huldigte. Damals noch nicht; ich brauchte Zeit, um zu erkennen, daß die Frauen eine gefangene *roumi* nicht das Lager mit einem ihrer Männer oder Jugendlichen teilen lassen wollten, was ich erst nach und nach aus ihren Gesten und der Art, wie sie mich in ihrer Nähe behielten, begriff.

In jener Nacht wurde ich in ein anderes Zelt verlegt, einer Frau namens Marsaya und ihrer Familie übergeben oder zugeteilt. Marsaya war nicht jung, und soweit ich sehen konnte, war sie Witwe, denn der Mann, der hinter einer Zeltabteilung schlief, schien zu ihrer Tochter zu gehören. Marsayas Gesichtshaut war schlaff geworden, bildete Falten und prägnante Linien zwischen Nase und Lippen, doch früher muß sie so schlank und rehäugig wie ihre Tochter gewesen sein. Von Kopf bis Fuß war sie in Schwarz gehüllt, das zu ihren dicken Augenbrauen paßte mit den beiden Runzeln dazwischen. Ihre Augen, die knapp unter den Brauen lagen, waren von dichten Wimpern umsäumt. Ihre Stimme konnte schneidend wie auch sanft sein, aber ich bemerkte, daß sie in ihrem Zelt, ja im ganzen Lager mit Achtung behandelt wurde.

In jener Nacht waren wir zu viert im Zelt, darunter ein Kind, doch am Morgen ging der Mann mit den anderen weg. Sie nahmen alle Kamele mit, und nur die Schafe und Ziegen ließen sie da. Ich sah die Karawane abziehen, blickte ihr lange nach, bis sie immer kleiner wurde und verschwand, wieder in die Richtung zog, aus der wir gekommen waren, doch es war niemand da, der mir sagen konnte, warum oder wohin sie gingen.

In Marsayas Zelt wurde ich halb als Dienerin, halb als Gast behandelt, eine Unentschiedenheit, die von einem gewissen Unbehagen an dem Wort *ettama* herrührte, ein Wort, das ich oft genug in bezug auf mich gehört hatte, um es wiederzuerkennen, und das, wie ich allmählich verstand, Zauberkraft bedeuten mußte. Doch ich war auch eine Hilfe, die nicht ungenutzt bleiben sollte. Zu meinem Erstaunen stellte ich fest, daß alle Tuareg Bedienstete hatten, die *imrid* hießen. Ich konnte mich dennoch nützlich machen. Wenn die *imrid* morgens das Feuer entfachten, brachte ich den anderen oft den Tee, und meine Augen waren von Nutzen, um den kleinen Jungen außerhalb des Zelts vor Skorpionen und Schlangen zu behüten, während die Frauen ihren ausgiebigen Nachmittagsschwatz hielten.

Doch die mir in jener ersten Nacht zugerufenen Worte lauteten *»Attini, attini...«,* wobei Marsayas Tochter auf den golden an meiner linken Hand schimmernden Ehering deutete.

Eingeschüchtert machte ich einen Versuch, den Ring abzustreifen, da ich mein Leben immer noch für gefährdet hielt, doch da fiel im Feuerschein ein langer Schatten auf mich. Es war Marsaya, die aufrecht dastand und sehr gebieterisch aussah. *»Lah«,* sagte sie streng, und brachte die anderen zum Schweigen. Weitere Worte folgten, eines davon *ettama,* zweimal wiederholt. Sie machten große Augen, und dann wurde mir eine Schale Haferschleim gebracht, der, wie ich später lernte, in ihrer Sprache *assink* hieß, und auch ein Stück getrockneter Hartkäse, *tikamarin,* der aber so scheußlich roch, daß ich ihn so unauffällig wie möglich beiseite legte.

Doch es war mühsam, daß ich ihre Sprache nicht beherrschte, deren Kenntnis Jacob sich angeeignet hatte, aber nie anwenden sollte. Ich wußte nämlich nicht, ob sie meine »Magie« als gefährlich für sich betrachteten. Sie hatten mich deswegen nicht umgebracht, so etwa dachte ich, doch ob aus Angst vor mir oder wegen eines künftigen Nutzens, war unklar, so daß ich viele Tage lang mein Überleben nicht für selbstverständlich halten konnte. Wir kommunizierten durch Zeichensprache und Wortwiederholung. Marsayas Tochter deutete eines Morgens auf sich und sagte »Fadessa«, und da ich sie später so gerufen hörte, begriff ich, daß sie so hieß. Um ihren kleinen Sohn wurde viel Aufhebens gemacht, wenn er nackt durchs Zelt krabbelte, und ich schloß aus dem mehrmaligen Hören, daß er Sebeki hieß, und später noch, daß sein abwesender Vater Yunis hieß.

Doch bald entdeckte ich, daß ich den kleinen Sebeki nicht berühren durfte. Als ich ihn eines Tages in die Arme zu nehmen versuchte, erstarrten die Frauen. Marsaya rief scharf, *»Lah! Lah!«,* und Fadessa eilte zu dem Jungen und brachte ihn weg, wobei sie mir einen erschreckten, vorwurfsvollen Blick zuwarf. Wieder hörte ich das Wort *ettama.* Sie wußten nicht, was sie aus mir oder vielleicht mit mir machen sollten, und als eines Tages die Fingerpuppe Mr. Jappy aus der Tasche meines *Barrakans* fiel, drang aus ihren geschlossenen Lippen ein Zischen wie das einer Schlange, und sie starrten fast mit Entsetzen darauf. *›Ettama‹,* dachte ich, klaubte Mr. Jappy von der Matte auf und steckte ihn wieder in meine Tasche. Ihre Augen beobachteten, wie er verschwand, und richteten sich dann schnell auf mein Gesicht, um mich sorgfältig zu mustern.

»Attini«, sagte ich, das einzig andere mir vertraute Wort, und ob es nun »Gib es mir« oder »Ich will das« hieß, es kam einigermaßen hin.

Nach sechs oder sieben Tagen, als ich sah, daß ich nicht getötet werden würde, zumindest nicht jetzt, wandte sich mein Sinnen und Trachten der Zukunft und Fluchtgedanken zu: Ich wollte fliehen, sehnte mich danach zu fliehen, träumte vom Fliehen, während ich die ganze Zeit wußte, daß ich nicht nur die Gefangene dieser Leute, sondern auch der Wüste ringsherum war, dieses großen und gefährlichen Tafellands, das sich mit seinen Tücken von Hitze, Kälte und Durst bis zum Horizont erstreckte. Es fiel mir schwer, meine Hilflosigkeit zu akzeptieren, und schließlich wies ich sie zurück; in mir keimte der Gedanke auf, ich könnte eines Tages einen Weg finden, um sowohl zu fliehen als auch zu überleben. Ich hatte noch keine Ahnung, wie ich

das ohne Kompaß, Landkarte oder Kamel bewerkstelligen würde, aber es gab mir Halt und verlieh meinen Tagen einen gewissen Sinn. Jede Nacht studierte ich die Sterne und ihre Positionen und prägte sie mir ein. Ich sah zu, wie eine der *imrid* ein Ziegenfell behandelte, es mit einer aus Akazienrinde gebrauten Flüssigkeit wasserdicht machte und daraus einen Wasserschlauch oder eine *Gerba* formte, wie Edrasi ihn genannt hatte. Ich konnte kein Essen horten, weil die Matten täglich gefegt und gewendet wurden und alles darunter Versteckte gefunden worden wäre; ich hätte gern Stücke des *tikamarin* genannten Käses aufgehoben, aber sein Geruch war so stark, daß er überall vor mir hergeweht wäre.
Da ich mich genauso wie die *imrid* als Sklavin fühlte, beobachtete ich sie nun und durfte manchmal helfen. Ich reichte ihnen Zweige oder getrockneten Kamelmist, womit sie das Feuer schürten, sah ihnen zu, wie sie es aufflammen ließen, indem sie einen am Ende zugespitzten grünen Stecken gegen einen trokkenen Stecken rieben, bis durch die Reibung einige feingeraspelte Holzspäne entzündet wurden. Schließlich beherrschte ich das auch. Ich fand es nicht nur schade, sondern auch langweilig, daß die Frauen die Zelte nie verließen, außer um eine Nachbarin zu besuchen. Sie verbrachten den Nachmittag mit Handarbeit, sponnen Wolle, knüpften Matten und stellten Lederbeutel her. Ich fragte in Zeichensprache, ob ich helfen könnte, denn es war ermüdend, bloß zuzusehen, und ich wußte, ich konnte etwas Wertvolles lernen, deshalb schloß ich mich ihnen an. Sie widmeten auch ihrem Haar viel Zeit, wuschen es oft in einer sonderbaren Flüssigkeit, bis ich schließlich herausfand, daß es Kamelurin war. Bald machte ich ihnen das nach, warum auch nicht, dachte ich, da Wasser so knapp und kostbar war, daß die Hände mit Sand gewaschen wurden.
Es gab keine Möglichkeit, die Zeit zu messen, doch als ich vier oder fünf Wochen bei ihnen war, hatte ich ein paar Worte ihrer Sprache aufgeschnappt. *Matulid* hieß ›Wie geht es dir?‹. *El kheir la bes* hieß ›Alles ist in Ordnung‹, und ich lernte, daß die Wüste doch auch ein paar Schrecken für diese Leute enthielt, denn so gefürchtet wie Durst oder Dürre waren die *Dschinns*, die Geister, die dem einsamen Wanderer auflauerten. Vielleicht hiel-

ten sie mich für einen sichtbar gewordenen *Dschinn*, ich wußte es nicht.
Eines Tages saß Fadessa auf einer Matte vor dem Zelt, als sie Sebeki abrupt aufhob und nach drinnen trug, während sie scharf auf die anderen einredete, die in die Schatten zurückwichen. Ich blickte vom Knüpfen einer Matte auf und sah eine zottige Gruppe von Fremden auf zwei Kamelen und vier Eseln vorbeireiten, Männer, Frauen und Kinder mit zwei Packtieren dahinter. Die Männer trugen ihre *tagelmusts* nicht ordentlich, die Gesichter waren halb entblößt, und die Kamele waren mit sonderbaren Geräten beladen. Am Ende der Prozession schritt erhobenen Hauptes ein schwarzer, neun- oder zehnjähriger Junge, der in der einen Hand einen Stock schwang. Im Vorbeigehen drehte er den Kopf und blickte mich an, sah dann noch mal her, zog überrascht die Brauen zusammen und lächelte mich strahlend an, als ob er ein Geheimnis mit mir teilte.
Als sie vorüber waren, zeigte ich hinter ihnen her und fragte durch Zeichen, wer sie waren, denn sie sahen fast wie Zigeuner aus. *»Enaden«,* sagte Fadessa und verzog ihre lieblichen Züge zu einer Grimasse.
»Enaden«, wiederholte Marsaya und deutete mit mehr Freundlichkeit als Fadessa dann auf ihr niederes Bett, das aus Tamariskenholz gemacht war. Als mir immer noch nichts klar war, ging sie einen wunderschönen Dolch holen. *»Enaden«,* sagte sie und führte Handbewegungen aus, als würde sie ihn formen, wonach sie zu Yunis' am Zeltpflock hängenden Ersatzsattel ging und ihn tätschelte. *»Enaden«,* wiederholte sie.
Offenbar waren es Leute, die Dinge herstellten. Später lief ich an den Zeltrand und sah in der Ferne, ziemlich weit vom Lager weg, eine neue Ansammlung von Zelten, drei an der Zahl und klein. Ich war neugierig; das war zumindest etwas Neues, und ich brauchte Denkstoff, da mein Leben so beengt und häuslich war. Ich wunderte mich auch über den schwarzen Jungen, denn die anderen, mit denen er gekommen war, hatten kupferfarbene Haut. Es dauerte einen weiteren Tag, bis ich erfuhr, warum sie scheel angesehen wurden, und zu meiner großen Überraschung war das immer wieder in bezug auf sie wiederholte Wort *ettama*, dasselbe, das auf mich angewandt worden war.

›Na schön‹, dachte ich, ›dann haben wir etwas gemeinsam, und ich muß herausfinden, welchen Zauber sie benutzen, daß sie so gefürchtet sind.‹

Am nächsten Tag, als Marsaya und Fadessa mit dem Kind Freunde in einem Zelt nicht weit vom Lager der *Enaden* besuchten, zockelte ich ihnen möglichst unauffällig hinterher. Der Junge schien die ganze Zeit nur auf mich gewartet zu haben, denn plötzlich war er an meiner Seite.

Strahlend deutete er auf sich. »Ich«, sagte er.

Ich sah ihn verdutzt an. »Du?« sagte ich dumm.

»Ich Bakuli, Jesus-Knabe.«

»Du sprichst englisch?« japste ich. Ich konnte es kaum glauben.

»Ja, Missy, sehr gut, und auch Jesus-Knabe.«

»Ein Christ?« sagte ich fassungslos. »Aber – wie kommt das?«

Er dachte einen Augenblick nach, und verzweifelt meinte ich schon, ich würde nichts mehr von seinem Englisch hören, was sich sowieso wie ein Wunder anhörte. Doch er hatte noch mehr zu sagen und brauchte nur Zeit, um die Worte zu finden. »Weißer Jesus-Mann mein Freund, er sterben von Schlafkrankheit«, sagte er. »In meinem Dorf.« Er drehte sich um und deutete über die einsame Wüste nach Süden. »Als er sterben, Bakuli von schlimmen Menschen gestohlen. Viele Monde wir gehen, Missy, zum Nordstern, und viele sterben. Ein Tag ich denken, besser weglaufen und sterben, aber der gute Jesus mich retten.« Er deutete auf die Zelte der *Enaden*. »Sie mich finden ganz tot in Wüste und mir geben Wasser.« Er klopfte sich triumphierend mit dem Daumen auf die Brust und grinste sein breites und strahlend weißes Lächeln. »Ich, Bakuli, leben.«

Ich lächelte zurück. »Du lebst, ja – und sprichst englisch! Du bist von Sklavenhändlern gestohlen worden?«

»Ja, Missy.«

Ich erschauerte. »Bist du denn glücklich mit den – den *Enaden*, Bakuli?« Er dachte darüber nach, und allmählich verdüsterte sich seine Miene. Er sagte schlicht: »Ich krank werden nach Bäumen.« Er blickte zu mir hoch. »Und Ihr, Missy?«

Auf einmal schrie jemand aus den Zelten: »Bakuli? Bakuli!« Mit einem letzten Blick auf mich, der von Bedeutungen erfüllt war, die ich nicht entschlüsseln konnte, drehte er sich um und rannte ins *Enaden*-Lager zurück. Ich blieb heimwehkrank, verwundert und einsam dastehen, weil ich englische Worte gesprochen gehört hatte. Noch bevor der Tag endete, konnte ich nicht glauben, was geschehen war, und begann, die Zeit danach zu messen, wie lang es dauern würde, bis ich wieder mit dem Jungen sprechen konnte. Es war nicht leicht. Sicherlich hätte es leicht sein können, weil ich jeden Tag einen Blick von ihm erhaschte, aber ich mußte folgern, daß die Wüstenbewohner, so von leerem Land umgeben, es nie anheimelnd fanden, allein zu sein.

Doch es gab so viel, was ich wissen wollte, und er war der einzige, der es mir mitteilen konnte.

Anscheinend war er so neugierig wie ich, denn als wir uns sechs Tage später endlich wieder trafen – eine Ewigkeit des Wartens –, blickte er mich mit besorgtem Gesicht an. »Missy«, sagte er, »Sie haben magische *munwe*?«

»Munwe?«

»*Bemba*-Wort«, murmelte er und runzelte die Stirn; er hielt einen Finger hoch und starrte darauf. »Ah – Finger!« sagte er und blickte mich an. »Missy, was das sein? Sie sagen?«

Aus der Tasche in meinem *Barrakan* zog ich Mr. Jappy hervor, und als ich ihn auf den Finger steckte, wich er vor mir zurück.

»Iyo, iyo«, gellte er, »Sie sein *ndoshi*? Oh, Jesu!«

»Bakuli, es ist nicht zum Fürchten«, beteuerte ich, ihn rasch abnehmend. »Es heißt Puppe – zum Spaß, zum Spielen.«

»Nicht magisch?«

Das wollte ich nicht abstreiten, doch ich bestand darauf, daß er Mr. Jappy berührte, was er widerstrebend und nur aus dem Wunsch heraus tat, mich kennenzulernen, wie ich ersehen konnte. Dann steckte ich mir Mr. Jappy wieder auf den Finger und unterhielt mich mit ihm, sagte ihm, daß er Bakuli kennenlernte, mit dem ich Freundschaft schließen wollte. Mr. Jappy nickte und antwortete mit einer anderen Stimme, bis Bakuli begeistert lachte, nicht länger furchtsam, da das Kind in ihm darauf ansprach.

Nun erfuhr ich von ihm, warum ich verschont worden war, denn er sprach genügend Tamahak, ihre Sprache, um Fragen gestellt zu haben, wer ich sei. Ich erfuhr auch, daß diese Tuareg vom Hoggargebirge in der Mitte der Sahara kamen und vor Monaten eine Kamelkarawane zusammengestellt hatten, um sie in Ghadames zu verhandeln und zu verkaufen, wo die Preise höher als bei den Türken waren; und in Ghadames hörten sie von einer kleinen reichen Karawane, die bald eintreffen würde – Umar, dachte ich düster –, und hatten beschlossen, sich durch einen Überfall auf uns weiter zu bereichern.
»Und das ist es«, sagte Bakuli. »Das ist alles.«
»Nein, erzähl' mir von den Leuten, bei denen du wohnst – sie heißen *Enaden*?«
Er nickte, und ich schwieg, während er nach einem englischen Wort zum Erklären suchte. »Smiede«, sagte er schließlich, streckte beide Hände aus und drehte sie um, damit ich sie anschauen konnte.
Nun wich ich zurück, denn seine Handflächen waren mit offenen, häßlichen Pusteln übersät und dunkelrot von Verbrennungen. »O Bakuli!«
»Viel Feuer, um zu machen Speere«, räumte er ein. »Ich, ich lernen hart.«
»Schmiede also«, sagte ich und nickte. Auf dem Rummelplatz hatte es von Zeit zu Zeit Zigeuner gegeben, und die *Enaden* erschienen mir sehr ähnlich wegen der Achtlosigkeit ihrer Kleidung und einer gewissen Unabhängigkeit, die sich von den anderen unterschied. Doch ich hätte zu gerne eine Möglichkeit gekannt, um diese schrecklichen Verbrennungen zu heilen. »Warum werden sie gefürchtet?« fragte ich.
»Oh, sie kennen Zauber, Missy. Sprechen Bann, geben Amulette.«
Das war es also, sie konnten Leute verhexen; Wüstenzauber... Es war Zeit, uns zu trennen, bevor wir bemerkt wurden, doch ich hatte noch eine Frage zu stellen. Ich sagte: »Bakuli, wenn Marsaya am Abend singt, singt sie oft das Wort *Tinanin*. Was heißt das, weißt du es?«
Er lachte und lächelte mich wieder strahlend an. »Das sein Dame, Missy, große Mutter von Tuareg, sie Königin Tin Hinan –

weiße Dame aus dem Norden wie Ihr, Missy.« Er fügte schelmisch hinzu: »Ataka und Bukush denken, Ihr seid ihr Geist, in neuem Körper wiedergekommen.«
»Sie ist also tot?«
»O ja, Missy, lang, lang her, ihr Grab...« Er streckte die Arme zur Wüste aus und zuckte mit den Schultern.
Kein Wort also, sondern eine Person, noch dazu eine Königin. Ich war meinen Häschern freundlicher gesonnen, daß sie eine Königin hatten, wenn ich es auch überraschend fand. Bakuli dagegen hatte mir viel zum Nachdenken gegeben, was ich nötig gehabt hatte; am allerbesten aber war das Gefühl, daß ich in diesem Mitexilanten womöglich einen Freund gefunden hatte, und das hatte ich auch schwer nötig gehabt.
Die ganze Nacht kamen Kamele im Lager an, und obwohl ich mich nicht von meiner Matte erhob wie Marsaya und Fadessa, schlief ich wegen des Lärms wenig. Als ich aus einem letzten unruhigen Schlummer erwachte, herrschte eine silbrige Dämmerung, und als ich mich aufsetzte, sah ich dort, wo vorher leere Wüste gewesen war, die Gestalten und Schatten von kauernden Kamelen. Als ich aus dem Zelt kroch, hörte ich Rufe aus dem Norden und sah noch mehr Kamele auf dem Weg zu uns, alle schwer beladen, und als diese letzte Gruppe näherzog, sah ich Jacobs *mahari* unter ihnen. Die Männer kehrten zurück.
Den ganzen Tag munterte mich der Tumult auf, bis ich erfuhr, daß wir am nächsten Tag das Lager auflösen und abreisen würden, und daraufhin sank mein Mut. Mein einziger Schrecken – größer als die Furcht vor dem Unbekannten, dem ich mich als nächstes anvertrauen müßte –, galt dem Gedanken, daß die *Enaden* zurückgelassen würden und ich Bakuli nie wieder sehen oder Englisch von ihm hören würde. Verwegen rannte ich zu der Stelle, wo er beim Abladen der Kamele half, und fragte.
Er strahlte mich an. »Wir gehen, Missy, viele große Arbeit nicht getan. Wir gehen, ja.«
Erleichtert und von einer Freude erfüllt, die mich überraschte, kehrte ich zum Zelt zurück, um beim Packen zu helfen. In jener Nacht, als die Sonne in loderndem Gelb und Orange untergegangen war, wurden viele Feuer entzündet und Schafe geschlachtet für ein Fest oder ein *tafaski*, wie es Fadessa nannte.

Marsaya musizierte, ihr Gesicht leuchtete im Feuerschein kraftvoll und dunkel, als sie ihrer *amzar* melancholische Töne entlockte, aber erst nach dem Fest erfuhr ich, welchen Zauber die *Enaden* besaßen, wenn das, was sie taten, Zauber genannt werden konnte, denn es war peinvoll anzusehen. Ins Feuer wurden Eisenstücke geworfen, und als sie vor Hitze und Feuer fast durchsichtig glühten, nahmen die Männer sie in die Hände und hielten diese flammenden Stücke während eines merkwürdigen Halbtanzes aus Drehungen und Wendungen an ihre Körper, ohne zu zucken, und dann an ihre Köpfe, bis Rauch aufstieg – aber sie verbrannten sich nicht!

Ich hatte auf dem Rummelplatz schon gesehen, wie Schwerter und Feuer geschluckt wurden, und beides war ganz schön gefährlich, doch wenn einer das Würgen überwunden hatte, konnte er gefahrlos ein Schwert schlucken, sobald er den richtigen Weg in den Magen herausgefunden hatte; bei den Feuerschluckern diente die Mundfeuchtigkeit als Schutz, und solange sie langsam ausatmeten, würden die Flammen nicht in ihre Lungen gesogen werden, wo sie verheerend gewirkt hätten. Für mich war das hier auf jeden Fall eine neue Art von Zauber, ich sah ihn mit eigenen Augen, und es war keine Erklärung möglich. Viele Tage lang dachte ich darüber nach und stimmte langsam meinem ersten instinktiven Gefühl zu, daß da eine seltsame Art von geistigem Wissen im Spiel sein mußte, das sie vor Schmerz feite.

Das war echte Macht, dachte ich, und wünschte mir, es zu lernen.

Am Morgen wurden die Zelte abgedeckt, die Zeltstangen und Matten mit Palmschnüren zusammengebunden, die Betten auseinandergenommen und auf Lastkamele verladen, Töpfe und Kalebassen an die Sättel geknüpft und die Gerbas gefüllt. Ein verhutzelter alter Mann, der ein Marabu genannt wurde, sprach Gebete, und nach endlosen Verzögerungen brach der Strom von Kamelen und Menschen auf, und ich unter ihnen, manchmal auf dem Esel, manchmal zu Fuß, gelegentlich hinter Marsaya auf ihrem Kamel sitzend. Ich wußte einzig, daß ich mich weiter von Ghadames und Tripolis weg und tiefer in die Wüste bewegte.

8 Was kann ich jetzt noch von unserer Überquerung des Tassili-n'-Ajjer-Gebirges berichten? Wie starker Schnaps, der einem Kind zu Heilzwecken eingeflößt wird, war die Wirkung damals so beißend, daß mir die Augen tränten und der Hals brannte, aber bis zum heutigen Tag habe ich in bleibender Erinnerung behalten, was meine Augen sahen, und nicht die Schrekken und Mühsale.

Stellen Sie sich, wenn Sie wollen, eine gewaltig hochragende Felswand vor, die sich wie eine undurchdringliche Festung aus dem Sand erhebt, anscheinend ohne Weg, in diesen unnachgiebigen Stein einzudringen, bis beim Näherkommen eine Fuge auftaucht, die von Erosion und Sturm aufgerissen worden ist, eine geröllübersäte Spalte, die so eng ist, daß sie nur ein Kamel und eine Person auf einmal durchläßt. Eine ganze Karawane klettert auf einem gewundenen Pfad im Gänsemarsch himmelwärts über Höhen, wo ein Fehltritt Mensch und Tier in den Tod stürzen kann. Es gibt kein Wasser außer dem, das in Ziegenfellschläuchen mitgenommen wurde, kein Essen außer dem, was im Gehen zu verzehren ist, und jeder geht zu Fuß. Die Kamele mühen sich ab, sie stöhnen, eines gleitet aus, hält an, seine Ladung muß verschoben werden, und alle warten. Der Aufstieg dauert den ganzen Tag, bis es plötzlich um eine Ecke geht und da wie eine Fata Morgana – aber eben doch keine Fata Morgana – ein Tal im Herzen des Massivs ist, ein langes, grünes Tal, in dem wie ein Juwel ein Wasserteich liegt, so blau wie der Himmel, mit leuchtenden Primeln an seinen Ufern und einer riesigen, uralten Zypresse daneben. Darüber stehen Felswände, die noch erklettert werden müssen, bis das große Plateau oben erreicht ist, doch hier ist ein Paradies, farbenprächtig und milde –, und es gibt sogar Vögel.

Ich hatte das Wunder von Vögeln wie auch das von kühlem, klaren Trinkwasser ohne Beigeschmack von Ziegenfell oder Teer vergessen. In dieses Paradies stiegen wir hinab. Lasten wurden von den Kamelrücken geworfen und liegen gelassen, wo sie hinfielen, die Kamele wurden frei gelassen, um zu trinken und zu grasen, ein Feuer wurde entfacht und Teewasser zum Kochen darüber aufgesetzt. Als die Sonnenstrahlen einem nicht sichtbaren Horizont entgegensanken, überfluteten sie eine Wand des Felshangs mit einem strahlenden Gold, das langsam zu Zitronengelb verblich, sich in Malvenfarbe verwandelte und zu Purpur vertiefte, bis die Nacht so unvermutet hereinfiel wie ein über das Tal geworfener Mantel. Da unsere Umgebung nun unkenntlich war, wurden wir zu einem winzigen Kreis hellen Feuers unter dem Sternenhimmel.
In jener Nacht schlief ich tief und erwachte in der Morgendämmerung wieder vor farbenprächtig aufflammenden Felswänden: Pfirsich, Aprikose, Rosa, Gold. Mir war schon aufgefallen, wie sanft die Tuareg ihre Kamele behandelten; wir sollten hier noch ein paar Stunden verweilen, um ihnen Ruhe zu gönnen, ihre vom Sattel wunden Stellen zu behandeln und ihre weichen, schwieligen Zehen nach Schnitten von den Felsen zu untersuchen. Ich nutzte den Augenblick, um für mich allein zu sein, und wanderte zwischen den Felsen umher, zu einer verschatteten Öffnung, hinter der ich die Sonne glitzern sehen konnte. Über Geröll kletternd, stieg ich in diesen engen Durchgang und kam auf einer offenen Fläche heraus, wo mir vor Erstaunen der Atem stockte.
Hinter mir sagte der nachfolgende Bakuli: »Missy?«
»Schau!« rief ich. »Schau, da sind Zeichnungen auf diesen Felsen.« Ich zählte eine Gazelle, eine Giraffe und einen Strauß, alle in fröhlichen Linien aus Ocker wiedergegeben.
Leise durch die Zähne pfeifend, kletterte er über die Felsen, um die Linien mit den Händen zu berühren. »Oooh, viele Leute hier.«
»Nein, da sind nur Tiere, soweit ich sehen kann.«
Er schüttelte den Kopf. »Menschen, Missy, Ihr sie fühlen?«
Ich sah ihn neugierig an. »Was meinst du, Bakuli, Gespenster?«

Das Wort war ihm unbekannt, und so sah er tief in Gedanken versunken wieder zu mir her. »Nein, Missy, Geister. *Myeo.*« Er hob den Arm zu einer Geste, die die Felswände, den Himmel und die Erde umfaßte. »Da sein Geister in Bäumen, im Stein, in Bergen und Himmel. Diese Steine sprechen. Ihr nicht hören?«

Ich gebe zu, daß ich in meiner Überheblichkeit beinahe lachte. Als ich mich wieder gefangen hatte, sagte ich feierlich: »Und was erzählen dir die Geister hier, Bakuli?«

Doch er mußte meine Belustigung gespürt haben, denn er zuckte nur mit den Schultern. »Sie sein sehr tot, schon lange. Nicht sprechen.«

Ich sah wieder auf die Gazelle, die so anmutig über die Steinoberfläche sprang, jede Linie schwungvoll wie ein Lied, doch die einzige Botschaft, die ich daraus entnahm, war die, daß einmal jemand hier sehr glücklich gewesen war, und ich seufzte.

Bakuli sagte besorgt: »Missy? Eure Augen traurig, Ihr nicht fühlen gut?«

Ich wandte mich von den Zeichnungen ab, und wir wechselten einen gedankenschweren Blick, musterten einander sehr ernst, ohne Falsch, erwogen die Sache des Vertrauens zwischen uns – zwei Gefangene unterschiedlichen Alters, unterschiedlicher Rasse, Herkunft und Kultur. Einen langen Augenblick war sie ausgeglichen, und dann sagte ich schlicht: »Ich möchte fliehen, Bakuli.«

Er lachte ungewiß, nicht sicher, ob ich scherzte oder nicht.

»Ich möchte heimgehen«, betonte ich.

Höflich sagte er: »Wo Heim sein, Missy?«

»Die Vereinigten Staaten.«

»Ist es weit?«

Nun war es an mir zu lachen, aber es war ein bitteres Lachen. »Sehr, sehr weit.«

»Ich nicht denken gut, Missy, da sein eine große Wüste, dich umzubringen.«

»Ich hatte gehofft, du würdest auch fliehen wollen, Bakuli.«

Er sah schockiert aus. »Oh, Missy, Bakuli will bleiben am Leben, dieser Jesus-Knabe fast sterben einmal in Wüste.« Er schüttelte heftig den Kopf. »Bakuli nicht.«

»Sehr verständlich«, gestand ich mit einem Seufzer ein, »aber dennoch muß ich weiter hoffen, daß es möglich ist, bloß ohne Kompaß…«
»Was sein Kompaß?« fragte er.
»Es ist ein…« Ich fand nicht die Worte, um ihn zu beschreiben, also nahm ich einen Stecken und zeichnete in eine Sandfläche zwischen den Felsen einen Kompaß. »Er zeigt immer nach Norden und Süden, damit jemand stets in die Richtung gehen kann, in die er will.«
»Aber da sein Sterne, Missy.«
»Ja«, gab ich zu, »aber sie scheinen nur nachts.«
»Dieses große Ding in Sonne arbeiten?«
»Ja, aber nicht groß«, erklärte ich und bildete mit zwei Fingern einen Kreis. »So etwa.«
Er nickte, runzelte die Stirn und betrachtete die Zeichnung überrascht. »Kom-paß«, wiederholte er, und dann: »Besser jetzt gehen, Missy, oder sie mich schlagen.«
Es machte mich traurig, das zu hören, denn zumindest hatte mich niemand geschlagen, noch nicht, und verglichen mit seinem Los war meines leichter. Aber ich konnte das, was vor mir lag, auch nicht tröstlich finden, denn mein Nachteil bestand darin, es besser zu wissen, mich erinnern zu können an Städte, Wagen, Bücher und Züge und solche Dinge, die mich als Wahnsinnige erscheinen lassen würden, wenn ich je versuchte, sie zu beschreiben.
Ich hielt ihn zwischen den beiden Felsen an, durch die wir in den Einschnitt gekommen waren. »Du wirst niemandem etwas davon sagen, Bakuli?«
»Nein«, gelobte er und bekreuzigte sich. »Ihr sein Freund, Missy.«
Ich warf einen letzten Blick auf die seltsamen Bilder an der Felswand und kehrte dann mit ihm ins Lager zurück, wo ich mit stechenden Blicken bedacht, Bakuli aber geschlagen wurde, jedoch nicht lange, weil die Kamele schon fast beladen waren und es Zeit zum Aufbruch war.
Es war klug gewesen, mich wieder auf ein Ziel zu konzentrieren, auch weil ich vorher noch nie ein Ziel für mich allein gehabt hatte. Einerseits wußte ich, daß Flucht unmöglich war, doch an-

dererseits wußte ich auch, daß ich ohne Hoffnung genausowenig überleben würde; es schien darum zu gehen, verschiedene Todesarten gegeneinander abzuwägen. Es war auch deshalb klug, weil die Reise nun schwieriger wurde. Als wir das fruchtbare grüne Tal verließen, mußten wir immer höher über immer mehr Felsen und Geröll klettern, bis wir eine Schicht aus schwarzer *Hammada* erreichten, die glatt wie Glas war. Hier verloren wir ein Kamel; es fiel, brach sich ein langes, schlankes Bein und mußte mit einem erbarmungslosen Messerstich getötet werden, wobei das Blut so spritzte, daß einem übel wurde. Wir aßen Fleisch in jener Nacht, das zweite Mal, daß ich seit meiner Gefangennahme Fleisch verzehrt hatte.

Am Morgen, während des üblichen Durcheinanders beim Beladen der Kamele, tauchte Bakuli plötzlich neben mir auf. »Missy?« flüsterte er.

Das Kamelfleisch war mir nicht gut bekommen, es rumorte immer noch in meinem Magen, so verstand ich nicht, warum er mir eine Hand entgegenstreckte. »Nimm«, sagte er und strahlte mich an.

Ich schaute in seine Hand und schnappte verblüfft nach Luft. »Bakuli, wo in aller Welt – das ist ein Kompaß!«

Er nickte stolz. »Sie in Wüste werfen, Missy, sie nicht kennen. Meine Leute nehmen und verstecken.« Er strahlte mich an. »Als Sie zeichnen Bild, Bakuli wissen.«

Ich starrte weiter darauf, sagte mir, daß alle Kompasse sich gleich sähen, und dennoch, das trübe Zinnsilber von diesem hier – ich drehte ihn um und sah, warum er mir vertraut erschienen war; es war Jacobs Kompaß mit seinen eingravierten Initialen: JLB.

Ich wandte mich von Bakuli ab, damit er mein Gesicht nicht sah, das, wie ich merkte, auf einmal von der Erinnerung an Jacob verzerrt war, weil ich mich an Tripolis und Mohammed und seinen Marc Aurel erinnerte, während dahinter noch Erinnerungen an Mama und Amma, den Rummelplatz und sogar Miss Thistlethwaites Schule lauerten.

»Missy?« Bakuli klang besorgt.

Ich biß mir auf die Lippe und wandte mich wieder ihm zu. »Ist schon in Ordnung, Bakuli, es ist nur, daß ich den Mann gekannt habe, dem der Kompaß gehörte. Er starb drüben in der Wüste.«

Seine Augen waren sanft. »Ihr lieben Mann?«

Das augenblickliche Mitgefühl in seinem Gesicht machte mich aufrichtig, und ich schüttelte den Kopf. »Ich war unbekümmert«, sagte ich. »Nein.« Ich warf einen flüchtigen Blick auf jene Caressa, die so unbekümmert gewesen war, und mochte sie nicht besonders.

Bakuli sah bekümmert um mich aus. »Jesus-Knabe voller Liebe. Sie kennen Jesus, Missy?«

»Ich habe von ihm gehört«, sagte ich vorsichtig, hielt es aber gleichzeitig für ausgemachtes Glück, den Bekehrten eines Missionars getroffen zu haben.

»Nicht lesen Bibel? Über Gott – Papa von Jesus – und kleinen David und großen Mann mit Namen Go-lie?«

Ich mußte den Kopf schütteln, da ich mich schlicht und einfach gottlos und in Bakulis Augen offensichtlich herabgesetzt fühlte, deshalb nahm ich mir einige glatte Steine und spielte damit, ließ sie verschwinden und wieder auftauchen, bloß um mich zu vergewissern, daß ich noch Caressa Horvath oder Jacobs Witwe oder wer auch immer war. Bloß daß die Frage, wer auch immer ich war, sich allmählich in ein Rätsel verwandelt hatte, weil, so der gewohnten Kleidung und Umgebung beraubt zu sein wie ich, von allem Vertrauten getrennt – Name, Sprache, Volk, Familie –, ein erschütternder Angriff auf die Identität war. Wer war ich nun, da ich Tausende von Meilen von zu Hause weg war und in einem Tuaregzelt schlief, das unter sengender Sonne in der Wüste aufgeschlagen war – die Wüste mittags weiß, nachts silber –, und Datteln, *tikamarin* und Hirse aß? Nur mein jugendlicher Optimismus konnte mich retten, doch da genau dieser jugendliche Optimismus mich Jacob hatte heiraten und in diese Lage geraten lassen, war er mir sehr verdächtig, und ich mußte mich fragen, wie das alles enden würde... Dabei dachte ich an Amma, die immer gesagt hatte, daß jedermanns Leben eine Geschichte war, wobei mir klar war, daß einige Geschichten früh und gewaltsam enden konnten wie die meines Vaters und Jacobs; wer war ich denn, mehr Kapitel zu erwarten, wenn niemand wußte, wo ich war, geschweige denn, ob ich noch am Leben war? Dieser letzte

Gedanke war mir vorher noch nicht gekommen, aber ich sah, daß natürlich Nachrichten von Jacobs Tod schließlich Tripolis und dann Boston erreichen würden. Da nur Knochen – und all diese Bibeln – über den Sand verstreut waren, wer würde da wissen, daß ich nicht auch tot war? Ich war nicht mehr als ein Gespenst, ein Geist – ich existierte nicht mehr.
In einer Art Torschlußpanik beschloß ich, daß es endlich Zeit für diesen jugendlichen Optimismus war, egal, wie trügerisch. Ich hatte jetzt einen Kompaß, und eines Tages müßte einfach eine Fluchtmöglichkeit kommen; es galt entweder das oder, den Rest meines Lebens damit zu verbringen, einen Bademantel zu tragen und mein Haar mit Kamelurin zu waschen.
Ich sah dem hastig davonlaufenden Bakuli nach, dessen dunkle Beine blitzten und dessen *nails* Staubwolken aufwirbelten. Er sah sehr klein aus neben dem Kamel, das er an die Leine nahm, und sehr klein auch, wie er vor lauter Begeisterung für seinen Vatergott und Jesus schier zu platzen schien, doch ich wunderte mich darüber, daß er nicht sah, was für ein hartes und glückloses Leben sein Gott ihm gegeben hatte.
Wir brauchten fünf kühle Nächte und sechs sengende Tage, um das Ajjer zu überqueren. Als wir einen Tag lang rasteten, um die Kamele an einem Brunnen zu tränken, den sie Zaoatallez nannten, fiel mein Blick über eine trostlose, in der Sonne brütende Ebene auf ein blasses Bergfries, das sich mit düsteren Gipfeln und Spitzen in den Himmel bohrte.
»Was ist das?« fragte ich Bakuli und zeigte darauf.
»Tassili Hoggar«, sagte er mir.
Das Hoggar-Gebirge... ich erinnerte mich, daß das Hoggar die Heimat dieses Volkes war und deshalb auch meine Heimat sein müßte. Es sah nicht nach einer gastlichen Gegend aus, nicht einmal weichgezeichnet durch die Entfernung.

9

Ich sollte für eine Zeitspanne von schätzungsweise sechs oder sieben Monaten bei den Tuareg im Hoggar-Gebirge leben. Es gab weder Kalender noch Uhren als Zeitanzeiger noch vertraute Jahreszeiten als Richtmaß, außer daß wir nach Wüstenzeitrechnung kurz vor der Trockensaison standen, in der alles braun und saftlos werden würde und die Männer die Tiere zum Weiden nach Norden treiben würden.

Das Hoggar war eine wilde Gegend, ein echter Hexenkessel mit seinen zerklüfteten Felsen und schwarzen Vulkankegeln – schwarz wie die Trauer, wie Witwentracht, wie die Hölle oder so ähnlich, dachte ich zuerst, obwohl wir später vernünftigerweise (wenn auch nur kurz) in einem Tal lagerten, wo das *alwat* stellenweise noch nicht verwelkt war und meine Augen Farbe so durstig tranken wie Wasser, von dem es in der Trockenzeit ebenfalls nicht viel gab. Als ich meinen Wortschatz erweiterte, verstand ich aber doch, daß das Hoggar für dieses Volk wie eine Festung war, und das erschien mir gewiß glaubhaft. Doch ich hörte weder auf, mich vor den Steintürmen um mich herum wie ein Zwerg zu fühlen, egal wie dankbar für ihren Schatten ich war, noch ließ meine Verblüffung über das explosive Zerspringen der Felsen nach, wenn die Temperaturen nachts unter den Gefrierpunkt fielen und tagsüber wieder anstiegen.

Um zu überleben und bei Verstand zu bleiben, waren unendliche Anpassungen nötig, und ich mußte mich stark auf Marc Aurel stützen. Immer wieder murmelte ich: »Wie lächerlich und weltfremd ist derjenige, der sich über etwas wundert, was im Leben geschieht, wie lächerlich und weltfremd ist derjenige, der sich über etwas wundert, was im Leben geschieht.« Der betrüblichste Verlust aber war mein Haar. Ich konnte die Flöhe erdulden, die in meinem *Barrakan* hausten, aber die Läuse in meinem

Haar waren eine beständige Tortur, und nicht einmal Kamelurin schreckte sie lange ab. Als er mich am Kopf kratzen sah, bis ich blutete, drängte mich Bakuli, ihn scheren zu lassen.
Die *Enaden*, schien es, waren auch Barbiere.
So wurde ich zu seinem Meister Bukush gebracht, und mein Kopf wurde geschoren, für welche Dienste ich mit meiner Haarfülle bezahlte, die ein feines Kissen ergeben haben mußte, nachdem sie in Leder eingenäht worden war. Es veränderte kaum meine Erscheinung, da ich wie alle Frauen ein Kopftuch tragen konnte, doch der Haarverlust verletzte meine Eitelkeit. Aber das wurde doch durch das Heilen des Grinds auf meinem Schädel und durch die Abwesenheit von Läusen gemildert, so daß meine Trauerzeit kurz war.
Kleine Tuareg-Gruppen lebten überall in den Hoggar-Tälern; und die *Enaden* oder Schmiede – unter ihnen Bakuli – zogen mit ihren Zelten häufig zum Arbeiten zu einem anderen Lager, kehrten aber gnädigerweise stets wieder zurück. Hin und wieder wurde unser Lager von Nachbarn zu einem sogenannten *ahlah* besucht, und bei diesen Anlässen sah ich mich lüstern von den jungen Männern beäugt und fürchtete wieder um meine Zukunft. Es gab keine Spiegel, aber ich konnte an Händen und Armen sehen, daß meine Haut tiefbraun war und sich nicht mehr sehr von der Marsayas unterschied. Marsaya aber überwachte mich streng und erklärte offenbar den Männern, daß ich keine Targia war und noch herausgefunden werden mußte, ob ich eine Gefahr für sie bedeutete.
Bakuli berichtete mir von alldem. Durch seine englischen Gespräche mit mir hatte er seine Sätze allmählich selbstsicher ausgebaut, doch ironischerweise waren in dem Maße, in dem seine Sätze länger wurden, meine kürzer geworden, um ihm entgegenzukommen, bis ich Adjektive und Adverben wegließ und meine Rede auf Hauptwörter und Verben beschränkte. Was er mir jedenfalls mitzuteilen hatte, war nur zu verständlich ausgedrückt.
Sehr feierlich erklärte er, daß ich selbstverständlich Zauberkraft besaß, die Tuareg wüßten das, weil ich zwei hölzerne Finger mit Gesichtern besaß, doch wenn sich herausstellte, daß ich bösen Zauber ausübte, würden sie mich der Wüste überlassen

oder mich einfach auf eine unerfreuliche, rituelle Weise umbringen.
Ich widersprach dem heftig. »Das würden sie nicht tun«, sagte ich ihm. »Ich bin schon seit Monaten bei ihnen, und sie haben sich an mich gewöhnt, oder nicht? Und Marsaya ist nett zu mir!«
Sein Blick war fast mitleidig. »Tuareg haben Worte, ›Es ist klug, Hand zu küssen, die du nicht wagst abzuhacken.‹«
Das war kaum tröstlich.
Wenn sich andererseits herausstellte, daß ich guten Zauber besaß, fuhr er fort, würden sie mich um Zaubersprüche, Amulette und Talismane bitten, und meine Gegenwart würde sie beschützen. Alles sei derzeit gut, doch er mache sich Sorgen um mich, sagte er, denn wenn irgend etwas im Lager geschah - wenn jemand krank wurde oder starb –, würden sie wissen, wer es verursacht hatte.
»Wie um alles in der Welt könnten sie mir dafür die Schuld geben?« rief ich.
Er sah mich verwundert an. Obwohl er in eine konfuse Erwiderung verfiel, war er offensichtlich überrascht, daß ich nicht verstand, warum ich selbstverständlich beschuldigt werden würde. Aus seiner verworrenen Erklärung konnte ich nur die Tatsache entnehmen, daß ich geduldet, aber verdächtig war. Sie warteten nur ab.
Er fügte klagend hinzu: »Und bald meine Leute gehen.«
»Gehen!« rief ich bestürzt.
Er nickte. »Gehen viele Orte, Missy. Machen Speere, machen Sättel, machen Schwerter, gehen. Zum nächsten Dorf, weit im Norden...« Er wies dorthin. »Wo es *alwat* und *tamat* gibt, um Ziegen zu füttern.«
Mir sank vor Verzweiflung der Mut. »Oh, Bakuli!« Bis zu diesem Augenblick spürte ich, daß ich vergleichsweise stabil geworden war und sehr gut zurechtkam, nicht resigniert hatte, endlich die Gleichheit eines Lebens akzeptierte, das mich einst angewidert hatte, wobei ich immer noch Ärger über mein Schicksal empfand, die Tuareg aber nicht mehr für das haßte, was die Stimme der Vernunft mir als Jacobs Verschulden darstellte. Aber Bakuli verlieren! Das war zu grausam und traf mich hart.

Er nickte und sagte: »Bakuli zu groß, um zu weinen, Bakulis Herz weint für ihn.«
»Wann?« stotterte ich. »W-wann geht ihr?«
Er zuckte mit den Schultern und seufzte. »Arbeit jetzt sehr klein werden.« Er warf mir einen raschen, unglücklichen Blick zu. »Bakuli Meister fragen, ob Ihr auch kommen, Missy, aber er sehr böse und mich schlagen. Ihr sein nutzlos, sagte er, aber essen doch Nahrung, und davon nicht genug da.«
Dafür gab es keine tröstenden Worte von Marc Aurel, denn den Mann hatte ich nie kennengelernt, aber dafür Bakuli, und er war real und mein Freund. Mir war sterbenselend. Das war schlimm, doch es sollte noch schlimmer kommen... In den nächsten Wochen regnete es, der erste Regen seit dem Jahr der Verlorenen Karawane, sagten sie, und wenngleich Regen in der Sahara ein Wunder war, so waren die Tuareg schlecht darauf vorbereitet. Wasser strömte in Sturzbächen von den Berggipfeln herab, Zelte brachen zusammen, Herdfeuer erstickten, Nahrung war knapp, es gab keine Möglichkeit, trocken zu bleiben, und alle zitterten vor Kälte. Als die Regengüsse aufhörten, sproß plötzlich üppiges Grün da, wo einst Fels und Sand gewesen war, aber nun wurde Sebeki krank. Sehr krank. Der kleine Junge war tagelang teilnahmslos gewesen und hatte sowohl Fadessa wie Marsaya vor ein Rätsel gestellt, doch zwei Nächte, bevor die *Enaden* aufbrechen sollten – sie packten schon –, kamen hohes Fieber, Erbrechen und Schüttelfrost. Ich fragte mich, ob ein Skorpion oder eine Viper Sebeki während der Regenfälle gebissen hatte oder ob es Typhus sein konnte, doch Bakuli schüttelte den Kopf. Es sei *tenedee*, Malaria, sagte er. Nicht gut, nicht gut.
Alte Frauen scharten sich um das Kind, Arzneien wurden über dem Feuer gebraut, der uralte Marabu tauchte im Lager auf und brachte frische Amulette und Talismane, um sie Sebeki um den Hals zu hängen. Da ich mich an das erinnerte, was Bakuli mir mitgeteilt hatte, drückte ich mich in eine Ecke des Zelts und versuchte, mich unsichtbar zu machen. Vor Sonnenuntergang des nächsten Tages bekam der arme Junge Krämpfe, und ich kroch nach draußen, um Bakuli zu finden, in der Hoffnung, er würde mir die nötige Aufmunterung geben, bevor er mit den

Enaden nach Norden zog, aber er war nirgends aufzutreiben. Als ich in seinem Zelt nachfragte, warfen sie mir mürrische und böse Blicke zu.
»Bakuli?« sagte eine alte Frau, ließ eine Tirade gegen ihn los und spuckte aus. Offensichtlich war er mit dem Heimtreiben der Ziegen von der Weide zu spät dran und würde dafür schlimme Prügel beziehen. Sie sollten in der Nacht aufbrechen, und ich würde ihm nicht einmal Auf Wiedersehen sagen können, was noch mehr Schrecken und Leid hervorrief.
Ich ging zu Marsayas Zelt zurück, doch es waren so viele Menschen drin, daß ich mich zurückzog. Da die Sonne kurz vor dem Untergehen war, ging ich ein Stück vom Lager weg, und als ich eine sandige Stelle an der windabgewandten Seite eines Felsbrockens fand, grub ich mir eine Kuhle zum Schlafen. Ich hatte mich kaum hingelegt, als ich ein »Sssst« hinter dem Felsen hörte.
Es war Bakuli. »Missy, kommen«, rief er dringlich.
Ich war so froh, seine Stimme zu hören, daß ich sofort zur Rückseite des Felsblocks flog, wo er kauerte und gleich flüsterte: »Nicht sprechen, Missy, kommen.«
Er packte meine Hand, und ich folgte ihm, ohne zu fragen, hatte aber nicht die leiseste Ahnung, wo er mit mir hinwollte oder warum er überhaupt ging. Er will mir etwas zeigen, dachte ich, oder eine entferntere Stelle finden, um sich zu verabschieden. Jedenfalls war es eine Erleichterung, mich von dem Zelt zu entfernen, wo Sebeki so krank war, und ich hatte sicherlich verzweifelt gewünscht, Bakuli noch zu sehen, bevor er wegging.
Und doch... »Bakuli«, sagte ich schließlich, »wir gehen weit weg vom Lager, und deine Leute brechen bald auf, also wohin gehen wir?«
Der Mond stieg gerade über dem Atakor auf, dem hohen Vulkanplateau, das das Hoggar östlich von uns beherrschte, und nun konnte ich Bakuli schwach sehen und dazu feststellen, daß wir in eine Schlucht traten, deren Stille und Schatten mich frösteln ließen. Ein Schakal heulte irgendwo in den Steilhängen neben uns, was die Stille nur noch tiefer machte, als sein Geheul verklungen war.

»Bakuli«, sagte ich noch einmal unbehaglich.
Er ließ meine Hand los, um sich mir gegenüberzustellen. »Missy«, sagte er besorgt, »Sebeki tragen Tod im Gesicht, er werden sterben.«
»Sag das nicht«, gebot ich ihm scharf.
»Missy«, setzte er wieder an, »Ihr wissen. Bakuli Angst, Bakuli nicht wünschen, Sie auch sterben. Sie einmal sagen, fliehen...«
»Fliehen!« entfuhr es mir.
»Ja, Missy. Früher Bakuli sagen fliehen NEIN. Nun Jesus-Knabe sagen ja.« Er fügte mit eingeschüchterter Stimme hinzu: »Mein Herz voll Schmerz vor Abschied, Missy.«
»Aber Bakuli – die Wüste«, wand ich atemlos ein, denn ich wußte nun besser Bescheid über Trockenzeiten in der Wüste, über ausgetrocknete Brunnen und Durst, über plündernde Stämme und Schakale. Was meinte er bloß, wie konnten wir jemals fliehen, und wohin?
Er sagte ernst: »Diese Wüste sein freundlicher vom Regen, Missy. Meine Leute gehen nachts nach Norden.« Er zeigte auf den Mond, der langsam in den Himmel stieg. »Eure Leute denken, Sie gehen auch nach Norden. Bakuli und Ihr gehen nach Süden.«
»Aber Wasser, Bakuli, wir haben kein Wasser. Oder Essen oder...«
Die Zähne in seinem schwarzen Gesicht blitzten weiß. »Ahhhh«, sang er fast freudig, »Bakuli kennen jetzt Berge und denken große Gedanken. Ich verstecken *Gerbas.*« Er hielt zwei Finger hoch. »Großes Seil, Messer – Salz – Datteln und, Missy – einen Esel!«
Angesichts dieser Neuigkeit verschlug es mir die Sprache, ich hätte mich hingesetzt und geweint, wenn ich dem nachgegeben hätte, was ich im Augenblick fühlte. Er bot die Flucht an, hatte sie sogar geplant wie ein Geschenk, um mir eine Freude zu machen. Mehr noch, er ließ mir die Wahl.
Aber eine Wahl zwischen zwei Toden, erkannte ich nüchtern, denn keiner von uns kannte die Wüstenbrunnen, und ein Kompaß, zwei *Gerbas* mit Wasser und ein Esel waren so gut wie nichts, wenn wir in dieser weiten und sengenden Öde nicht mehr

Wasser fanden. Es stimmte, die Tuareg würden nicht erwarten, daß ich nach Süden floh, aber das hieß auch, sich tiefer in die Wüste zu begeben. Ich hatte auf unserem Weg ins Hoggar ja schon die Knochen von Kamelen und Menschen gesehen, gestorben an Durst und Fehlberechnungen.

Das war ein Tod. Wenn ich ins Tuareg-Lager zurückging, was dann? Als Sebekis Zustand sich verschlechtert hatte, hatte es Getuschel über mich und argwöhnische Blicke in meine Richtung gegeben, das wußte ich. Ich überlegte, daß sie mich erst prüfen würden. Wenn alle Talismane und Arzneien versagten und sie für Sebeki das Schlimmste befürchteten, würden sie das Tabu herausfordern und mir den Jungen zum Halten geben und genau zusehen, welchen Zauber ich besaß, um ihn zu heilen. Dann würden sie erfahren, daß ich überhaupt keine Zauberkräfte hatte, um Sebeki zu heilen, und so hilflos war wie sie, und plötzlich würde sich alles ändern, denn wenn ich keine guten Zauberkräfte hatte, dann mußten die hölzernen Finger, die mir das Leben gerettet hatten, bösen Zauber bedeuten, und – wie mir Bakuli erklärt hatte – sie würden denken, daß ich die Ursache für die Krankheit des Jungen sein mußte.

Rache bei den Tuareg, hatte Bakuli gesagt, sei etwas sehr Schlimmes, und es hatte ihn geschüttelt. Ich hatte nicht gefragt, was er meinte. Sein Schaudern hatte mir mehr verraten, als mir zu erfahren lieb war.

All das ging mir innerhalb nur einer Minute durch den Kopf. Als ich zu Ende gedacht hatte, schnappte ich mir Bakulis Hand und drückte sie, denn mit einem Freund zu sterben war gütiger, als unter Feinden umzukommen. Vielleicht flößte mir auch seine liebevolle und treusorgende Art Ehrfurcht ein. »Du bist ein echter Jesus-Knabe«, war alles, was mir als Erwiderung einfiel. »Wir gehen, Bakuli.«

Wir kletterten auf und ab und glitten und rutschten während der ganzen kalten Nacht. Manchmal blickte ich von einem Felsvorsprung in ein Tal und sah die Feuer anderer Tuareg-Lager unter uns, und dann zogen wir weiter. Der Mond stieg höher, und was immer er beschien, wurde so weiß, als wäre Schnee gefallen. Ich erkannte, daß wir einem schmalen Pfad mitten durch große Felsen folgten, doch im allgemeinen schienen wir stetig

abwärts zu gehen, um die uns umgebende Wüste weiter unten zu erreichen.
Der Morgen graute schon, als wir zum letzten Plateau hinabstiegen und die silberne Wüste vor uns sahen, wo nadelscharfe Felsspitzen aus dem Sand aufragten. Bakuli wandte sich wieder den Felsblöcken zu, und ich sah, daß er den Esel in einer Höhle angebunden hatte, mitsamt den *Gerbas* und dem kleinen Proviantsack. Ich fragte nicht, wie viele geheime Ausflüge er gemacht hatte, um für uns zu sorgen; ich war zwischen Dankbarkeit und banger Ahnung hin und her gerissen.
»Gehen jetzt, Missy«, sagte er bestimmt. »Bevor Sonne groß.«
›Bevor jemand nach uns sucht‹, hätte er hinzufügen können. Müde wie ich war, nickte ich, und sobald die prallgefüllten Wasserschläuche auf den Esel geladen waren, machten wir uns zu Fuß auf den Weg über Schotter und Sand, um uns welchem Schicksal auch immer zu stellen, das die Götter uns zumessen mochten.
Da wir die ganze Nacht gewandert und geklettert waren, um zu den fernen Ausläufern des Hoggar zu fliehen, waren wir nicht in bester Verfassung, um uns dem, was vor uns lag, zu stellen. Die felsigen Bergflanken waren einer baumlosen Ebene gewichen, völlig flach bis auf Schotterhügel, die klar umrissen aus dem *reg* aufragten, als hätte ein Besen die Erde blankgefegt und Schutt und Staub in großen, ordentlichen Haufen abgelagert. Nun schwenkten wir von Westen nach Südwesten, schritten immer noch im Schatten des Hoggar, denn die aufgehende Sonne war hinter seinen Zitadellenwänden im Osten verborgen. In diesem fahlen Licht war die Luft frisch und kühl, und wir schritten neben dem Esel wacker aus. Bakuli und ich grinsten uns von Zeit zu Zeit zu angesichts dieses Geschmacks von Freiheit, und wir vergaßen fast, daß wir eine Gegend betraten, die die Araber *Bahr belà mai* oder ›See ohne Wasser‹ und die Tuareg das ›Land des Schreckens‹ nannten.
Aber das lernten wir bald genug kennen, denn die Sonne löste sich von den Gipfeln des Hoggar und fand uns, zwei winzige Gestalten, die Stunde um Stunde mit einem hinterher trottenden Esel über die Wüste wanderten. Die Hitze an diesem Tag war beinahe überwältigend, saugte alles trocken, und die Sonne ver-

sengte den Boden so, daß ich Verbrennungen und Blasen an den Füßen bekam und die Hitze in unsere Gesichter widerstrahlte. Wir rasteten mittags, doch selbst als wir einen Felsen aufspürten, der groß genug war, um uns Schatten zu spenden, brachte das keine Kühlung, und wir durften nur sparsam von unserem Wasser trinken, gerade wenn wir uns am meisten danach sehnten. Nun verwünschte ich meine vergeudete Zeit im Tuareg-Lager, denn während ich Matten geflochten und nur hin und wieder gewandert war, hatte Bakuli Wasser getragen, Eisen zu biegen und Ziegen zu hüten gelernt; seine Muskeln waren stark. Neidisch sah ich ihn in seinem abgetragenen Hemd vorausschreiten, das rechteckige Stück Tuch darunter in einem Knoten um die Hüfte geschlungen, die Knie bloße knochige Knorren in seinen spindeldürren Beinen, die nackten Füße voller Blasen, aber mit erhobenem Haupt, das sorgfältig in ein verblichenes blaues Tuch gehüllt war. Meine eigene Kleidung war kaum besser, mein *Barrakan* zerrissen und ausgebleicht, die *nails* an den Füßen schlappten lose, da sie geflickt werden mußten; es war peinlich, hinter Bakuli herzustolpern und nicht so wie er auszuschreiten. Wir sprachen selten, unsere Kehlen waren voller Staub und Sand, und nachdem wir die Tageshitze ausgehalten hatten, mußten wir uns auch noch gegen die Nachtkälte wappnen. Ich teilte den *Barrakan* mit Bakuli, und wir zitterten zusammen, bis der Schlaf kam. Nur der Esel war zufrieden, denn er konnte Grasstoppeln zum Futtern finden. In einer dieser Nächte weckte mich der mir in die Augen scheinende Mond aus einem Traum – ich sah die Wüste bloß als Schatten und Silber. In meinem Traum war ich auf einem Karussellpferd in Laskis Schaubude gewesen, aber etwas war arg schiefgelaufen, und das Karussell drehte sich immer schneller, bis mir bange und schwindlig wurde, und dann – doch als ich die Augen aufschlug, konnte ich mich nicht mehr erinnern, wie der Traum ausgegangen war, er hatte nur seine Spuren bei mir hinterlassen, und ich dachte: ›Wir könnten eine halbe Meile von einem Brunnen entfernt vorbeikommen und es nie erfahren, wir werden gewiß vor Durst sterben.‹
Ich hatte nicht gemerkt, daß ich die Worte laut gesprochen hatte, bis Bakuli heiser sagte: »Missy, ich habe gebetet zu gutem Jesu und bin Jesus-Knabe. Keine Angst.«

Es fiel schwer, solche Zuversicht zu teilen, da meine Blasen aufgegangen und meine Füße eine blutige Masse waren. Wir standen auf, banden den Esel los und legten weitere Meilen zurück, während der Mond jeden Stein und jeden Grashalm beschien und der Himmel vor hellen Sternenpunkten glitzerte. Als der Mond auf den Horizont zu sank, legten wir wieder eine Rast ein, doch jeder unruhige Schlaf brachte neue Träume: von Amma, Mama, Umar und Jacob, und einmal war ich beim Aufwachen sicher, einen Schatten sich bewegen und verschwinden gesehen zu haben. Ich dachte daran, was Bakuli von Geistern gesagt hatte; ich war jetzt in Afrika, nicht in Boston, und ich fragte mich, ob es ein Schakal oder ein Dschinn gewesen war.

Wir waren drei Tage und drei Nächte marschiert und hatten unseren Wasservorrat beinahe erschöpft, als wir auf einen alten Karawanenpfad trafen. Ich war mit dem Kontrollieren des Kompasses etwas unachtsam geworden und stellte fest, daß wir ein wenig nach Osten abgewichen waren, und da war sie: eine Spur aus klar eingeschnittenen Furchen, die sich vor uns erstreckte, ein breiter Pfad, der so ausgetreten war, daß die Steine schon vor langer Zeit in den Boden gedrückt und eingeebnet worden waren, wo Karawanen durchgezogen waren.

»Vielleicht bald Wasser«, meinte Bakuli, der den Boden musterte.

»Vielleicht«, sagte ich matt.

Wir folgten bis weit in den Nachmittag dem Pfad, verloren ihn aber dann in einem ausgetrockneten Flußbett, einem sandigen Wadi, das von nadelspitzen grünen Büschen gesäumt war. Bakuli zeigte darauf. »Wasser lassen wachsen und – schauen, Missy.«

Ich schaute hin und sah in das Sandbett gegrabene Löcher, aus denen Blasen schlammigen Wassers austraten. Das war verblüffend, weil solche Löcher von Menschen gegraben worden sein mußten, und genau in diesem Augenblick hörte ich weit weg im Osten Trommeln schlagen, als kündeten sie von unserer Anwesenheit.

»Trommeln, Bakuli!« japste ich. »Verstecken!«

Wir krochen am Ufer des Wadis entlang und spähten durch das Blattwerk: Meilenweit entfernt meinten wir, die Umrisse einiger Hütten sehen zu können, doch im flimmernden Licht hätte das auch eine Fata Morgana sein können. An den Tom-Toms jedoch war nichts Trügerisches, sie unterbrachen die Stille der Wüste wie Donner und sandten undeutliche, aber ominöse Botschaften aus.

»Meinst du, sie haben uns gesehen?« flüsterte ich.

Bakuli antwortete nicht, sondern schloß sich mir auf der Suche nach Deckung an. Hinter uns, jenseits des gegenüberliegenden Flußufers, stieg der steinige Boden sachte aber stetig zu einem langen Hügel an, der in einer großen Masse von Felsbrocken gipfelte. Ich wies darauf hin, und Bakuli nickte. »Ja, Missy. Schnell, Missy!« Er nahm das Kopftuch ab und wickelte es dem Esel um die Schnauze, um ihn stumm zu machen. Bakuli kletterte voran aus dem Flußbett und zog den Esel ans Ufer, während ich das arme Geschöpf von hinten schob. Dann begannen wir, den großen Hügel zu umkreisen, ein langer Aufstieg, der uns beängstigend sichtbar machte, falls jemand aufpassen sollte. Als wir an einer Reihe sauber aufgeschichteter Steinhügel vorbeikamen, sagte Bakuli: »Gräber«, blieb stehen und starrte sie zitternd an.

»Sie sind tot«, sagte ich ihm knapp. »Leute, die Trommeln schlagen, leben.«

Wir kamen noch an drei weiteren Steinhügeln vorbei, und ich sah Bakuli sich bekreuzigen; diese Gräber schienen um den ganzen Hügel herumzulaufen, wie ein Halsband den großen Haufen auf dem Gipfel zu umgeben, und da sie Bakuli eindeutig Unbehagen bereiteten, schlug ich vor, den Esel an einem Felsen angebunden zu lassen und auf die Spitze zu klettern, um ein Lager für die Nacht zu machen. Ich gebrauchte den Begriff »Lager« ironisch, denn es gab keine Kamele und auch keine Gefährten, nur wir beide ohne Essen und Brennholz. Sollten wir es überhaupt wagen, ein Feuer anzuzünden, während das Getrommel westlich von uns noch anhielt? In dieser Eile, uns zu verstecken, ließen wir den Esel unten und bahnten uns über Felsbrocken einen Weg auf die Spitze des Hügels. Wir hatten eben den Gipfel erreicht, als ich nach Süden blickte und stöhnte: »Oh, Gott – schau«, sagte ich hilflos.

Ein gewaltiger Sandsturm braute sich im Südwesten zusam-

men und rollte wie eine braune Flutwelle auf uns zu, um alles zu überwältigen und in seinen gierigen Rachen zu stopfen.
Bakuli starrte entsetzt. »Höhle machen«, keuchte er. »Müssen, Missy – dieser da großer *Ghibli*.«
Die Felsen waren schwer. Wir arbeiteten verzweifelt und wagten nicht, auf die herannahende braune Wand aus Sand und Staub zu blicken. Wir stocherten Felsbrocken los, rollten sie beiseite, und zerrten an der nächsten Steinschicht, bis wir auf einen Hohlraum unter der Oberfläche stießen, was unsere Arbeit erleichterte, aber Bakuli ließ sich nicht aufhalten, bis er eine Höhlung geschaffen hatte, die tief und weit genug war, daß wir beide hineinsteigen konnten.
»Hinein!« rief er hitzig, und ich kroch ins Dunkel hinunter. Der Sturm traf uns, während Bakuli noch die Platte in Position schob, die über uns liegen sollte, sobald er unten bei mir war. Als er sich neben mir niederfallen ließ, kamen Staub- und Sandwolken mit ihm, doch wir hatten uns eine Zuflucht vor dem Sturm gesichert. Ich hatte mich eng in den *Barrakan* gewickelt, während Bakuli neben mir kauerte, und es gab nun nichts zu tun, als auf den ungeheuerlichen Wind zu lauschen, der uns zu erreichen versuchte und dem die Felsen, in denen wir Unterschlupf gefunden hatten, im Weg waren. Er rächte sich, indem er uns aus jeder Ritze mit Staub überschüttete.
Als der Wind vom Heulen zum ständigen Brüllen übergewechselt hatte, fand ich es an der Zeit, meine Meinung zu äußern. »Das ist ein verrücktes Versteck, Bakuli, hier könnten Schlangen sein. Oder Skorpione.«
»Großer, GROSSER Sturm«, sagte er zitternd. »Bakuli nie einen sehen wie wandernder Berg.«
»Aber es könnten Skorpione da sein«, beharrte ich.
»J-j-ja, Missy«, sagte er unterwürfig.
Es schien keinen Sinn zu haben, zu betonen, wie unerheblich mir das erschien, nun, da wir hier waren; wir hatten den Esel wahrscheinlich zum letztenmal gesehen und damit auch unsere Ziegenfellwasserschläuche, und da waren ein paar Skorpione vergleichsweise unbedeutend. Ich hatte unrecht, es sollte noch mehr kommen, denn nach langem Schweigen sprach Bakuli wieder.

»Missy«, sagte er unbehaglich, »hier sein Geister.«
»Unsinn«, sagte ich ihm streng, »das bildest du dir bloß wieder ein, wegen der Gräber unten am Hügel, aber sie sind weit weg. Bakuli, leg' dich schlafen.«
»Ja, Missy«, sagte er mit verzagter, leiser Stimme, aber die Zeit kam mir sehr lang vor, bevor ich spürte, wie er im Schlaf gegen mich sackte, den Kopf an meiner Schulter. Der Wind hatte nachgelassen, doch durch die Ritzen sickerte kein Licht; ich schätzte, es war nun nach Sonnenuntergang und Nacht. Ich fragte mich, ob Sterne am Himmel waren... fragte mich, ob der Esel den Sturm überlebt hatte... fragte mich, ob ich Bakuli wecken sollte, damit wir weitergehen konnten, aber ich war zu müde, um mich zu rühren.
Und nun spürte auf einmal ich, daß wir nicht allein waren.

10

Wir waren beide eng zusammengepfercht in diesem kleinen Raum, in den sonst niemand hineinpaßte, und doch war noch jemand bei uns, das wußte ich mit einer Sicherheit jenseits aller Vernünftelei: Wir waren nicht allein.
Was für ein urzeitliches Gespür da ins Spiel gekommen war, konnte ich nicht erraten, denn ich sah und hörte nichts, wußte es aber doch. Es war, als ob ein inneres Organ, das schon lange verkümmert, mir unbekannt und von der Kultur abgetötet worden war, aus den Tiefen auftauchte und nun etwas spürte, was nur eine Geistererscheinung genannt werden konnte.
Neben mir war Bakuli erwacht und ganz steif geworden. »Missy«, flüsterte er entsetzt.
»Ja«, sagte ich.
Wir saßen zitternd da; etwas, kühl wie ein Nebelstreif, weich wie Seide, streifte mich und war wieder weg, und langsam verschwand das Gefühl einer Geistererscheinung. Ich holte tief Luft, packte Bakulis Hand und hielt sie fest.
Mit bebender Stimme sagte ich: »Wenigstens war es kein Skorpion.«
»Ja, Missy«, flüsterte er. »Sie auch?«
»Ja.« Es schien nichts weiter zu sagen zu geben, und nun, da es weg war, ging ich das Ganze immer wieder durch, entschlossen, es hinwegzuerklären, es Phantasie, Hunger, Halluzination zu nennen – aber warum zitterten Bakuli und ich immer noch, wenn ich es leugnete? Mein Verstand rebellierte gegen den Glauben, doch meine Sinne konnten das, was ich gefühlt hatte, nicht von sich weisen. Ich sagte mir, ich sollte einschlafen, ich könnte mir schlecht leisten, eine Nacht mit dem Wahnsinn zu liebäugeln, ich brauchte Schlaf. »... der des Grams verworrn Ge-

spinst entwirrt«, sagte ich mir, wußte aber den Rest meines Shakespeare-Zitats nicht mehr. »...der des Grams verworrn Gespinst entwirrt.« Der Wind draußen hatte sich gelegt, und ich beruhigte mich mit ihm. »... verworrn Gespinst entwirrt.«
Ich schlief ein, doch die Geistererscheinung war noch nicht mit mir fertig, denn ich hatte einen sonderbaren Traum. Große Wolken bleichen Nebels rollten endlos auf mich zu, in immer neuen Wellen, bis aus den Nebeln eine große, dünne Gestalt, beinahe ägyptisch im Aussehen, mit einem schlichten Gewand und einem Kopfputz aus Straußenfedern bekleidet, auf mich zukam. Diese Gestalt – trotz ihrer Größe gewiß eine Frau – lächelte und sprach mich an, doch ohne einen Ton hervorzubringen, die Worte übermittelten und übersetzten sich mir auf eine unheimliche, telepathische Weise.
»Ich schlafe unter dir, Fremde aus dem Norden«, übermittelte sie. »Habe keine Angst – ich war auch einmal eine Fremde aus dem Norden und spüre nun da unten in meinem Grab deinen Herzschlag...«
Das Phantom streckte mir ihre Hand hin; die hielt einen Stein, den ich deutlicher als ihr Gesicht sah und der flach und sonderbar geformt war mit einem Loch fast in der Mitte. Ich muß gestehen, daß er mir wie einer der mißglückten Muffins oder Lebkuchenmänner vorkam, die Mama zu Weihnachten sich zu backen bemüht hatte. Ich langte hin, um die Hand zu berühren, aber die Gestalt löste sich langsam im Nebel auf. Ich rief aus: »Aber wer bist du? Wer bist du? Wer...«
Bakuli schüttelte mich. »Missy, Missy«, flüsterte er. »Sie machen Lärm – sch, wir gehört werden.«
Ich konnte sein Gesicht sehen, es war morgens. Das war ein mächtiger Traum gewesen, und ich fühlte mich benommen und desorientiert, das Gewicht der Felsen um uns war erdrückend, und der von uns belegte Platz war ein Grab. »Laß uns hier raus«, sagte ich zitternd. »Bitte, gehen wir! Wir können noch raus hier, oder nicht?«
Mit beiden Armen versuchte Bakuli, die Platte hochzuhieven, die er über uns gelegt hatte, aber sie wollte sich nicht bewegen. In Panik kniete ich mich neben ihn, um zu helfen, und als sie schließlich beiseite gehoben war und ich wieder blauen Himmel

sah, war mir danach, mich hinzuknien und Bakulis Gott zu danken. Mit einem letzten Blick auf die Grube, in der wir unsere stürmische Nacht verbracht hatten, schickte ich mich an, Bakuli in den Sonnenschein zu folgen, wurde aber noch einmal aufgehalten. Hinter mir, an der Stelle, wo ich gelegen hatte, sah ich einen flachen, bearbeiteten Stein, durch einen Sonnenstrahl weiß gemacht, der etwas Grünes trüb in seiner Mitte schimmern hatte.

Es schien, daß ich meinen Traum also doch nicht vergessen sollte, denn ich erkannte den Stein an der sonderbaren, verunstalteten Form eines Lebkuchenmannes.

»Beeilung, Missy«, sagte Bakuli, dessen Kopf sich vor dem Himmel abzeichnete, während er die eine Hand ausstreckte, um mir herauszuhelfen.

›Nun‹, dachte ich, während ich versuchte, es leicht zu nehmen, ›es gibt mehr Dinge zwischen Himmel und Erde, als meine Schulweisheit sich träumen...‹ Ich beugte mich hinab und hob die bearbeitete Steinform auf, wobei ich mir ins Gedächtnis zurückrief, daß die Geisterfrau sanft, sogar nett gewesen war und mich sonderbarerweise gekannt und mich Fremde aus dem Norden genannt hatte; der Stein paßte hübsch in die Handfläche, und ich kletterte hoch und hinaus in die Sonne, niesend und hustend wegen des Staubs. Die Morgenhitze schlug mir ins Gesicht und genauso die Wirklichkeit, die unverändert rauh war, denn wir hatten immer noch kein Essen und wenig Wasser. Ich sah, daß Bakuli auf das schaute, was ich in der Hand hielt, und zeigte es ihm. »Darauf habe ich die ganze Nacht gelegen.«

Er spähte genauer hin und schüttelte den Kopf. »Nicht mögen, Missy.« Er berührte ihn und verzog das Gesicht. »Das vielleicht *bwanga*, vielleicht *bubi*. Ein Talisman, vielleicht böse, vielleicht angebetet, vielleicht voller Geister. Nicht mögen.«

Zumindest erkannte er ihn als etwas Ungewöhnliches und Besonderes. Im Licht konnte ich sehen, daß er kein bloßes Felsstück war, sondern von einem Werkzeug geformt worden war; ein Haarschopf war auf seinen groben Kopf gemeißelt worden, und das Gebilde hatte kleine Ausbuchtungen, die von Menschenhand an dem komischen, ungelenken Körper herausgearbeitet worden sein mußten. Das Überraschende war der

dunkelgrüne Steinkristall, der fast in der Mitte der Figur eingebettet war und ihr einen ziemlich exotischen Nabel verlieh.
»Na schön«, sagte ich, »ich werde sie eine Weile behalten. Als Souvenir.«
»Souvenir?«
Das war schwer zu übersetzen. »Ein Talisman«, sagte ich schließlich. »Zumindest bis ich erfahre, ob die Figur ein Talisman ist. Ich mag sie.« Ich verstaute sie in der Tasche meines *Barrakans* und zog den Kompaß heraus. Ich seufzte, als die ganze Last unserer Verlorenheit auf mich fiel. Das Hoggar-Gebirge türmte sich immer noch hinter uns auf, drei Tage entfernt, aber immer noch erdrückend präsent, um mich daran zu erinnern, daß wir uns ja nicht nach Norden wenden sollten, zumindest jetzt noch nicht. Aus dem Westen hinter dem Wadi war das ominöse Trommeln kurz vor dem Sturm hergekommen, und weder Süden noch Osten versprachen etwas anderes als Wüste. Ich war hungrig.
»Missy!« flüsterte Bakuli, der auf einmal aufgeschreckt dreinsah.
Ich dachte einen Augenblick lang, er würde sich wieder vor Geistern fürchten, und fühlte mich schlagartig erschöpft, doch dann hörte ich es auch: ein schwaches Murmeln unter uns, das Auf und Ab einer menschlichen Stimme. Wir suchten uns einen Weg über die Felsen, um von dem Hügel auf die westliche Flanke hinabzuspähen. Dort kniete auf einer Sandfläche ein Mann mit dem Rücken zu uns. Abrupt fiel er nach vorn, um seine Stirn in den Sand zu drücken, streckte sich dann und ließ sich nach einem Augenblick der Ruhe wieder nach vorn fallen. Das *taschah-had*, dachte ich, ›er spricht seine Gebete zu Allah‹. Dann wanderte mein Blick weiter, und ich sah, daß er unseren Esel gefunden und an einen Felsen neben sich gebunden hatte.
»Er betet«, flüsterte Bakuli.
»Ja, aber er hat unseren Esel. Und unsere Wasserschläuche.«
»*Yangu*. Aber er betet, Missy.«
Wir blickten einander an, wogen das Risiko ab, und dann packte Bakuli meine Hand. »Kommen Sie, Missy.«

Ich wußte, er meinte, daß wir keine Wahl hätten. Er blickte mich streng an und sagte: »Sie sein Junge, Missy. Bedecken Kopf gut.«

Wir begannen unseren Abstieg durch die Felsen, und ich wunderte mich, daß der Mann uns sofort hörte, sobald wir die ersten Schritte hügelabwärts getan hatten, denn wir waren noch weit weg von ihm und schritten vorsichtig aus. Als wir näherkamen, stand der Mann mit dem Gesicht zu uns auf, einem Gesicht so schwarz wie das von Bakuli und nicht verschleiert, den Kopf ordentlich in einen schmutzigweißen Turban gewickelt. Er trug eine zerlumpte Hose und war barfuß. Als wir noch näher kamen, sah ich, daß er ein Muster von mit dem Messer eingeschnittenen Stammesnarben im Gesicht trug.

»Er sein Haussa«, flüsterte Bakuli.

»Wie wissen?« flüsterte ich zurück.

»Stammeszeichen.« Dem Mann rief er auf Tamahak zu: *»Matulid«,* und dann, *»Sannu kadai«,* und zu mir: »Viele Leute sprechen Haussa, ich kennen ein bißchen viel.«

Der Mann sah nicht gefährlich aus; sein Gesicht war rund mit einer etwas gekrümmten Nase, doch ich fand es sonderbar, daß sein intensiver Blick auf einen Punkt hinter uns fixiert war.

»Bakuli«, fing ich an, »er ist...«

»Ja, Missy, er nicht sehen. *Salam aleikum*«, sagte er höflich und teilte ihm mit, daß es unser Esel war, den er gefunden hatte.

Ich hielt es für an der Zeit, mich in diese Zusammenkunft einzuschalten, und in meinem unbeholfenen Arabisch teilte ich ihm mit, daß wir zu zweit waren, Bakuli und Missy.

Er schien zu verstehen, denn er nickte und winkte uns näher, und als wir zu ihm hingingen, streckte er beide Hände aus und suchte Bakuli zu berühren; ich mußte lächeln, als er nichts fand, bis er eine Hand auf die Höhe des neunjährigen Bakuli sinken ließ. Dann lächelte er, seine Zähne ein strahlendes Weiß gegen seine dunkle Haut. Sehr sanft strich er mit den Fingern über Bakulis Gesicht, und sein Lächeln vertiefte sich. Er wandte sich mir zu, und seine Finger fuhren die Form meines Gesichts nach, berührten dann Nase und Mund und hielten bei meinen Augen inne. Ich erinnerte mich an sein feines Gehör, mit dem er uns schon von weitem vernommen hatte, und hoffte, er würde nicht

genauso fein wahrnehmen können, daß ich weiblich und eine Ungläubige war.
Er heiße Musa, sagte er, und sei ein Bàhausche oder Haussa. Er sprach ein bißchen Französisch, etwas Arabisch und verstand das Tamahak einigermaßen, doch das alles zu entdecken kostete uns viel Zeit und Mühe. Ich nahm an, daß er in der Nähe lebte, vielleicht in dem Dorf, von wo wir die Trommeln gehört hatten – schließlich war er blind –, aber mir verschlug es buchstäblich die Sprache, als ich hörte, daß er seit vielen Tagen unterwegs sei und von In Salah im Norden aus auf dem Weg in seine Heimat im Süden sei...
»Allein und blind? Wie kann das sein?« fragte ich erstaunt.
Bakuli blickte den Mann mit großer Hochachtung an. Er sagte: »Meine Schmied-Leute haben gesprochen von solchen Männern, Missy. Es geben solche, ja, sie haben Wüstenaugen.«
Meine Gedanken umkreisten diesen Punkt und kehrten darauf zurück, um ihn zu bedenken, während langsam Möglichkeiten Gestalt annahmen. »Wir gehen auch nach Süden, Bakuli«, sagte ich. »Wir haben nur einen durstigen Esel, kein Essen und zwei fast leere Ziegenfellschläuche.« Ich langte in die Tasche meines *Barrakans* und zog die silberne Hand der Fatima heraus, die Mohammed mir geschenkt hatte. »Frag ihn, ob er uns dafür Essen kaufen würde, wo wir das Trommeln gehört haben, und ob er uns mit sich zusammen nach Süden ziehen läßt.«
Bakulis Gesicht hellte sich beim Anblick des Silbers auf. Er sprach rasch in Tamahak auf Musa ein, mischte möglicherweise noch etwas Haussa hinein, denn ich verstand nur das Wort *mouna* oder Tribut. Das Silber wurde Musa in die Hand gelegt, er wog es, nahm es zwischen die Zähne und biß fest darauf, dann lächelte er.
»I«, sagte er, *»wallahi, i.«*
»Ich meine«, sagte Bakuli, der darüber die Stirn runzelte, »daß ›*i*‹ auf Haussa ja heißt.«
»Oui?« fragte ich, da ich Gewißheit haben wollte, »*nam*?«
Musa nickte heftig und steckte die Hand der Fatima in seine Tasche. Dann ging er zum Esel hinüber und fühlte nach den beiden *Gerbas*, die fast leer waren, und gab uns durch Zeichensprache zu verstehen, wir sollten bleiben, wo wir waren, er würde sie

mit dem abgestandenen, schlammigen Wasser des Wadis auffüllen. *»Dawa«*, sagte er, indem er zwei Stück Brot hervorzog und sie Bakuli in die Hand legte, dann führte er unseren Esel weg und überließ uns gutgläubig dem Vertrauen, das wir für ihn aufbringen konnten. Wir stürzten uns hungrig aufs Brot, aber er war eine besorgniserregend lange Zeit weg. Die Sonne am Himmel stieg höher, die Schatten wurden kürzer und die Hitze sengender. Doch er kam zurück. Während er weg war, hatte er sich anscheinend mit unserem Esel angefreundet, denn er redete auf ihn ein, als er von der anderen Seite des Hügels näherkam, und als wir ihn leise anriefen, tätschelte er den Esel, nickte und lächelte. *»Bon«*, sagte er, *»Jākī bon.«* Die Ziegenschläuche waren prall mit Wasser gefüllt, und der Esel, wie *bon* auch immer, trug nun auch einen Ballen Futter auf dem Rücken. Musa zeigte uns stolz die Hand der Fatima, so daß ich verstand, er hatte mit eigenem Geld gezahlt, denn außer dem Lederbeutel, der seine eigene Habe enthielt, hatte er einen Sack Datteln für uns und etwas Tee und Hirse mitgebracht, was er Bakuli gab.

In einer Mischung aus Haussa, Arabisch und Tamahak trieb er uns zu einem raschen Aufbruch an. Die Oase hier heiße Abalessa (daran würde ich mich erinnern), und die Leute dort seien Haratin und sehr arm; er hatte ihr Interesse an dem Esel gespürt und ihr Flüstern gehört, als er seine Münzen zum Vorschein brachte. Wir müßten schnell gehen, sagte er, und so brachen wir mittags auf, die grausamste Zeit von allen, in der Hoffnung, diese Tageszeit würde sie davon abschrecken, uns zu verfolgen und auszurauben. Es seien vier Tage bis zum nächsten Brunnen – wenn er nicht ausgetrocknet war, sagte er –, und wir müßten uns vor Banditen hüten. Keine dieser Warnungen war ermutigend. Nichtsdestoweniger hatte ich bei dem Gedanken daran, was die Hand der Fatima uns erworben hatte, das Gefühl, daß Mohammed, wenn er erfahren könnte, daß ich noch am Leben war, wahrhaft froh sein würde, daß sein Geschenk mir zu ein bißchen mehr Hoffnung und Leben verholfen hatte, wenn ich mir auch nicht vorstellen konnte, wie ein blinder Führer uns durchbringen würde. Aber da hatte ich noch viel zu lernen.

Wir waren noch nicht weit gereist, als wir auf eine schreckliche Mahnung an die Gebrechlichkeit des Lebens in der Wüste stie-

ßen; in der Ferne sah ich Geier am Himmel kreisen und wollte es gerade erwähnen, als Musa uns anhielt. Er kniete sich hin, legte das Ohr auf den Boden, stand dann wieder auf und winkte uns weiter durch das Gestrüpp. Im Näherkommen sah ich, daß auch am Boden überall Geier waren, häßliche schwarze Gestalten, die mit den Flügeln flatterten, uns ihren Zorn zukreischten und dann davonflogen, um über uns zu kreisen und zu warten. Sie machten uns damit Platz, daß wir ihre Beute sehen konnten. Es war kein schöner Anblick. Wir sahen sechs Leichen, die noch nicht lange tot waren, denn die Männer waren noch halb bekleidet. Zu meinem Erstaunen sah ich, daß zwei der Männer, die tot im Sand lagen, Überreste von Uniformen trugen.
»Franzosen, Missy«, sagte Bakuli und wies dann auf die anderen vier: »Die sein Chaamba.«
Franzosen! Ich hatte nicht daran gedacht, daß wir mit der Überquerung des Tassili-n-Ajjer von türkischem Gebiet in französisches gelangt waren. Trotz des Entsetzens, mit dem ich die Stätte betrachtete, war mein erster Gedanke: ›Franzosen... Lieber Gott, wenn ich nur einen lebendigen anträfe, könnte ich die Heimat wiedersehen.‹
Musa bückte sich, um die Toten zu durchsuchen, und ich wandte mich ab, da mir übel wurde, denn nicht einmal das eigene Erleben eines früheren Massakers konnte mich gegen den Anblick dessen abhärten, was die Geier den schutzlosen Gesichtern dieser Männer antaten. Sie rissen ihnen die Augen aus den Höhlen und das Fleisch von den Knochen. Als Musa fertig war und nichts Wertvolles gefunden hatte, ließ er sich auf den Boden nieder und untersuchte mit den Fingern die Kamelspuren, sortierte die leeren Patronenhülsen, hob den Mist auf und roch daran. Als er aufstand. Staunte ich, wieviel er aus dem erfahren hatte, was nur wie ein Gewirr von Spuren aussah. Die Franzosen und ihre Chaamba-Führer waren aus Süden gekommen, sagte er, und unter ihren Kamelen waren zwei, die den Tuareg gehörten, denn er konnte aus dem Gras in ihrem Mist ersehen, wo sie zuletzt geweidet hatten und wem sie gehörten. Hier an dieser Stelle hatten fünfzehn Tuareg sie eingeholt und ihre Kamele zurückverlangt. Sie hatten ein paar Minuten lang verhandelt, aber die Tuareg mochten die Chaamba nicht, und die

Chaamba auch nicht die Tuareg, und so hatte es geendet. *»Iyaka ya kare«*, sagte er: Das Ende. Es ist aus.
Wir zogen weiter, überließen die Toten den Geiern, und ich konnte mich nur wundern, was für ein erstaunlicher Mann dieser Musa war. Er trug zum Beispiel einen langen Stecken, benützte ihn jedoch kaum, und er brauchte gewiß keinen Kompaß. Es gab Augenblicke, da hielt er an, blieb ganz still stehen und lauschte auf den Wind, spürte ihn über sein Gesicht streichen, danach ließ er sich auf den Boden nieder und roch am Sand oder Geröll, wonach er unsere Richtung nur ein ganz klein wenig änderte. Später, wenn ich auf meinem Kompaß nachsah, stellte ich fest, daß er uns unbeirrbar auf südöstlichem Kurs hielt. Das an sich rettete uns das Leben, wie ich später erfahren sollte, denn wenn Bakuli und ich weiter nach Südwesten gegangen wären, wären wir in das Tanesruft gekommen, eines der gefürchtetsten Gebiete der Sahara, wo auf fast zweihundert Meilen kein Wasserloch existiert.
Außerdem schien Musa nicht viel Wasser oder Essen zu brauchen. Er trug eine an den Stecken über seine Schultern gebundene *Gerba* sowie einen Lederbehälter, aus dem er Kolanüsse und grüne Hirse holte, die er *gero* nannte. Sie brauchte nicht gekocht zu werden, und sie konnte, mit einer sehr geringen Wassermenge vermischt, sowohl Durst wie Hunger stillen. Um den Hals trug er viele Talismane auf einem Lederband aufgereiht, außerdem hatte er einen Strick und fünf Mariatheresientaler bei sich. Er sprach zuerst nicht viel, als hätte die Stille der Wüste ihn angesteckt, aber er führte uns ohne Augenlicht zu dem Brunnen, den er In Attel nannte und der nicht mehr als eine Stecknadel in dieser riesigen Öde war. Wir versteckten uns einen Tag lang in der Nähe des Brunnens, während eine große Karawane dort ihre Kamele tränkte, und da erst, während wir lagerten und warteten, fing er seine Geschichte zu erzählen an: von der Karawane, die er nach In Salah geführt hatte, von wo er gerade zurückkehrte, von der Jagd auf Gazellen und *gwanki* – Antilopen –, bevor die Sonne sein Augenlicht gestohlen hatte, davon, wie er am frühen Morgen von dem groben Gras, *afazo* oder *tashrash*, den Tau geleckt hatte, als seine *Gerba* leer war. Er sagte, das Auffinden der Brunnen läge in Allahs Hand, aber

er hätte es von seinem Vater gelernt, und auch ohne zu sehen, kenne er die Wüste wie seinen Handrücken. Seine größte Angst war die, daß ein Brunnen ausgetrocknet sein mochte, seit er das letzte Mal dort gewesen war – und natürlich gebe es die Dschinns, fügte er hinzu, sie wären in manch einer Nacht mit ihren Rufen zu hören.

Nach dem Aufenthalt in In Attel steuerten wir genau nach Süden, bis die Felsen und Steine spärlich wurden und sich eine flache, sandige Ebene vor uns ausdehnte. In jener Nacht schlugen wir unser Lager spät auf, und als ich mich in meinen *Barrakan* wickelte und mich zum Schlafen hinlegte, leuchteten die fünf Sterne vom Kreuz des Südens mit funkelndem Glanz und sahen fast so nahe aus, als könnte ich die Hand ausstrecken und sie berühren. Sie waren mir ein großer Trost geworden, doch eines Tages, gelobte ich, würde ich zum Kreuz des Nordens reisen, das die Tuareg *Elkelzif* nannten, und nach Hause gehen.

In einiger Entfernung von uns hörte ich Musa sich unruhig im Schlaf wälzen; plötzlich stieß er einen gellenden Schrei aus und schlug eine Weile um sich, bevor er verstummte. ›Saharaträume‹, dachte ich, schloß die Augen und fiel in erschöpften Schlaf.

Am Morgen lag Musa kalt und still im Sand. Wir standen schokkiert von seinem angstverzerrten Gesicht über ihm. Bakuli flüsterte: »Er sein tot, Missy. Oh, Jesu, er sein tot.«

»Aber wie?« rief ich. »Er darf nicht tot sein, Bakuli, was kann ihm denn passiert...«

Ich brach ab, weil Bakuli entsetzt einen Schritt zurückgetreten war und den Finger ausstreckte. »Schau«, entfuhr es ihm, und da sah ich es auch: die lange, träge Kurve eines S im Sand neben Musa, die eine Gefahr, die Musa in seiner Blindheit nicht sehen konnte. Abstand haltend, langte ich nach Musas ausgestrecktem Arm und zog ihn aus der Kuhle, in der er geschlafen hatte. Nun war es an mir, zurückzuweichen. Musa hatte sich sein Bett über einem Vipernnest gemacht. Die Umrisse von einem halben Dutzend Schlangen lagen knapp unter der Sandoberfläche zusammengeringelt und regten sich nun, als sie unsere Anwesenheit spürten.

»Oh, Gott«, flüsterte ich, da ich mich an seinen einen gellenden

Schrei in der Nacht erinnerte. Er muß tief geschlafen haben, als die erste Viper ihn biß, deren Gift womöglich nicht stark genug gewesen war, um ihn umzubringen, doch als er sich mühte, wach zu werden, waren die anderen an die Oberfläche gekrochen, um ihre Fänge in sein Fleisch zu graben und ihr entsetzliches Werk zu verrichten. Er hatte keine Chance gehabt. Gerade dieser eine Schrei vor der Giftattacke hatte sein Leben zum Stillstand gebracht.

Und wir hatten unseren Führer verloren.

Ihn zu begraben war unmöglich, denn wir hatten weder Werkzeuge noch entsprechende Körperkräfte. Also legten wir ihn wieder in die Kuhle, die er sich zum Schlafen ausgebuddelt hatte und in der er seinen Tod gefunden hatte. Um ihm eine gute Reise zu wünschen, sagte Bakuli auf Haussa, *»Sanu da tafiya«,* und dann ernst, *»iyaka ya kare«* – das Ende; es ist aus.

Daraufhin blieb uns nichts anderes übrig, als uns Gedanken zu machen über unsere eigene Zukunft, die auf einmal noch gefährdeter geworden war. Wir hatten Musas *gero*, seine Mariatheresientaler und die silberne Hand der Fatima, doch nichts davon hatte irgendeinen Wert in der Wüste, da wir höchstens noch Wasser für zwei Tage hatten. Keine Fahnen oder Steinhaufen markierten die Brunnen der Sahara, es waren oft nur in den Sand gegrabene Löcher, und das Wissen, wo sie sein mochten, war mit Musa gestorben.

Müde und matt schlangen wir die *Gerbas* auf den Eselrücken und brachen wieder auf nach Süden zur Sandebene vor uns, während wir uns fragten, wie lange wir wohl Musa überleben mochten.

BUCH 2

11

Heute scheint eine bleiche Sonne in London, und Deborah hat meine Niederschrift dieser Zeilen mit einem ihrer Blitzbesuche unterbrochen, um nach dem Rechten zu sehen. Sie kommt alle paar Tage, um sich zu vergewissern, daß Bertram und Minna mich nicht ausnützen, daß die Simse abgestaubt, die Möbel poliert worden sind, meine Diät eingehalten wird und mein Gesundheitszustand immer noch einigermaßen gut ist.

»Minna hat in letzter Zeit deine Bücher nicht abgestaubt«, sagt sie und fährt mit dem Finger darüber.

»Minna und Bertram werden alt«, sage ich ihr, »und ein bißchen Staub hat noch niemandem geschadet.«

Als sie den Rosenstrauß auf meinem Schreibtisch sieht, kneift sie wie üblich gereizt die Lippen zusammen. Seit das Gewächshaus im Garten vor sieben Jahren geschlossen wurde, bestelle ich Blumen aus einem Laden, doch sie erinnert sich, daß unser Gärtner bis zu seinem Tode mir jeden Morgen Rosen brachte, ein Ritual, um das ich immer noch trauere und auf dessen Fortsetzung ich seither bestehe. Deborah beschuldigte mich immer, ich wäre zu vertraut mit John, und ermahnte mich beständig, daß es sich nicht gehöre, mit einem Gärtner zu vertraut zu sein, noch dazu einem einäugigen Gärtner mit einer Augenklappe, doch sie hat in Wirklichkeit all die Jahre damit ausgedrückt, daß sie John ablehnte, und als ich sie wegen ihrer Hochnäsigkeit tadelte, meinte ich in Wirklichkeit: »Hüte dich vor einer Einmischung...« Ich finde, Deborah ist eine interessante Kombination aus Umwelt und Erbmasse und der Beweis, welche krummen Wege Gene nehmen, denn in ihr treffe ich auf eine verfeinerte Art den ganzen Ehrgeiz von Mama wieder, und das ist die Erbmasse, doch von Linton, den sie für ihren Vater hält, hat sie eine gewisse Kühle und sein ganzes Anspruchsdenken übernommen, was eine Auswirkung der Umwelt ist, da können die Wissenschaftler sagen, was sie wollen. Schon als Deborah noch klein war, wußte ich zum Beispiel, daß sie niemals nur aus Liebe heiraten würde – zu gut hatte Linton ihr die Werte von Titel, Geld und Rang eingeprägt –, und ich denke, ich habe recht behalten, denn ihre Ehe hat sich sicherlich als eine kühle und unselige Verbindung erwiesen.

Meine Tochter tut mir aufrichtig leid. Ihr Sohn starb jung, und sie war fast vierzig, als wie durch ein Wunder Sara auf die Welt kam – der hübsche Heißsporn Sara –, bloß daß Deborah seither entschlossen scheint, sie nicht loszulassen, da sie in ihr all die Farbe und das Lachen sieht, die sie versäumt hat. Doch wenn ich mit meiner Tochter Mitleid verspüre, so fühle ich mich meiner Enkelin Sara sehr verwandt. Sie hat viel von mir und von Deborahs Vater, so daß es mich nie überraschte, daß sie die Geschichten liebte, die unser Gärtner ihr stundenlang erzählte, als sie ein Kind war. Sie wäre auch von Amma begeistert gewesen; es ist sogar möglich, daß sie sich in Laskis Schaubude zu Hause gefühlt hätte.

Solche Ironien sammle ich jetzt, es ist die einzige Form von Humor, die mir gefällt. Ich finde es beispielsweise ironisch, daß meine Reisen mit Jacob begannen, der viele Sprachen studiert hatte, wohingegen ich, die ich nur eine kannte, mich schließlich in einem halben Dutzend verständigen konnte. Soll ich das seine Hinterlassenschaft für mich nennen? Wie oft schon pflegte ich darüber zu spekulieren, wie mein Leben wohl verlaufen wäre, wenn ich ihm nie begegnet wäre, bloß um festzustellen, daß ich über ermüdende Was-wäre-wenn-Fragen nicht hinauskomme. Etwa, was wäre, wenn ich nie nach Boston geschickt worden oder nicht so jung gewesen wäre, als ich ihm begegnete; was wäre, wenn er mir nie einen Heiratsantrag gemacht hätte oder schon verheiratet gewesen wäre, oder wenn das alles nicht der Fall gewesen wäre, was wäre, wenn er ein anderes Land, eine andere Wüste ausgewählt oder nie jenen Abend in Algier verbracht hätte, an dem er mit dem Weißen Pater aus Ghadames sprach? Die Fäden, die uns an unser Schicksal binden, reichen zu weit in die Zeit zurück, um sie noch zu entwirren, und so ver-

bleibe ich am Ende mit einem Mosaik, in dem jedes seiner Teile unabänderlich festzementiert ist und einfach nicht mehr abgetrennt oder entfernt werden kann.
Doch das glänzendste Stück im Mosaik ist Jared, den ich bis ans Ende meines Lebens lieben werde, und da sind Amina und die besonderen Umstände, die mich die geistige Zauberei gelehrt haben... und stets ist Bakuli da.

Wir waren schon knapp dem Tod entronnen, Bakuli und ich, doch die schlimmste Zeit kam, nachdem Musa gestorben war. Zwei Tage nach seinem Tod mußten wir den Esel aufgeben, und um ihn nicht lebend den Geiern zu überlassen, schlitzte ihm Bakuli mit verbissenen Lippen die Kehle auf, und durch das Trinken seines Bluts gewannen wir eine weitere Reisenacht. Bei Sonnenuntergang am nächsten Tag hatten wir jedoch unseren letzten Tropfen Wasser aufgebraucht, und obwohl wir die ganze Nacht über den mondbeschienenen Sand liefen, trafen wir auf kein Wasserloch – die Götter waren uns nicht hold. Nachdem der Mond untergegangen war, ging die Sonne auf, um den Himmel zu vergolden und uns zu quälen. Es gab in dieser Sandöde keinen Schatten, nicht so viel wie einen Busch oder Felsen, und der heiße Staub verstopfte uns die Nasenlöcher, Augen und Lippen. Einst, vor langer Zeit in Tripolis, hatte Mohammed beschrieben, wie die Leute an Durst sterben, wie der Körper, der nach Wasser lechzt, anfängt, es sich aus dem Gewebe und dem Fett zu stehlen, das Blut sich langsam verdickt, bis es den Körper nicht mehr kühlen kann, und während es gerinnt, steigt die Temperatur und alles endet in Delirium und Tod. Er hatte zu erwähnen versäumt, daß der Magen sich verkrampft oder daß die rauhe, rissige Kehle und die Zunge so anschwellen, daß Reden unmöglich wird. Unsere Kräfte schwanden rasch. Wenn Bakuli stolperte und hinfiel, half ich ihm auf, wir taumelten eine kurze Strecke, und dann war ich es, die stolperte und hinfiel, und Bakuli half mir auf die Füße. Am Mittag gaben wir dann auf und legten uns zum Sterben hin, da uns alles egal war, außer daß mich ein letztes Aufflackern von Mitgefühl dazu veranlaßte, die Hand auszustrecken und Bakulis Augen zu bedecken, da ich mich an die Geier erinnerte.

Unser Retter glich keineswegs einem himmlischen Engel, es war ein arabischer Händler, der allein mit einer hoch mit Handelsgütern beladenen Schar Packesel reiste und nach Ziege roch. Als ich die sandverkrusteten Augen aufschlug, sah ich ganz nah ein dunkles, bärtiges Gesicht und merkte, daß eine Hand mich am Genick packte und meinen Kopf hob, um mir Wasser einzuflößen. Es war ein Wunder, das wußte ich, doch gehorsam teilte ich meine Lippen, die er mit ein paar Tropfen Wasser benetzte. Er hielt mich weiter fest und setzte mir dann einen Becher an die Lippen. Ich bekam einen Brechreiz, als das Wasser auf meine geschwollene Zunge traf, würgte, japste und schluckte mit Schmerzen. Kein Wunder also, ich war gestorben, und das war der Himmel. Ich legte mich benommen zurück und sah zu, wie er sich Bakuli zuwandte und ihm auch Wasser gab. Als ich an ihm vorbei schaute, sah ich den gleichen unveränderten Sand, der Himmel war immer noch weiß gebleicht, und Hoffnung regte sich; es war möglich, daß ich nicht tot war, es war möglich, daß wir in dieser riesigen Wüste, die so menschenleer war, wundersamerweise von einem anderen lebenden Menschen gesehen worden waren.
Ein Esel brüllte, und dann noch einer. Mein Blick schweifte umher, bis ich ihre wunderschönen, lustigen Köpfe sah, und ich liebte jeden einzelnen und lächelte trotz der schmerzhaft aufgesprungenen und geschwollenen Lippen ein wenig. Als der Mann zurückkehrte, um mehr Wasser zu spenden, bemühte ich mich, mich aufzusetzen, doch er gab mir nur ein kleines bißchen. *»Lah«,* sagte er streng, mir den Becher entziehend, und ging wieder zu Bakuli. Ich liebte diesen Mann sowie seine Esel, doch in dem Augenblick, als ich Bakuli den Kopf heben sah, liebte ich Bakuli am meisten; sogar in diesem Moment, nur halb bei Bewußtsein, erkannte ich, daß dieser sonderbare kleine Jesus-Knabe mir etwas Neues und Wichtiges beibrachte, aber ich war zu schwach, um darauf zu kommen, was es wohl war.
Sobald wir stehen konnten – sprechen konnten wir noch nicht –, setzte der Mann uns beide auf je einen Esel und band uns mit Seilen an die Ballen mit Handelsgütern, damit wir nicht herunterfielen. Er war ein kundiger Mann; bevor er aufbrach, gab er jedem von uns einen feuchten Lappen, um daran zu saugen, und

hielt zweimal an, um uns mehr Wasser zu geben. Ich fieberte und war krank, deshalb bekam ich wenig mit bis Sonnenuntergang, als wir ein breites, trockenes Flußbett überquerten, wo ich aufblickte und sah, daß der Himmel, der uns mittags beinahe umgebracht hatte, nun in zarten goldenen, sahnigen und pflaumenfarbenen Schattierungen erglühte. In der Abenddämmerung kamen wir an einer Akazie vorbei, daneben stand eine strohgedeckte Hütte mit Holzpfählen, in die fein gearbeitete Figuren geschnitzt waren. Dahinter konnte ich, bevor die Dunkelheit wie ein Vorhang fiel, die Reisigzäune einer Siedlung aus dem Erdboden ragen sehen. Zu dieser Hüttenansammlung brachte uns unser guter Araber und rief noch über die Schulter, um zu verkünden, daß hier eine Frau namens Amina lebte, die uns wieder gesund machen würde.

Wir ritten durch eine Lücke im hohen Reisigzaun und auf einen freien Platz mit festgestampfter Erde, wo ein Feuer in der Dunkelheit wie eine Lampe brannte, die von düsteren Schatten umgeben war. Unser Eintreffen wurde von einem Donnergrollen begleitet, und am Himmel zuckte plötzlich ein Blitz auf, der dunkle, uns überrascht zugewandte Gesichter erleuchtete. Sogar Laskis Schaubude hätte kaum einen dramatischeren Auftritt in Szene setzen können, und zur Krönung des Ganzen öffnete der Himmel seine Schleusen, und wir wurden mit Regen überschüttet. Gesegneter Regen! Freudig wurde *»Ruwa! Ruwa!«* gerufen. Wir hatten anscheinend ein Gewitter mitgebracht, aber ich hatte keine Ahnung, was das für sie oder für uns bedeutete, weil ich, nachdem ich vom Esel gehoben worden war, in tiefer Ohnmacht zu Boden fiel und in den nächsten paar Tagen zwischen Bewußtlosigkeit und Bewußtsein hin und her wanderte.

Doch ich nahm wahr …

Da war eine Frau, die sich so rührend um mich kümmerte wie Amma, nur war ihr Gesicht schwarz mit einem dünnen, angespannten Mund und wachsamen, glänzenden Augen. Ihre Stimme war schneidend, wenn sie mir bittere Säfte in die Kehle zwang, doch sie war einfach immer da; andere kamen, um mich anzusehen, und einmal – aber das war sicher ein Traum? – hörte ich Flügelschlagen und ein Hühnchen aufgeschreckt gackern, und als ich die Augen aufschlug, schwöre ich, ich sah, wie sie einem Hühnchen die Gurgel durchschnitt, während fünf Frauen im Kreis hockten, zu mir hin deuteten, redeten und mich anblickten. Einmal hörte ich Trommeln schlagen und fürchtete mich, da ich dachte, ich wäre wieder bei den Tuareg; ein andermal war beim Aufwachen die Hütte von gewaltigen Blitzen erhellt, denen Donner folgte. Oder brachte ich das mit dem Trommelklang durcheinander? Wenn es dunkel war, war da eine Laterne und der Geruch nach Erdnußöl, und Schatten tanzten am Strohdach über mir auf und ab, am Tage roch es nach seltsamem Weihrauch, heißer Erde, Gewürzen und Mist, und immer war das Bienenstockgesumme von Stimmen draußen. Ich trieb zwischen Schlafen und Wachen, völlig erschöpft, fühlte mich hundert Jahre alt und unsagbar müde. Ich hatte keine Ahnung, wo ich mich befand, fühlte mich aber sicher, was mir in meinen lichten Momenten komisch vorkam, weil ich genausogut in die Hände von Kannibalen hätte fallen können. Mein Geist ist müde, sagte ich mir, und auch das kam mir komisch vor, denn ich erinnerte mich daran, wie Bakuli von Geistern in Bäumen und Felsen gesprochen hatte. Und hatte ich mir nicht einen Geist eingebildet, als wir die Nacht an jenem Felshügel bei Abalessa verbracht hatten? Bakuli war damals bei mir gewesen, und Bakuli war auch in der Wüste bei mir gewesen, doch wo war er jetzt?

Ich schlug am nächsten Morgen die Augen auf und sah ihn plötzlich über mir stehen, und da ich immer noch sehr schwach war, schluchzte ich bei seinem Anblick beinahe vor Erleichterung auf. Als ich ihn das letzte Mal gesehen hatte, war sein Gesicht graufleckig und eingefallen gewesen, aber nun sah er erholt aus, wieder mit runden Backen und einem strahlenden Lächeln.

»Missy«, sagte er, »oh, Missy, Sie sein wohl, bitte.«

Ich nickte lächelnd. »Ja – besser jetzt. Oh, Bakuli!«

»Amina gute Medizin machen«, sagte er und ging weg.

Als ich das nächste Mal aufwachte, waren die Schatten lang, und der kleine Spatz von einer Frau saß in der Mitte der Hütte und mischte mit einem langen Löffel etwas in einer Kalebasse.

»Amina?« flüsterte ich.

Sie drehte sich, übers ganze Gesicht lächelnd, um. *»Sanu! Sanu!«* rief sie entzückt.

Mit verwegener Hoffnung fragte ich: »Sprichst du – vielleicht – etwas Arabisch? Etwas Englisch?«
»Sanu da gajia«, erwiderte sie mit glänzenden Augen. *»Sanu, sanu.«* Dann goß sie Wasser aus einem Tonkrug, brachte ihn mir und sagte: *»Ruwa, bako.«*
Offenbar sprach sie nicht Arabisch oder Englisch, und das erinnerte mich, daß ich tagelang krank gewesen sein mußte und es Zeit war, meine Genesung abzuschließen und zu entdecken, was draußen lag, sowie Bakuli zu finden, der erklären könnte, wo wir waren. Was meinen Entschluß beschleunigte, war die Erkenntnis, daß ich perverserweise und sehr zu meiner Überraschung die Sterne und die große Weite der Wüste vermißte, denn wenn ich mich auf den Rücken legte und nach oben sah, stießen sich meine Augen hart an der niederen Strohdecke. Das irritierte und ärgerte mich so, daß ich das Dach wegreißen wollte, um den Himmel zu sehen.
Am nächsten Morgen, als ich allein war, stand ich auf, wankte zur Tür und sah hinaus, wo ich mich von weiteren strohüberdachten Mauern umgeben sah. ›Diese Leute mögen Weiträumigkeit nicht‹, dachte ich, denn Aminas Hütte war eine von vielen innerhalb einer belebten Einfriedung. Ich sah fünf Ziegen, ich sah eine Frau mit nackten Brüsten, die auf einem Stein Korn mahlte, ich zählte vier Kinder, die die Ziegen jagten, und neun strohgedeckte Hütten, von denen die mittlere die größte war. Meine Augen wandten sich zum Himmel, dem großen, allumfassenden Himmel, der mich mehr als ein Jahr lang erfreut, in Ehrfurcht versetzt, ernährt, geleitet, beruhigt und beinahe umgebracht hatte, und erst in diesem Augenblick verstand ich, wie die Stille und die Weite der Wüste in die Seele eindringen und nie wieder von dort vertrieben werden können.
Als ich so dastand und darüber nachdachte, sah ich, wie Bakuli die Einfriedung betrat und auf mich zuging. Er machte ein überraschtes Gesicht und war froh, mich auf den Beinen zu sehen. »Sie aufsein, Missy!« rief er aus, und zu der kornmahlenden Frau sagte er ziemlich großspurig: *»Sanu du rana.«*
Mit der Gereiztheit einer Genesenden sagte ich: »Bakuli, du gibst an; welche Sprache denn jetzt?«
Er grinste: »Haussa, Missy.«

»Und du trägst ein neues Hemd?«
»Musas silberner Mariatheresientaler. Sie nicht böse sein?«
»Nein. Armer Musa«, sagte ich. Er war auch ein Haussa gewesen, doch nun wollte ich unbedingt herausfinden, wo und bei wem wir waren, und fragte danach.
Indem ich mir zusammenreimte, was Bakuli mir berichtete, erfuhr ich, daß wir in einem kleinen Dorf der Haussa waren, das ein *gari* genannt wurde und in einem Grüngürtel am Rande der Wüste Wurzeln geschlagen hatte. Es war ein dorniges Land, das von ausgetrockneten Wadis durchsetzt war, die sich in der Regenzeit mit Wasser füllten, und außer in ausgedehnten Dürrezeiten gab es Grundwasser, das Brunnen speiste, so daß die Ziegen und Schafe des Dorfes nicht nur ausreichend Weideland hatten, sondern jenseits der Strohmauern auch noch Felder mit reifendem Durra waren, wie ich später sah.
»Und wir bringen Regen«, sagte Bakuli stolz. »So sagen sie, Missy.« Er hielt zwei Finger hoch. »Regen so viele Tage, während Sie schlafen. Sie es nennen *fari* hier, wenn sein Regenzeit, aber Regen – *hai!* – zu früh aufhören. Bald sein Ernte, Missy, und« – er warf mir einen verstohlen schelmischen Blick zu – »wir ihn bringen.«
»Du weißt, daß wir ihn nicht brachten«, sagte ich ihm streng.
Er zuckte mit den Schultern. »Es regnen, Missy. Donnergott sprechen und Regen fallen, wir kommen.«
»Stimmt.« Ich fühlte mich nicht stark genug, um mit ihm zu diskutieren. »Wo haben sie dich hingesteckt, Bakuli?«
»Hingesteckt?«
»Wo schläfst du nachts?«
»Bei Männern, Missy, nicht Frauen.«
Ich war überrascht. »Du meinst, an diesem Platz hier, wo ich bin, leben nur Frauen?«
Er schüttelte ungeduldig den Kopf. »Nein, nein, Missy.« Auf die große Hütte in der Mitte zeigend, sagte er: »Amina sein Frau von Mann, der schlafen hier. Sie sein erste Frau, neue Frau schlafen hier diesen Tag.« Er zeigte auf die kleineren Hütten. »Söhne schlafen« – wieder deutete er, diesmal nach rechts und links.
»Zwei Frauen«, murmelte ich. »Schön, schön... Bakuli, sie nennt mich *bako*, warum?«

»Es heißen ›Fremde‹.« Nachdem er mir so stolz unsere Umstände erklärt hatte, verstummte er nun, blickte stirnrunzelnd auf einen Kreis von in Asche gebetteten Töpfen. »Missy«, sagte er endlich.
»Ja?«
Er seufzte. »Hier geben Schwierigkeiten, Missy. Dieser Dorfhäuptling heißen Kadiri – sehr guter Mann, aber sein Sohn Shehu nun krank viele Tage. Amina machen gute Medizin, sie heilen viele Leute, aber nicht Shehu. Der Zauberdoktor…«
»Zauberdoktor! Zauberdoktor?« stieß ich hervor.
»Ja, Missy, er dafür da sein, vor bösem Zauber zu schützen, er werfen Kaurimuscheln, um zu sagen, wann Korn pflanzen, er machen Giftprobe, lernen Wahrheit von Leuten. Er sagen, Shehu von Geist besessen, und sagen, Shehus Vater müssen machen Opfer, aber Shehu immer noch krank.«
Ich sagte trocken: »Das tut mir sehr leid.«
»Ja, Missy, aber…« Seine ganze gespielte Tapferkeit war nun dahin, und er sah mich mit betrübtem Gesicht an. »Wir bringen Regen, Missy, Häuptling Kadiri sagen, wir haben Macht, Shehu zu heilen.«
Ich sagte argwöhnisch: »Was soll das heißen, ›wir‹? Ich habe keinen Regen gebracht.«
Störrisch entgegnete er: »Wir kommen, Missy, es regnen. Und Sie kennen *ettama.*«
Ich ignorierte das Wort *ettama.* »Sag dem Häuptling, ich habe keine Macht, Bakuli. Ich bin krank, ich kann noch nicht einmal gehen. Hat der Sohn Fieber? Was ist überhaupt mit ihm los?«
Bakuli vertraute mir an, daß Shehu mit Töpfen um sich warf und sie zerbrach, daß er Lärm machte, Essen zu Boden schmiß und seine Kleider zerriß. Sie hatten eine Schilfhütte mit einem Zaun und einem Tor gebaut, um ihn zu isolieren, doch obwohl sie Weihrauch für ihn verbrannten und ihm Medizin gaben, brüllte und schrie er immer noch.
»Gütiger Himmel, ein Wahnsinniger?« sprudelte ich hervor. »Bakuli, du mußt hart bleiben. Sag diesem Zauberdoktor…«
»Sein Name sein Isa.«
»Schön, sag diesem Isa, wenn schon Regen gekommen ist, als wir dieses Dorf erreichten, dann sollen sie froh sein und nicht

mehr verlangen – genug ist genug. Wir haben unser Bestes getan und sind müde.«
Bakuli sagte langsam: »Ich glaube nicht, dieser Zauberdoktor mögen, daß wir Regen bringen, aber der Dorfhäuptling wollen Zauber morgen.«
»Nein, Bakuli!« wandte ich ein.
Er ignorierte meinen Ärger. »Amina ihnen sagen, Sie sein Frau und keine Araberin, Ihre Haut so dunkel. Ich ihnen sagen, Sie *Bāturē* – das sein Haussa-Name für fremde Leute. Dieser Zauberdoktor lachen über Sie, aber Dorfhäuptling sagen, sollen bloß sehen, wie *Bāturē* Krieg machen und bringen neue Götter, Sie müssen starke Medizin haben.«
»Der Häuptling irrt sich«, sagte ich ihm kalt.
Er sah mich vorwurfsvoll an und ging beleidigt davon. Sich noch einmal umdrehend, sagte er steif: »Ich versuchen, Ihnen behutsam zu sagen, Missy – Häuptling sagen, er morgen nach Ihnen schicken.«
Erschreckt starrte ich durch das Tor, durch das er verschwunden war. Zauberdoktoren, Wahnsinnige – ›oh, Jacob‹, dachte ich und kroch zurück in die düstere Hütte, um darüber nachzudenken, was ich mit diesem unseligen Bescheid anfangen sollte.
Shakespeare zerstreute schließlich die genesungsbedingte Trägheit und die Sorgen, obwohl ich zugeben muß, daß ich nie erwartet hatte, in einer heißen, strohgedeckten Hütte in der Sahara wieder mit ihm Bekanntschaft zu machen. Es war eine dieser Shakespeare-Stellen, die eine sehr junge Caressa auswendig gelernt hatte, als sie das Prickeln verspürte, sechzehn zu sein, auf das Leben begierig war und dachte, sie könnte in Büchern Lebensrezepte finden... Wieder ein Steinchen in dem Mosaik, denn ich hätte so leicht in Laskis Schaubude Jongleur, Zauberer oder die Frau ohne Kopf werden können, war aber statt dessen auf Bücher gestoßen. Die mir erinnerlichen Worte Shakespeares drängten mich: »Schraub meinen Mut nur bis zum Punkt des Halts.« Und in irgendeinem ›König Heinrich‹ stand: »Was Schicksal auflegt, muß der Mensch ertragen, es hilft nicht, gegen Wind und Flut sich schlagen.« Ich beschloß, wenn mein nicht vorhandenes *ettama* schon offenkundig werden sollte, konnte ich es genausogut gleich hinter mich bringen und mich

den Konsequenzen stellen, weil ich mich nicht ewig in Aminas Hütte verstecken konnte; es war langweilig, es war heiß, und es gab keinen Himmel. Ich entschied nun, mich dem, was mir das Schicksal auferlegt hatte, in einem Stil zu stellen, der einer Caressa anstand, die auf dem Rummelplatz groß geworden war.
Amina schlief in jener Nacht, aber ich nicht. Am Morgen aßen wir Körnerbrei mit einer scharfen Gewürzsoße, und für mich gab es Ziegenmilch. Ich langte nach Aminas Kalebasse und trommelte darauf. Durch Zeichensprache teilte ich ihr mit, ich brauchte eine Trommel. Sie nickte, verließ die Hütte, um mit einer Trommel aus geschnitztem Holz und Leder wiederzukommen, mit straff über jede Öffnung gespannten Fellen, und bald darauf tauchte ein eingeschüchtert dreinblickener Bakuli in der Tür auf, um zu verkünden, daß der Häuptling da sei, Missy, also stand ich nervös auf. Kadiri war nicht so angsteinflößend, wie ich erwartet hatte, und unter anderen Umständen hätte ich sogar gedacht, er sehe nett aus. Er war außergewöhnlich angezogen, trug eine lange Baumwolltunika, die mit bunten Farben bestickt war, und sein Kopf war in einen Turban gehüllt, der aus so vielen Metern Stoff bestand, daß er sich noch wie ein Halstuch um seinen Nacken schlang und anmutig auf seine Hüfte fiel. Ich verneigte mich, und er richtete ein paar freundliche Worte an Amina; ich gab Bakuli Anweisungen, der wieder dem Häuptling sagte, daß er, Bakuli, eine Trommel schlagend vor mir hergehen müsse. Die wurde ihm ausgehändigt, und wir machten uns auf den Weg.
Sobald wir aus dem Tor von Aminas Umfriedung getreten waren, wurde klar, daß alle im Dorf aus ihren Hütten gekommen waren, um zuzuschauen. Ein paar wagemutige Frauen kamen so nah her, daß sie mich berührten oder mir ins Gesicht spähten, bevor sie murmelnd und kichernd wieder zurückwichen. »Wo ist dieser Shehu?« fragte ich Bakuli, und er deutete auf einen Mattenzaun am äußersten Ende des Dorfs.
»Schlag die Trommel«, gebot ich ihm.
Uns wurde Platz gemacht, und Bakuli ging vor mir her, indem er lautstark unser Kommen ankündigte. Ich ging mit dem Häuptling und versuchte, geheimnisvoll und versunken auszusehen. Als wir uns am Ende des Pfads und der Hütte des kran-

ken Mannes näherten, konnte ich lauten Lärm hinter der Wand hören. Am Tor stand ein Mann, der auf uns wartete, und Bakuli sagte zwischen den Trommelschlägen aus dem Mundwinkel: »Das sein Zauberdoktor Isa.«
Isa war vollständig in Weiß gekleidet: eine makellos weiße Robe und ein weißes Kopftuch, und das wirkte blendend im Gegensatz zu seinem glänzend ebenholzschwarzen Gesicht. Er sah einigermaßen nett aus, aber als er vom Eingang zu Shehus Einfriedung zurücktrat, warf er mir einen höhnischen Blick zu. ›Hüte dich vor diesem Mann‹, sagte ich mir.
Während Bakuli auf seine Trommel einschlug, traten wir zwei in eine Art Hof. In einer Ecke war eine Schilfhütte errichtet worden, Shehu saß in der Türöffnung, umgeben von verfaulendem Essen und Scherben zerbrochenen Tongeschirrs; wir hatten ihn beim Einschlagen auf einen großen Wasserkrug unterbrochen, ein Arm war immer noch zum Schlag erhoben; er ließ ihn langsam sinken und blickte mich finster an. Einen Augenblick lang dachte ich, er wäre nackt, doch als er aufstand, sah ich zu meiner Erleichterung, daß er ein Lendentuch trug. Er war ein kleiner, untersetzter junger Mann, dem Zorn und Argwohn im Gesicht standen. Er hob den Überrest eines anderen Tontopfs auf und warf ihn nach mir; er zerbrach zu meinen Füßen zu noch kleineren Scherben.
Ich sagte Bakuli, daß er mit dem Trommeln aufhören könne. Ich dachte mir, daß, was auch immer ich zu tun versuchte, mit großem Brimborium getan werden mußte, weil ich fast nichts zu bieten hatte. Und so schritt ich, ohne auf Shehu zu achten, zur Mitte des Hofs und sank langsam in die Knie. Ich hob beide Arme zum Himmel und stimmte den einzigen Gesang an, den ich kannte, einen, den Indianer Joe mir vor Jahren beigebracht hatte und den er von einem echten Indianer gelernt hatte. Ich rief aus: »Hai lo ini mini ki ki umtschi wa pe wa wa.« Dann warf ich den Kopf zurück und summte M's wie eine Hummel. Dies ausbauend, sang ich: »Minniemausimolchimeistermilli muhmuh Muttimucki«, und schrie dann im höchsten Falsett: »Mulmimondimantschimissy Mondschein MassaCHUsetts...«
Shehu hatte aufgehört, Sachen zu werfen, und blickte mich an, als wäre ich verrückt, womit wir eines gemeinsam hatten. Wäh-

rend ich langsam aufstand, sang ich: »Fischers Fritze fischt frische Fische, frische Fische fischt Fischers Fritz...« Ich ging auf Shehu zu, machte ein paar Sätze, Hüpfer und Sprünge – jetzt hatte ich seine Aufmerksamkeit – und wedelte mit einem roten Stoffetzen in der ausgestreckten Hand in der Luft herum, steckte ihn in den linken Ärmel meines *Barrakans* und zog ihn nach ein paar weiteren Tanzschritten aus dem rechten Ärmel. Er entglitt mir, das beeindruckte ihn nicht im geringsten. Ich schob beide Hände in die Taschen meines *Barrakans* und murmelte immer weiter, und dann schrie ich »Shehu!« Als er mich wieder ansah, völlig gelangweilt, zog ich beide Hände aus meinen Taschen, mit Mr. Jappy an einem Finger und dem Clown am anderen, und streckte sie ihm ins Gesicht.
Er machte vor Verblüffung einen Satz, dann guckte er sie an und brach in Gelächter aus.
Ich hörte einige Überraschungsbekundungen von den Zuschauern hinter mir am Tor. Ich dachte: ›Schön, Amma hat immer gesagt, Lachen ist ein Abführmittel für die Seele.‹
Es war ein schwindelerregender kindlicher Triumph für mich, diesen Mann aus seiner großen Verzweiflung aufgerüttelt zu haben. Später, als ich seine Sprache besser zu verstehen gelernt hatte, fand ich in Shehu einen der intelligentesten Männer, die ich je kennengelernt hatte, was ihn gewiß auf den einzigen Weg geführt haben mußte, der ihm einfiel, um seine Enttäuschung und seinen Zorn auszudrücken. Wenn er freilich wirklich verrückt gewesen wäre, hätte ich versagt. Inzwischen wurde ich völlig erschöpft in Aminas Hütte zurückgebracht, um mich auf meinen Lorbeeren auszuruhen.
Unglücklicherweise waren die Sitten des Dorfs so undurchschaubar und so streng, daß ich meinen Triumph nicht lange auskosten konnte.
Die Trommeln lehrten mich in jener Nacht das Fürchten. Vor langer Zeit, oder so schien es mir nun, hatte ich auf den Klang von Trommeln gelauscht, der durch die steilen Täler des Hoggar-Gebirges schallte – jene dunkle, verwunschene Festung der Tuareg –, und beim Zuhören hatte ich oft gezittert. Bakuli sagte, es seien sprechende Trommeln, doch wo ich herkam, sprachen die Menschen nicht mit Trommeln, sie schickten Botschaften

mit der Western Union oder der Post oder klingelten an Türen. Der Klang von Trommeln war für mich geheimnisvoll und fremd und hallte von vagen und atavistischen Schrecken wider. Auch als wir uns dem Felsenhügel bei Abalessa genähert hatten, hatte ihr Klang meine Ängste nicht verringert, weil er bedeutete, daß unsere Anwesenheit von unsichtbaren Augen beobachtet wurde.

Ich reagierte auf Trommeln nicht gut, nein, und Amina war nicht in der Hütte, um mich zu beruhigen. Sie war häufig weg; Bakuli erklärte, wenn sie abwesend war, sei sie an der Reihe, für ihren Mann zu kochen und sein Bett zu teilen, und wenn sie zurückkam, hätte die neue Frau ihren Platz eingenommen. Da ich allein und immer noch nicht ganz von dem Fieber und der Erschöpfung erholt war, drehte ich durch.

Ich floh aus der Umfriedung.

Ich rannte und war nicht einmal überrascht, daß ich das schaffte, wußte nur, daß ich dem unbarmherzigen Dröhnen der Trommeln entkommen mußte. Ich raste aus dem Dorf in die Dunkelheit, achtete nicht darauf, wohin ich ging. Der fahle Neumond war mir auch kaum eine Hilfe, denn ich stolperte immer wieder, bis ich auf etwas traf, das ich schon einmal gesehen hatte, wenn auch meine Erinnerung daran trüb war; es war eine Hütte, die weit weg vom Dorf unter einer Akazie stand, das Strohdach war von Pfosten mit feinen Schnitzmustern gestützt. Ich ertastete mir den Weg hinein, klopfte auf die Erde, um sicherzugehen, daß keine Schlangen oder Menschen hier waren, und als ich die entfernteste Ecke der Hütte erreicht hatte, setzte ich mich hin und umklammerte meine Knie. Der Trommellärm war hier gedämpft, und auf der Stelle schlief ich beruhigt ein.

Nicht die Morgendämmerung weckte mich, sondern das Licht einer Fackel, das an meinen Ruheplatz drang. Ich schlug die Augen auf, und da stand Amina in der Tür und blickte schockiert auf mich herab, während dahinter eine Menge Gesichter ihr über die Schulter spähten. Ich stand auf, Amina machte mir Platz, und ich konnte hinaustreten. Ich blinzelte wegen des Fakkellichts und der vielen Leute draußen, die mich alle anklagend anstarrten.

Stimmen wurden laut; einige waren hart und einige schrill,

aber alle waren feindselig. Ich hatte keine Ahnung, was los war, und als einige Männer drohend näherrückten, fürchtete ich schon, sie wollten mich umbringen, bis Amina sich vor mich stellte und etwas zu ihnen sagte, das ich nicht verstehen konnte.

Da erst trat Bakuli aus der Menge und streckte mir die Hand hin. »Missy, kommen«, sagte er.

»Bakuli, was habe ich getan?« flüsterte ich.

Er sagte ruhig: »Das sein heiliger Ort, Missy, wie Jesus-Kirche. Dorfgeister leben hier.«

Er nahm mich bei der Hand und führte mich durch die Schar der Dorfbewohner, die zurückwichen, um uns durchzulassen, doch nicht ohne Bemerkungen. Das häufigste Wort, das ich aus ihrem Mund hörte, schien *wawa* zu sein, das mir entweder vorwurfsvoll oder wütend an den Kopf geworfen wurde.

Was, fragte ich Bakuli, bedeute *wawa.*

»Es heißt ›Narr‹«, sagte er, und das war es dann.

Ich war vorher schon einsam gewesen, aber noch nie so sehr; ich war einsam gewesen in den Tagen des Massakers, aber damals hatte mich eine furchtbare Wut aufrecht gehalten – auf Umar, auf Jacob, auf das Leben an sich –, und daraus hatte ich mir eine Hoffnung auf Flucht geschaffen, die mich stützte. Dann war ich Bakuli begegnet, und meine Einsamkeit war gewichen. Nun fühlte ich, daß ich ihn verloren hatte, denn er wohnte unter einem anderen Dach und hatte sich von der Wüste viel schneller erholt als ich, er lernte mehr Haussa-Wörter und die Namen der Leute und lebte sich ein, wohingegen ich eine *bako* war, verbannt in Aminas Hütte, um ein hartnäckiges Fieber auszukurieren, das kam und ging. Noch schlimmer war, daß ich Bakuli schockiert und in Verlegenheit gebracht hatte, indem ich einen heiligen Schrein entweiht hatte. So lag es auf der Hand, daß er mich auch für eine Närrin hielt.

Am nächsten Morgen wachte ich auf und entdeckte, daß ich meinen linken Arm nicht bewegen konnte. Über Nacht war er leblos geworden, nicht besser als ein hölzerner Stecken. Ich lag auf der Matte und knirschte mit den Zähnen, während ich versuchte, ihn zu fühlen, zu heben und zu bewegen, aber mein Arm verwei-

gerte mir den Dienst; ich probierte so lange, bis ich in Tränen ausbrach, und erst dann rief ich Amina.
Sie war draußen beim Füttern ihrer Hühner, kam aber sofort zu mir. »*Sanu, sanu,* Amina«, rief ich, »schau nur, mein Arm!« Ich setzte mich auf, schob den rechten Arm unter den linken und hob ihn. »Er ist abgestorben, Amina«, schluchzte ich. »Er ist gelähmt.«
Sie nahm mich in den Arm und hielt mich – sie war wirklich wie Amma –, und als ich mich beruhigt hatte, setzte sie sich auf und untersuchte meinen Arm, probierte an ihm herum, indem sie ihn hob und mit ansah, wie er herabfiel und nutzlos baumelte, als sie ihn losließ.
»Wàhalā«, rief sie aus. *»Sihiri!«* Sie warf die Lippen auf, während sie auf meinen Arm starrte, sagte schließlich: »Bakuli«, und ging hinaus.
Sie kehrte mit Bakuli und Häuptling Kadiri zurück. Hinter ihnen kam Shehu, aber es hob jetzt nicht meine Stimmung, ihn nicht mehr schmutzig zu sehen, sondern in einem sauberen weißen Gewand. Er lächelte mich scheu an, aber wichtiger war, daß Bakuli voller Angst und Sorge um mich war. Ich konnte das in seinem Gesicht lesen und feststellen, wie krankhaft meine Einbildung gewesen war.
»Oh, Missy, Amina sagen, es sein schwarze Magie«, sagte er. »Sie es nennen *sihiri.*«
Ich lachte hysterisch auf, als ich das hörte, obwohl mein Lachen in einem Schluchzen endete, aber ich wurde nicht beachtet, denn sie fingen alle gleichzeitig zu reden an. Nach ein paar Minuten hörte Shehu zu sprechen auf und ging zur Türschwelle der Hütte. Ich sah, wie er sich hinkniete, um den Boden zu untersuchen, und plötzlich rief er den anderen etwas zu und deutete auf irgend etwas.
Ich ging, meinen abgestorbenen Arm haltend, zu ihnen, um nachzusehen, was er gefunden hatte. Auf dem Pfad zur Hütte waren Furchen und Rillen im sandigen Lehm, als ob kürzlich erst die Erde aufgewühlt worden wäre. Amina brachte Shehu eine Hacke und forderte mich in scharfem Ton auf, in die Hütte zurückzugehen. Sie sah aufgeregt und besorgt aus. *»Sihiri«,* sagte sie immer wieder und gab Anweisungen.

Bakuli übersetzte für mich. »Ihr dürft nicht schauen«, sagte er, in seine alte Sprechweise verfallend, die ich gerade jetzt sehr tröstlich fand. Da Amina die Tür versperrte, konnte ich nur ahnen, daß sie die Erde aufgruben, bis ich Ausrufe hörte und Amina sich abwandte, ganz grün im Gesicht. Was auch immer vergraben worden war, wurde herausgehoben, in ein Tuch gelegt und Häuptling Kadiri übergeben, der damit wegging. Hastig folgte ihnen Bakuli und beraubte mich der Möglichkeit, mir irgendeinen Reim darauf zu machen. Da ich mit Amina alleingelassen war, mit der ich mich nicht verständigen konnte, hatte ich keine Ahnung, was für ein schreckliches Ding da entdeckt worden war. Ich sah zu, wie sie in der Hütte herumging und Kräuter aussuchte, die an der Decke hingen. Stirnrunzelnd blickte sie in Tonkrüge und holte seltsame Zweige und Blätter und ominös aussehende Pulver heraus; diese breitete sie auf einer Matte vor sich aus, setzte sich hin und sah sie an.

Auch ich guckte verdutzt darauf.

Als sie einen tonlosen Gesang anstimmte, wandten sich meine Augen ihrem Gesicht zu, das halb im Schatten lag und halb, auf Wangenknochen und Nasenspitze, von Sonnenlicht erhellt wurde, das ihren Arm entlang lief und sich strahlend auf die Sachen vor ihr legte. So, wie sie dasaß, war sie ganz schwarz und gold, während die Sonne ihr rotes Kopftuch orange färbte. Als ihr Gesang verstummte, gab sie die Mischung in eine Schüssel und fügte Wasser hinzu, rührte sie, bis es eine Paste war, und bestrich damit meinen leblosen Arm.

Ich dachte: ›Ich werde noch verrückt, wenn ich an diesem Ort bleibe, ich muß hier weg, es muß einen Weg geben.‹ Vor meinem geistigen Auge versuchte ich mir die Karten von Afrika zu vergegenwärtigen, auf die ich in Boston so unbekümmert geblickt hatte, als Jacob sie mir gezeigt hatte. Da war die Wüste – daran mochte ich gar nicht denken –, doch als ich Mohammed kennengelernt hatte, hatte er mir erklärt, warum nunmehr so wenige Karawanen nach Tripolis kamen, und hatte von den im Süden durch Franzosen und Briten eingerichteten Kolonien gesprochen... Vielleicht war der Weg nach Süden doch nicht so ein Wahnwitz gewesen, obwohl die Gegend hier menschenleer

und voller Todesgefahren war. Wenn ich nur eine dieser Kolonien finden könnte!
Die Gedanken daran beschäftigten mich fast den ganzen Tag, bis ich mir vor der Abenddämmerung von Amina einen Holzlöffel borgte und damit auf dem Erdboden Linien zog, weil ich versuchen wollte, eine Karte des Kontinents zu rekonstruieren. Erst als ich den Löffel schon fest gepackt hatte, merkte ich, daß ich ihn mit meiner abgestorbenen Hand hielt. Ich rief Amina und hob den Arm, um ihr zu zeigen, daß er wieder Leben in sich hatte, doch Amina lächelte nur höflich und nickte ohne die geringste Überraschung.
Für Bakuli war es nichts Geheimnisvolles, daß ein Arm so viele Stunden taub gewesen war. Wir saßen unterm Baum außerhalb von Aminas Umfriedung und stritten uns fast darüber, bis ich lernte, meine Zunge zu hüten, da ich ihn nicht auch noch mir entfremden wollte. Es war für ihn ganz klar, daß eine der Hexen im *gari*...
»Eine von ihnen?« entfuhr es mir.
»Ja, Missy.« Eine von ihnen, fuhr er fort, muß sehr böse darüber geworden sein, daß ich den heiligen Schrein betreten hatte, so böse, daß er oder sie mir was antun wollte und deshalb etwas – er wollte nicht sagen, was – auf dem Pfad vergraben hatte, auf dem ich gehen würde. Er schüttelte mißbilligend den Kopf darüber, weil das, wie er in bekümmertem Ton sagte, genauso Amina hätte treffen können. Gegen diese Gleichgültigkeit meinem Schicksal gegenüber hätte ich mich verwahrt, wenn er nicht klar unter Beweis gestellt hätte, daß er auch um mich besorgt war.
Ich wies mit sanfter Stimme darauf hin, daß Amina außerdem auch noch eine gute Arznei für meinen Arm gemacht hatte.
Er sah mich bedauernd an. Es sei nicht das gewesen, was vergraben worden war, sagte er, oder welche Kräuter verwendet worden waren, es seien die darüber gesprochenen Worte gewesen, die Beschwörungen, die Kräfte verliehen. »Haussa-Wort für Kräfte sein *iko*«, fügte er hinzu. »Einige Leute hier haben viel *iko*. Amina zu Medizin sprechen?«
Ich nickte.
»Da – seht Ihr? Sie rufen Geister zum Heilen.«

Das war zuviel. Mittlerweile hatte ich mich mit den sonderbaren Vorkommnissen auf dem Felsenhügel bei Abalessa abgefunden; es war mir klar geworden, daß ich hungrig, müde und verängstigt und somit eine leichte Beute für alptraumhafte Phantasien gewesen war, und seither hatte ich von Saharaträumen und geistigem Fieber erfahren, aber das…! Ich sagte dickköpfig: »Bakuli, dieses ganze Gerede von Geistern – zeig mir einen, bloß einen, den ich sehen kann.«
»Missy, welcher Ort Ihr kommen her?« Er schüttelte verzweifelt über mich den Kopf. »Ihr fällen einen Baum, und er weinen. Da sein Felsen zum Draufsetzen voller Traurigkeit und Felsen zum Draufsetzen voller Wohltaten. Die das nicht kennen an dem Ort, wo Sie herkommen?«
»Nein«, erwiderte ich barsch und hätte mich wieder zu einer Auseinandersetzung hinreißen lassen, wenn nicht Shehu plötzlich aufgetaucht wäre und uns unterbrochen hätte.
»*Bako*«, sagte er scheu zu mir und zögerte. Sein weißes Baumwollgewand war staubiger als gestern, aber seine Augen waren ruhig, und ich freute mich, ihn zu sehen, weil ich offenbar alle anderen im Dorf beleidigt hatte. Erst blickte er sich verstohlen um, dann setzte er sich neben mich und zog unter seinem Gewand ein scharfes Messer hervor – das schreckte mich auf, doch nachdem er es in seinen Schoß gelegt hatte, brachte er ein kleines Stück Holz zum Vorschein, das zu einer groben Ähnlichkeit mit meinen Fingerpuppen zurechtgeschnitten und -geschnitzt worden war. Wenn es auch ein sehr beuliges Holzei war, so war doch schon der Ansatz eines Lochs zum Hineinstecken des Fingers vorhanden.
Ich sah ihn überrascht an, da ich das nicht erwartet hatte.
Er sprach, und Bakuli übersetzte. »Er bittet darum, Euren Zauberfinger zu sehen.«
Ich zog die blonde Isabelle aus der Tasche und hielt sie ihm hin. Ich sah zu, wie er sie behutsam mit zwei langen, schlanken Fingern ergriff; diesmal kam kein Lachen bei ihrem Anblick, und er war auch überhaupt nicht an den gelben Schnurlocken und den schwarzen Wimpern auf dem Mädchengesicht interessiert. Er widmete seine ganze Aufmerksamkeit der glatten Oberfläche und der Untersuchung der Neigung und Tiefe des Lochs, das

hineingebohrt worden war, und studierte dessen Maße und Verarbeitung wie ein ernsthafter Fachmann.
Oder wie ein Künstler.
Sehr gravitätisch übergab er sie mir wieder und nickte. Dann sah er mir genau ins Gesicht, stand auf, deutete hinter uns, lächelte und sagte: »*Zō nān.*«
»Er will, daß wir mit ihm gehen«, sagte Bakuli.
Das Dorf war fast verlassen, denn sowohl Männer wie Frauen waren heute auf den Feldern bei der Durraernte und nur einige sehr Alte waren dageblieben. Shehu führte uns durch seine Umfriedung in eine Hütte, an deren Rückseite eine Mattenabschirmung hing, die er beiseite zog, um eine dunkle Nebenkammer zu enthüllen. Er winkte uns hinein, fummelte mit einer Laterne herum und zündete sie an. Als die Flamme heller wurde, sah ich, was sich in der Kammer befand, und mir blieb die Luft weg.
Sie war voller wunderschöner Schnitzfiguren mit seltsamen primitiven Gesichtern, von denen zwei größer als Shehu waren. An der einen Wand lehnte ein totemähnlicher Pfahl mit eingeschnitzten Schlangen und Fratzen, und es gab hübsche kleine, spaßige Schnitzereien vom Dorfleben: ein Mann, der die Trommel schlug, eine Frau, die Wasser trug, eine webende Frau, ein spielendes Kind, alles mit viel Humor geschnitzt und geschnitten. Doch die großen Figuren waren ehrfurchtgebietend.
»Oh, Shehu«, murmelte ich.
Bakuli nickte und machte große Augen. »*Kai!*« flüsterte er.
Shehu strahlte uns an, denn eine wunderbare Freude leuchtete aus seinem Gesicht, als er uns beobachtete.
Und doch... »Bakuli«, sagte ich, »er versteckt sie? Warum werden sie hier wie ein Geheimnis aufbewahrt?«
Er zuckte traurig mit den Schultern. »Wie Bakulis Dorf vor langer Zeit, Missy, müssen der Mann, der schnitzen Holz im Dorf, sein Sohn von Mann, der schnitzen Holz, und Vorvater sein Mann, der schnitzen Holz, und dieser Mann sein Sallisu. Und so ist es.«
»Das ist Vergeudung«, sprudelte ich verärgert hervor, »völlige Vergeudung.«
Einige Tage später, als ich wohlauf genug war, um mich Amina bei der Feldarbeit anzuschließen, sah ich, wie hart Shehu auch

dort arbeitete, dieser Mann, der so wie jeder andere Bauer in seinem Dorf aussehen und sich geben, die Gebräuche erfüllen, heiraten und Kinder zeugen, ihnen ihre Mägen füllen und seine Stimmungen unterdrücken mußte, während die ganze Zeit in ihm diese große Flamme der Kreativität brannte, die geheimgehalten werden mußte.

Er war auch sehr lernbegierig. »Um füllen seinen Kopf«, sagte Bakuli trocken. Denn Shehu wollte wissen, welche Sprache ich sprach. Für jeden außer Bakuli war ich *bako*, die Fremde von anderer Farbe und Lebensart, ja schlimmer noch, bloß eine Frau, die nur wegen Bakuli und der Heilung Shehus geduldet wurde. Doch für Shehu war ich aus allen diesen Gründen hochinteressant. Er hatte keine Angst, mit mir zu reden, in diesem Dorf, wo man Frauen nicht sehr ernst nahm. Er hielt etwa einen Stein hoch und sagte: »*Dūtsē.*«

Ich wiederholte es sorgfältig, nickte und sagte dann: »Stein.«

»Stan?«

»Stein.«

»Stein.« Dann berührte er den knorrigen Akazienbaum und sagte: »*Itācē.*«

Ich ahmte den kehligen Laut nach, den er von sich gegeben hatte, und sagte: »Baum.«

»Baum.« Darüber mußte er lachen.

Und später: »*Tāshī.*«

Ich grinste dann und stand auf.

»*Zaunā.*« Ich setzte mich hin.

»*Nīnē*«, sagte er und deutete auf sich.

»*Nīcē*«, konterte ich, auf mich deutend. »Das bin ich.«

»Das bin ich«, rief er erfreut.

So erlernte ich noch mehr Haussa-Wörter. Sie waren keine Muslime hier. Als ich mehr von ihrer Sprache verstehen konnte, erzählte mir Amina, daß sie vor langer Zeit aus dem Osten geflohen waren, um ihren alten Glauben zu bewahren, geführt von einem weisen Wahrsager, der Fagaci hieß und Stammeskriege, die Ankunft des weißen Mannes und die Anbetung eines fremden Propheten vorhergesagt hatte. Fagacis Geist wachte nun über ihr Dorf, und sie opferten ihm alljährlich. Aus Taktgefühl fragte ich nicht, in welchem Schrein sie ihn verehrten, denn inzwischen hatte ich erfahren, daß es noch andere Schreine gab, insbesondere eine Akazie, die sehr alt war und alle anderen, die im Dorf verstreut wuchsen, überragte, aber der heiligste Schrein war der, in dem ich unwissenderweise geschlafen hatte.

Es würden noch mehr Gaben und Opfer dargebracht werden, sobald die Ernte beendet war, sagte mir Bakuli, und es würde Tanz und ›*kadē-kadē*‹ geben. »*Kadē* was?« fragte ich argwöhnisch.

»Trommelschlagen, Missy.«

Ich würde mich dagegen wappnen müssen, aber noch gab es an den Abenden kein Trommeln oder Tanzen, nicht nach den langen Arbeitsstunden in der Sonne. Nur Isa hockte mit seinem Wahrsagebrett unter der Akazie, während ihm jemand Fragen stellte, worauf Isa in einer komplizierten Prozedur Kaurimuscheln über das Brett warf, um eine Auskunft zu erhalten. Für Isa war ich jedoch unsichtbar, er wollte meine Anwesenheit nicht anerkennen, als ob er wüßte, ich hatte bei Shehus Heilung gemogelt.

Das war also mein Leben, wozu noch die Feldarbeit zum Einbringen der Ernte kam, die erledigt sein mußte, bevor die Zeit des *Harmattan* anfing, den sie hier *hūntūrū* nannten und der, wie ich annahm, in Tripolis *Ghibli* hieß. Sicherlich hätte es heuer eine gute Ernte geben sollen. Mit Ausnahme der kurzen Trockenperiode, die sie *fari* nannten und die mit unserem Eintreffen geendet hatte, war zu den richtigen Zeiten für das Keimen und Wachsen Regen gefallen, doch das Unheil schlug zu, als erst die Hälfte der Felder abgeerntet war.

Die Heuschrecken kamen.

Sie tauchten aus dem Süden auf und verdunkelten den Himmel, bis Zwielicht herrschte; sie ließen sich auf jene Felder nieder, die noch golden vom reifen Durra waren, und verschlangen die Körner Reihe für Reihe. Die Dorfbewohner rüsteten sich zum Angriff, schlugen auf ihre Trommeln und droschen mit Stöcken und Prügeln um sich, doch alles, was am Abend übrig blieb, waren große Haufen toter Heuschrecken, die unter den Füßen knirschten. Während der ganzen Nacht wurden die toten Grashüpfer bei Fackellicht in Säcke eingesammelt, um sie zu trock-

nen, denn da die halbe Ernte weg war, waren auch sie Nahrung, die den Feind Hunger fern hielt.
Es gab keine Feier und kein *kadē-kadē*. Das einst glückliche Dorf wurde nun ein düsteres. Aber die Notwendigkeit, daß das Dorf die Ursache dieser Katastrophe aufdecken mußte, sah ich damals nicht ein. Wie ich später erfahren sollte, glaubten sie an ein Höchstes Wesen, das sie den Spender des Lebens und Atems nannten, doch anscheinend überließ ihr Höchstes Wesen die meiste Arbeit untergeordneten, niederen Geistern, und welche technischen Einzelheiten auch immer in ihre Detektivarbeit mit einbezogen waren – und Isas Wahrsagebrett war sehr beschäftigt –, der Verlust ihrer halben Ernte bedeutete eine Bestrafung für das Dorf. Ein Geist war beleidigt worden. Dies führte zur *bako*, die ihren heiligen Schrein entehrt hatte, indem sie ihn betreten und darin geschlafen hatte. Offenbar waren die Geister des Schreins dadurch erzürnt worden.
»Wer sagt das?« wollte ich von Bakuli wissen.
»Isa.«
»Isa mag mich nicht«, sagte ich ihm. »Er hat mir den Erfolg bei Shehu nicht gegönnt, weil er selbst versagt hat. Es stört ihn, daß eine Frau, noch dazu eine *bako*, es getan hat.«
»Sie schlafen im Schrein zur Erntezeit«, sagte Bakuli mir vorwurfsvoll, und ich mußte mich daran erinnern, daß er, obwohl er ein Jesus-Knabe war, in einem Dorf groß geworden war, in dem es genauso vor Zauberdoktoren, Geistern und Medizinmännern wimmelte. All dies betrübte ihn sehr, das konnte ich sehen.
»Ich denke, Isa will mich bestraft sehen«, sagte ich aufgebracht.
Bakuli schüttelte den Kopf. »Er sehr gerecht, Missy, im Morgengrauen er machen Opfer am Schrein und bitten um Traum, um sagen, was gebraucht wird.«
»Na ja«, sagte ich zornig, »er kann doch jeden Traum erfinden, der ihm gefällt, oder nicht?« Doch meinem Zorn war eine wachsende Angst vor der Hilflosigkeit unterlegt, als ich erkannte, daß mein Leben auf einmal ausgerechnet in den Händen eines Zauberdoktors lag, und noch dazu eines feindlich gesinnten; es war kein angenehmes Gefühl. Bakuli ging mit bekümmerter

Miene weg, und Amina mied meinen Blick. Ich nahm zu Recht an, daß wir alle auf Isa warteten, damit er seinen Traum verkündete.
Am Vormittag war Isas Traum schon verkündet worden – ziemlich schnell, dachte ich –, und Amina sah mich nun wieder an, aber mitleidig. Bakuli mußte her, um mir das Ergebnis zu erklären. Isa war in seinem Traum geraten worden, die Angelegenheit den Geistern des Schreins zu übergeben und von ihnen ein Zeichen zu erbitten, ob ich für die Entweihung ihres heiligen Schreins bestraft oder mir vergeben werden sollte. Ich sollte dorthin gebracht werden und bei dem Schrein bleiben, bis – doch hier wurde Bakuli vage, murmelte irgend etwas von einer Tonschale und sah betrübt aus. Danach jagte mir Amina noch mehr Schrecken ein, indem sie Talismane in meinen Schoß häufte und mir durch Worte und Zeichen mitteilte, daß sie mehr Talismane im Boden vergraben würde, um mich zu schützen, aber es war nicht klar, vor was.
So kam es, daß Kadiri, Isa und das halbe Dorf mich holen kamen, als die Sonne fast im Zenit stand.
»*Zō*«, sagte Isa, und Bakuli erinnerte mich, daß er meinte, ich solle mitkommen, und Amina sagte, »*Rânkà yà dadē*«, was nach Bakulis Worten ihren Wunsch ausdrückte, daß mein Leben noch länger währen möge. Das war nicht aufmunternd. Danach strömten wir alle in einer Prozession aus dem Dorf und durchs Gestrüpp zur fernen einzelstehenden Akazie und dem Schrein. Sobald wir dort waren, wuchs mein Unbehagen, als ich sah, wie dünne Lederstricke hergeholt wurden. Anscheinend sollte ich wie eine Ziege an einen der Hüttenpfosten gebunden werden, ohne stehen oder gehen zu können. Offenbar sollte ich nur bis zu dem Loch kriechen dürfen, das sie einige Meter von mir entfernt gruben und das zur Erledigung dessen ausgehoben wurde, wohin auch der Kaiser zu Fuß geht.
»*Zaunā*«, sagte der Häuptling sanft.
Ich setzte mich hin und glotzte die zwei Männer an, die die Stricke an mir anbrachten, deren Spielraum maßen und Knoten knüpften. Ich bekam eine Tonschale gezeigt, aber ich verstand nicht, warum, und blickte hilflos darauf: ein unscheinbares Objekt mit einem dünnen Sprung in der Außenseite, der nicht bis

zu dem weicheren Ton innen durchgedrungen war. Die Schale wurde dann etwa acht oder zehn Fuß vor mir hingestellt.
»Warum dort?« fragte ich. »Wofür ist das?«
Bakuli übersetzte mir untertänig und etwas verängstigt Isas Worte: Durch diese Schale würden die Geister des Schreins sprechen.
»Wie?« wollte ich wissen. »Das kann nicht dein Ernst sein?«
Ich schwöre, ich sah Tränen in Bakulis Augen. Wenn die Geister mir vergäben, sagte er, würde sich der Sprung in der Schale öffnen und sie würde in Scherben zerbrechen. »Wenn sie Euch vergeben«, wiederholte er.
Ich schnappte nach Luft. »Aber das ist unmöglich. Ich werde ewig hierbleiben müssen!« Wenn das eine Probe war, dann war es eine, bei der ich sicherlich nicht absehen konnte, wie ich sie je würde bestehen können. Mit einem argwöhnischen Blick auf Isa sagte ich: »Wie lange muß ich hier angebunden bleiben, das hört doch sicher mal auf?«
Bakuli sprach zögernd mit Isa, der *»Biyu«* sagte und zwei Finger hoch hielt.
»Zwei Tage, Missy«, erläuterte Bakuli.
»Und Nächte? So hieß es in seinem Traum?« fragte ich bitter. Da ich den Blick im Gesicht des Zauberdoktors sah, fragte ich nicht, was mit mir geschehen würde, wenn die Schale intakt bleiben würde, was sie mußte; diese Frage schluckte ich hinunter, aber nicht nur, weil sie einen schlechten Geschmack hatte, sondern weil ich mich auch weigerte, Isa soviel Befriedigung zu gönnen. Er sah sicherlich sehr schmuck aus. Eingebildet auch, dachte ich, in seinen blendend weißen Gewändern, die ihm das Aussehen eines schwarzen Königs verliehen. Kadiri hingegen, der der Häuptling des *gari* war, sah genau nach dem aus, was er war, ein Bauer mit einem ausgemergelten netten Gesicht, das Trockenheit und Überfluß, harte und gute Zeiten ausgehalten hatte. Isa, entschied ich, hatte nur Macht erfahren. Oder *iko*, wie Bakuli es nannte.
Ich sah jedenfalls, daß ich mir einen mächtigen Feind gemacht hatte. »Und wenn es finster ist«, fragte ich mit Nachdruck, »und da sind Schlangen und Schakale?«
Bakuli sagte unsicher: »Er sagen, Geister sein mit Euch. Bitte,

Missy«, bettelte er, als er mir meine Gedanken am Gesicht ablas. »Bakuli beten fest zu Jesus-Gott für Euch.«

»Dann mußt du wirklich fest beten, Bakuli«, sagte ich zu ihm, »denn ich weiß keinen Weg, wie ich eine Schale zerbrechen soll, die ich nicht berühren kann.«

Bakuli erwiderte würdevoll: »Ich beten auch hart zu Geister des Schreins, Missy.«

Sie stellten mir einen Krug Wasser in die Nähe, dann gingen sie alle ins Dorf zurück und ließen mich allein in dieser heißen, öden Landschaft, ausgestoßen und aufgegeben – und aufgegeben fühlte ich mich, an einen heidnischen Pfosten mitten in Afrika gebunden, und alles nur, weil ich in ihrem vermaledeiten Schrein geschlafen und ihn entweiht hatte.

Eine kurze Weile pflegte ich diese Wut, aber sie bot wenig Nahrung, da sie nichts an meiner Situation zu ändern vermochte, und ich war auch nicht annähernd zum Spielen aufgelegt, um aus meinem zerschlissenen *Barrakan* eine Fingerpuppe zu ziehen, der ich meine aufgewühlten Gedanken anvertrauen konnte.

»Zerbreche, verdammt noch mal«, schrie ich die Tonschale an. »Zerbreche – ZERBRECHE!«

Ich versuchte, Kiesel auf die Schale zu werfen, und wurde darin sehr geschickt, doch die Schale hielt dem Angriff stand. Ich streckte mich so weit aus, wie meine Leine es zuließ, und sprach mit der Schale, schalt sie, schrie sie an, sie solle zerbrechen.

Als das ermüdend wurde, machte ich kleine Sandhügel und dann kleine Häuser. Eine Spinne lief über eines meiner Häuser, und ich beobachtete sie. »Hallo«, sprach ich sie an, »wußtest du, daß du auf Haussa *gizo-gizo* heißt?« Sie blieb ungerührt und verschwand unter der Akazie. Ich ging wieder dazu über, die Schale anzustarren, indem ich ohne Hoffnung versuchte, mein Starren so durchdringend zu machen, daß es auf sie einwirkte. In der heißen und einlullenden Stille bemerkte ich allmählich mein Atmen und wurde neugierig, wie lange ich die Luft anhalten konnte. Ich zählte bis fünf, hielt das aber dann für eine makabre Art, mich zu unterhalten, und so begann ich, laut zu rezitieren, was ich von Marc Aurel, dann Shakespeare und Omar Khajjam in Erinnerung hatte.

Danach sah ich mit einem Blick auf die Sonne, daß kaum eine Stunde vorbei war.
Mitten am Nachmittag brachte mir ein Junge, den ich noch nie gesehen hatte, einen frischen Krug Wasser und Essen. Er ging gleich wieder ohne ein Wort. Ich schlief ein wenig, doch als ich aufwachte, hatte sich nichts verändert. Ich war immer noch gefangen, und der Boden war aufdringlich heiß. Falls wirklich Geister bei dem Schrein wären, sprach ich sie erst herrisch, dann klagend an, indem ich sie bat, mir zu vergeben und die Schale zu zerbrechen, doch nichts geschah. Ich studierte die Schnitzereien am Pfosten hinter mir und dann die filigranen Schattenmuster, die die Akazie warf. Ich sammelte Steine auf und bildete mit ihnen Muster, Kreise, Rechtecke und Dreiecke, wobei ich bemerkte, daß sie nicht alle die gleiche Farbe hatten, was mich überraschte, weil sie auf den ersten Blick alle gleich ausgesehen hatten. Ich fragte mich, ob ich die grünen Steine lieber als die grauen hatte, oder gar die braunen, und dann sah ich einen blaßblauen, den ich zu meinem Lieblingsstein erkor.
Als die Schatten länger wurden, holte ich dann doch meine Clownpuppe und danach Mr. Jappy heraus, wohl wissend, daß ich sie für diese Stunde aufgehoben hatte, wenn die Nacht hereinbrach und ich Angst bekam, doch selbst sie konnten das schreckliche Gefühl der Verlassenheit nicht lindern, das nicht von mir wich, und nach ein paar Worten steckte ich sie wieder weg. Ich sah zu, wie eine orangenfarbene Sonne hinter das Dorf glitt und einen feurig scharlachroten Himmel hinterließ, und warf einen letzten Blick auf den ebenen Boden zwischen mir und dem Dorftor: auf die Flecken niederen Gestrüpps, die paar verkrüppelten Akazien und den ausgetretenen Pfad, der an mir vorbeilief und am Tor verschwand. Allerdings machte mir das, was hinter mir liegen mochte, viel mehr Unbehagen. Die Dunkelheit kam schnell, und eine große Stille trat ein; ich saß unglücklich da und wartete darauf, daß der Mond hoch genug stieg, um mir die Gefahr zu zeigen, die ich überall um mich spürte. Irgendwo in der Ferne hörte ich den Schrei eines Schakals. Hinter mir, hinter dem heiligen Schrein, knackte ein Zweig, und ich schrak zusammen, und dann war es wieder still, doch ich fühlte mich nun beobachtet, und mir war sehr kalt.

Der Mond kam langsam hinter der Akazie hervor, wüstenhell, so hell, daß ich jeden Kiesel und sogar den Sprung in der Schale sehen konnte, die so höhnisch außer Reichweite war. Die letzte funkelnde Laterne im Dorf wurde gelöscht. Hinter der Hütte hörte ich weitere raschelnde Geräusche, etwas bewegte sich, ob es aber Tier oder Mensch war, konnte ich nicht sagen. Als der Mond höher kletterte, wurden meine Augenlider schwer, ich kauerte mich an den Pfosten und versuchte erfolglos, wach zu bleiben. Ich wachte mit einem Ruck auf, zitternd, da ich Schakale hinter der Hütte streiten hörte. Der Lärm schwoll an, steigerte meine Panik, ich hielt mir die Ohren zu und wartete darauf, daß sie mich aufspürten, doch der Lärm ging in ein Grollen über, und rechts von mir rannte eine dunkle Gestalt in die Nacht und verschwand im Gestrüpp. Mir war, als hörte ich darauf ein Lachen, und fragte mich, ob ich schon verrückt wurde.

Gegen Mitternacht döste ich wieder ein, doch in meinen Träumen schwebten entsetzliche Dämonenfratzen auf mich zu und zogen sich dann wieder zurück. Als ich aufwachte, hörte ich erschreckende Geräusche, Knurren, Bewegungen überall um mich herum. Es war eine endlose Nacht voller Schatten, Laute und Schreie. Als die Morgendämmerung kam, war ich erschöpft.

Bakuli, der mir Ziegenmilch brachte, traf mich zitternd und weinend an. »Oh, Missy«, flüsterte er.

»Die Schakale«, stieß ich hervor. »Bakuli, sie waren da; ich kann mir gar nicht vorstellen, warum ich noch lebe.«

Er setzte sich mir gegenüber auf den Boden, während ich durstig die Milch trank. Er sah verdutzt aus. »Schakale, Missy? Keine Schakale.«

Ich sagte ungehalten: »Wie solltest du das wissen? Sie waren überall um mich, ich habe sie gehört, ich habe sogar einen gesehen, als er wegrannte.«

»Missy«, sagte er leise, »keine Schakale.«

»Bakuli...«

Er schüttelte den Kopf. »Missy, Bakuli die ganze Nacht über Euch wachen.« Er drehte sich um und deutete auf die zwei verkrüppelten Akazien auf dem halben Weg zwischen uns und

dem Dorftor. »Ich sitzen und Euch die ganze Nacht beobachten, ich Euch aufwachen sehen, ich Euch schlafen sehen.«
»Das hast du getan?« wunderte ich mich. »Dann hast du doch sicherlich gehört, wie sie beim Schrein gestritten und gekämpft haben.«
»Missy, ich hören nichts. Nichts«, wiederholte er.
»Ich habe mir das nicht eingebildet«, sagte ich ihm. »Du mußt eingeschlafen sein.«
»Nein, Missy, Amina mir geben Medizin, um Augen offen zu halten. Nicht schlafen.«
Wir hatten einen toten Punkt erreicht. Ich sagte ausdruckslos: »Aber ich freue mich unheimlich, dich zu sehen, Bakuli, und danke dir fürs Aufpassen.«
»Amina bringen Essen – und Isa kommen, schau.« Er drehte sich um, um sie beim Herannahen zu beobachten, und sein Blick fiel auf die Schale. »Schale nicht gebrochen, Missy.«
Ich zuckte mit den Schultern. »Ich habe kein *ettama* dafür, Bakuli, die Schale wird nicht zerbrechen, und auch die Geister werden sie nicht zerbrechen. Und«, fügte ich hinzu, »hier waren in der Nacht Schakale.«
Er gab keinen Kommentar, doch er sah besorgt aus und dachte wohl, daß ich schon auf halbem Weg zum Wahnsinn sei. Isa kam zu uns, und nach einem raschen Blick auf die Schale würdigte er mich eines Blickes, in dem ich Triumphgefühl lesen konnte. Amina war netter, sie sagte: »*Sanu da dajia*«, was hieß: »Grüße an meine Mattigkeit.« Ich war gewiß matt nach den Schrecken der Nacht. Sie hatte Körnerbrei mitgebracht, und als der neben mich gestellt worden war, sagte Isa: »*Zō*.«
Ich sah ihnen nach, wie sie durch das Gestrüpp und den Sand wieder ins Dorf zurückgingen, und mir kam nichts mehr wirklich vor. Als sie verschwunden waren, wurde ich von einem derartigen Einsamkeits- und Verzweiflungsgefühl übermannt, daß ich in Tränen ausbrach. Heftig weinend legte ich mich auf die warme Erde und schluchzte, bis ich mich so fühlte, als ob mir jede Empfindung ausgewrungen worden war; ich lag da, Auge in Auge mit den Steinen, die ich am Vortag in Mustern angeordnet hatte; ich berührte den blaßblauen – er war heiß von der Sonne – und hob ihn auf, um ihn mir genauer anzusehen. Dabei stellte

ich fest, daß er glatt wie Glas war. Ich fragte mich, ob die Winde oder der Sand ihn poliert hatten oder beides. Ich setzte mich auf und lehnte mich an den Pfosten, nun gelassener. Dabei hielt ich immer noch den blaßblauen Stein. Sonnenlicht sickerte durch die Akazienblätter, traf auf meine linke Wange, und ich seufzte. Nun war ich von allem Aufbegehren gereinigt, und so überließ ich mich einfach dem, was auch immer geschehen würde; ein halber Tag und eine lange Nacht waren vorbei, und sobald sich dies noch einmal wiederholt hatte, würde ich losgebunden werden, doch die Schale würde nicht zerbrochen sein.

Ich suchte nach dem grünen und dann dem braunen Stein und sah, wie unterschiedlich sie von der Zeit bearbeitet worden waren; einige hatten Linien und rauhe Kanten, andere waren glatt, direkt wie Edelsteine. Erdjuwelen, dachte ich. Als die Sonne in den Himmel stieg, kehrte die Spinne zurück, lief an mir vorbei, und ich lachte. »*Gizo-gizo*«, rief ich ihr nach.

Bald ließ ich die Steine sinken, saß einfach da und sah sie an, fühlte die wärmende Erde unter mir, das große blaue Himmelszelt über mir, und als ich so dasaß, alles bis auf den Augenblick losließ, verschob sich etwas in meinem Gemüt, klickte und drehte wie ein Schalter alle Gedanken ab. Ich sah mich die Tonschale anblicken und sie mit einem Gefühl unerschütterlicher Heiterkeit und Sicherheit, die weder Konzentration noch Meditation war, wahrnehmen – sie wirklich wahrnehmen. Eine seltsame Macht wurde freigesetzt, das konnte ich spüren, und sie floß mühelos von mir zu einer Tonschale, die weder Namen noch Verwendungszweck mehr hatte, sondern eine Form von großer Schönheit war, aus der Erde gebildet und mit kräftigen Erdfarben versehen... Meine Gedanken standen so still wie die atemlose Stille vor dem Sturm, Zeit existierte nicht mehr, und für einige Augenblicke oder Stunden waren diese runde Form und ich durch eine Kommunikation verbunden, die sich sachte zu einer Gemeinschaft verdichtete – und dann brach abrupt der Sturm los. Wie eine Flutwelle fegten alle meine Gedanken und Befürchtungen wieder in meinen Kopf, die Form war nur eine unscheinbare Schale, und ich war wortwörtlich erdgebunden. Es war vorbei.

Doch nicht ganz; die Schale war aufgebrochen und lag in Scherben am Boden.

Ich starrte verblüfft darauf. Kein Geist hatte dies getan, dessen war ich sicher, aber genausowenig konnte ich sagen, ich hatte es getan – sicherlich nicht bewußt –, doch keine Hand hatte sie berührt, die Erde hatte nicht gebebt, und ich war immer noch allein. Die Schale war zerschmettert, doch viel wichtiger für mich war gerade eben das, was in mir selbst stattgefunden hatte. Etwas Neues und Unbekanntes hatte sich gezeigt – doch was? –, und als ich den Kampf aufgegeben hatte – war das wichtig? –, war eine unerklärliche Kraft angezapft worden.
Ich saß ganz still und nachdenklich da, davon gerührt und eingeschüchtert.
›Dies‹, dachte ich, ›ist echtes *iko*. Und es ist in mir. In uns allen‹, dachte ich, ›nur noch nicht erkannt.‹
Dann erinnerte ich mich an die Darbietungen der *Enaden* auf dem Fest, bevor wir das Tassili-n-Ajjer überquert hatten, und wie sie rotglühende Eisen an ihre Körper gehalten hatten, ohne verbrannt oder versehrt zu werden, und ich fragte mich, ob dies ihr Geheimnis war. Ich wunderte mich über viele Dinge, ich wurde von verblüffenden neuen Überlegungen überflutet. Ich dachte an die geheimnisvollen Ereignisse der Nacht und wie Isas Gesicht seine Hoffnung verraten hatte, daß ich diese Probe durch die Geister des Schreins nicht überlebte, und fragte mich, ob er die Kraft, auf die ich eben gestoßen war, besser als ich kannte – das war ein demütigender Gedanke – und versucht hatte, sie bei mir anzuwenden. Aus diesem Blickwinkel besehen – sozusagen verkehrt herum –, nahmen gewisse Ereignisse eine verrückte Logik an. Da waren jene schrecklichen Schatten und Schreie in der Dunkelheit gewesen, während Bakuli darauf bestand, kein Mensch oder Tier wäre in meiner Nähe gewesen. Ich fragte mich, ob sie von Isas Geist gekommen waren, der sie mit genau so einer Kraft in meinen projiziert hatte. Ich erinnerte mich, was mir auf dem Felshügel bei Abalessa widerfahren war – jetzt gab es kein Halten mehr –, und wußte, daß ich auch das akzeptieren konnte; es war ein Anfang gewesen.
Ich war hier auf keine Geister getroffen, aber ich war auf mein Selbst gestoßen. Und auf *iko*.
Als sie mir Essen brachten, sah Amina es sogleich, und ich denke, Isa auch. Er würde wohl verkünden – was er dann auch

tat –, daß die Geister des Schreins mir vergeben und gesprochen hatten, indem sie die Schale zerschmetterten, aber seine Augen waren nachdenklich, als sie meinem Blick begegneten, und nun war kein Hohn mehr in ihnen.
Mir hingegen war ein Einblick in das gegeben worden, was ich aus Mangel an einer besseren Bezeichnung geistige Zauberkraft nennen würde, wobei mir nicht bewußt war, denn ich war ja jung, daß es in entlegenen Ecken der Welt andere gab – Heilige, Mystiker, Medien, Fakire, Heiler, sogar Scharlatane –, die bereits davon wußten.

12

Ich hatte Bakuli eine Freude gemacht. Seine Augen glänzten vor Stolz – ›meine Familie‹, dachte ich und lächelte zurück. Dann wurde ich losgebunden und konnte frei den Schrein verlassen, den ich offengestanden nie mehr sehen wollte. Da ich kaum gehen konnte, wurde ich mit Aminas und Bakulis Hilfe wieder in die Umfriedung gebracht und ließ eine Schar aufgeregter Dorfbewohner hinter mir, die die zerbrochene Schale anstarrten.

Ich hatte auch Amina eine Freude gemacht. Sobald wir wieder in der Hütte waren, begann sie ein langes und lebhaftes Gespräch mit Bakuli, auf dessen Sprachbegabung sowohl Amina wie ich schwer angewiesen waren. Als es beendet war, sagte mir Bakuli feierlich: »Amina sagen, *bako yanā dā kibā* – die Fremde hat Kraft. Sie machen gute Medizin, Missy. Sie kennen Talismane, Zaubersprüche und Heilmedizin. Sie sagen, Sie haben gutes *iko*, deshalb Sie sein gut, so was zu lernen. Sie wollen Euch anlernen.«

Das klang nach einer besseren Beschäftigung für meine Gedanken als die Feldarbeit und das Wassertragen, was ich bisher gemacht hatte, und ich stimmte sofort zu. Ich war auch neugierig und erinnerte mich, wie krank ich gewesen war, als ich im Dorf ankam, und wie Amina mit ihrer Arznei und ihrer Pflege mich wohl gerettet hatte.

Auf diese Art wurde ich Amina als Lehrmädchen zugeteilt, und während der ganzen Jahreszeit des kalten und windigen *hūntūrū* brachte sie mir ihr Medizinwissen bei, zuerst fing sie mit der über jedem Kraut gesprochenen Beschwörung an, die ihm Kraft verleihen sollte. Die lernte ich auswendig, aber sogar mit meinen beschränkten Haussa-Kenntnissen konnte ich ihren Bedeutungen noch keinen Sinn abgewinnen, so daß ich allmählich glaubte, was Bakuli mir früher erklärt hatte, daß nämlich die ihnen von Amina zugeschriebene Kraft in ihrem Klang lag, und die Klänge umfaßten gewiß eine Vielzahl von Oktaven. Jede Beschwörung, die ich mir getreulich merkte, begann mit einer Bitte an die kollektiven Geister, die *iskoki* hießen – so viel war mir klar –, doch was folgte, würde für mein Ohr ewig Kauderwelsch bleiben. Auf jeden Fall heilte Amina zwischen den Beschwörungen und Medizinen Shehus Baby von Fieber und Ausschlag, und während des kalten und staubigen *hūntūrū* war sogar Isa unter denjenigen, die zu Amina mit schlimmem Husten kamen, den sie linderte.

Sie brachte mir auch die Lederverarbeitung bei, die für sie wichtiger war, als ich bisher erkannt hatte, denn da sie in einem solch unfruchtbaren Dornenland lebte, mußte sie viele ihrer Kräuter durch den Handel mit anderen erwerben. Das Schlachten der Ziegen und Gerben ihrer Felle wurde gemeinsam erledigt, doch einen Teil der Felle durfte Amina behandeln und verzieren. Die Lederbehandlung war eine genauso harte Arbeit wie das Hacken auf den Feldern. Mit Ziegenhirn rieb ich die Felle zunächst fest ein und scheuerte sie dann immer wieder mit feuchtem Sand. Als nächstes ging Amina mit einem Messer, einer Ahle und einem Schleifstein zu Werke, um sie zu schneiden, zu färben und auszufransen. Sie machte wirklich hübsche Lederhalsketten, Sandalen und Gürtel, mit denen sie Handel trieb, wenn etwa ein arabischer Kaufmann wie der, der Bakuli und mich gerettet hatte, vor dem Dorf mit seinen Kamelen oder Eseln und seinen Handelswaren haltmachte.

Wenn ich aus meiner Erfahrung beim heiligen Schrein große Veränderungen in mir erwartet hatte, so sollte ich enttäuscht werden; ich war sowohl zu jung als auch zu ungeduldig für die Einsamkeit, die offensichtlich notwendig war, um eine Wiederkehr dieser Erfahrung heraufzubeschwören, und ziemlich bald fiel es mir schwer zu glauben, daß es überhaupt geschehen war... Die Medizinen interessierten mich mehr, obwohl Bakuli wegen meines lückenhaften Haussa oft für Amina übersetzen mußte, wenn seine eigene Arbeit getan war.

Eines Abends, als Amina uns ihre verschiedenen Kräuter zeigte und benannte, bekundete Bakuli besonderes Interesse an einem

Säckchen mit kleinen roten Samen, ja, ich hörte ihn bei deren Anblick sogar scharf den Atem einziehen.
»Wo hast du das her?« fragte er Amina, und dann, nach Haussa-Wörtern suchend, »*Yaya* – wie? *Inā* – wo?«
Sie kämen von weit her, sagte ihm Amina, und sie hätte sie mit ihren Lederartikeln von einem reisenden Händler gekauft.
Bakuli nickte. »Sie sein aus meinem Land«, sagte er. »Sambesiland! Sie *ba no busungu* – giftig, *ih*?« Da er dafür ins Bemba verfallen war, wußte nur ich, was er sagte, und während er sich mit Amina pantomimisch verständigte, sich an die Gurgel faßte und die Augen verdrehte, klaubte ich ein paar Samen heraus und musterte sie.
Bakuli wandte sich an mich. »Sie schlucken so, keine Gefahr. Sie zerdrücken und – *Kai*! Sie sterben schnell, und niemand wissen wie. Niemand.«
Wir beide sahen Amina fragend an, die nur mit den Schultern zuckte und schon das nächste Säckchen öffnete. Bakuli und ich wechselten einen Blick; er grinste, nickte zustimmend zu meiner stummen Frage und stellte sich vor mich, um zu verdecken, was ich als nächstes tat. Ich nahm mir noch mehr rote Samen und ließ eine Handvoll davon in die Tasche meines *Barrakans* gleiten.
Wir hatten uns gerade unser erstes Abwehrmittel gegen Leid besorgt, und während der nächsten Wochen vergrößerte ich unseren geheimen Vorrat noch.
Nun bestand meine weltliche Habe aus zwei Fingerpuppen – nur noch zwei, weil ich Isabella an Shehu verschenkt hatte –, einer silbernen Hand der Fatima, einem neuen Kopftuch, dem merkwürdigen Stein, den ich von dem Felshügel bei Abalessa mitgenommen hatte, meinem Kompaß und einer Sammlung harter roter Samen. Ich hatte mich so sehr verändert, daß ich mir reich vorkam, denn vor kurzem noch hatte ich viel weniger besessen und war nahe daran gewesen, auch das zu verlieren. Auf meinem Kopf mochten alle Haare abgeschoren sein, um mich vor Läusen zu schützen, meine Kleider mochten in Fetzen sein, und ich mochte so hager wie ein Junge und so dunkel wie eine Araberin sein, für jeden in Boston, in Tripolis nicht mehr zu erkennen, aber ich lebte noch, genauso wie Bakuli.

Reichtum war ausgesprochen relativ; ich würde mir das merken.
Und so wurde ich seßhafter, denn es war kein unglückliches Dorf, in dem ich lebte. Abgesehen von seinen seltsamen Gebräuchen und Ritualen gab es keine unterschwellige Melancholie, wie ich sie unter den Tuareg gespürt hatte. Ich mochte mich als Gefangene fühlen, aber sie empfanden das nicht so, da ich halbtot ins Dorf gebracht worden war. Amina sang oft während der Arbeit – das mochte ich –, und wenn sie auch darüber verstimmt war, daß ihr Mann eine neue, junge Frau genommen hatte, sah ich sie doch häufig mit Halma schwatzen und lachen.
Folgendes kam noch hinzu: Als das nächste Mal die Trommeln ertönten, floh ich nicht. Es sollte ein *wasā* geben, sagte mir Amina, doch was dies hieß, verstand ich nicht, aber ich wußte, daß in jener Nacht ein arabischer Händler vor den Mauern lagerte, und bei ihm war ein hübscher junger Mann, um den die Dorfbewohner am Nachmittag viel hergemacht hatten. Er war ein Haussa aus dem Süden und ein Muslim, denn ich hatte ihn bei Sonnenuntergang beten sehen. Die jungen, unverheirateten Mädchen hatten ihn geneckt und mit ihm geflirtet, da sie sehr von ihm beeindruckt waren. Amina sagte, er sei auch ein *dan tauri*, und dies sei der Grund für das *wasā*, was sehenswert wäre.
Das sah ich dann auch.
Es fand unter den Sternen statt, was mich freute, und der Feuerschein machte aus den hellen Kopftüchern, Hemden und Tuniken darum herum ein Farbenmeer. Nur der junge Haussa namens Akulu trat mit nacktem Oberkörper auf, und zuerst kam das, was Amina den Lobgesang nannte. Für mich klang er wie ein Gedicht, als Akulu ihn vor dem Häuptling intonierte.
»Die Trommel trommelt Heil, die Trommel trommelt Wohlstand, er bringt seinem Weib sechshunderttausend Kauris mit... Die Trommel trommelt Heil, die Trommel trommelt Wohlstand, er bringt seinem Sohn sechshunderttausend Kauris mit... Die Trommel trommelt Heil, die Trommel trommelt Wohlstand...«
Danach setzten die Trommeln ein. Vier Dorfbewohner hatten Kalebassen, die sie mit den Händen schlugen, und fünf weitere

hatten richtige Trommeln aus straff über Holz gespannten Fellen, die mit Stöcken geschlagen wurden; sie waren verschieden groß, so daß ihr *kadē-kadē* mit unterschiedlichen Stimmen sprach. Die Trommler begannen beiläufig, beinahe gemächlich, bis sie einen Rhythmus fanden, und als sie ihn ausbauten, klatschten die Dorfbewohner zum Takt in die Hände. Ein Schrei ertönte, und Shehu trat aus dem Kreis. Er klatschte mit hoch über den Kopf erhobenen Händen. Amina schloß sich ihm an, dann Halma und Bakuli und Kadiri und Isa. Bald tanzten alle zu der Musik, klatschten, bewegten sich, lachten und schwankten. Außer mir, denn ich saß ruhig da und schaute zu. Da sah ich, daß der ekstatischste von allen der fremde Haussa war, der vor anscheinend echter Freude wirbelte und hüpfte.

Dieser Haussa, der ein *dan tauri* war.

Eine Stunde später, als das Trommeln und Tanzen aufhörte, erfuhr ich dann, was *dan tauri* war, und war wieder verblüfft und gerührt, denn dieser Akulu kannte die gleichen Geheimnisse wie die *Enaden*. Was bot er für eine Vorstellung! Er setzte sich zuerst mit gekreuzten Beinen auf den Boden, zog ein Messer heraus, ergriff einen Stecken und hieb ihn mit einem Ruck seines Handgelenks entzwei, womit er uns zeigte, wie scharf das Messer war, und dann – bis zur Hüfte nackt, wie er war – zog er das Messer quer über seine bloße Brust. Und es hinterließ keinen Schnitt! Das war jedoch nur seine Einleitung. Als nächstes stand er auf, und Isa händigte ihm ein langes Messer aus, das er selbst geschärft hatte. Akulu nahm es mit einem Lächeln und einer Verbeugung an, und diesmal fuhr er mit dem Messer sehr langsam über seinen Körper, und zwar tief genug, um einen sichtbaren Schnitt zu hinterlassen, und selbst ich konnte sehen, daß kein Blut kam. Noch dazu schloß sich, noch während wir zuschauten – was für ein Schrei erhob sich dabei! –, der Schnitt, den wir gesehen hatten, von selbst und verschwand, ohne eine Spur zu hinterlassen.

Das raubte mir den Atem, denn das war kein Rummelplatztrick; wieder einmal war ich Zeugin von geistiger Zauberkraft gewesen, und sie war real.

»*Inā*?« wollte ich später von Amina wissen, womit ich fragte, wie Akulu das vollbracht haben konnte.

Für Amina war die Antwort sehr einfach: Ein magischer Talisman hatte Akulu unverwundbar gemacht.
»Was für ein Talisman? *Mē* Talisman?« fragte ich.
Sie wisse nicht, was für ein Talisman, sagte Amina; es sei ein Talisman, den nur die *yan taurī* kannten.
Das war echt aufregend für mich, denn ich wußte, es konnte kein Talisman sein. Der Mann war nicht in Trance verfallen, dessen war ich sicher; die Musik und das Tanzen mochten etwas dazu beigetragen haben, aber mehr war nicht gewesen. Ich spürte hier eine Verwandtschaft zu dem, was ich am heiligen Schrein erfahren hatte, ein Gebrauch außergewöhnlicher Energien, von deren Existenz nur wenige Menschen wußten, eine Kraft, die tief vergraben war und darauf wartete, hervorgelockt zu werden. Ich konnte mir nicht denken, durch welche verwickelten Gedanken und Befehle dies erreicht worden war, aber Akulu, entschied ich, muß seinem Körper irgendwie gesagt haben, daß er nicht bluten würde und kein Messer ihm schaden könne – und sein Körper hatte darauf gehört... Doch wie hatte er zu seinem Körper gesprochen, fragte ich mich, oder war es vielleicht gar nicht sein Körper gewesen, der auf ihn gehört hatte?
Das ging mir einige Tage im Kopf herum, aber dann, jugendlich und unbekümmert, wie ich war, schob ich es beiseite, um irgendwann einmal darüber nachzudenken.
Und so vergingen die Wochen, die Zeit des *hūntūrū* endete, die trockenen Monate waren vorbei, und die Pflanzzeit rückte näher. Die Kornspeicher waren nun fast leer, Essen war knapp, und der Himmel wurde nach Anzeichen für Regen abgesucht. An den Schreinen wurde geopfert, Tierblut als Trankopfer dargeboten, Tontöpfe wurden hergestellt und den Geistern als Geschenke dargeboten. Gebete wurden gesprochen, und Isas Wahrsagebrett wurde wieder viel benutzt. Ein runzliger alter Mann mit zerfurchtem schwarzem Gesicht wurde aus seiner Hütte getragen, damit er jeden Tag unter einer der Akazien vor dem Tor sitzen konnte. Bakuli sagte, er sei der Regenmacher des Dorfs, nicht weil er den Regen machte, sondern weil er sein ganzes Leben lang Himmel, Wolken, Winde, Sonne und Mond studiert hätte; er wisse, welche Wolken Regen brachten, wo er fallen würde, und welche Wolken nicht trächtig waren. Er heiße

Funtua und sei sehr alt, sagte mir Bakuli feierlich. Ich war neugierig und schaffte es fast jeden Tag, einige Minuten zu stehlen, um hinauszugehen und ihm zuzuschauen. Als ich sagte, »*Sanu da aike*, Funtua«, betrachtete er mich erheitert und sagte würdevoll: »*Sanu du rana, bako.*« Bei ihm spürte ich eine große Sanftmut, die mir guttat, und ein- oder zweimal verweilte ich bei ihm, schloß mich ihm und dem Knaben an, der ihm Gesellschaft leistete, und wir beobachteten den Himmel gemeinsam.
Eines Tages brummte er und wies mit einer Hand nach Norden, zur Wüste.
»*Mēne nē*?« fragte ich.
»*Ruwa.*«
Weit weg im Nordosten sah ich die flache, durchgehende Linie des Horizonts und knapp darüber eine genauso durchgehende silberne Linie, die sich langsam wie ein Gazevorhang herabsenkte. Einen Augenblick später war der Horizont verdeckt.
»*Ruwa*«, sagte er wieder und nickte.
Der Knabe rannte aufgeregt rufend davon, und bald war das halbe Dorf an Funtuas Seite und wartete auf seine Schlußfolgerungen. Seine Rede wurde aber mit Stöhnen beantwortet.
»Was hat er gesagt?« fragte ich Bakuli.
»Er sagen, *ruwa yā yi gyāra*, der Regen tut gut – aber nicht hier.«
»Sicherlich zieht er nach Süden?«
Bakuli schüttelte den Kopf. »Er sagen, er gehen« – er zeigte nach Osten. »Nicht hier.«
Funtua behielt recht, der Regen drang nicht zu uns nach Süden vor, und die Wache wurde wieder aufgenommen.
Am nächsten Nachmittag holte Bakuli mich ein, als ich das Dorf verließ, um Aminas zwei Eimer am Brunnen aufzufüllen. Gewöhnlich ging ich später mit den anderen Frauen, aber wer kann das Walten des Schicksals erraten. Amina hatte zwei Tage im Haus ihres Mannes geschlafen und gekocht, und die Eimer waren leer. Bakuli hingegen hatte gerade eine neu gefertigte Hacke zu Isas Umfriedung gebracht und mich durch das Seitentor aus dem Dorf gehen sehen. Gemeinsam schritten wir quer über die hart gewordene, trockene Erde auf den Brunnen beim Flußbett zu. Es war lange her, seit wir allein gewesen waren,

und wir schwatzten drauflos wie die Elstern. Bakuli zeigte mir seine Hände. »Sehr gut jetzt, Missy, Bakuli machen gute Smied jetzt.« Und ich erzählte ihm von dem Klatsch, daß Isas Tochter sich weigerte, den für sie ausgesuchten Mann zu heiraten. Da wir ein paar Minuten für uns gestohlen hatten, ließen wir die Eimer am Brunnen und sprangen ins trockene Flußbett hinunter, durchquerten es und kletterten an dessen gegenüberliegendem Steilufer hoch. Hier hörten wir Geschrei, und als wir uns umblickten, sah ich, daß es der Knabe war, der bei Funtua am Haupttor gesessen hatte; er winkte und rief uns zu. Wir winkten zurück und nahmen unseren Spaziergang wieder auf, bis wir das nächste ausgetrocknete Flußbett erreichten, eines der vielen, die das Gebiet durchfurchten.

Dann erst hörten wir es. »Donner?« fragte ich, mich verdutzt zu Bakuli umwendend.

Er stand ganz still lauschend da, und dann: »Nein, Missy – lauf!«

Ich erstarrte, da ich nichts verstand. Die Sonne schien, es waren keine Wolken am Himmel. Ich konnte das Dorf in der Ferne liegen und unsere zwei Wassereimer neben dem Brunnen auf uns warten sehen, doch das Donnern dauerte an. Bakuli hatte sich ins Flußbett fallen lassen und rannte quer durch, aber vom Dorf weg, was mir dumm vorkam. Als er mich immer noch da angewurzelt sah, hielt er an und brüllte zu mir herüber: »LAUF!« Aber erst, als er wieder zu mir zurückpreschte, wurde ich wieder lebendig. Immer noch verständnislos folgte ich ihm ins Wadi, wo er mich überhastet ans andere Ufer zog.

»Schau!« japste er und deutete hinter mich auf die Sandhügel und Dornbüsche, die verborgen hatten, was uns schon fast erreicht hatte.

Ich drehte mich um und schaute. Eine Flutwelle tosenden braunen Wassers raste auf uns zu, die alles mit sich riß, was ihr in die Quere kam. Sie ebnete die niederen Dornbuschhügel augenblicklich ein, und auf ihrer Wellenkrone sah ich, bevor sie sich brach, den Körper eines Mannes, ein ertrunkenes Schaf und einen Baum.

Ich rannte um mein Leben. Der Regen, der gestern meilenweit weg in den Bergen gefallen war, erreichte uns also doch; ich hatte noch nie vorher eine blitzartige Überschwemmung gesehen, und sie war erschreckend. Ich stolperte hinter Bakuli den Hügel hoch, doch Sekunden später hatten die brüllenden Wassermassen auch dieses Flußbett gefüllt, wirbelten schäumend unter uns und bedrohten den Hügel, auf dem wir standen. Weit weg sah ich, wie das Wasser an den Toren des Dorfs leckte, und das war alarmierend, weil Amina mir erklärt hatte, wie sorgfältig das Dorf von den Wadis abgesetzt war, so daß es in dessen gesamter Geschichte nie von den Fluten berührt worden war – aber nun wurde es von ihnen berührt.

Ich dachte: ›Wenn die Flut uns erledigt hat, wird zumindest die Erde in den Flußbetten fruchtbar zum Bepflanzen sein.‹ Laut sagte ich: »Das Dorf wird sicher sein, das muß es; es steht doch schon seit vielen, vielen Jahren da.«

»Ja, Missy«, sagte Bakuli unbehaglich und scheuchte mich ostwärts zu einer niederen felsigen Tafelebene, die mehr Sicherheit vor den anbrandenden Wassermassen versprach, gerade noch rechtzeitig, denn als wir uns umschauten, war der Sandhügel, auf dem wir gestanden hatten, verschwunden.

Mehrere Stunden lang warteten wir im Schatten der Tafelebene und beobachteten, wie die Sonne und eine durstige Erde das Wasser aufsaugten, das uns gefolgt war. Kurz vor Sonnenuntergang wateten wir über die Ebene zurück, um unsere Aussichten für eine Rückkehr abzuschätzen. Die Fluten zogen sich vom Land zurück, doch es gab einfach keine Überquerungsmöglichkeit, da die Wadis noch völlig überflutet waren und vor Unrat brodelten. Das war niederschmetternd, doch als ich den Blick hob, um nach dem Dorf zu sehen, hielt ich entsetzt den Atem an, weil es weg war. Ich konnte es nicht glauben. Wo es gestanden hatte, waren nur ein Hügel aus durchweichtem Stroh und die Akazie zu sehen, unter der ich zwei Tage und eine Nacht gesessen hatte.

»O Bakuli«, flüsterte ich und deutete darauf.

Er nickte, sein junges Gesicht ganz finster.

»Sie müssen weggelaufen sein«, beharrte ich. »Sie haben doch sicher gesehen, wie das Wasser sich ausbreitete, und sind rechtzeitig abgehauen, oder nicht, Bakuli?«

»Bakuli sehen keine Leute, Missy. Wo sein Schafe, Ziegen, Leute?«

Amina, Shehu, Funtua, Halma, Isa, Kadiri... ein Gefühl schmerzlichen Verlustes überwältigte mich, und ich setzte mich auf die feuchte Erde und weinte. Wenn sie geflohen waren – was sie getan haben mußten, sagte ich mir –, würden sie jetzt weit weg sein, so hungrig wie wir und ohne Dach überm Kopf. Sie hatten ihre Geisterschreine verloren, die sorgfältig zum Pflanzen aufgehobenen Samen, ihre Kornspeicher und vor allem ihre Geschichte und ihre Hütten. Und wir hatten sie verloren.

Da erkannte ich, daß es wohl schlimmer gekommen war, und mit einem Blick auf Bakuli rief ich aus: »O Bakuli, stell dir nur vor, wenn wir das Dorf nicht zusammen verlassen hätten!«

Sein Lächeln war einzigartig lieb. »Ja, Missy, Jesus-Gott aufpassen auf Jesus-Knabe.«

Die Dunkelheit brach schnell herein und löschte barmherzig den einsamen Akazienbaum aus, der über dem stand, was einmal ein Dorf mit glücklichen Menschen gewesen war. Als ich meine Augen getrocknet hatte und aufgestanden war, tippte mir Bakuli an die Schulter. »Schau, Missy«, sagte er, nach Süden hinter die Tafelebene zeigend, wo wir zuvor Zuflucht gefunden hatten.

Weit weg in der Dunkelheit schien sanft ein Licht in der Nacht. Es sah wie ein Lagerfeuer aus, vielleicht eine Karawane, die durch die Flut vom Weg abgekommen war. »Was meinst du, Bakuli?« fragte ich.

»Wo Feuer sein, da Leute sein, Missy.«

Es war dumm von mir gewesen, überhaupt zu fragen, denn wir hatten keine Wahl: Es gab keine Möglichkeit, die überfluteten Wadis zu durchqueren, und es gab kein Dorf, in das wir zurückkehren konnten. Wir brachen im Dunkeln auf, um das Licht zu finden.

13

Als wir in der Nacht nach der Überschwemmung das ferne Lagerfeuer erreichten, rettete uns unsere Armut davor, abgewiesen oder ausgeraubt zu werden. Die Männer, die sich zwischen ihren Kamelen gerade schlafen legten, sahen nur zwei zerlumpte Jungen, der eine klein und schwarz, der größere wahrscheinlich mit Mischlings- oder Targi-Blut. Niemand dachte daran, uns fortzuschicken oder auszurauben; sie bemerkten nicht, wie schwer meine Taschen waren, die ich schon vor langer Zeit in meinen *Barrakan* genäht hatte, und das war mein Glück, denn unter meinen kleinen Schätzen hatte ich die Hand der Fatima und unsere restlichen Mariatheresientaler bei mir, die Bakuli, der sie in einem Beutel um seinen Hals getragen hatte, mir auf dem Weg hierher in Verwahrung gegeben hatte. Die Männer hier waren Araber, die in Richtung Süden nach Agadez unterwegs waren, aber sie sprachen Haussa, und in dieser Sprache erklärte ihnen Bakuli, daß ich stumm war, nicht sprechen konnte, und daß wir uns bei der Überschwemmung verirrt hatten. Sie gaben uns eine Handvoll sandiger Datteln, und als sie etliche Stunden später aufbrachen, durften wir hinter ihren Kamelen herlaufen und bekamen von ihrem Essen und ihrem Wasser etwas ab.

Vier Sonnenuntergänge später, nachdem wir unterwegs viel Staub geschluckt hatten, machten wir vor den Mauern von Agadez halt. Hier wurde Bakuli zu verstehen gegeben, daß wir die Gastfreundschaft der Wüste genossen hatten – Friede sei mit uns –, aber nun würden sie uns nicht weiter durchfüttern. Hier erfuhren wir auch, daß Agadez ein Außenposten des französischen Militärs war, von einem französischen Hauptmann mit einem Trupp schwarzer Soldaten, die *tirailleurs* hießen, geleitet.

»Also hier sein *ba mweni*, Missy«, sagte Bakuli mit düsterer Miene. »Fremde Leute?«
Als ich das hörte, verschlug es mir die Sprache. Ich hatte monatelang – jahrelang – davon geträumt, Rettung zu finden, und hier in dieser Oase mitten in der Wüste gab es sogar einen französischen Soldaten. Das hatten wir die Araber sagen hören.
Mit bemühter Gleichgültigkeit sagte Bakuli: »Sie gehen zu fremden Leuten, Missy?« Er vermied es sorgfältig, mich anzusehen, hob eine Handvoll Kiesel auf und betrachtete sie stirnrunzelnd, während er auf meine Antwort wartete.
Er mußte lange warten, weil ich mir ausmalte, wie ich diesen französischen Hauptmann traf. Ich stellte mir seine Skepsis vor, seine Zweifel und dann seinen Schock, wenn er schließlich verstand, daß ich weder Araberin noch Targia, sondern tatsächlich Amerikanerin war, und was für ein spannender Augenblick das sein würde! Und doch… und doch… Etwas an diesem Bild, das in meinem Kopf Gestalt annahm, störte mich, denn ich überlegte mir, wenn ich mich diesem französischen Hauptmann in der Hoffnung vorstellte, nach Hause geschickt zu werden, würde er auch dafür sorgen, daß Bakuli nach Hause geschickt wurde? Ich fragte mich, ob das Schicksal eines schwarzen Jungen unter so vielen für einen Europäer von Belang sein würde. Außerdem konnte Bakuli gar nicht genau sagen, wo seine Heimat war, da er ihr in so jungen Jahren entrissen worden war, daß er sich nur erinnerte, daß sie in der Nähe eines großen Flusses lag, der Sambesi hieß.
Es schien, daß es eigentlich keinen Entschluß zu fassen gab.
»Bakuli«, sagte ich, »was heißt ›Bruder‹ in deiner Sprache?«
Verdutzt sagte er: »*Ndume.*«
Ich nickte. »Ich gehe nicht zu den *ba mweni*«, sagte ich in seiner Muttersprache, »weil du sein mein *ndume*, Bakuli. Wir bleiben zusammen.«
Er strahlte vor Freude, was er rasch verbarg, indem er mit dem nackten Fuß in den Sand trat. »Wohin dann, Missy?«
Ich gab nun jeden Gedanken daran auf, nach Süden bis zum Niger vorzustoßen, denn wenn Bakulis Heimat im Osten lag, bei einem anderen großen Fluß, dann mußten wir ostwärts ziehen, bis wir auf Menschen trafen, die vom Sambesi gehört hatten.

»Wir werden nach Osten gehen«, sagte ich bestimmt. »Die Araber sprachen davon, daß bald eine Karawane aufbrechen wird, ich habe sie gehört. Schauen wir mal, was wir uns mit unserem Silber in dieser Stadt kaufen können, und fragen wir nach der Karawane.«
Und so betraten wir Agadez, eine Stadt, die sich über die Hänge eines Ausläufers des fernen Tarouadji-Gebirges erstreckte. Auf dem Hinweg fesselte unseren Blick das Minarett, das über ihren bröckelnden Mauern aufragte, ein Turm, der einem riesigen braunen Kaktus glich, der vor Dornen starrte, doch als wir näherkamen, stellten sich die Dornen als Holzbalken heraus, die wie Zahnstocher vom Turm abstanden, der in seinem Streben zum Himmel anmutig in einem stumpfen Ende auslief. Sobald wir in der Stadt waren, schlenderten wir durch deren äußere Gassen, blickten auf Häuser aus getrocknetem Lehm und entdeckten, daß viele von ihnen kaum mehr als leere Hülsen waren – wir würden bei Einbruch der Nacht in einem davon unterkriechen –, und daraus schloß ich, daß Agadez schon bessere Tage gesehen hatte. Als wir uns jedoch zum Stadtzentrum durchschlugen, trafen wir auf den Marktplatz, das Herz der Stadt und offensichtlich auch deren Seele, denn es ging dort so lebhaft wie auf einem Rummelplatz zu. Hier waren Scharen von einheimischen Schwarzen in bunten Baumwoll*ganduras*, Gruppen von Tuareg, die in ihren indigofarbenen Gewändern und Schleiern hochmütig und großartig aussahen, und vom Reisen staubige Araber, die handeln und feilschen wollten. Nach der Strenge und Stille der Wüste war es herrlich, so viele Menschen zu sehen, und hier herrschte gewiß ein Reichtum an Farben und Geräuschen: ein konstantes Stimmengewirr, der Geruch nach Holzkohlenrauch und brutzelndem Fleisch, Düfte, Parfüms und Gewürze, Hitze, Mist und Staub. Es gab Stände, an denen Nadeln und Palmschnüre, Kolanüsse, Körbe, Lederartikel, bunte Stoffballen, Dolche, Messer und *Gerbas* verkauft wurden, doch vor allem gab es Essen zu kaufen, das schmackhaft über Holzkohlenfeuern gebraten wurde. Schon holten wir einen unserer Taler heraus und stopften uns voll mit Kuskus und großen Stükken zarten, fetttriefenden Lammfleisches. Wir aßen mit solchem Heißhunger, daß nicht einmal ein einziger Krümel Kuskus

mehr zu sehen war, als wir die Schale mit Brotstücken ausgewischt hatten. Daraufhin kauften wir einen Sack Datteln, eine Handvoll Kolanüsse und zwei Laibe runder Fladenbrote für den morgigen Tag, was alles unsere Geldmittel beträchtlich schmälerte.

Mit einem Blick auf unsere Einkäufe meinte Bakuli: »Das uns nicht bringen östlich, Missy.«

»Nein«, seufzte ich und stimmte ihm zu, daß es Zeit war, in Erfahrung zu bringen, wann die Karawane in den Osten aufbrechen würde und wie viele Tage uns noch blieben, um Reisegeld zu erbetteln oder zu stehlen. Offensichtlich mußte ich hier in Agadez einige Geldbörsen stibitzen, doch es würde gefährlich sein; die Tuareg trugen ihre Reichtümer in Beuteln, die um ihren Hals hingen und sicher in ihre Gewänder gesteckt waren, von den Arabern hingegen wußte ich, daß sie ihre Münzen so wie ich in Taschen verbergen mußten, aber ihre Kleidung bestand aus vielen Schichten und war bauschig. Wir waren jetzt in Banditenland, wo Diebe zu erwarten waren, und jeder Fehlschlag hätte mich das Leben kosten können. Nichtsdestoweniger mußte es getan werden, wenn wir Agadez verlassen wollten, sonst würden wir bald Bettler werden, und so wie es aussah, gab es davon schon genug.

Wir verließen den Marktplatz und fanden den Weg zum Kamelmarkt am Stadtrand, wo es, wie wir schätzten, verläßliche Nachrichten von der Karawane geben würde. »Bin ich immer noch stumm, Bakuli?«

»Oh, ja, Missy«, sagte er ernst. »Sie nicht sprechen Haussa gut, es Ihnen fremd, Sie *baubawawa.*«

Ich akzeptierte das ergeben, denn es stimmte ja, aber es war sicherlich enttäuschend, stumm bleiben zu müssen.

Der Kamelmarkt war ein lauter Ort, voller Tuareg, die sich sehr genau Kamele ansahen, die brummten und spuckten und auf jede erdenkliche Art dagegen protestierten, daß ihre Höcker gedrückt und ihre Zähne geprüft wurden. Wir mischten uns unter die Händler, achteten darauf, uns von den rebellischen Tieren fernzuhalten, und bald bemerkte ich einen bestimmten Mann, der sich von den anderen abhob. Zunächst einmal war er kein Targi – wir hofften, den Tuareg ausweichen zu können –, sondern ein Araber, der ziemlich imposant aussah. Er trug einen sauberen weißen Burnus und hatte ein gebildetes Aussehen, das noch von einem schwarzen, ordentlich zu einer Spitze gezwirbelten Bart verstärkt wurde. Zwei Schwarze standen an seiner Seite, dem Aussehen nach sudanesische Diener. Als Bakuli zögerte, schob ich ihn vor, da ging er auf diesen Mann zu und fragte ihn mit einem scheuen Lächeln, wann die große Karawane in den Osten aufbrechen würde.

Der Mann sah Bakuli voll an und musterte ihn mit durchdringenden Augen aus einem schmalen, strengen Gesicht. Auf arabisch sagte er knapp, die Karawane werde bei Vollmond aufbrechen. Als wir davongingen, blickte er uns nach.

Wir würden also sehr schnell Geld brauchen, dachte ich, denn wir waren in der vorigen Nacht fast schon bei Vollmond marschiert, der die Wüste mit seinem Licht getränkt hatte. Wir hatten noch vier Mariatheresientaler übrig, was 40000 Kauris entsprach, doch ein guter Esel kostete fast 30000 Kauris – wir würden womöglich zwei brauchen, um *Gerbas* und Reiseproviant zu tragen, was wir alles derzeit nicht besaßen. Ziellos wanderten wir wieder zum Marktplatz, wobei Bakuli nicht mehr lächelte und ich mich nach unseren Aussichten fragte. Ich fand sie niederschmetternd.

Als wir den Rand des Marktplatzes erreichten, hörte ich einen Mann auf Haussa ausrufen: »*Gātanan, gātanan, ta je, ta komo!*«

Wie oft hatte ich diese Worte in Aminas Dorf gehört! Wir waren auf einen Märchenerzähler gestoßen, der ausrief: »Eine Geschichte, eine Geschichte, laß sie gehen, laß sie kommen.«

Bloß war niemand gekommen. Er saß im Schneidersitz am Boden, ein kleiner schwarzer Mann, der in umfangreiche abgetragene Gewänder gewickelt war. Wir blieben stehen, um ihm zuzusehen und zu lauschen, als er es wieder versuchte: »*Wanan tātsūnīar dugan daji che, da shi da Namijin-Mijin-maza.*« Und wieder: »*Gātanan, gātanan!*«

»*Namijin-Mijin-maza*«, wiederholte ich. »Bakuli, das ist die Geschichte von dem Mensch unter Menschen, nicht wahr? Die, bei der du mir all die schwierigen Wörter erklärt hast? Es ist eine gute Geschichte, warum bleibt keiner stehen und hört zu?«

Bakuli zuckte mit den Schultern. »Menschen mit vollen Taschen haben leere Köpfe, nicht wollen reden. Er Bettler, denke ich.«
Ich erwog dies, von dem Gedanken angeregt, daß wir beide auch bald Bettler sein würden, wenn wir nicht irgendwelche Mittel auftreiben konnten. Hier war endlich was zu holen, wenn ich ein wenig Schaustellerei aus einer ganz anderen, früheren Welt zur Geltung brachte. Wir brauchten Geld, der Märchenerzähler brauchte Geld, er hatte eine gute Geschichte zu erzählen, und ich war nicht umsonst auf dem Rummelplatz aufgewachsen. Ich fragte mich, wieviel Geschicklichkeit mir während meines Aufenthaltes bei den Haussa abhanden gekommen war, und entschied, daß wer nichts wagt, nichts gewinnt, und auf jeden Fall sollte es sicherer sein, sich ihm anzuschließen, als einen Raubüberfall auf einen Targi zu versuchen. »Bakuli«, sagte ich, »gib mir drei von unseren Silbertalern.«
»Missy...«
»Und dein Kopftuch«, fügte ich hinzu, denn Amina hatte eins mir und eins Bakuli gegeben, und sie waren sich gleich. Ich verzog mich in eine verlassene Ecke und warf einen Silbertaler in die Luft, dann einen zweiten und einen dritten und ließ sie mit so großem Erfolg kreisen, daß es so schien, als hätte ich das Jonglieren nicht verlernt. Ich freute mich sehr darüber, bis ein Silbertaler zu Boden fiel. Nichtsdestoweniger gaben mir Bakulis vor Staunen geweitete Augen Zuversicht. »Ich brauche etwas Größeres, ich brauche drei runde Steine«, sagte ich ihm. »Während ich suche, gehst du und verhandelst mit dem Märchenerzähler. Frag ihn, ob er die Hälfte dessen, was ihm gegeben wird, mit uns teilt, wenn wir ihm viele Leute bringen, die seiner Geschichte zuhören.«
Der Märchenerzähler hieß Damau, und obwohl er bei solch einem gewagten Versprechen skeptisch war, muß er gespürt haben, daß es nichts zu verlieren gab, da er ohnehin nichts hatte. So kam es, daß wir nach dem nachmittäglichen Gebetsruf eine Vorstellung gaben, nachdem ich meine alte Geschicklichkeit nochmals eifrig eingeübt hatte. Mit großer Begeisterung spielte Bakuli die Rolle des Jahrmarktschreiers, indem er laut rief und mit einem Stecken auf ein weggeworfenes Stück Blech schlug.

Nachdem ein paar Leute sich aus Neugier versammelt hatten, stellte ich mich neben den Märchenerzähler und begann, mit meinen drei Steinen zu jonglieren, hielt sie gut in Schwung und schickte sie immer höher. Bald hielt eine große Menge an, um verwundert zuzuschauen; Jonglieren hatten sie noch nie zuvor gesehen. Daraufhin hielt ich einen Silbertaler hoch, ließ ihn verschwinden und holte ihn mit viel Trara aus dem Ohr des Märchenerzählers wieder hervor – da hielten sie ehrfürchtig die Luft an –, und dann versteckte ich mein rotes Kopftuch im linken Ärmel meines *Barrakans* und zog Bakulis gleich aussehendes Kopftuch aus dem rechten Ärmel. Da nun eine große Zuschauermenge um uns herumstand, verbeugte ich mich und zeigte auf Damau, und der Märchenerzähler stand würdevoll auf und rief: »*Gātanan, gātanan, ta je, ta komo!*«
Diesmal erwiderte die Menge das Ritual: »*Ta je, ta komo!* Laß sie gehen, laß sie kommen.«
Er war auch gut, dieser Damau, hatte eine wohltönende Stimme, die stieg und fiel und dramatische Pausen einlegte. Einer nach dem anderen hockten sich die Zuhörer in einem Kreis um uns und ließen sich ohne einen Muckser auf dem Boden nieder, als sie von der Geschichte in Bann gezogen wurden – und sie ist lang –, wie der Prahlhans, der sich ein Mensch-unter-Menschen nannte, dem Waldriesen begegnete. Nach vielen demütigen Erfahrungen verkündet die Ehefrau des Mannes am Ende die Moral von der Geschichte: »Was du auch tust, mach nicht viel darum her, denn wie du dich auch in Kraft, Macht und Reichtum hervortust, es nützt nichts – irgend jemand ist besser als du!«
Mir gefiel dieses Ende. Als ich die Geschichte das erste Mal gehört hatte, wobei ich von fünf Worten nur zwei verstand und Bakuli die erklärte, die ich nicht mitbekommen hatte, war es die einzige Kostprobe von Philosophie seit Marc Aurel gewesen, die mir untergekommen war. Und sie hatte einen Hunger in mir gestillt. Die Geschichte gefiel mir auch jetzt. Als sie zu Ende war, verbeugten wir uns alle drei, wie wir es in Laskis Schaubude getan hätten, und als die Menge abwanderte, weideten sich meine Augen an Damaus Kalebasse, die von Kaurimuscheln überquoll. Als wir ans Teilen gingen, fanden wir nicht nur Kau-

ris, sondern Zuckerstücke, Salzbrocken, einen bronzenen französischen Centime, zwei kupferne 5-Para-Münzen und einige Handelsperlen. Wir waren nicht reich, aber wir würden Essen für einen weiteren Tag haben.
Und es war ein Anfang. Damau ergriff mit nun glänzenden Augen unsere Hände, nickte heftig und wiederholte immer wieder seinen Wunsch, daß Allah uns beste Gesundheit schenken möge, daß Allah unser Leben behüten möge, und würden wir morgen wiederkommen?
Feierlich vereinbarten wir, wiederzukommen.

Der Tagesablauf war von den Gebetsrufen des Muezzins eingeteilt, dem *el Duhr* am Mittag, dem *Asr* mitten am Nachmittag und dem *el Moghreb* bei Sonnenuntergang. Die Nacht überzog einen aprikosenfarbenen Himmel mit sanft verschwimmenden Konturen, bis die Dunkelheit die Heimgehenden in Phantome verwandelte. Laternen flackerten wie Glühwürmchen in den engen Gassen, dann stieg ein fahler, fast voller Mond auf, und nach und nach verstummte die Siedlung.
Bakuli und ich hatten die Ruinen nach einer Hütte mit Dach durchkämmt, und in der Abenddämmerung hatten wir eine gefunden. Sie war von Trümmern umgeben, die Hälfte einer Mauer war zusammengefallen, aber es gab ein Dach, um uns zu verbergen. Hier räumten wir herabgefallene Steine weg, machten uns Kissen aus dem Sand, der hereingeweht worden war, und nach dem letzten *Allah akbar* des *el Aschia* legten wir uns schlafen.
Da hörten wir jemanden sich heimlich an unser behagliches Versteck heranpirschen, dessen Schritte versehentlich an herumliegende Steine stießen. Bakuli faßte mich warnend am Arm, ich setzte mich auf und fummelte im Dunkeln nach einer Waffe, einem Stecken oder einem Stein, fand aber nichts, so daß wir uns nur klein und stumm machen und abwarten konnten. Abrupt zeichnete sich im Türstock der Umriß eines Mannes schwarz gegen den helleren Nachthimmel ab.
Er sagte: »*Salam aleikum*«, und dann: »*Bemba walid*?«
Bembajunge ... Am Klang der Stimme erkannte ich, daß es nicht Damau war, aber irgendwo hatte ich sie schon gehört. Verwirrt

und verängstigt drängten wir uns aneinander, immer noch stumm. Der Mann bückte sich unter die Türöffnung, um einzutreten, und sobald er drinnen war, stellte er eine Laterne ab. Im ersten Lichtflackern sah ich lange schlanke Finger die Flamme regulieren und erkannte das Gesicht. Wir hatten Besuch von dem großen bärtigen Araber vom Kamelmarkt, bloß hatte er seinen weißen Burnus gegen einen dunklen und schäbigen eingetauscht, wie ihn seine Diener getragen hatten. Das war an sich schon seltsam, aber seltsam war auch seine Anwesenheit hier.
»*Bemba walid*?« wiederholte er, uns zunickend.
»*Naam*?« sagte Bakuli mit zaghafter Stimme.
Schatten sprangen an den Halbwänden um uns hoch, der Mann hockte sich neben die Laterne und musterte uns mit prüfendem Blick. Ich starrte ihn auch an und sah Augen, die von einer Eindringlichkeit brannten, die heller als die Flamme in seiner Laterne war. ›Ein ungemütlicher Mann‹, dachte ich, und als er sich leicht bewegte, erhaschte ich einen Blick auf gestreifte Seide unter dem abgetragenen Burnus. Und ein reicher dazu, entschied ich, doch ich fragte mich, wie um alles in der Welt er uns gefunden hatte. Es fiel mir schwer, in Agadez stumm zu sein, und als ob Bakuli meine unausgesprochene Frage gehört hatte, stellte er sie!
Der Mann gestikulierte ungeduldig. »Meine Diener sind euch den ganzen Tag lang gefolgt.« Er blickte von Bakuli zu mir. »*Inta!* Du!« sagte er.
»Missy hören, Missy nicht sprechen«, sagte Bakuli ihm auf Haussa und zeigte schulterzuckend auf meine Lippen.
»Um so besser dann«, sagte der Mann.
Er gehörte nicht zu denen, die wie die Araber sonst viele Worte machten, sie liebkosten und sie sich auf der Zunge zergehen ließen, oder vielleicht – in Anbetracht dessen, was sich später zutrug – hatte sein Leben nicht mehr Platz für Förmlichkeiten. Seine Worte waren nadelscharf und knapp: Wir wollten mit der Karawane, die in zwei Tagen aufbrach, nach Osten gehen? Wenn wir eine Nachricht mitnehmen und sie für ihn in Bilma übergeben würden, würde er dafür sorgen, daß wir zwei Kamele und einen Esel sowie auch Essen und Wasser für die Reise bekämen.

Das war in der Tat ein Wunder. Ich blickte Bakuli an und sah, daß sein Mund erstaunt aufklappte. Er stammelte: »Ihr meinen – Sie sprechen von der Karawane, die bei Vollmond aufbricht?«

Der Mann nickte. »*Naam*«, und wollte auf Haussa wissen: »*I* oder *a'a* – ja oder nein?«

Bakuli warf mir einen Seitenblick zu und lächelte. »*I*«, sagte er.

»Dann ist es abgemacht.« Er langte in seinen Burnus und brachte ein Stück Pergament heraus, das er in ein dünnes Rohr rollte. »Ich werde nicht wieder mit euch reden«, sagte er streng, »und auch ihr werdet nicht mehr mit mir sprechen. Wir haben uns nie gesehen. Zwei Sonnenuntergänge von heute ab, nach dem *el Moghreb*, wird mein Diener alles, was ihr braucht, bringen – Kamele und Esel, Futter, *Gerbas* und Proviant – und euch zu den Hügeln mitnehmen, wo sich die Karawane sammelt.«

Er hielt uns das Schriftstück hin. »Versteckt es gut und sorgt dafür, daß es in Bilma an Abu Abd el Wahat übergeben wird.«

»Abu Abd el Wahat«, wiederholte Bakuli. »Von welcher Person, Sidi?«

Er sagte gleichgültig: »Muraische.« Wie um sein harsches Benehmen zu sühnen, übergab er Bakuli einige Münzen – ich hörte sie klimpern, und mein Herz hüpfte bei diesem Geräusch vor Freude – und fügte in aller Höflichkeit hinzu: »*Bismallah* – im Namen Gottes... *Emschi besselema.*« Dann löschte er seine Laterne und verließ uns.

Auf diese sonderbare Art lernten wir Muraische kennen, bloß daß ich mich oftmals fragte, ob das sein wirklicher Name gewesen war. Ich hatte damals noch keine Kenntnis von dem, was in anderen Teilen Afrikas geschah, ich wußte nichts von den Intrigen, Morden, Verträgen und Betrügereien, Schlachten, Rivalitäten und Ultimaten unter den Franzosen, Türken, Italienern, Briten und Belgiern, die alle um die Wette sich so viel wie möglich von dem Kontinent einzuverleiben suchten. Ich wußte nicht, daß in Tripolis die Türken darum gekämpft hatten, ihre Macht in der Sahara auszuweiten, und geheime Expeditionen in den Sudan gesandt hatten, oder daß Italien eine Invasion in Tripolis plante. Schließlich war ich sehr lange Zeit in dem einzigen Teil Afrikas herumgereist, den niemand wollte – die Wüste.

Lange nachdem Muraische uns verlassen hatte, redeten Bakuli und ich flüsternd von unserem geheimnisvollen Besucher und dem Wunder, daß er uns ausfindig gemacht hatte, und doch fragten wir uns immer wieder, warum wir? Als es hell wurde, wikkelte ich den kleinen Papierfetzen aus, um zu sehen, was er enthielt, aber die Nachricht war auf arabisch mit all seinen unbegreiflichen Schnörkeln und Verzierungen geschrieben. Ich zog Mr. Jappy hervor und steckte den Zettel in das für meinen Finger gebohrte Loch; er paßte da schön hinein, gut versteckt.

Wer Muraische sein mochte, wagte Bakuli nur eine Person zu fragen, und die war Damau, der sagte, daß er auf dem Kamelmarkt ein tapferer Mann genannt wurde, aber auch ein erbarmungsloser, weil er vor drei Sonnenaufgängen aus dem Westen angekommen, mit wenig Gepäck und nur seinen zwei Dienern durch gefährliches Land geritten war, und mit solch einem Tempo, daß sechs seiner Kamele bis zur Ankunft in Agadez an Erschöpfung gestorben waren. Es ging das Gerücht, daß er wohl ein Senussi sei, doch da weder Bakuli noch ich wußten, was ein Senussi war, brachte uns das keine Aufklärung, und Bakuli wagte es nicht, zu viele Fragen zu stellen, damit Muraische nicht davon erfuhr.

Wer auch immer Muraische war, er war ein Mann, der Wort hielt, denn zwei Nächte später, nach dem *el Moghreb* bei Sonnenuntergang, kam sein Diener wie versprochen zu uns und führte zwei beladene Kamele und einen Esel mit sich. Wir wurden aus Agadez und in die Hügel geleitet, wo in der Nacht Hunderte von Lagerfeuern brannten und auf die Abreise im Morgengrauen gewartet wurde.

Doch am Morgen verdichtete sich nur das Geheimnis um Muraische, denn als die ersten Sonnenstrahlen die Hügel erreichten und der Muezzinruf Hunderte von Männern auf die Knie fallen ließ, wen anders, als ausgerechnet Muraische und seine zwei Diener, sahen wir da unter unseren Nachbarn? Es schien, daß auch er mit der Karawane an den Ort mit dem Namen Bilma

reiste. ›Ein reicher Verrückter‹, dachte ich, ganz in der Art wie Jacob. Das glaubte ich wenigstens, bis die dritte Morgendämmerung des Marsches solche Unbedarftheit zerstörte.
Es war ein wundersamer Anblick, die Karawane an jenem Morgen ihren Marsch nach Osten antreten zu sehen, wobei sich die Kamele über die Ebene ausbreiteten und später in der Nacht wieder zusammen kamen, um sicher aufgehoben zu sein. Der Name ihres gewählten Leiters war Saad el Riffi, das teilte mir Bakuli wenigstens mit, nachdem er sich eifrig unter unseren Nachbarn getummelt hatte, um Informationen einzuholen, und unter dessen Schutz befanden sich Dutzende von kleinen Karawanen aus der ganzen Sahara, beladen mit Stoffen, Teppichen, Fellen, Lederwaren, Kolanüssen, Korn und Schmuck zum Verkauf im Osten oder zum Eintausch gegen wertvolles Salz aus den Minen von Bilma. Es gab Hunderte von Kamelen sowie auch Esel, Schafe und Ziegen, und die sie begleitenden Menschen waren ein exotischer Anblick: verschleierte Kel Air-Tuareg mit herrlich hellen Kamelen, Beduinen in kariertem Kopfputz, schwarze Sudanesen in Fez und weißen *Ganduras*, in Kapuzenumhänge aus Ziegen- oder Kamelhaar gut eingehüllte Araber – wozu noch ein kleiner Bembajunge und eine gegen ihren Willen Stumme aus einem fernen Land in der Verkleidung eines Buben hinzugekommen waren.
Unsere triumphale Abreise wurde jedoch etwas gedämpft durch das, was mir von der Wüste zu Ohren kam, die wir durchqueren würden. Sie hieß die Ténéré. Als ich in Agadez davon hörte, hatte mir der Name nichts gesagt, doch nun befand ich mich unter Männern, die sie durchquert hatten, und was ich darüber hörte, gefiel mir gar nicht. Die Ténéré habe viele Männer getötet, sagten sie, und sei weitaus grausamer als die Sahara, denn es gebe in ihrer östlichen Hälfte überhaupt keine Brunnen... Die nächste Oase sei über dreihundert Meilen entfernt, und Bilma liege noch weitere drei oder vier Tagesmärsche jenseits davon... Es gebe Dünen in der Ténéré, die vier- bis fünfmal so hoch wie das Minarett in Agadez aufragten, und wenn der Wind wehte, seien die Rufe der Dschinns und die Schreie von Toten zu hören, die infolge von Durst oder Sandstürmen verrückt geworden waren. All diese Worte genoß ich mit Vorsicht, da mir be-

bewußt war, daß die Männer an ihren aufschneiderischen Reden Gefallen fanden, doch später, als wir die scharf umrissene Silhouette des Azzuager hinter uns gelassen und zum letztenmal Bäume und Felsen gesehen hatten, sollte ich die Furcht teilen, mit der diese Männer sich der Ténéré näherten.
Muraische nun, bemerkte ich, reiste mit nur sechzehn Lastkamelen, ritt auf einem Esel und trug einen schäbigen Burnus, zeigte also keine Spur von Reichtum. Wir schritten nicht weit von ihm entfernt, unsere zwei Kamele und den Esel in einer Reihe hinter uns angeleint, und obwohl er uns nicht des geringsten Blickes würdigte, machte ich es mir zur Gewohnheit, jeden Tag und auch jedesmal, wenn wir haltmachten, nach ihm zu sehen. Er war schließlich unser Wohltäter, unser Gönner, und es war sein Essen, das wir verzehrten. So kam es, daß ich sah, was an jenem dritten Tag gerade vor Monduntergang stattfand, wobei ich nicht einmal Bakuli davon zu berichten wagte, sondern es aus Angst geheimhielt.
Es war eine bitterkalte Nacht gewesen, und ich wachte zitternd und voller Bedauern auf, daß wir nach Osten zogen, ohne uns vorher über den Charakter dieser Wüste erkundigt zu haben. Ich spürte bereits eine mir neue Mattigkeit; ich war es auch leid, stumm zu sein und nie zu sprechen, und war es ebenfalls leid, immer darauf zu achten, daß ich meine Notdurft unbeobachtet verrichtete, damit niemand erfuhr, daß ich kein Junge war, und so hob ich in jener Nacht ziemlich matt den Kopf, um auf das Lager zu blicken, das im Schlaf lag. Der Mond war noch hell, und nur die Wälle aus aufgetürmten Sätteln und Futterballen, die uns rundum schützend umgaben, warfen Schatten. In diesem Licht waren die schlafenden Männer so eingemummt, daß sie wie alte, zusammengerollte und im Sand liegengelassene Kleiderbündel aussahen. Hinter dem Wall bewegten sich unruhig die Kamele, deren Gestalten von einem kriechenden Bodennebel verwischt. Ich blickte zu der Stelle, wo Muraische sich hingelegt hatte, da ich mir seine schwarzweiß gestreifte Decke vor dem Verlöschen des Feuerscheins eingeprägt hatte.
Draußen zwischen den Kamelen bewegte sich etwas, und mein Blick wandte sich ab. Ein Schatten tauchte auf, und ich sah einen Mann über die Sättel klettern und sich leise an den schla-

fenden Gestalten vorbeipirschen. Ich hielt ihn für den Wachmann der Karawane. Er hielt neben Muraisches gestreifter Decke inne und beugte sich darüber, sein Burnus bauschte sich um ihn. Er blieb dort nur eine Minute, doch als er sich aufreckte, blickte er in meine Richtung, sein Gesicht war im Mondlicht erkennbar, und wir tauschten über die schlafenden Männer hinweg neugierige Blicke aus. Dann war er weg, verschwand wieder über den Wall und zwischen den Kamelen. Ich maß dem keine Bedeutung bei, mir fielen die Augen zu, und ich schlief, bis die Kameltreiber sich rührten, Feuer gemacht, Kaffee gekocht wurde, Muraische aber nicht aufstand und seine Decke abschüttelte. Statt dessen waren von einem seiner sudanesischen Diener ein schluchzender Aufschrei und von dem anderen dann ein Aufheulen zu hören; ein Mann bat sie, leise zu ein. Er ging hin, um sie gewaltsam zum Schweigen zu bringen, erstarrte und schrie auf: »*Andak! Andak!* Der Scheich ist ermordet worden!«

Ich glaubte es nicht und eilte hinüber, um nachzusehen, aber Muraische war wirklich tot, lag still wie ein Felsblock in seiner gestreiften Decke, und seine Haut hatte bereits die blaue Blässe angenommen, die den Körper befällt, sobald er nicht mehr atmet. Was ihn umgebracht hatte, war auch da: ein Dolch, der obszön aus seiner Brust ragte. Die Männer machten El Riffi Platz, der herkam, um den Toten zu untersuchen; es gab beklommenes Gemurmel mit *»Masch' Allah!«* und *»Bismallah!«*

Der Karawanenleiter ordnete an, daß ein Grab ausgehoben werden sollte, und befragte die zwei Sudanesen.

»*Wallāhi*«, unterbrach ein Mann und deutete. »Seht! Dieser Sudanese trägt das Brandzeichen Allahs – nur ein Senussi brandmarkt so seine Sklaven!«

»*Malesch*, aber er ist nicht ausgeraubt worden?«

»Was bringt einen Senussi in den Westen, so weit von Kufra oder dem Sudan?«

»Um zu spionieren?«

»Rache – *niqmah* – ist eher wahrscheinlich. Irgend jemand hat ihr Mißfallen erregt.«

»Oder sie verraten«, murmelte ein anderer Mann.

»Die Senussi sind grimmig, das stimmt, doch immer im Namen Allahs.«

»Fromm, ja. Sie leben nach dem Buch.«
Der Mann neben mir zuckte mit den Schultern. »Aber sie wollen, daß wir keinen Palmenwein trinken, und es heißt, sie hakken jedem Mann die Hand ab, der Tabak anrührt. Sie sind Fanatiker.«
»Aber sie hassen die Franzosen, das spricht für sie.«
»Ja, und sie handeln immer noch mit Sklaven – dafür verdienen sie unsere Bewunderung, wenn die christlichen Ungläubigen es verbieten.«
»*Bismallah*, sie bringen auch Ungläubige um«, sagte ein Mann trocken, »aber wir werden heute später aufbrechen, meine ich.«
Ich wandte mich ab, nicht nur von Muraisches Tod beunruhigt, sondern auch von den Worten dieser Männer, denn ich hatte zu plötzlich zu viel verstanden. Nun begriff ich, warum Muraische in Agadez mit erschöpften Kamelen und ohne Wächter aufgetaucht war, ich verstand seine Heimlichtuerei, seine Geheimniskrämerei und warum seine Wahl für die Überbringung der Botschaft auf Bakuli und mich gefallen war – er mußte geahnt haben, daß er mit dem Tod im Nacken reiste. Er tat mir leid, weil auch ich schon die Furcht geschmeckt hatte, doch wenn die Senussi Ungläubige ermordeten, dann mußte ich sicherlich auf der Hut sein und in meiner Wachsamkeit niemals nachlassen, falls ich wieder einem begegnete, ohne es zu wissen.

Wir ließen Muraische an jenem Morgen in seinem einsamen Grab zurück, der ungeheuren Stille der Wüste, ihrer Sonne, ihren Sternen und seinem allbarmherzigen, allgütigen Gott anvertraut –, und wer wußte schon, wer von uns der nächste sein würde, denn dies war ein rauhes Land. Tag für Tag schleppten wir uns schweigend dahin, zu hören waren nur das sanfte Scharren der schwieligen Kamelhufe oder das gelegentliche Stöhnen eines Kamels, das zu erschöpft war zum Weitergehen. Wir waren wie in Leichentücher gehüllte Geister, weiß vom Staub, unsere Gedanken genauso gehaltlos. Hinter uns erstreckte sich die endlose Reihe der Kamele, deren Gestalten in der flirrenden Hitze wie wäßrige Luftspiegelungen zerflossen und sich wieder bildeten, während vor uns ein unerreichbarer, von einer mörde-

rischen Sonne weiß gebleichter Horizont lag. Unser Esel war vier Tage nach dem letzten Brunnen zusammengebrochen und gestorben. Wieder mußten wir uns mit versengten Augenlidern, blasigen Händen und Füßen und andauernd mit dem zwanghaften Träumen von Wasser herumquälen, ob sauber oder brackig, machte kaum mehr etwas aus, solange es flüssig war, eine ausgedorrte Kehle befeuchtete und den Staub verringerte. Nur dafür lebten wir, verteilten es sparsam bei Sonnenuntergang und in der Morgendämmerung und sahen zu, wie die einstmals prallen *Gerbas* zusammenschrumpften.
Das war die Ténéré, ohne Leben, ohne Wasser, ohne Gnade, die einzigen Wegzeichen waren Knochen von Kamelen und Menschen, die hier umgekommen waren.
Es war nun nicht ans Reiten zu denken, die Männer gingen zu Fuß, um die Kamele zu schonen. Manchmal, während wir über den gleißenden Sand stolperten, erinnerte ich mich, daß unter uns in der Karawane Muraisches Mörder war, und wenn wir anhielten, was nicht oft geschah, dachte ich daran, die Gestalten der Männer zu mustern, und fragte mich dabei, ob dieser oder jener so wie er aussah. Ich fragte mich auch, wie deutlich er mich gesehen hatte, und hielt mein Gesicht gut verhüllt, um ein Wiedererkennen zu verhindern. Womöglich tat er das auch. Vor allem zählte ich die Tage, achtete bei jedem Sonnenuntergang darauf, exakt zu bleiben, und brachte Bakuli die Zahlen bei, damit er mir beim Erinnern half.
Wir waren zwei Wochen und drei Tage marschiert, als es hieß, daß wir – *Insch' Allah* – am nächsten Tag die Mauern von Fachi sehen würden. Bakuli, der sich die blasigen Lippen leckte, sagte heiser: »Wasser, Missy!«
Ich konnte nur schwach nicken. Einige Zeit nach Passieren des Baums der Ténéré – jenes einzelstehenden, wunderschönen Baums, der wie ein Wunder aus dem Sand hervorwuchs – hatte mich ein Fieber befallen, das heftigen Durst und Kopfschmerzen mit sich brachte. Nun kamen auch noch Bauchkrämpfe dazu, was sehr ungerecht erschien, weil ich seit Tripolis schon so oft fauliges Wasser getrunken hatte, doch gerade jetzt verlangte es seinen Tribut. Ich lebte in ständiger Angst, ins Delirium zu verfallen und in der Wüste zurückgelassen zu werden, doch fast ge-

nauso alarmierend war das Wissen, daß wir nach dem Tränken der Kamele und einer kurzen Rast in Fachi – wenn ich es bis dorthin schaffte – noch drei oder vier Tage reisen mußten, um Bilma zu erreichen.

Am darauffolgenden Tag erinnerte ich mich dumpf, daß an einem Horizont, der tagelang leer gewesen war, ein Gebilde auftauchte, und das herrlichste daran war, daß es einen Schatten auf den Sand warf, einen lieblich kühlen, blauen Schatten. Ich erinnerte mich, daß die Kameltreiber etwas riefen, und als wir näherrückten, sah ich, wie sehr diese Stadt Fachi nach einer Festung aussah, trotz des Saums aus grünen Palmwedeln über den Mauern.

Danach war nur noch eine Dunkelheit, aus der ich Bakuli in Panik »Missy! Missy!« rufen und später einen Mann ihm auf arabisch Fragen stellen hörte. Mir war verschwommen bewußt, daß ich aufgehoben und getragen wurde und daß dann andere Stimmen sprachen, diskutierten. Bedeutungslose Wörter drangen in meine Alpträume... *Salam aleikum... i, Sidi... harara...* doch Laskis Schaubude stand in Flammen, und ich konnte nicht sprechen, ich bemühte mich, den Flammen zu entkommen, und merkte, daß mich Sharkey Bill festhielt. »Nein«, schrie ich, »nein!«

Auf einmal gab es Wasser. »*Ruwa*«, sagte eine Frauenstimme, und ein Mann wiederholte auf arabisch »*Maije*«. Dann hörte ich die gesegnete Stimme Bakulis sagen: »*Shā*, Missy. Trink.«

Ich schlug die Augen auf. Ich lag am Boden in einem kleinen, dunklen, übelriechenden Raum, der von einer Laterne erhellt wurde. Bakuli hielt mir einen Becher Wasser zum Trinken hin. Es war wunderbar sauberes Wasser, wie ich es seit einer Zeit, die mir wie Jahrhunderte vorkam, nicht mehr gekostet hatte. Ich trank ihn aus. Den zweiten Becher goß Bakuli mir zur Kühlung über die Stirn. In den Schatten hinter ihm sah ich eine winzige, seltsam aussehende schwarze Frau, die das Haar zu langen, perlenbesetzten Strähnen gebunden hatte, und hinter ihr einen Mann, von dem ich nichts deutlich sehen konnte, außer daß er einen Burnus trug. Ich hörte das Klimpern von Münzen, die er der Frau in die Hand drückte, und er schien ihr

Anweisungen zu erteilen. Ich hörte das Wort *shabb*, das junger Mann heißt, und die Frau kicherte. »*Shabb?*« Ungeheuer belustigt wiederholte sie »*Shabb?*« und brach in schallendes Gelächter aus. »*Ita Bàhauschiyā ce!*«
Das Geheimnis war heraus. Ich war kein Junge, sondern eine Haussa-Frau.
»*Masch' Allah!*« rief der Mann aus, von ihren Worten getroffen.
Er kam näher und beugte sich tiefer, um mich zu beäugen; ich blickte ihn an und er mich, ein langer Blick, so wie wir ihn vor noch nicht so vielen Nächten im Mondlicht gewechselt hatten, als er aufgestanden war, nachdem er sich über Muraische gebeugt und ihn ermordet hatte. Ich erkannte sein Gesicht gut, genauso wie er meines erkannt hatte, doch ich hatte es ihm leicht gemacht, mich zu finden. Bevor ich wieder ohnmächtig wurde, wütend und gegen meinen Willen, fragte ich mich, ob er mich gleich umbringen oder warten würde, und ob ich in meinen Alpträumen – ich würde wieder Alpträume haben, das wußte ich – die Kälte seines Dolches an meiner Haut spüren würde.

14

Während ich durch wirre Fieberträume irrte, hörte ich gelegentlich Stimmen, doch ich erkannte nur zwei wieder, die von Bakuli und die des Mannes, der Muraische umgebracht hatte. Einmal war da noch eine andere Stimme, eine neue, die immer wieder sagte: *»Gedasch?«* und *»Bismallah, gedasch?«* Ich dachte, ich hörte Bakuli mit niedergeschlagener Stimme sagen, »Oh, Jesu«, und er klang nicht so, als betete er. Mir war bewußt, daß ich einmal auch begrapscht und betatscht wurde, doch dann verklangen die lauten Stimmen, und als ich die Augen aufschlug, saß Bakuli mit bekümmertem Blick neben meiner Strohmatte auf dem Boden.
Ich lebte noch, und das überraschte mich. »Bakuli«, rief ich und lächelte.
Ich erinnerte mich, daß wir in Fachi waren, doch ich konnte mit dem stickigen und höhlenartigen Raum, in dem ich lag, oder der seltsamen Wandstruktur, die ich berührte, nichts anfangen. »Es sein *gischiri*, Missy«, sagte Bakuli, als ich ihn fragte.
»Aber – *gischiri* heißt ›Salz‹«, wandte ich ein. »Du kannst doch nicht Salz meinen?«
Bakuli nickte. »Ganz Fachi gemacht aus Salz, Missy, ganz wie Lehmziegel. Mauern, Häuser, ja.«
Als ich das nächste Mal erwachte, war er immer noch da. Mein Magen hatte sich beruhigt, und ich war schwach, aber endlich war mein Kopf wieder klar. »Die Karawane«, sagte ich.
»Sie sein weg, Missy. Nach Bilma.«
»Wird bald eine andere Karawane aufbrechen?« fragte ich besorgt. »Ich muß noch diese Nachricht von Muraische überbringen.«
»Da sein keine großen, Missy, aber Karawanen, ja.«
»Wie lange bin ich schon hier?«

Er lächelte. »Ein Sonnenuntergang, zwei Tage. Nicht lang.«
»Und dieser Mann«, bohrte ich nach. »Da war doch ein Mann da, Bakuli?«
Er senkte den Blick. »Ja, Missy.«
»Ist er auch weg?«
Als er nickte, befiel mich tiefe Erleichterung. Ich hatte Bakuli nicht erzählt, was ich in jener Nacht im Mondlicht gesehen hatte; vielleicht waren meine Ängste nur Fiebersymptome gewesen, denn wenn er weg war... Mit einem Stirnrunzeln sagte ich: »Er war also nett? Er hat mich hierhergebracht?«
Bakuli blickte weg, antwortete nicht, aber eigentlich brauchte ich keine Antwort, denn wenn der Mann weggegangen war, genügte mir das schon, ich war außer Gefahr. Bald kam die Frau mit den Perlenschnüren im Haar geschäftig mit Schüsseln voller Brei für uns herein – den Amina *tuwo* genannt hatte und der aus Körnern gemacht war –, und ich setzte mich auf und aß heißhungrig. Daraufhin brachte sie Ziegenmilch und danach frische Datteln. Der Mann muß sie gut bezahlt haben, dachte ich, denn ich hatte hier keine Wohltätigkeit erwartet. Ich entschied, daß mein Zusammenbruch von fauligem Wasser und der Hitze herrührte, also nicht Typhus oder Malaria war, wie ich befürchtet hatte, weil ich nach dem Trinken des Heilwassers von Fachi und dem Liegen in einem dunklen Raum bereit war, aufzustehen.
»Zeig mir Fachi«, sagte ich Bakuli. »Ich muß wieder stark werden, ich muß spazierengehen.«
Bakuli ging von dem Raum in einen anderen, um mit der Frau mit den Perlenschnüren im Haar zu sprechen; er kehrte zurück und nickte. Wir könnten gehen, sagte er, doch ihr kleiner Junge müsse mit uns gehen, um uns den Rückweg zu zeigen. Ich würde schon erkennen, warum, sagte er, wenn ich Fachi sah. Mit seiner Hilfe machte ich meine ersten Schritte. Meine Schwäche überwältigte mich fast, doch ich hielt mich aufrecht, wobei ich hoffte, Bakuli würde nichts bemerken, und dachte, Frischluft sowie Sonne, so brennend sie auch sein mochte, würden mich bestimmt wieder aufmuntern.
Das Kind hieß Elfali, und ich schätzte es auf fünf oder sechs Jahre, doch es hatte das Gesicht eines alten Mannes. Wir gin-

gen von diesem dunklen, stickigen Raum in einen anderen und drängten uns dann durch einen engen Gang zu einer kleinen Tür, die aus Palmstämmen gebaut war. Als der Junge sie öffnete, führte sie nicht ins Sonnenlicht, sondern auf eine so enge Straße, daß keine Sonne je hereindringen konnte; diese bog in eine andere ein, die sich an anderen fensterlosen Häusern mit Türen wie Verschanzungen entlangschlängelte. »Gibt es hier keine Sonne?« beklagte ich mich.

Bakuli sprach mit Elfali, der uns einen weiteren Gang entlangführte, bis wir an einer Treppe ankamen, und als wir sie erstiegen, sah ich oben Himmel und Sonnenschein, und mit jedem Schritt fühlte ich das Gewicht der Dunkelheit leichter werden. Wir kamen auf einem flachen Dach heraus, das von einer schulterhohen Mauer umgeben war, in die aber Löcher zum Durchsehen gehauen waren, und ein nach Westen weisender Teil war zerbröckelt und weggefallen. Dorthin gingen wir, und von da konnten wir auf Fachis Palmen und Gärten herabblicken, während jenseits davon eine sahnefarbene Wüste unter einer grellen weißen Sonne lag. Ich drehte mich um, um zu sehen, was hinter uns lag: Lang aufgereiht auf einem Sims gerade unterhalb des Dachs standen große Tonkrüge. Ich sagte: »Du lieber Himmel! Schau, Bakuli.«

Er nickte. »Dies sein Festung, Missy. Früher viele Tuareg-Überfälle. Auch von Arabern. Alle kommen, alle nehmen.«

»Also leben sie im Dunkeln, sind aber sicher«, sagte ich und fragte mich, ob so sicher zu sein bedeutete, stets im Dunkeln zu leben, ein sonderbarer Gedanke für jemand, der von beidem so wenig kennengelernt hatte. Doch ob ich es damals verstand oder nicht, die Wüste hatte mich gewaltig verändert, und ich hatte nun eine sehr lange Zeit darin gelebt.

Die Wüste bot keine Sicherheit. Aber sie bot Licht.

Ich gab es auf, die Krüge zu zählen, sie enthielten Nahrung für eine Belagerung, nahm ich an und wandte mich wieder der Szenerie unter mir zu. Ich sah einen Mann zu einer Holztür in der äußeren Mauer gehen, die das Dorf umgab, sie öffnen, für einen Augenblick verschwinden und dann wieder auftauchen. Ich sah, daß er auf dem Rücken einen Sack zu einer Karawane trug, die draußen lagerte, eine kleine mit nicht mehr als einem Dutzend

Lastkamelen und ein paar Reitkamelen. »Schau – eine Karawane, Bakuli!«
»Ja, Missy. Nach Bilma am Morgen.«
Ich runzelte die Stirn und dachte mir, es sei gut, von dieser versteckten kleinen Tür zu wissen. Ich wäre gern näher an die Dachkante gegangen, um sie mir besser einzuprägen, doch mich überwältigte plötzlich ein Schwindelgefühl, und ich setzte mich hin.
»Missy, *mēnē nē*, was ist?«
»Ich habe kein *iko*«, sagte ich ihm, Atem schöpfend. »Alles weg.«
Einen Augenblick lang fragte ich mich, ob ich gleich ohnmächtig werden würde, da sowohl der Himmel wie auch Bakuli sich schwindelnd drehten, doch es ging vorbei, ich blieb nur benommen.
»Ihr *huta* – ausruhen«, sagte Bakuli bestimmt und sprach mit dem Jungen, der uns wieder die Treppe hinunterführte. Mein Körper mochte schwach sein, aber mein Kopf wurde klarer, und ich zählte sorgfältig unsere Richtungswechsel in den sich schlängelnden Gängen und versuchte, sie mir für die Zukunft zu merken, falls es nötig werden sollte; nach links, dann rechts – wieder rechts –, links, rechts... Sobald ich wieder in dem Raum war, nahm ich ein Stück Holzkohle vom Rost und schrieb auf eine Wand, was ich mir von der Strecke gemerkt hatte.
Es warteten noch mehr *tuwo* und eine Tasse Milch auf mich.
»Was ist das, Bakuli?« fragte ich. »Das ist mehr Essen, als... Bakuli, sag was«, unterbrach ich mich, als ich sein betrübtes Gesicht sah. »Irgendwas ist falsch, *kō*?«
Er nickte und sagte traurig: »Ich sprechen. Während Ihr schlafen, Missy, wir verkauft werden.«
»Das ist lächerlich«, schnappte ich. »Das ist verrückt – es ist *bushilu*. Was meinst du mit ›verkauft‹?«
»Ihr sein nun *bawa* – Sklavin, Missy.«
Ich starrte ihn ungläubig an. Er sagte, der Mann, den meine Krankheit erbarmt hatte, wie Bakuli wenigstens gedacht hatte, dieser Mann, der mich in diesen Raum getragen und der Beri-Beri-Frau Geld gegeben hatte, damit sie mich fütterte und mir Medizin gab, sei kein *aboki* – kein Freund – gewesen. Ganz und gar nicht.

»Da sein *bauri* – Bitterkeit – in Bakuli«, sagte er. »Dieser Mann sein Teufel, ein Schakal.«
»Aber er ist weg«, stammelte ich. »Du hast gesagt, er ist weg, Bakuli, wie konnte er so was Niederträchtiges tun?«
»Während Ihr schlafen«, wiederholte er, »er Euch und mich verkaufen an einen *bako*, einen Araber, glaube ich. Er sagen, ›*Gedasch*?‹ und dann auf Haussa, ›*nawa*‹ – wie viel? –, und anderer Mann sprechen Haussa und sagen, machen Angebot. Oh, Missy. Ihr schlafen.«
»Oh, wie kann er es wagen«, heulte ich wutentbrannt auf.
Bakuli sagte bekümmert: »Es geschehen, Missy. Schlimm, schlimm.«
Der Mann hatte mich nicht im Schlaf erdolcht und auch nicht mit seinem Kopftuch erwürgt, er war schlauer gewesen, er hatte mich verkauft! Ich konnte es nicht fassen, doch ich sah die Tücke, die dahintersteckte. Er hatte einen bedeutenden Mann ermordet, einen Scheich und reichen Senussi dazu. Und ich hatte sein Gesicht im Mondlicht gesehen. Oh, wie geschickt hatte er es eingefädelt, daß ich seine Tat nie bezeugen konnte, und als ich dies einsah, spürte ich eine Kühle, so kalt wie der Tod. Mein erster Gedanke war: ›Wir müssen schnell flüchten – sofort verschwinden‹, aber ich war zu schwach, um irgendwohin zu gehen, der Aufstieg aufs Dach hatte mich vor Erschöpfung zittern lassen, und ich besann mich, daß ich dort beinahe ohnmächtig geworden war.
Bakuli legte einen Finger auf die Lippen, bat mich gerade noch rechtzeitig zu schweigen, denn die winzige Frau mit den Perlenschnüren im Haar trat in den Raum, und mit ihr kamen zwei Männer. Einer sah grob aus, sein Burnus schäbig, seine Augen scharfsinnig, und Bakuli flüsterte, in seine Richtung nickend: »Er sein Mann, der uns kaufen, Missy.« Der Mann, der ihm in den Raum folgte, trug Turban und *Gandura* aus Seide, und er hatte Goldringe an den Fingern.
»*Salam aleikum*«, sagte der Reiche höflich, und zum anderen auf Haussa: »Das ist das *yārinyā* – das Mädchen?«
»*Naam*, Sidi.«
Er winkte mir, ich solle aufstehen, was ich, wenn auch wacklig, gegen meinen Willen und verärgert tat. Gleichgültig gegen mei-

nen Zorn öffnete er mir mit Gewalt den Mund, untersuchte meine Zähne und zwickte mich dann in jede Brust. Ich konnte dabei kaum unangebrachte Züchtigkeit für mich in Anspruch nehmen, da ich unter barbusigen Haussa-Frauen gelebt hatte, aber ich war wütend über solch eine Unverschämtheit. Er wikkelte mein Kopftuch auf, um mein Haar zu sehen, das etwa drei bis vier Zentimeter lang gewachsen war, da es in letzter Zeit nicht geschoren worden war. Nach einem prüfenden Blick in mein Gesicht nickte er. »*Naam*«, sagte er. »*Gedasch*?«
Das war nicht zu fassen; es sollte einen zweiten Handel geben, und wir sollten wiederum verkauft werden?
»Der Junge auch?« fragte der andere Mann.
Er zuckte mit den Schultern. »Er ist jung, er hat gute Zähne, warum nicht? Das Mädchen ist dünn wie ein gerupftes Huhn, doch gemästet wird sie in Murzuk einen guten Preis einbringen.« Ein schwaches Lächeln kräuselte seine Lippen. »Ich werde sie vielleicht sogar nach Konstantinopel schicken, wenn sie genügend Speck ansetzt, der Sultan wird sie als Geschenk für seinen Harem zu schätzen wissen.« Zu mir sagte er: »*Dogum yeriniz nedir*?«
Dies klang wie Türkisch, das ich im Konsulat in Tripolis gehört hatte; er hielt mich womöglich für eine Türkin.
Als ich schwieg, sagte er auf arabisch: »*Inta mineyu* – wo kommst du her?«
Da er nur ein ausdrucksloses Gesicht vor sich sah, sagte er in einem Haussa, das schlimmer als mein eigenes war: »*Kai, wānē nē*?«
Als ich nichts erwiderte, zuckte er mit den Schultern, sprach mit seinem Begleiter und bat die Frau, mich gut zu füttern. Dann gingen sie.
Ich setzte mich auf die Strohmatte und blickte nur einmal in Bakulis trauriges Gesicht. So verwundbar wie ich in diesem Augenblick war, wußte ich doch, was zu tun war, und zwar schnell. Ich sagte: »Hilf mir wieder aufs Dach hinauf, Bakuli. Diesmal nur du und ich – ich habe mir die Strecke gemerkt, das hast du ja gesehen. Schau, ob die Frau weg ist.«
»Warum, Missy? Ihr brauchen *huta* – Ruhe!«
»Schau nur nach«, sagte ich ihm.

Er kehrte kopfnickend zurück. »Keine Leute.«
»Hilf mir«, bat ich, und während ich mich schwer auf ihn stützte, flüsterte ich vor mich hin: »Links, rechts, wieder rechts, dann links, rechts...« Er entriegelte die Tür, wobei er mir verstohlen einen besorgten Blick zuwarf, und dann machten wir uns unbeholfen auf den Weg durch die engen gewundenen Gassen und zogen uns in tiefen Schatten zurück, wenn wir Schritte hörten.
Wir fanden die Treppe, und ich weinte fast vor Erleichterung, daß wir den Weg nicht verloren hatten. Wir hatten das Dach erreicht, und ich deutete auf den Mauervorsprung, durch den wir auf die Wüste geblickt hatten. »Bakuli«, sagte ich, »du mußt gehen.«
Er sah mich entsetzt an. »Missy, nein!«
»Du kannst springen, und es ist nicht weit«, sagte ich ihm, »und du hast die Tür in der Mauer da unten gesehen. Wenn sie vor einer halben Stunde unversperrt war, wird sie immer noch offen sein, und dahinter ist die Karawane, die zum Aufbruch nach Bilma gerüstet ist.«
»Missy, nicht ohne Sie!« rief er.
»Du mußt«, sagte ich. »Ich bin immer noch zu schwach, zu krank, aber du kannst gehen. Schau«, sagte ich ihm und zog Mr. Jappy aus der Tasche meines *Barrakans*. »Bring Muraisches Botschaft nach Bilma, der Mann, dem du sie überbringst, wird dir wohl helfen, die Botschaft ist da drinnen, wie du weißt. Es heißt, der Sambesi ist im Süden – geh dorthin, auch wenn du betteln oder Mist verkaufen mußt, um deinen Fluß zu finden. Nimm auch das.« Ich holte die Hand der Fatima heraus, nahm die seine und legte ihm das Silber fest in die Handfläche. »Tu das für mich, Bakuli. Geh, bevor es zu spät ist.«
»Aber Sie sein Sklavin, Missy«, schluchzte er. Tränen rannen seine Wangen hinab.
Ich erwiderte: »Ich habe die roten Giftsamen, Bakuli.«
Er wich schockiert zurück. »Missy, NEIN!«
»Um sie dem Mann einzugeben, der mich gekauft hat«, log ich. »Ich werde später noch Zeit haben zu flüchten, und – du hast ihn gehört, Bakuli – ich werde gefüttert werden. Tu es für mich – für mich, deine Schwester, deine *mukalamba*.«

»Oh, Missy«, flüsterte er.
»Bevor es zu spät ist, geh schon!« flehte ich. »Du kannst dich an den Namen des Mannes in Bilma erinnern?«
Er nickte betrübt. »Abu Abd el Wahat. Missy, Bakuli nicht mal wissen Euren wirklichen Namen.«
»Caressa Bowman«, sagte ich ihm.
»Ressa Boman«, wiederholte er.
»Und deiner?«
»Bakuli Mumbulaka.«
»Mein *ndume*«, sagte ich lächelnd, aber nun auch besorgt, daß ich ohnmächtig werden könnte, bevor ich ihn in Sicherheit sah. »Spring jetzt, spring, Bakuli.«
Er sprang. Ich sah über die Brüstung gebeugt, wie er sich aufrappelte und auf die Holztür zurannte. Glücklicherweise öffnete sie sich ihm. Ich sah ihn durchgehen und die Tür hinter ihm zufallen. Es war ein schrecklicher Augenblick für mich; seine Flucht war das einzige Geschenk, das ich ihm machen konnte, aber der Verlust gab mir einen Stich ins Herz.
Sie fanden mich Augenblicke später, nur halb bei Bewußtsein, und trugen mich in den dunklen kleinen Raum zurück.

BUCH 3

15 Der Fremde, der vor einigen Wochen hier in London an meine Tür kam, hat einen Brief geschrieben, in dem er förmlich um ein Interview bittet. Er stellt sich als Anthropologe vor, ein sehr bedeutender dazu, mit vielen Abkürzungen akademischer Titel hinter seinem Namen, um seine Bildung zu beweisen. Er schreibt, daß er in London eine Reihe von Vorträgen gehalten hat, aber in ein paar Tagen abreisen muß und hofft, daß ich nicht mehr »unpäßlich« sei, damit er mir seine Aufwartung machen könne. Er erklärt, daß er bis vor einem Jahr – und er hätte so lange gebraucht, um mich aufzuspüren, fügt er hinzu – achtzehn Monate in einem Dorf im nordöstlichen Sambia mit dem Studium der Gebräuche, der Sprache und der Religion der Bemba zugebracht habe. Der Dorfhäuptling, der *mfumu*, habe ihm viele wunderliche Geschichten erzählt, schreibt er, doch am sonderbarsten, in der Tat überaus sonderbar, sei eine Geschichte von einem weißen Mädchen, Ressa Boman, gewesen, mit dem dieser vor vielen Jahren in der Sahara herumgereist und eine Nacht lang auf einem Felshügel bei Abalessa gewesen sei, einem von Gräbern umgebenen Hügel voller Geister, und hier habe seine Begleiterin eine Steinskulptur mit grünem Glas darin gefunden. Der Anthropologe beschreibt, wie der Name Abalessa etwas in seiner Erinnerung weckte, bis ihm einfiel, daß es die Fundstelle des 1925 entdeckten Grabes von Königin Tin Hinan war. Er habe Freunde angeschrieben und sich Zeitungsmeldungen und Fotos der Ausgrabung beschafft, diese dann dem Bemba-Häuptling gezeigt, der gesagt habe, ja, dies sei der Ort »voller Geister«.

Also lebt Bakuli noch und ist Häuptling seines Dorfes, aber, »Oh, Bakuli«, sage ich ihm stumm, »du *mukwakwa*, du mit deinem losen Mundwerk, du hast zuviel geredet.« Ich bleibe unpäßlich für diesen Mann, denn ich habe kein Interesse, eine Fußnote in einem Buch zu werden, doch ich bin ihm dankbar für seine Nachricht von Bakuli. Es ist wirklich wunderbar, zu erfahren, daß er schließlich unversehrt seine Heimat erreicht und sein Gott ihm noch viele Kapitel in seinem Leben gegeben hat. Ich sehe ihn, wie er seinem Stamm Weisheiten verkündet, und frage mich, ob er immer noch so strahlend lächeln kann und ob er viele Söhne hat. Er muß ein glücklicher Mensch sein, denn seinen Platz in der Welt zu finden ist keine Kleinigkeit, und seinetwegen – weil Bakuli und ich einst Sklaven waren, ganz wie eine Ware gekauft und verkauft wurden – spende ich nun alles, was ich kann, der Anti-Sklaven-Gesellschaft hier in London (sie werden freilich nie erfahren, warum) und erhalte Berichte, die einem zu Herzen gehen, denn in Asien, im Mittleren Osten und in Afrika gibt es immer noch Sklaven, die ein alptraumhaftes Leben führen... Babys, die bei der Geburt verkauft werden, Kinder, die in die Prostitution oder als Hilfskräfte für tage- und nächtelange Arbeit verschachert werden und wortwörtlich an ihre Arbeit gekettet sind.

Wäre da nicht die Gnade Gottes...

In meinem Schreibtisch habe ich dieselben Zeitungsausschnitte, von denen mir dieser Anthropologe schreibt, mittlerweile freilich vom Alter vergilbt, aber ich hole sie heraus, um sie mir wieder anzusehen. Mein Blick sucht sich gleich eine Fotobeilage über das große Hügelgrab heraus, das sie bei der Oase Abalessa freigelegt haben. Es erstaunt mich immer noch, diesen Hügel wiederzusehen und mich zu erinnern, wie das Trommeln in der Ferne so unheilvoll geklungen hatte, daß ich selbst jetzt, Jahrzehnte später, immer noch nicht gegen die Panik gefeit bin, die es auslöste. Den ganzen Bericht von der Entdeckung des Grabes – und er stand groß auf der Titelseite der ›Times‹ – durchzieht ein Gefühl der Verwunderung, daß das, was einmal eine Tuareglegende und ein Mythos gewesen war, sich auf einmal als wahr erwies.

Hier sind auch Aufnahmen der im Grab von Königin Tin Hinan gefundenen Juwelen, doch vergrößert und in den Vordergrund gerückt ist ein Foto des Objekts, das die Archäologen am meisten begeisterte und mich ebenfalls verblüffte: eine aus Stein

gemeißelte Figur, die kaum anders als mein Lebkuchenmann aussieht, außer daß sie frauliche Rundungen hat, wohingegen meine eine männliche Figur darstellen soll, und es ist kein grüner Stein in dem fast in der Mitte ausgesparten Loch.
Sie haben sie die Libysche Venus genannt, und der Reporter beschreibt sie als »beinahe einmalig in der archäologischen Forschung. Es bleibt noch ein Geheimnis«, schreibt er, »wie diese Statue in ein altes Grab geraten ist, das doch viele tausend Jahre jünger ist als die Libysche Venus, die der Steinzeit zugerechnet wird. Vielleicht», spekuliert er, »war es ein heiliges Objekt, das in unzähligen Generationen weitergereicht worden ist... Es ist womöglich das älteste Kunstwerk, das auf der Welt existiert; es gleicht der Venus von Lausanne in Südfrankreich, die dem Paläolithikum zugerechnet wird; es sieht auch sehr der Venus von Willendorf in Deutschland ähnlich, die zeitlich nicht weit vom Neandertaler angesiedelt wird... Es könnte sogar bis auf 100000 Jahre vor Christus zurückdatiert werden.«
›Doch es gibt noch eine vierte Venus‹, sage ich ihm stumm; sie hat viele Jahre auf meinem Schreibtisch gelegen. Deborah hat als Kind damit gespielt, wie auch Sara, nachdem sie auf der Welt war und zu mir zu Besuch kam.
Der ›Times‹-Bericht schließt: »Königin Tin Hinan wurde offensichtlich mit großen Ehren beigesetzt, denn ihr Skelett wurde auf einer Ledercouch liegend aufgefunden, und mit ihr war eine reiche Auswahl von Juwelen bestattet: Armbänder aus purem Gold, Halsketten aus Bronze, Elfenbein, Granaten und Glas, Karneol und Türkis, und die Überreste ihrer zerfallenden Gewänder sind mit rot und gelb bemaltem Leder gesäumt...«
›Ja‹, denke ich und nicke, ›ich habe diesen Saum gesehen. Es stimmt, er war rot und gelb.‹
Jared interessierte sich mehr für den Lebkuchenmann. Er hielt die Kalksteinfigur für so urzeitlich, daß sie prähistorisch sein mochte, und darin hatte er recht. Den grünen Stein hielt er jedoch für wenig wertvoll, ein Turmalin oder grüner Granat – und darin hatte er unrecht. Er war sich sicher, daß er nicht zu der Figur gehörte, und als er sie fest gegen einen Felsen schlug – mir stockte der Atem vor solcher Verwegenheit –, bewies er es. Der grüne Stein brach heraus und fiel auf den Boden. »Siehst du?«

sagte er. »Jemand hat ihn dort hineingesteckt – spielerisch, stelle ich mir vor –, weil er perfekt hineinpaßte und hübsch war.«
Wenn wir nur gewußt hätten, daß es ein Smaragd war! Statt dessen erinnere ich mich, gesagt zu haben, daß sogar Turmaline einen Tauschwert haben mußten und uns Nahrung erwerben könnten – wir waren an jenem Tag sehr hungrig –, aber er schüttelte den Kopf und wehrte ab.
»Warum?«
»Weil wir in der nächsten Woche noch hungriger sein könnten«, sagte er mit einem aufblitzenden Lächeln, das mir heute noch in der Erinnerung das Herz bricht, »und solange du noch etwas hast, meine Süße, gehst du erhobenen Hauptes. Wenn du überhaupt nichts mehr hast, ist das zu sehen, und die Schakale scharen sich zusammen.«
»Und was behältst du?« fragte ich.
»Dich«, gab er zurück.
»Du würdest mich also nie verkaufen oder eintauschen?« neckte ich.
Er warf mir einen langen, unergründlichen Blick zu. »Flirte nicht, Caressa, du weißt ganz genau, daß ich, egal, was auch immer geschieht – sollte die Wüste uns je trennen –, dich irgendwie finden werde, wo du auch sein magst.«
»Nichts wird uns trennen.«
Doch Jared war ein Mann, der in die Zukunft blickte; er hatte lange genug unter Afrikanern gelebt, um ihre Geisterwelten zu kennen und das, was Bakuli die *ba wa ngulu*, die Wahrsager, nannte, zu respektieren. Er war vertraut mit einer Magie, die ich nicht kennen konnte, er hatte sich einen sechsten Sinn erworben.
Manchmal frage ich mich, wie viele Menschen aufrichtig geliebt werden, was vielen nicht gegeben ist, denn was Liebe genannt wird, ist oft nur ein Geschäft auf Gegenseitigkeit. Ich ahnte, daß Amma mich auf ihre Art geliebt hatte, aber ich bin mir bei Mama nicht sicher, die dachte, es wäre Liebe, als sie mich in die Welt hinaustrieb, die sie eigentlich für sich wünschte und auf die ich schlecht vorbereitet war. Ich weiß nur, daß Bakuli mir die Geduld und die Großzügigkeit beibrachte, die Liebe wirklich ist,

und von ihm lernte ich, daß es auch für mich möglich war, zu lieben. Und dafür bin ich ihm auf ewig dankbar.
Das alles verstand ich so gut wie noch nie, als ich in jenem stickigen Raum in Fachi die Augen wieder aufschlug und wußte, daß Bakuli weg war. Wenn der menschliche Geist wie eine Kerzenflamme ist, dann war meine Flamme oft schwach geworden, doch in Bakuli brannte sie hell und beständig, von dem Glauben an einen Gott bestärkt, den ich weder verstehen noch nachempfinden konnte, da ich immer noch von den Schicksalsschlägen gebeutelt war, die ich erlitten hatte. Nun spielte mir das Leben neue Streiche. In jenem Augenblick spürte ich schwarze Verzweiflung – aber nein, das war falsch, weil die Farbe Schwarz Vitalität hat, die Nacht ist schwarz und hat Sterne und den Mond, und geheimnisvolle und bedeutende Ereignisse können in der Dunkelheit stattfinden. Verzweiflung, entschied ich, war grau: endlos, bodenlos, ohne Nacht, Tag, Zeit, Sonne oder Sterne. Bakuli war weg, und ich war verkauft worden, aber ich konnte nicht begreifen, was es bedeutete, verkauft zu sein. Jemand kaufte Nahrung und Kleidung – aber Menschen? Ich war ich selbst, ein Körper, ein Gesicht, zwei Arme, zwei Beine, ein Verstand und ein Herz – alles meins und sicherlich nicht wie ein Laib Brot zu erwerben, aber genau dies war geschehen. Es gefiel mir gar nicht, von Konstantinopel oder Harems oder auch Murzuk zu hören.
Als ich zu Kräften kam, machte sich wieder etwas von dem Fatalismus der Wüste geltend, in der ich so lange gelebt hatte. Unter den Tuareg hieß es, daß ein Mensch ewig lebte, sofern er nicht umgebracht wurde; da war auch Marc Aurel, der geschrieben hatte: »Alles, was dir passiert, ist dir seit Ewigkeit vorbestimmt.« Und selbstverständlich war da Mamas Rat, Schläge wegzustecken. »*Mektub*«, sagen die Araber – es steht geschrieben –, und »*Insch'Allah*«, so Gott will, und so beherzigte ich das fleißig, da ich wußte, ich mußte für das, was auch immer mir bevorstand, rasch zu Kräften kommen. In den fünf Tagen vor der Abreise aus Fachi stieg ich oft die Treppe zum Dach hoch, um in der Sonne zu sitzen, froh, den dumpfen und bedrückenden Labyrinthen unter mir entronnen zu sein und die Wüstenluft einzuatmen.

Der Name des Mannes, der mich gekauft hatte, war Ahmed el Kazza, und er erwies sich mehr als Geschäftsmann denn als Sklavenhändler. Ganz wie irgendein europäischer Reisender, der Geschenke aufgabelte, um sie seinen Freunden daheim mitzubringen, schien er seine Erwerbungen mit offenbarer Nachlässigkeit getätigt zu haben, so hatte er seiner Karawane noch dreißig Haussa hinzugefügt, die ihm unterwegs ins Auge gefallen waren. Mir kam das gefühlloser vor, als wenn er davon gelebt hätte, Menschen zu kaufen und zu verkaufen. Seine Karawane war mit fast zweihundert Lastkamelen recht groß, doch er war nach Fachi gekommen, um mit den Kel Air Tuareg um fünfzig ihrer cremefarbenen Kamele zu feilschen, die im Norden verkauft werden sollten. Seine Karawane war im Süden aufgebrochen, in der Nähe des Tschad-Sees, und die beladenen Kamele trugen Elfenbein, Kolanüsse, Stoffe, Felle und Salz, dazu kamen noch Nahrung, Wasser, Futter, Schafe und Ziegen – und eben einunddreißig Menschen, die nicht aus eigenem Willen dabei waren.

Unter el Kazzas Sklavensammlung war eine junge Frau, die offensichtlich auch Aussichten auf Konstantinopel hatte, weil ihr und mir Reitesel gegeben worden waren und wir Ziegenmilch zu trinken bekamen, während die anderen Sklaven zu Fuß gingen. Sie hieß Ramatu, war eine Fulani mit blasser, braungelber Haut und hatte fast europäische Züge, bis auf eine Stammesnarbe in jedem Mundwinkel. Sie trug große Silberringe in den Ohren, Schmuckperlenketten um den Hals und hatte kleine spitze Brüste, die tagsüber fast unbedeckt waren, da ihre einzige Bekleidung aus einem hellen Tuch bestand, das um ihre Hüfte gebunden war und bis zu den Knien reichte. Ich fand sie großartig, doch obwohl sie Haussa sprach, war sie stolz und nicht sehr gesprächig. Die Männer waren Haussa und sahen stark aus, was zweifellos der Grund war, warum el Kazza sie ausgesucht hatte; sie waren bereits eine weite Strecke gelaufen, und es lagen noch viele Tagesreisen vor uns. Doch später sollte ich erfahren, daß fünf auf dem Weg nach Fachi gestorben und den Geiern überlassen worden waren. Das zu hören erfüllte mich mit Abscheu.

So verließen wir Fachi eines Tages, nachdem das *el Subr*-Gebet bei Sonnenaufgang gesprochen worden war. Mittags hielten wir

an zum *el Duhr*, am Nachmittag zum *el Asr*, bei Sonnenuntergang zum *el Moghreb* und jeden Abend zum *el Aschia*. Bis jetzt war ich solcher Frömmigkeit bei den Wüstenarabern noch nicht begegnet, die unterwegs ein- oder zweimal am Tag beten mochten. Doch diese Karawane wurde von einem Muezzin begleitet, der die Stunden verkündete und bei jedem Halt die Männer sehr genau nach Osten, also Mekka, ausrichtete. Ich blieb davon nicht ungerührt. Da schleppten wir uns unter einem blauglasierten Himmel über das flache Land, als plötzlich der melodiöse Ruf des ›*Hya alla Salat! Haya all fallah*!‹ erscholl. Hundert Männer stiegen von ihren Kamelen und begannen mit ihrer Reinigung, wuschen sich eifrig mit Sand, wonach sie sich zum Gebet hinwarfen und ihre Worte in einem gedämpften Chor stiegen und fielen, der stets mit dem gewaltigen und freudigen Ruf »*Allah akbar! Allah akbar! Allah akbar!*« endete, bis dessen Klang von den Dünen widerhallte und sicher auch bis zu den tiefliegenden Steilhängen im Osten gedrungen sein mußte.
In Bilma hielten wir nur kurz, schlugen unser Lager außerhalb der Mauern auf, während die Kamele getränkt und die *Gerbas* gefüllt wurden, und dann wandten wir uns nach Norden, um eine Oase anzusteuern, die sie Seguedine nannten, ein Fünftagesmarsch von Bilma, *insch'Allah*. Bald wechselten wir vom Wüstensand in die Schotterebenen eines *regs*. Es gab keine Hoffnung auf Flucht, denn ein Mann war dazu abgestellt, ein Auge auf uns zu werfen, und wo konnte unsereiner schon hingehen? Einige sehr unwirtliche Steilhänge tauchten östlich von uns auf, und nach Westen zu erstreckte sich nur öder, stumpfroter Schotter.
Mir war schon einer der Haussamänner aufgefallen, der in meiner Nähe ging. Er stolperte oft und war gegen Abend jedes endlosen Marsches etliche Male beinahe zu Fall gekommen. Obwohl ich mich nun körperlich von der Durchquerung der Ténéré erholt hatte, blieb ich zartbesaitet, und es schmerzte mich, den Mann zu sehen; ich merkte, daß ich mit ihm und für ihn litt. Ich schätzte, daß er Fieber hatte, und als ich eines Tages meinen Esel näher herandrängte, sah ich, daß dem so war. Ich fragte ihn nach seinem Namen, doch er sah mich nur mit blutunterlaufenen Augen an, so daß ich wußte, daß seine ganze Konzentration

auf den jeweils nächsten Schritt und auf das pure Überleben gerichtet war. Einmal gab ich ihm Wasser, was ihn aus seiner Versunkenheit aufrüttelte und ihn zu sich kommen ließ, wenn auch nur kurz. Es kam der Tag, da seine Augen glasig und jeder Schritt eine Qual für ihn wurden. Ich hielt das nicht länger aus. Ich glitt von meinem Esel und sagte ihm: »*Dauk!* Nimm ihn! *Huta* – ruh dich aus.«

Er sah verängstigt aus. Sein Blick war immer noch verschwommen, die Sicht getrübt, doch er bestieg den Esel, und ich ging neben ihm. Etliche Stunden ritt er, bis der Aufpasser dies sah, ihn vom Esel zog und mir wütend Zeichen gab, ich sollte das Tier wieder besteigen.

Ramatu warf mir einen vorwurfsvollen Blick zu. Ich mache Ungelegenheiten, meinte sie – *Wahalā*! Wollte ich leben oder *mutu* – sterben, fragte sie.

»*Kayya*, du bist aber hart«, sagte ich ihr.

Sie zuckte nur mit den Schultern. »Mit *tsauri* werde ich leben; sie sagen, ich werde Seide und viele Juwelen haben.«

Als die Karawane in jener Nacht im Mondlicht anhielt, um die Kamele zu füttern und ruhen zu lassen und ein Feuer zu entfachen, sah ich den Haussamann zu Boden fallen, reglos liegenbleiben und nach Luft schnappen.

Ich ging zu ihm und sagte: »*Ina gajiya* – wie müde bist du?«

Er gab keine Antwort, und ich sah, daß er im Sterben lag. Ich berührte seine Wange, da schlug er die Augen auf, die nun fieberfrei waren, und lächelte mich an. Er sagte mit klarer, freudiger Stimme: »*Za ni gidā.*«

Er hatte gesagt: »Ich gehe heim.«

Seine Augen weiteten sich, sein Atem ging schwer und hörte dann auf; er war tot. Es würde kein Fieber und keine Mühe mehr geben; instinktiv suchten meine Finger nach den harten roten Samen in der Tasche meines *Barrakans*. Dann, von deren Vorhandensein in Sicherheit gewiegt, beugte ich mich über ihn und schloß ihm die Augen.

Es gibt einen gefährlichen Weg, sich der Wirklichkeit zu entziehen, und den beschritt ich nun, indem ich mich von jedem Gefühl abschnitt. Ich konnte schauen, ohne zu sehen: auf Grasbüschel, die die rauhen Konturen des *regs* allmählich aufweichten, auf einen in Sicht kommenden Baum – eine Akazie, entschied ich teilnahmslos –, auf Felsen, die wie Standbilder scharf aus dem Schotter ragten, einige davon sehr groß, darunter auch einer, den ich zuerst für einen sehr großen, in einen Mantel gehüllten Mann hielt. Das Gelände begann anzusteigen, wir erklommen ein felsiges Plateau und ließen die Schotterebenen hinter uns, und damit ging ein segensreicher Wechsel zu kühlerer Luft einher. Das belebte fast wieder meine Lebensgeister, aber nicht ganz, denn ich blieb ja immer noch... ich brachte das Wort ›Sklavin‹ nicht über die Lippen. In meiner früheren Welt war die Sklaverei vor vielen, vielen Jahren geächtet worden, und nun verfluchte ich die Menschen in Boston und London dafür, daß sie so selbstgefällig waren zu glauben, Sklaverei bestünde in diesen entfernten Gegenden nicht mehr. Solche Gedanken waren gefährlich, weil ich mir weder Zorn, Furcht, Sorge noch irgendeine Bewußtheit leisten konnte, ich konnte nur die roten Giftsamen in der Tasche meines *Barrakans* befühlen und mich für das taub machen, was mir bevorstand.

Am Abend des sechsten Tages wurden wir von einem Dutzend kleiner schwarzer Jungen entdeckt, die ausgelassen neben uns hersprangen, als wir auf Seguedine zuhielten. Es war eine größere Siedlung, als ich erwartet hatte, doch wenn sie auch schäbig und arm war, so hatte sie doch Wasser, und während el Kazza die Dorfältesten begrüßte, steuerten die Kameltreiber auf den Brunnen zu, wo sie die ganze Nacht damit zubringen würden, die vielen Kamele zu tränken. Ich starrte zwei junge Frauen an, die Wasserkrüge auf ihren Köpfen trugen; mich verblüffte ihr Lächeln wie auch die großen Silberringe, die jede in einem Nasenloch hatte, doch Ramatu und ich wurden gleich in eine Lehmhütte gescheucht, und so wurden uns für diese Nacht Himmel und Sterne versagt.

Die klapprige Tür schlug zu, und wir setzten uns hin. Beide kratzten wir unsere Flohbisse, während eine stinkende Öllampe zwischen uns einen schwachen Lichtkegel warf. »Mir gefällt es hier nicht«, sagte ich wütend, »warum können wir nicht draußen schlafen?«

»Er versteckt uns«, sagte Ramatu. »Hast du nicht gesehen, daß noch eine andere Karawane hier ist?«

»Wer sind sie?« fragte ich.
Sie zuckte nur mit den Schultern, da sie weder gesprächsbereit noch neugierg war; sie zuckte häufig mit den Schultern, was mir auf die Nerven ging. Bald wurde die Tür beiseite geschoben, und ein Junge brachte uns Brot und eine Schüssel Linsen mit ein paar Brocken Lammfleisch darin. Wir aßen mit den Fingern, wischten die Soße mit Brotkrumen auf und legten uns dann auf die Palmenmatten zum Schlafen hin. Das fiel nicht leicht, denn es gab beständig Geräusche aus dem Dorf: der Klang eines besonders kratzigen Instruments, Rufe von Männern, ein oder zwei Lacher und das Auf- und Abschwellen von Gesprächen auf arabisch oder Haussa; el Kazza verlustierte sich nach sechs Tagen in der Wüste offenbar an einem Lagerfeuer. Ich war schon beinahe eingeschlafen, als die Tür plötzlich aufgerissen wurde und el Kazza mit einem andern Mann in die Hütte schritt.
»*Tāschī* – steh auf!« befahl er, und auf arabisch hörte ich das Wort *jamil* oder schön. Dann verstand ich, während ich aufstand, daß er prahlte, uns einem Freund vorzeigte, daß zu viele Kolanüsse ihn wohl aufgeputscht hatten oder er womöglich trotz seiner Frömmigkeit vom Palmwein gekostet hatte. Ich hörte die Worte Sultan und Konstantinopel. Dann ging er zu Ramatu, betatschte ihre Brüste und lächelte seinem Begleiter zu: Er zeigte seine Ware.
Sein Freund sagte auf arabisch, daß wir wirklich schön seien, doch es sei ein weiter Weg nach Murzuk und nach Konstantinopel sogar noch weiter, und ob er es sich vorstellen könne, eine von uns jetzt zu verkaufen?
El Kazza brüllte vor Lachen; er war wahrlich diese Nacht ein völlig anderer Mensch. Er sagte, das sei außer Frage, aber seien wir nicht Schönheiten?
Sein Freund ging zu Ramatu und blickte ihr ins Gesicht. Dann sagte er mit einem Blick auf mich: »Die sieht wie eine Targia aus. Ich habe Gold anzubieten, Sidi.«
›Oh, Gott‹, dachte ich trübsinnig und blickte ihn voll Haß an. El Kazzas Freund war gegen die Kälte in einen Burnus und einen um den Kopf geschlungenen Schal gehüllt, aber seine Augen hatten einen seltsamen Glanz. Er sah jünger als el Kazza aus, hatte aber weiße Augenbrauen.

»*Lah, lah*«, sagte el Kazza lachend. »Was sie auch ist, sie ist auch für den Harem.«
»Viel Gold«, sagte sein Freund.
»*Nawā* – wieviel?« fragte el Kazza neugierig und sah ihn von oben bis unten an, als hätte er bei seinem Begleiter keinen solchen Reichtum erwartet. Da erst erkannte ich, daß der Mann nicht von dieser Karawane war, sondern ein *bako*, der sich el Kazza am Lagerfeuer angeschlossen hatte.
Ich sprach nicht; warum sollte ich sprechen, wenn ich für diese beiden kein menschliches Wesen war, bloß ein bewegliches Gut, das verhandelt wurde – doch ich konnte beide hassen.
Der *bako* bot zwei Goldstücke an.
»Das nennst du ›viel Gold‹?«
»Zwei Goldstücke«, wiederholte der Mann.
»Für welche *yārinyā*?« fragte el Kazza, wieder ins Haussa verfallend.
Der Mann zuckte mit den Schultern und deutete auf mich.
El Kazza pfiff durch die Zähne. »*Bismallah*, du bietest wenig. *Lah!*«
»Dann drei Goldstücke.«
El Kazza schüttelte den Kopf. »Fünf.«
»Drei«, wiederholte der *bako*.
»*Lah* – vergiß es.«
Der Mann zuckte mit den Schultern und wandte sich ab. Er sprach etwas auf arabisch, das ich nicht verstehen konnte.
El Kazza sah ihn einen Augenblick an und redete dann: »Zeig mir das Gold.«
Der Mann kehrte uns den Rücken zu und fuhr durch eine Lage Kleidung nach der anderen. Als er sich el Kazza wieder zuwandte, hielt er eine einzige Münze hoch, die im Lampenlicht glitzerte. Ich sah, wie el Kazzas Augen sich angesichts deren Größe weiteten.
»Vier«, sagte el Kazza. »Vier davon.«
Der Fremde zuckte mit den Schultern und sagte dann: »*Naam.*«
Gerade war ich für vier Goldstücke an einen weiteren Mann verkauft worden. Mißmutig dachte ich, daß dies mir zumindest den Sklavenmarkt in Murzuk oder einen Harem in Konstantinopel

ersparte, doch von welchem Schlag dieser Mann war, wußte ich nicht, und als meine Stimmung sank, befühlte ich wieder die Handvoll Giftsamen in meiner Tasche.

»*Zō*«, sagte er mir auf Haussa, und ich ging mit ihm von der Hütte in die Nacht hinaus. Er führte mich im Bogen um ein absterbendes Feuer ein Stück vom Brunnen weg, wo el Kazzas Karawane ihr Lager hatte. Im schwachen Licht eines umflorten Mondes bemerkte ich, daß dieser Mann im Gegensatz zu el Kazzas Männern, die auf dem Boden schliefen, ein Zelt aus Fellen aufgestellt hatte, die wie bei den Tuareg an vier Pfosten gebunden waren. Es war aber hoch genug, um darin zu stehen, und es hatte Bahnen zum Abschließen. Er führte mich hinein und zündete eine Laterne an, die ein so trübes Licht warf, daß ich ihn immer noch nicht deutlich sehen konnte.

»Zieh deine Kleider aus«, sagte er.

Ich starrte ihn sprachlos und empört an.

»Zieh sie aus«, befahl er barsch auf Haussa.

Verängstigt schlüpfte ich aus meinen Kleidern. Er ging zu mir her und berührte meine Brüste, umschloß sie und fuhr dann mit den Händen leicht über meinen Körper. Ich schloß die Augen und knirschte mit den Zähnen; als ich sie kurz aufschlug, hatte er auch seine Kleider abgelegt und bat mich, mich hinzulegen.

Ich legte mich hin. Er war kein Jacob. Bei Gott, er war kein Jacob, denn er spielte auf mir wie auf einem Instrument und verschaffte mir Empfindungen, die ich mir nie hätte träumen lassen. Ich lag gebannt da, bis eine Zügellosigkeit in mir hochwallte und ich Leidenschaft mit Leidenschaft erwiderte, wobei die Flammen zwischen uns immer höher schlugen, bis ich am Ende schlaff und völlig erstaunt in mich zusammenfiel. Eine Weile lagen wir eng umschlungen da, doch ich sah ihn weder an noch achtete ich auf ihn, denn ich war mit der Entdeckung eines ganzen mir unbekannten Universums beschäftigt. ›Armer Jacob‹, dachte ich, und als ich mich herumwälzte und von diesem Mann wegdrehte, sagte ich: »Du lieber Himmel!«

Er schnellte wie von einem Skorpion gebissen von mir weg. »Das ist Englisch!«

Ich war so benommen, daß ich eine Weile brauchte, um zu mer-

ken, daß er dieses ›Das ist Englisch‹ auf englisch gesprochen hatte.
»Wer bist du?« wollte er wissen. »Du bist keine Targia – du hast auf englisch ›Du lieber Himmel‹ gesagt.«
Ich setzte mich auf, starrte ihn an, und auf einmal brachen all die Wochen der Angst, Wut und Bitterkeit aus mir heraus, und ich heulte wutentbrannt auf: »Was macht es Ihnen schon aus, wer ich bin? Sie haben mich für vier Goldstücke gekauft und mich gerade vergewaltigt und hätten das auch getan, ob ich nun eine Targia, Haussa, Fulani oder Araberin gewesen wäre, also warum sollte es was ausmachen, wer ich bin? Ich hoffe nur, Sie sprechen gut genug Englisch, um zu verstehen, daß ich Sie für einen Geier – einen *ungulu* –, ein Ungeheuer und einen Bastard halte.«
Ohne zu zögern, sagte er mit harter, gleichmäßger Stimme: »Ich spreche und verstehe Englisch und habe vier Goldstücke für dich gezahlt aus Gründen, die ich gerade jetzt nicht erwähnen will, und ich habe dich schnell genommen, um dir mein Brandmal aufzudrücken, weil, wenn du eine Targia gewesen wärst, hättest du nicht viel von mir gehalten, wenn ich es nicht getan hätte, und wärst bis zum Morgen von hier abgehauen. Wer bist du?«
»Eine Sklavin«, sagte ich bitter.
»Oh?« Im trüben Licht kam es mir so vor, als ob seine Mundwinkel sich zu einem schwachen Lächeln verzogen. Er sagte trocken: »Ich frage mich, wer von uns überraschter und wer jetzt der Sklave ist. Wer bist du?«
Ich schwieg, da ich argwöhnisch und erschöpft war.
Er erhob sich, zog den Burnus um sich und wühlte in einem Lederbeutel herum. »Ich habe etwas Schnaps, nimm am besten einen Schluck.« Er gab mir eine Feldflasche in einer Leinenhülle, und ich trank vorsichtig daraus. Als ich sie zurückgab, sagte ich trotzig: »Und wer sind Sie? Sie sind kein Araber, können keiner sein.«
»Es scheint, wir beide sind Schwindler.« Er zuckte mit den Schultern. »Ich habe in Abessinien gejagt und versucht, ein Vermögen in Elfenbein zu machen, doch die Lage wurde für einen Weißen zu heiß, also entschloß ich mich, etwas herumzureisen und mehr von dem Kontinent zu sehen. Ich bin Schotte.«
»Was meinen Sie mit ›heiß‹?« Er stopfte gerade ein Laken in

einen Sack, ich konnte nicht erraten, warum, und wollte es eigentlich auch nicht wissen, aber es war für mich von einigem Interesse zu erfahren, ob ich von einem Mann gekauft worden war, der wegen Mordes gesucht wurde.
»Der Kaiser liegt im Sterben«, sagte er. »König Menelik. Einige sagen, er ist bereits tot, andere sagen, er hat einen Schlaganfall gehabt und ist halbtot, doch wenn in dieser Gegend ein Herrscher die Macht verliert – und er ist ein verdammt feiner Herrscher gewesen, ich habe ihn gemocht –, dann ist jeder auf sich allein gestellt. Überall Räuberbanden und sich gegenseitig bekämpfende Stämme. Die reine Anarchie.«
Also doch kein Mörder. »Warum reißen Sie das Zelt ab?« fragte ich, als ich sah, wie er die Felle von ihren Pfosten entfernte und zu einem Bündel zusammenrollte.
»Weil wir jetzt aufbrechen. Ich habe den Verdacht, el Kazza könnte vorhaben, dich wieder zu stehlen, sobald er seine vier Goldstücke ein paarmal gezählt und seinen Verkauf bereut hat.«
»Sie meinen – oh, Gott«, sagte ich, zog hastig meine zerschlissenen Kleider an und rollte die Matte zusammen, auf der wir gelegen hatten. Bloß eine Sekunde lang erinnerte ich mich daran, was auf jener Matte geschehen war, und errötete, hatte aber keine Zeit zum Nachdenken; als er die Zeltstangen zu den Kamelen trug, folgte ich ihm dichtauf, hielt nur kurz an, um einmal ängstlich zu el Kazzas schattigem Lager und dann nach Trost zu den Sternen über mir zu blicken. Vier Kamele waren an den Füßen zusammengebunden, zwei von ihnen mit *Gerbas*, prallvoll mit Wasser aus Seguedine, und ein drittes mit Gepäck beladen. Als ich ihm dabei half, die Futterballen festzubinden, warf er mir einen raschen Blick zu und sagte: »Du hast bei den Tuareg gelebt.« Es war keine Frage, und ich gab auch keine Antwort. In den vergangenen paar Stunden war soviel mit mir geschehen, und es war unmöglich, mir über meine Gedanken und meine Gefühle klarzuwerden.
Er sagte: »Wir werden die ersten Meilen gehen.«
»Wohin gehen wir?«
»Nach Zouar – östlich. El Kazza zieht nach Norden.« Er band die Kamele an Stirnriemen und Schwanz zusammen und führte sie

in einer einzigen Reihe in und um die Felsen, während ich hinterherging. Die Bergluft kühlte meine geröteten Wangen, und die Sterne leuchteten an einem schwarzsamtenen Himmel. Das war nun die Hammada, mit Steinen und Felsbrocken und scharfen Kieseln übersät, und er schritt langsam mit den Kamelen aus, suchte sorgfältig den Weg. Ich hatte keine Ahnung, wie spät in der Nacht es war, aber wir marschierten lange Zeit, bis der Himmel im Osten allmählich bleich wurde. In dieser kalten Morgendämmerung suchte er einen hohen Felsen aus, hinter dem wir unser Lager aufschlugen, hoch genug, mittags Schatten zu bieten, und gut verborgen vor jedem, der uns folgte. Aus einem seiner Säcke zog er getrockneten Kamelmist und machte ein kleines Feuer. Darüber stellte er einen zerbeulten Blechnapf, in den er zwei Tassen Wasser und eine Handvoll Tee gab. Ich blickte nur auf seine Hände, wollte sein Gesicht nicht sehen, da ich in dieser neuen Lage und mit diesem Mann unsicher war, auf der Hut und immer noch ein wenig geängstigt, doch wiederum auch neugierig. Ich wußte, mir waren Murzuk und ein Sklavenmarkt erspart geblieben, doch ich hatte auch verblüffende Entdeckungen über mich selbst gemacht, die mich in Verwirrung stürzten. Müde und hungrig aß ich die frischen Datteln, die seine Hand mir darbot, und merkte, daß starker Tee für aufgewühlte Nerven sogar noch besser war als Schnaps.
»Schlaf lieber«, sagte er, während er das Feuer ausstampfte. Ich breitete meinen *Barrakan* aus, legte mich hin und fiel augenblicklich in tiefen Schlaf...
Hitze und Helligkeit weckten mich. Als ich die Augen aufschlug, sah ich meinen neuen »Besitzer« an einem Felsen sitzen und mit einem Bleistift Worte auf Papier schreiben. Ich hatte seit sehr langer Zeit schon keinen Bleistift und kein Papier mehr gesehen, doch meine Augen richteten sich auf sein Gesicht, das ich nur im Licht der Laterne gesehen und seitdem gemieden hatte; nun wollte ich sehen, was für ein Mensch mich für vier Goldstücke gekauft und mit mir geschlafen hatte. Es war ein tief gebräuntes Gesicht, das von der Wüstensonne stark gegerbt war, mit einer Landkarte aus dünnen Linien, die von den Augen ausstrahlten, und zwei waagerechten Linien,

die die Stirn durchzogen; ein hartes, starkes Gesicht, doch mit einem Paar verblüffend grüner Augen unter weiß gebleichten Brauen. Diese Augen bannten mich, als er den Kopf hob, um mich anzusehen; sie hatten den Blick einer sehr eigenen Person, eines Menschen, der Dinge sah, aber ich hatte keine Ahnung, was ich damit meinte, außer daß sie etwas Besonderes hatten und mich verwirrten. Als ich ihn bei Tageslicht interessiert musterte, kam ich nicht umhin, die Art zu verabscheuen, wie er mich »genommen« hatte – so hatte er es formuliert –, aber ich war nicht mit Elsie Dinsmore-Büchern oder frommen Schmökern groß geworden, die die Mädchen in der Thistlethwaite-Schule verschlungen hatten. In meiner Lage konnte ich mich glücklich schätzen, nicht von einem Targi, el Kazza oder einem türkischen Sultan aufs Lager gezerrt worden zu sein, und ich war sogar noch glücklicher über die Erfahrung, daß mir Leidenschaft nicht fremd war und ich mit diesem Mann »einen Augenblick, der Lust verheißt«, erlebt hatte. Dennoch, als wir einander anstarrten und ich mich an die nächtlichen Ereignisse erinnerte, spürte ich, wie meine Wangen ganz rot und heiß wurden, und blickte schnell weg.
»Du auch?« sagte er sanft, meine Gedanken lesend, und als er aufstand und zu mir herkam, wußte ich, daß es wieder geschehen würde, und die Vorfreude breitete sich wie ein Lauffeuer in mir aus, so daß ich zitterte. Offenbar würde nie eine Dame aus mir werden.
Stunden später lagen wir beisammen und redeten ein wenig, zwei Menschen, die unabänderlich durch das Fleisch verbunden und auf der Suche nach dem waren, was sich nun darüber hinaus ergab.
»Also du bist Amerikanerin«, sagte er. »Neuigkeiten sprechen sich in Afrika schnell herum. Ich habe von diesem Massaker südlich von Ghadames gehört, aber niemand hat gewußt, daß es eine Überlebende gegeben hat. Es ist schon lange her.«
»Ja«, sagte ich.
Er schüttelte den Kopf. »Du mußt die erste weiße Frau sein, die diesen Landesteil erreicht hat, und die erste Amerikanerin. Bist du lange bei den Tuareg gewesen?«
»Bis ich geflohen bin.«

»Und hast seitdem versucht, nach Hause zu kommen, nehme ich an.«
»Ja«, sagte ich mit allem Nachdruck, nur daß sich in mein Gemüt abrupt der Gedanke einschlich: ›Nach Hause zu wem, Caressa?‹ Und das war etwas, was meine Heimatinstinkte nicht einmal im entferntesten erwogen hatten. »Ja«, wiederholte ich in zweifelndem Ton.
»Und dann?«
Ich wollte eigentlich nicht mehr reden. »*Mu tafi?*« fragte ich, ins Haussa verfallend.
Er nickte. »Du hast recht, es ist Zeit zu gehen, aber...« Sein Lächeln war eine Überraschung, da es seine beherrschten Gesichtszüge völlig veränderte. »Aber du hast mir deinen Namen nicht gesagt. Soll ich dich nicht anders nennen als ›du‹?«
»Ich heiße Caressa«, teilte ich ihm mit. »Caressa Horvath Bowman.«
»Ich werde dich Caressa nennen«, sagte er, »aber ich hege den Verdacht, du bist in Wirklichkeit ein *aljan*, ein Dschinn aus der Wüste. Oder eine Huri.«
Ich ignorierte das. »Und wie soll ich dich nennen?«
»Jared heiße ich. Jared MacKay.«
Ich nickte. Es schien keinen Sinn zu haben – und ich sah keinen darin –, noch länger Feindseligkeit zu hegen trotz der Schocks, denen ich während der vergangenen paar Stunden ausgesetzt gewesen war, und ich mußte mir reumütig eingestehen, daß ich sie schockierend gut ausgehalten hatte, denn ich fühlte mich in jeder Pore meines Körpers lebendig. Als wir in der Sonne einander genossen hatten, war er sanft gewesen, und danach hatten wir geredet; eine Frau liebt es, danach zu reden. Wir würden noch weiter miteinander reden, aber nicht jetzt, weil die Stille der Wüste ein Teil von uns beiden war. Ich wußte aber, daß sich etwas aufbaute, etwas Wichtiges; es fühlte sich wie Verwandtschaft an und war so frei und so weiträumig wie die Wüste – und auch so gefährlich, dachte ich, aber ich war zufrieden.

16

Er hatte es verkehrt herum angefangen, dieser Jared, der mich für eine Targia gehalten hatte, und er entschuldigte sich nicht dafür, aber er umwarb mich nun auf subtile Art. Das kam mir lustig vor, weil es so schwer zu bewerkstelligen war. Wir waren beide so sehr damit beschäftigt, *Gerbas* zu schleppen, vier Kamele zu füttern, zu entladen und wieder zu bepacken, dann zehn oder elf Stunden zu marschieren, nur um die Kamele wieder zu entladen, zu füttern, ein Feuer anzumachen, eine Mahlzeit zuzubereiten, jedem Kamel nachzujagen, das sich davonmachte, und endlich todmüde umzufallen, nur um nach einigen Stunden Ruhe wieder von vorn anzufangen.

»Wo sind wir?« fragte ich am dritten Abend, wobei ich mir sehr klug vorkam, denn es schien an der Zeit, das zu erfahren. »Wohin gehst du denn?« Der Mann reiste gut, seine Kamele trugen Schaffelle, in Heu gewickeltes Salz, einen Zuckerhut, Weizen für ungesäuertes Brot und Kaffee, wie ich ihn seit Tripolis nicht mehr gekostet hatte. Daneben gab es drei Gewehre und das Zelt – aber wir hatten es nicht wieder benutzt –, den Arzneikoffer mit der Feldflasche voll Schnaps, einige Säcke mit frischen und getrockneten Datteln, Holzwerkzeuge und einen ledernen Eimer mit langen Seilen, an denen man ihn in einen Brunnen hinablassen konnte. Es gab sogar einen Ledersack mit Zweigen und getrocknetem Kamelmist zum Feuermachen, einen Beutel Handelsperlen und ein Buch, und seine *Gerbas* waren gut imprägniert. Ich mußte daran denken, mit wie wenig Bakuli und ich gereist waren, und wünschte, daß er hier wäre, um solche reichen Gaben zu sehen.

Es war Nacht, und er schürte ein Feuer, und ich drängte mich so nah heran, wie ich wagte, und wärmte mir die Hände an einer

Tasse Kaffee. Die Sonne hatte sich in einem Farbenrausch zur Ruhe begeben – ein Aufflammen von Karmesinrot mit violetten und malvenfarbigen Streifen, und der Mond überzuckerte den Sand mit Silber; wir waren wieder in die Wüste hinabgestiegen, und es war kalt.

Mit einem Stirnrunzeln sagte er: »Ich denke, wir sind in Französisch-Äquatorialafrika, das vor nicht langer Zeit Französisch-Kongo hieß.«

»Also französisch.«

Er nickte. »Grob gesagt, ja – nach einem jener Verträge, die sie dauernd abschließen, so ähnlich habe ich es in Djanet gehört, doch ich bezweifle, daß irgendwelche Franzosen hier sind.« Er wies mit der Hand auf die leere Landschaft um uns. »Das dürfte die Militärzone des Tschad sein, vermute ich. Morgen sollten wir Zouar erreichen, es geht den ganzen Weg bergauf.«

»Und dann?«

Er seufzte. »Das versuche ich gerade auszuknobeln.« Er blickte hoch und lächelte das rasche Zauberlächeln, das sein Gesicht erwärmte und bereits dabei war, mir ins Herz zu dringen. »Abessinien fällt im Augenblick aus, ich hatte Glück, mit heiler Haut davonzukommen. Der Konsul in Addis Abeba schickte mir eine Warnung per Boten, aber ich hatte dennoch bei meiner Flucht eine Horde Einheimischer auf den Fersen.« Er zögerte und sagte dann: »Da ist Ägypten und die östliche Wüste. Ich habe einen Freund bei den Beduinen... Dort könnten wir eine Weile unbehelligt unser Lager aufschlagen.«

Wir... Dieses Wort hatte einen unerwartet freundlichen Klang für mich, denn mittlerweile hatte ich alles an diesem Mann schätzen gelernt; ich mochte die Art, wie er sprach, seinen sonderbaren Tonfall, der vermutlich schottisch war, und wenn er auch sparsam mit seinen Worten umging, so hatte das, was er sagte, Hand und Fuß. Er war außerdem ein Mann, der hart arbeitete und sich auskannte. All das wurde mir zunehmend bewußt und trug dazu bei, die von ihm in mir geweckten neuen Empfindungen zu festigen. »Wo ist Ägypten?« fragte ich und trank die Tasse Kaffee aus.

Er ließ von dem Feuer ab, um sich neben mich zu setzen. »Das ist

noch eine weite Strecke bis dahin. Hier, ich zeig's dir.« Er zog einen Stift aus der Tasche, beugte sich vor und zeichnete eine Karte in den Sand. »Ägypten liegt hier oben in der Ecke, neben Tripolitanien, wo du Afrika betreten hast. Gleich unterhalb von Ägypten ist der anglo-ägyptische Sudan, ein riesiges Land, und rechts daneben eingeklemmt – im östlichsten Zipfel, so weit östlich, wie du in Afrika gehen kannst, ohne ins Rote Meer zu rennen – ist Abessinien, das sich auch südlich von Ägypten erstreckt, doch nur mit seiner Spitze.«
»Abessinien, wo du nach Elfenbein gejagt hast...«
»Ja.« Er zog mit seinem Stift eine gerade Linie von Abessinien quer durch den Sudan. »Und so bin ich gereist, auf der kürzesten und direktesten Route. Aber El Fasher habe ich gemieden, wo ein ziemlich finsterer Sultan namens Ali Dinar die Leute einen Kopf kürzer macht, und bin schließlich auf meinem Weg nach Westen durch Zouar und Seguedine gekommen.«
»Aber warum hast du finstere Sultane, die die Leute einen Kopf kürzer machen, in Kauf genommen, um so weit zu kommen?« fragte ich.
Er lächelte. »Weil ich das Tibesti-Gebirge sehen und überqueren, dann in die Sahara und hinauf zur Oase Djanet ziehen wollte, um das Tassili-n-Ajjer zu sehen, das du durch Zufall und nicht aus freien Stücken besucht hast.« Er zögerte. »Bloß daß ich dann in Djanet – als ich dann dort war – fühlte, nein, wußte, daß ich umkehren und zurückkommen mußte. Das ist manchmal so.«
»Wie was manchmal?«
»Ich fühle Dinge«, sagte er achselzuckend ohne weitere Erklärung.
Naiv fragte ich: »Schreibst du Arbeiten für eine Geographische Gesellschaft?«
Zum ersten Mal lachte er, ein schallendes Gelächter, das zu einem Kichern wurde. »Nein, meine Süße, aber ich habe es im Hinterkopf – ein Geheimnis, das ich dir verraten werde –, daß ich eines Tages, wenn ich genug vom Abenteuer habe, gern ein oder zwei Bücher über dieses Land schreiben möchte. Es ist für über ein Jahrzehnt meine Heimat gewesen und hört nie auf, mich zu faszinieren.«

»Ganze zehn Jahre«, sagte ich überrascht.
»Ganze zehn Jahre«, bestätigte er. »Ich bin doppelt so alt wie du, schätze ich. Wie alt bist du denn?«
»Ich weiß nicht«, erwiderte ich ihm. »Ich war noch sechzehn, eigentlich schon fast siebzehn, als wir Tripolis verließen, aber in der Wüste gibt es ja keine Zeit, oder? Ich weiß nicht, ob ich jetzt neunzehn oder zwanzig bin. Bist du wirklich doppelt so alt wie ich?«
»Nicht ganz, erst einunddreißig.«
Scheu sagte ich: »Ich habe dich vorhin in dein Notizbuch schreiben sehen. Machst du das deshalb?«
Er nickte. »Abessinien kenne ich recht gut, aber hier ist mir vieles neu, ja, deshalb schreibe ich von Zeit zu Zeit etwas auf.«
»Und wirst eines Tages ein Buch daraus machen... Du mußt also auch viel lesen?«
Er zuckte mit den Schultern. »Jetzt nicht, aber ich bin mit Büchern aufgewachsen. Mein Vater gab in einem Dorf nicht weit von Edinburgh Unterricht, ein armes Dorf, er war auch ein armer Mann, aber Bücher hatten wir immer. Meine Mutter starb als erste, und als ich achtzehn war, mein Vater. Sie hatten Geld auf die hohe Kante gelegt, damit ich auf die Universität konnte, aber als sie beide nicht mehr da waren, habe ich Bilanz für mich und meine Zukunft gezogen und mich entschlossen, statt dessen nach Afrika aufzubrechen, weil ich ein zweiter Bruce werden wollte.« Da er meinen verständnislosen Blick sah, ergänzte er: »James Bruce, ein Landsmann von mir, der im 18. Jahrhundert Afrika erforscht hat.«
Höflich sagte ich: »Ich habe noch nie von ihm gehört, was hat er erforscht?«
»Abessinien natürlich!« Er stand auf und ging zu einer seiner Satteltaschen, griff ganz tief hinein und zog das kleine Buch hervor, das ich bemerkt hatte, als er ausgepackt hatte. Er gab es mir. Es sah ziemlich alt und zerfleddert aus. Deshalb schlug ich es vorsichtig auf. Auf der Titelseite las ich:

REISEN

zwischen den Jahren 1768 und 1773

nach

ABESSINIEN

um die Quelle des Nils zu entdecken

Zusammenfassung des Originalwerks

von

JAMES BRUCE, Esq.

Gedruckt zu Glasgow 1818

»Eine Kurzfassung«, sagte er. »Sehr nützlich auf Reisen.«
Ich schlug das Buch in der Mitte auf und las: »Zwischen den beiden Flüssen Geshen und Samba liegt eine flache, ungesunde, wenn auch fruchtbare Provinz, Wallaka geheißen, und südlich davon liegt Ober-Shoa. Diese Provinz war bekannt als Zuflucht des einzigen noch lebenden Nachkommen aus dem Hause Salomon, der vor der Niedermetzelung seiner Brüder durch Judith um das Jahr 900 dorthin floh.«
»Klingt nach einem gewalttätigen Land«, sagte ich und gab ihm das Buch zurück.
»Oh, das ist es, ganz bestimmt. Es gibt ein Sprichwort in Abessinien, wonach alle Könige im Blut zum Thron waten.«
»Und wegen Mr. Bruce bist du nach Afrika gekommen und hast Abessinien angesteuert?«
Sein Blick ruhte amüsiert auf mir. »Ja, aber so einfach war es nicht. Zuerst war ich ein Jahr in Alexandria, wo ich Arabisch und Kisuaheli gelernt habe. Dort sind Saalih und ich Freunde geworden – das ist der, dessen Familie aus der östlichen Wüste in Ägypten stammt –, und danach bin ich dort zusammen mit ihm, seinen Brüdern und seinem Vater ein paar Wochen auf die Jagd nach Steinböcken gegangen. In Alexandria habe ich auch gelernt, meinen Hang zu unterdrücken, Behörden aus dem Weg zu gehen, und bin den englischen Beamten richtiggehend um den Bart gestrichen, weil ich wußte, daß ich ihren Einfluß brauchte, um nach Abessinien zu gelangen. Noch weitere Fragen?«

Ich lachte. »Ja, hast du dort ein Vermögen gemacht?«
Er nickte. »Genug. Ich habe nicht riskieren können, es auf Reisen mitzunehmen, aber es ist gut versteckt in Abessinien.«
Verdutzt sagte ich: »In Abessinien? Aber wenn das Land...«
»Es ist sicher in der Bank verwahrt, die alle Einheimischen benützen: in der Erde«, erklärte er. »Ich habe das Gold unter einer Steinpyramide vergraben, bevor ich die Grenze zum Sudan überschritt und mich nach Sennar und El Obeid aufmachte. Und nachdem ich vier Goldsovereigns für einen Wüstendschinn bezahlt habe, habe ich jetzt nur noch zwei Goldringe und einen Beutel voller Mariatheresientaler übrig.« Sein Lächeln vertiefte das Netzwerk von Sonnenlinien um seine Augen und machte es bedeutsam, weil es selten war. »Ich sehe dich gern an«, fügte er hinzu. »Deine Tuareg haben ein Sprichwort: ›Ein Mann und seine Frau sind für das Herz und das Auge, nicht bloß fürs Bett‹, und dein Gesicht ist ein Augenschmaus.«
Ich stellte meine leere Kaffeetasse hin und lächelte zurück. »Wenn du mich so ansiehst...«
»Ja«, sagte er, und wir legten uns in den noch warmen Sand, gemeinsam in ein Schaffell gehüllt, und liebten uns unter dem Mond. Danach schliefen wir fest, ohne Nachtgeräusche außer den Regungen der Kamele. Am Morgen machten wir uns auf den Weg nach Zouar.

Zouar lag inmitten hoch aufragender Felsgipfel, ein Bergdorf mit kreisrunden Lehm- und Steinhäusern, die unter der unbarmherzigen Sonne langsam zerbröckelten. Fast auf der Stelle entschied Jared, daß wir hier nicht bleiben sollten; eine Karawane wurde bald erwartet, und die mußten wir ebenso vermeiden wie eine französische Patrouille, die in der Umgebung sein konnte. Zouar, so schien es, war auch ein Haltepunkt für Karawanen auf dem Weg nach Murzuk, aber für jene, die aus Südosten, aus Borku und dem Wadai, kommen. Nachdem wir uns damit abgemüht hatten, die *Gerbas* zu füllen, meinte Jared: »Bleib hier und schau ergeben drein, während ich noch ein paar Worte mit dem Ältesten wechsle und mich erkundige, welche Neuigkeiten die Karawanen gebracht haben.» Er lächelte schwach: »Denk dran, du bist nun eine Araberin, und obwohl ich noch nie eine Araberin getroffen habe, die nicht ebenso willensstark gewesen ist wie ihr Mann, spielen die Frauen doch die Ergebenen. Sei ergeben.« Er zog eine kleine Ledertasche aus den anderen hervor, steckte sie ein und wandte sich zum Gehen. »Paß auf die Kamele auf, demnächst werde ich dir beibringen, wie man mit einem Gewehr umgeht.«

Aus diesen Worten ersah ich, nicht gerade beglückt, daß ein Mann, der mit gut beladenen Kamelen, einer Frau und ohne Wächter reist, auch hier großes Interesse wecken würde. Ich hätte mich darüber nicht wundern sollen, da ich ja die Tuareg kennengelernt hatte, aber diese Leute hier waren Tibbu oder Teda und sahen freundlich aus. Ja schon, meinte Jared, aber sie seien einst berühmte Plünderer gewesen und gewitzt genug, sogar die Tuareg zu überfallen. So setzte ich mich still hin, von neugierig grinsenden Kindern umringt, und versuchte zugleich ergeben und einschüchternd dreinzublicken, war aber erleichtert, als Jared zurückkehrte. Er trug einen Stapel Ziegenfelle und sah besorgt aus.

»Es gibt Neuigkeiten«, sagte er. »Italien ist in Tripolis eingefallen – dort wird gekämpft.«

»Tripolis?« stieß ich hervor, da ich mich an die Ruhe in der von Sonne durchglühten Stadt und auch an Mohammed erinnerte, und dann noch an die Hand der Fatima, die mit Bakuli nach Süden gegangen war.

»Schlimmer noch, die Kämpfe haben sich schon in die Wüste ausgebreitet«, sagte er. »Die Wüstenstämme – von den Senussi angeführt – haben sich zusammengetan, um die Einheimischen in Tripolis zu unterstützen. Es sieht so aus, als ob sie die Italiener mehr verachten als die Türken in Tripolis, weil die Italiener Ungläubige, aber die Türken wenigstens muslimische Glaubensgenossen sind. Es ist die Hölle los.«

»Bedeutet das auch Schwierigkeiten für uns?«

»Das schränkt uns sicherlich ein«, bemerkte er trocken, »weil es nur noch eine Richtung gibt, in die wir gehen können – nach Osten.« Der natürliche Weg aus den Bergen heraus, erklärte er, sei die bekannte Karawanenroute, die im Süden von Zouar bis nach Borku und in den Sudan führte, aber dabei würden wir Senussi-Gebiet durchqueren, und wenn zufällig entdeckt würde, daß wir keine Araber waren, würden wir möglicherweise getötet werden. Er hatte nicht damit gerechnet, somit bestand nun keine Hoffnung, an irgendeinem Punkt nach Norden zu drehen, um auf kürzestem Wege durch die Wüste nach Ägypten zu gelangen.

Grimmig sagte er: »Wir müssen den Weg gehen, den ich hergekommen bin, zumindest, bis wir aus den Bergen heraus sind. Ich hatte einen Führer für die Strecke, deshalb kenne ich die Route, aber sie ist brutal.« Wir müßten hinauf nach Bardai, meinte er, das in einem Tal hoch im Tibesti lag – dort gebe es Wasser –, und danach hinunter in die Vorberge nach Yebbi Bou, wo wir nur hoffen könnten, einen anständigen Weg über die Ebene in die westliche Wüste Ägyptens zu finden. *»Insch'Allah«*, fügte er mit einem schiefen Lächeln hinzu und händigte mir eines der Lederfelle aus. »Die habe ich eingehandelt, die Teda nennen das ein *farto*. In den Bergen wird es kalt, sehr kalt sein, und wir müssen mit dem Winter und den Winden um die Wette laufen.« Als ich das Bündel ergriff, sagte er mit bedenklicher Miene: »Und dann kommen Wüste und Hitze.«

Ich stellte fest, daß der *farto* eine Ledertunika aus primitiv zusammengenähten Fellen mit einem Loch für den Kopf und je einem für die Arme war. Er sah ganz und gar nicht reizvoll aus, und ich vermutete Läuse, aber ich sah ein, daß er wärmer als mein zerschlissener Barrakan sein würde.

»Gehen wir«, sagte Jared, und wir mühten uns ab, die Kamele auf die Beine zu bringen und sie wieder zu beladen, und innerhalb einer Stunde hatten wir das Dorf verlassen.

Hinter Zouar folgten wir Spuren, die durch eine Felsenwildnis aufwärts führten, und steuerten auf das hohe – wirklich hohe – Tibesti-Gebirge zu. Es war hart für uns, aber noch härter für die Kamele, wie damals die Überquerung des Tassili-n-Ajjer. Wir führten sie steile Pfade hinauf und hinunter, durch Wälder aus Stein, die von hohen Steilhängen gesäumt waren, in eine Schlucht hinab und wieder hinauf. Als wir an einem Felsabsturz haltmachten, bot sich uns ein traumhafter Anblick: ein Vulkankrater, der mit einem blassen, jadegrünen Zeug gefüllt war. Dann stiegen wir durch enge Schluchten zu einem ausgetrockneten Wadi hinab, und sobald wir am Grunde des Canyons waren, schlugen wir unser Lager auf, weil es da Dornbüsche gab, die die Kamele abweiden konnten...

An jenem Nachmittag erklärte mir Jared, wie ein Gewehr funktioniert, zerlegte es und setzte es wieder zusammen, zeigte mir, wie es gereinigt und geladen wurde, wie es gehalten und wie gezielt wurde. »Das ist Lektion Nummer eins«, teilte er mir mit. »Wir können uns zum Üben nicht viele Kugeln leisten, also heben wir das für einen andern Tag auf. Jetzt zerleg es noch mal.«

Mir wurde es verdammt leid, es zu zerlegen und wieder zusammenzusetzen, zumindest bis ich es beherrschte, doch dann glühte ich vor Stolz. »Du schaffst es schon«, meinte er und entfachte ein Feuer, bevor die Sonne unterging, an einem Himmel, der die Farbe von Pflaumen und rosa Damast hatte. In jener Nacht tranken wir den Rest der sauren Ziegenmilch, die wir von den Teda in Zouar gekauft hatten.

»Erzähl mir was von den Senussi«, sagte ich, als ich mir die Hände im Sand wusch.

Er zog die Brauen hoch. »Bist du ihnen begegnet?«

»Einem«, informierte ich ihn und erzählte von Muraische, der nachts von dem Mann ermordet worden war, der mich später verkaufte.

Jared nickte. »Es ist gut möglich, daß er auf einem Rachefeldzug war, denn es ist ungewöhnlich, in jener Gegend des Landes einen Senussi anzutreffen, aber die Senussis reisen überallhin, weil es ihre Mission ist, den Glauben zu verbreiten. Die Beduinen in der Fezzan-Wüste sind glühende Anhänger des Propheten. Sie können daher keine Christen oder Fremde ausstehen.«

»Uns«, sagte ich nickend.

»Und natürlich beteiligen sie sich immer noch am Sklavenhandel«, fügte er beinahe beiläufig hinzu.

Ich starrte ihn überrascht an. »Es stimmt also?«

Er nickte. »Senussi selbst – Mohammed ben Ali es Senussi – hat sein Hauptquartier in Kufra, weit im Westen des Fezzan. Mit dem Segen des Sultans von Wadai, tief im Süden, werden immer noch Sklaven vom Tschad-See und dem Sudan durch Wadai nach Kufra und dann an die Küste gebracht. Im Koran, weißt

du, wurden den Wüstenvölkern durch Mohammed die Worte Allahs verkündet, und im Koran steht nichts, was die Sklaverei verbietet.«
»Ich bin eine Sklavin«, erinnerte ich ihn mürrisch.
»Du weißt, daß du keine bist«, sagte er, aber als er sah, wie ernst ich es meinte und wie traurig ich in diesem Augenblick aussah, langte er in seine Tasche nach seinem Stift und hielt ihn mir über den Kopf. »Ihr, Caressa Horvath Bowman, seid nun eine freie Frau, keine *bawa* mehr.« Sehr sanft fügte er hinzu: »Und wenn du entschlossen bist, nach Amerika zu gehen, werde ich dir dabei behilflich sein, aber ich warne dich, Caressa, ich werde mein Bestes tun, daß du nie dorthin willst.«
»Oh«, sagte ich dumm und mußte dann, typisch Frau, noch nachschieben: »Nie?«
»Nie«, sagte er mit rauher Stimme, »weil du verdammt genau weißt, daß wir zusammengehören.«
Da sprach er dann auch davon, wie er in Djanet umgekehrt und wieder nach Seguedine zurückgegangen war. »Es kommt manchmal vor, es ist etwas, mit dem ich geboren wurde, vielleicht weil meine Mutter Irin war, und die Iren sind bekannt dafür, daß viele ein Drittes Auge haben.«
»Drittes Auge«, wiederholte ich verblüfft.
»Ein Bewußtsein der Zukunft, dessen, was geschehen wird.«
»Oh, der sechste Sinn«, sagte ich. »Du meinst, du hast ihn?«
»Ich spreche nicht gern darüber«, meinte er brummig, »aber schon seit meiner Kindheit habe ich es immer spüren können, wenn etwas geschehen würde. Der Tod meiner Mutter, der meines Vaters... Vorwarnungen, ließe sich sagen. In Djanet fühlte ich mich beinahe körperlich zurückgezogen – gegen meinen Willen, ein seltsames Gefühl –, ich wußte, daß ich nach Seguedine zurückkehren mußte, daß ich dort jemand gelassen hatte, der mir wichtig war. Es ist schwer zu erklären«, sagte er unbehaglich, »und für andere sogar noch schwerer, es zu verstehen, aber ich versuche es. Ich erreichte Seguedine, und da war niemand und nichts, und ich habe mich verflucht, und dann kam eine Stunde später el Kazzas Karawane hereingezockelt. Und als ich dich gesehen habe, wußte ich – ich wußte es einfach.« Wehmütig fügte er hinzu: »Aber es hat mich drei lange und ver-

dammt langweilige Stunden mit el Kazza gekostet, bis er mich das Mädchen hat sehen lassen, das er als Targia bezeichnete.«

›So war es also‹, dachte ich, und da ich mich durch seine Worte merkwürdig gerührt fühlte, ließ ich die Schamhaftigkeit beiseite und gestand mir die Wahrheit ein. Ich wandte mich ihm zu und sagte leise: »Du hast mir gesagt, ich wisse verdammt genau, daß wir zusammengehören, also mußt du verdammt genau wissen, daß ich kein Interesse daran habe, dich zu verlassen. Niemals.«

»Was für Worte«, war alles, was er sagte. Er blickte starr geradeaus und sah den Kamelen beim Weiden zu. Doch ich sah, wie sich seine Mundwinkel zu einem freudigen Lächeln verzogen.

Gonoa, Bardai... in Bardai gab es Palmen, und ich erinnere mich, daß uns eine Schilfhütte zum Übernachten angeboten wurde, aber ich sagte zu Jared: »Ich werde die Sterne vermissen.« Das verstand er und sagte dann: »Bei den Tuareg gibt es ein Gedicht – ich habe alles vergessen bis auf eine Zeile, aber die heißt: Ich schlafe, wo die Nacht mich einholt... mein Haus wird nicht verfallen.«

Die Worte erfreuten mich, und ich wiederholte sie mir: ›Ich schlafe, wo die Nacht mich einholt‹... Du magst also auch Gedichte?«

Er nickte. »Da gibt es noch eins, das dich interessieren könnte. Es wurde vor siebenhundert Jahren von einem Araber geschrieben und zeugt von einem ganz anderen Verhältnis zum Islam, als es die Senussisekte hat. Der Dichter ist einer der feinsten des Islam, ein Ägypter namens Omar Ibn-al-Farid; dummerweise habe ich nur ein paar Verse behalten, und zwar:

›Wenn ein frommer Mann sich vor dem Stein in einem Heidentempel niederwirft,
Dann gibt es für den, der versteht, kaum einen Grund zum Fanatismus.
Denn vielleicht schätzt er in Wahrheit den Allmächtigen Allah
Hinter dem Stein, den er anbetet.
Von Allah sind die Warnungen an jene ergangen, für die sie bestimmt waren,

Und durch die Barmherzigkeit Allahs wird in allen Religionen Gnade gewährt.‹
In allen Religionen«, wiederholte er.
»Es reimt sich nicht, aber ich mag es«, sagte ich. »War Omar Khajjam Araber?«
»Er war ein Perser und Sufi, wie Ibn-al-Farid, und der Sufismus ist die Zierde des Islam. Warum?«
»Weil ich ein bißchen von seiner Dichtung kenne, besonders das, den Augenblick, der Lust verheißt, nicht zu versäumen, aber ich hatte schon keine Hoffnung mehr, das je kennenzulernen, bis ich dir begegnet bin. Dafür danke ich dir, Jared.«
»Gern geschehen, Caressa Bowman.« Seine Lippen waren staubverkrustet, doch er brachte ein Lächeln zustande. »Ich kenne diese Worte – ein bißchen melancholisch für meinen Geschmack, aber andererseits…« Er beugte sich zu mir herüber und küßte mich. Seine Lippen waren rauh wie Sandpapier, aber seine Hände waren sanft; es läßt sich auch anders als mit Worten reden.
Nach Bardai flimmerte alles. Sand und Fels, Fels und Sand, frostige Nächte und sengende Tage. Ich lernte das Schießen und erlegte eines Tages eine Gazelle, was mir das Herz brach, aber wir brauchten Fleisch. Danach überließ mir Jared das Gewehr, und ich trug es über den Rücken geschlungen wie ein Mann. Wir reisten nachts, um der Hitze zu entgehen und die Kamele zu schonen, und langsam lernte ich mehr über die Sterne, weil Jared sie benennen konnte: Orion, die Plejaden, Sirius, den Polarstern, den die Araber unter dem Namen al-Jadi kannten. Ich erinnere mich an die Freundlichkeit der Nomaden in Yebbi Souma, aber ihr Brunnen war ausgetrocknet, und wir schleppten uns weiter nach Yebbi Bou, wo das Wasser voller Sand war und faulig schmeckte.
Hier erhandelte sich Jared zwei weitere *Gerbas*, um noch mehr von dem sauren Wasser mitzunehmen, weil vor uns, wie wir erfuhren, sieben Tagesreisen über eine wasserlose Hammada lagen. In jeder Oase zog Jared Erkundigungen über die Route nach Osten ein, die ihm nicht vertraut war, und so erfuhren wir, daß wir, wenn wir uns nach den Sternen richteten und nach Ost-Nordost zogen, in Bir Sara auf einen Brunnen stoßen würden.

Bei dieser Durchquerung verloren wir dann ein Kamel, das schöne cremefarbene; wir holten die Flüssigkeit aus seinem Bauch, um sie zu trinken, und aßen so viel Fleisch, wie wir hinunterbrachten. Als wir nach sieben Tagen und Nächten die kleine, von der Sonne verbrannte Oase Bir Sara erreichten, lagen noch fünf weitere Tagesreisen bis zur Oase Uweinat vor uns. Wir brauchten jedoch keinen Kompaß mehr, denn nun konnten wir am Horizont den Jebel Uweinat sich abzeichnen sehen, der fast zweitausend Meter über die Oase aufragte.

Während der fürchterlichen Tageshitze, da wir nur die Zeltbahnen als spärliche Schattenspender über uns hatten, unterhielt ich Jared oft mit Geschichten von Sharkey Bill, dem Schwertschlucker, oder Amma, und er berichtete von Abenteuern im Busch, obwohl wir Staub spucken mußten, um zu sprechen, und unsere Stimmen davon heiser wurden.

»Eine Taschendiebin«, sagte er erstaunt. »Du?«

»Ja«, versicherte ich ihm.

Er blickte skeptisch drein. »Je erwischt worden?«

»Einmal«, sagte ich ihm.

»Was ist passiert?«

»Er hat mich geheiratet.«

Sein schallendes Gelächter ließ den Staub auffliegen und endete in einem Hustenanfall, aber auf diese Weise führten wir eben Krieg gegen Hitze, Staub, Flöhe und Durst.

Als wir endlich nach Uweinat hineinstolperten, waren wir über sechshundert Meilen gereist, hatten uns dazu gezwungen, jede Nacht dreißig Meilen zurückzulegen. Ich schätze, ich war so hager wie die Kamele, die wir von Tag zu Tag hatten dünner werden sehen, und meine Haut war so trocken wie Leder. Wir hatten einen heftigen Sandsturm zu spüren bekommen, Luftspiegelungen von Bäumen und Seen ausgehalten, Wasser aus einer undichten *Gerba* verloren und selten geschlafen, waren hungrig und von Flöhen zerbissen, aber wir hatten überlebt.

Und nicht weit im Norden lag die ägyptische Grenze, die Westliche Wüste. »Und dann Assuan und der gesegnete Nil«, sagte Jared, »aber wir werden in Uweinat nun unsere Silbertaler ausgeben und einen Führer anheuern, denn wir haben die Götter genug herausgefordert.«

17

Wir kamen nicht umhin, nach Uweinat hineinzugehen, aber wir taten es mit einiger Besorgnis, weil wir nicht mehr wußten, in welchem Land wir uns befanden; Grenzen waren in der Wüste nur vage definiert, Nomaden kannten überhaupt keine Einschränkungen, und Karten konnten irreführend sein. Bald nachdem wir Yebbi Bou verlassen hatten, hatte Jared nach einem Blick sowohl auf den Kompaß als auch auf die Sterne Verdacht geschöpft, daß wir vielleicht durch eine entlegene Ecke der tripolitanischen Wüste reisten, und das bestätigte sich, als wir wegen Wasser in Bir Sara haltmachten. Wir waren tatsächlich in Tripolitanien. Schlimmer noch, wir erfuhren, daß eine Piste aus dieser Oase direkt nördlich nach Kufra ging, der Hochburg der Senussi, die mit dem Kamel nur fünf Tage von Bir Sara entfernt war. Es schien, daß unsere Abkürzung nach Ägypten uns wie Motten zu genau der Flamme hingezogen hatte, der wir auf unserem Weg hatten ausweichen wollen.

»Verdammt«, sagte Jared, »ich hatte gedacht, daß Uweinat im Sudan liegt – was möglicherweise auch stimmt –, aber fragen wir lieber nicht, sondern verlassen den Ort so schnell wie möglich wieder.«

Egal, wie glaubenstreu die Muslime in Uweinat waren, wir hatten die Gastfreundschaft der Wüstenbewohner unterschätzt. Wenn das Dorfoberhaupt ein Senussi war, der unter jedem Stein nach Ungläubigen suchte, so gab er das nicht zu erkennen. Als er hörte, daß eine Karawane mit zwei Leuten und drei Kamelen aus der menschenleeren Ebene im Westen aufgetaucht war, machte er sofort seine Aufwartung, sorgte dafür, daß wir Nahrung und Wasser bekamen, und versprach Jared Rat wegen eines Führers. Wir schlugen unser Zelt in einigem Abstand von den anderen Karawanen auf, und ich hielt mich tief verschleiert im Zelt versteckt, was mir keine Mühe machte, da es mir genügte auszuruhen, unser Essen zu kochen, zu schlafen und zu warten. Es war anzunehmen, daß Jared keinen Verdacht erregen würde; er war nun bärtig und dunkel wie ein Zigeuner und sprach das umgangssprachliche Arabisch aus Alexandria, so daß es nur stimmig war, daß er sich nach einem Führer zum Nil erkundigte. Doch wer weiß, in Anbetracht dessen, was später geschah? Am folgenden Tag gelang es ihm, unsere drei erschöpften Kamele gegen drei frische einzuhandeln und noch ein viertes mit den Mariatheresientalern zu kaufen. Dann tauchte am zweiten Abend ein Führer für uns auf.

Er hieß Onkeir und war ein fröhlicher, runzliger kleiner Mann mit Bart und einem wie altes, aufpoliertes Leder zerfurchten Gesicht.

»*Naam*, Sidi«, sagte er nach Abschluß der formellen Begrüßungen und erzählte dann, wie viele Jahre er schon Karawanen durch Darfur an den Nil und nach Nordägypten geführt hatte. Er könne ein bißchen Italienisch, sagte er, ein bißchen Englisch und ein bißchen Türkisch. Es sei richtig, daß er von einem alten Kamelbiß hinke, doch wenn er auch alt sei, so sei ihm die Gelegenheit, sich wieder nützlich zu machen, doch willkommen, denn seine Frau sei kürzlich gestorben, zwei seiner Söhne hätten seine Stelle als Karawanenführer übernommen, und sein Ältester verkaufe Teppiche in den *Suks* von Assjut, während seine Tochter in der Oase El Hagar bei Baris lebe.

Ich brachte ihm Tee, der stark mit Zucker gesüßt war, und zog mich wieder in den Schatten zurück, während er und Jared liebenswürdig über seinen Preis feilschten, bis beide zufrieden waren. Er war ein guter Mann. Sobald er als unser Führer angestellt war, bestand er darauf, jedes Stück zu prüfen, das Jared für die nächsten Wochen zusammengetragen hatte, und deutete mit dem Ausruf »O Prophet! O Apostel!« auf einen angerissenen Gurt, der geflickt werden mußte. Er fügte noch eine *Gerba* hinzu, und nachdem er sich eine der Datteln herausgepickt hatte, die Jared in einem Sack gekauft hatte, verzog er das Gesicht. »O Prophet! O Apostel! Trocken.« Und schon war er fort zu den *Suk*s, um süße gelbe Datteln vom Tibesti zu erstehen, die er

Egnetschi nannte, und ein paar rote, zuckersüße *Merno*-Datteln.

Drei Nächte später verließen wir die Oase nicht ganz ausgeruht, sondern immer noch besorgt, ob nicht eine unbedachte Äußerung oder Geste verraten hatte, wer wir waren, und auch nicht sicher, was sich ergeben würde, sollte das passiert sein. Wir brachen mit Onkeir als Führer auf und kamen nicht umhin, über seine Munterkeit und seine offensichtliche Freude, wieder unterwegs zu sein, zu lächeln. Der Mond segelte hoch über uns im Westen, saftig wie eine Melonenscheibe; er ließ die stachligen Büsche Schatten werfen, und die Luft war mild. Kurz vor Morgengrauen nahm ich den Schleier vom Gesicht. Onkeir lächelte mich an und sagte Jared, ich hätte die Augen einer Gazelle.

»Ja«, sagte Jared bewußt auf englisch.

»Malesch!« rief Onkeir aus, musterte ihn genau, sagte aber nichts weiter. Bloß danach ließ er gelegentlich kommentarlos ein oder zwei Brocken Englisch in seine Rede einfließen.

Er war ein guter *khabbir*, richtete sich stets nach den Sternen und führte uns ostwärts – ich prüfte das auf meinem Kompaß nach – auf den Brunnen in Bar Misaha zu, wonach, wie er sagte, ein guter Brunnen in Bir Dibis und ein weiterer in El Shab käme, und wolle der Sidi nach Assuan oder an den Nil? Eine Sache von fünfzehn oder sechzehn Tagen, meinte er, voller Staub und Hitze, aber mit nur wenigen Tagesreisen zwischen den Brunnen – *Insch'Allah*, freilich.

Doch nun, nach all dem, was wir durchgestanden hatten, stießen wir auf Schwierigkeiten.

Wir waren in gemächlichem Tempo gereist und hatten uns ausgeruht, wann es uns gefiel. In dieser vierten Nacht in der Wüste marschierten Jared und Onkeir vorneweg, während ich auf einem der Kamele folgte. Die Sterne glichen über den Himmel verstreuten Kristallen, und die einzigen Geräusche waren das Knacken des Strohs im Sattel, auf dem ich saß, und das sanfte Scharren der lächerlich großen, schwieligen Kamelhufe. Wir waren noch nicht lange unterwegs gewesen, da wir angehalten hatten, damit Onkeir sein Abendgebet sprechen konnte, und der Brunnen von Bir Misaha lag nur noch wenige Stunden vor uns. Der einzige Makel an der Vollkommenheit des Augenblicks war der, daß Onkeir begonnen hatte, häufig über die Schulter nach hinten zu blicken. Sein Unbehagen war mit Händen zu greifen.

Jared war es auch aufgefallen. »Was ist?« fragte er endlich.

»Sidi«, sagte Onkeir, »meine Rückenhaut wird kalt, aber die Nacht ist nicht kalt.«

»Was sagt dir deine Rückenhaut, Onkeir?«

»Sie sagt *khatar* – Gefahr – hinter uns.«

Jared brachte mit einem leise gesprochenen »Chr« sein Kamel zum Stehen... »Wer folgt uns, Onkeir, Menschen oder Schakale?«

Onkeir schüttelte nur den Kopf und studierte das mondbeschienene Gelände vor uns. Er deutete auf einen in einiger Entfernung aufragenden Kamm niederer Dünen und Steine, die einzig sichtbare Hoffnung auf Zuflucht, aber Zuflucht wovor, wußte ich nicht, noch nicht. Ich drückte dem Kamel, das ich ritt, die Füße in die Flanken, und während Onkeir und Jared die anderen führten, machten wir, daß wir rasch zu dieser erbärmlich kleinen Erhebung in der Ebene kamen. Hastig brachten wir die Kamele dazu, sich hinzulegen, und entluden sie, häuften Sättel und Gepäck auf die Düne, so daß sie einen Wall bildeten, und nachdem Jared die Tiere an den Vorderbeinen gefesselt hatte, lud er unsere beiden Gewehre und händigte mir meines wieder aus.

Onkeir sah sie zuerst, da seine alten Augen schärfer als unsere waren: vier kleine dunkle Gestalten in der Ferne. »Pferde!« flüsterte er. »*Bismallah*, sie reiten auf Pferden!«

Ich hatte schon lange keine Pferde mehr gesehen, und als die Entfernung sich verringerte, sah ich, daß jedes Tier einen Mann trug; sie waren ohne Gepäck unterwegs, was sonderbar war.

»*Min da*, Onkeir – Freund oder Feind?« fragte Jared. »Was meinst du?«

»Ich sage, sie sind hinter uns her, Sidi. Sieh, wie sie jetzt anhalten, um die Spuren zu untersuchen. Bald werden sie sehen, wo wir den Pfad verlassen haben... Sidi, ich halte sie für Banditen.«

»Bismallah«, sagte Jared inbrünstig.

»*Yahudi*«, murmelte Onkeir; er spuckte in den Sand und zog dann einen langen, gut geschärften Khanjar heraus, der im Mondlicht blitzte.

Nun hatten die vier Männer unser Abweichen vom Weg bemerkt, denn sie waren abgebogen und ritten auf uns zu. Alle vier waren in Schwarz, sogar ihre Kopftücher waren schwarz und über ihre Gesichter gezogen, um sie unkenntlich zu machen. Ich konnte auch die Gewehre sehen, die sie im Schoß liegen hatten.

»Die vier apokalyptischen Reiter«, brummte Jared und hob sein Gewehr.

Einige Meter vor der Düne hielten die Männer uns gegenüber an, strafften die Zügel fest, um die ungebärdigen Pferde zu bändigen. Wir duckten uns tief, aber sie wußten, wo wir waren; unsere Kamelspuren standen in den Sand geschrieben. Sobald sie sich nebeneinander aufgereiht hatten, peitschten sie auf ihre Tiere ein und rasten mit lautem Geschrei auf uns zu. Dabei schossen sie mit ihren Gewehren in die Luft, um sowohl uns wie die Kamele zu erschrecken. Erst jetzt hob ich mein Gewehr und erfuhr, wie es war, auf einen anderen Menschen zu schießen. Ich zielte und drückte ab, als sie so nah an unseren Köpfen über die Dünen sprangen, daß ich die Hitze ihrer Pferde spürte. Etwas Feuchtes tropfte auf meinen Arm, schwarz im Mondlicht. ›Das ist Blut‹, dachte ich, ›einer von ihnen ist getroffen.‹ Als das vierte Pferd über uns war, sah ich Onkeir aufstehen, den Arm heben und mit seinem Dolch auf den Pferdebauch einstechen, doch das Pferd strauchelte nur und rannte weiter.

Sobald die Männer hinter uns waren, zügelten sie ihre Tiere und drehten um zum nächsten Angriff, nicht mehr spielerisch oder neckisch, sondern wild entschlossen. Ich kehrte der Düne den Rücken zu, zielte, feuerte, und einer der Männer fiel reglos zu Boden. Nun feuerte Jared, und einer der Banditen schlug sich mit der Hand auf den Arm, blieb aber auf seinem Pferd. Was dann geschah, war ein einziges Wirrwarr, denn ihr Anführer ritt wutentbrannt auf uns zu und sprang vom Pferd, um sich auf Jared zu werfen. Er hielt einen Dolch, der silbern im Mondlicht glänzte.

»Jared«, kreischte ich, doch die anderen zwei Banditen ritten

nun auf uns zu. Ich flüsterte ein Gebet, daß ich gut zielen möge, und schoß sie beide tot. Noch eine Kugel wurde abgefeuert, und zwar so nah bei mir, daß ich nicht wagte, den Kopf zu wenden, um nicht Jared tot zu erblicken; als ich dann doch hinschaute, sah ich, daß Onkeir uns gerettet hatte; er hatte Jareds Gewehr ergriffen und den Banditen erschossen, der Jared schon beinahe überwältigt hatte. Möge Allah ihn auf ewig dafür segnen.
Jared war nicht tot, nein, aber der Mann hatte ihn mit dem Dolch übel zugerichtet, bevor Onkeir ihn tötete.
Der letzte Bandit galoppierte verwundet nach Westen davon. Ich kroch zu Jared, der mir ein kleines, verkniffenes Lächeln zuwarf und die Augen schloß, wobei er sich vor Schmerz auf die Lippen biß.
Wenn Allah dies geschickt hatte, um uns zu demütigen und zu prüfen, so hatte er uns gleichfalls aus unendlichem Erbarmen Onkeir geschickt, der bereits Baumwollstreifen aus seiner *Gandura* riß, um die Blutungen in Jareds Schulter, Brust und Arm zu stillen. Ich rannte weg, um den Arzneikasten zu finden, und als ich tastend danach suchte, merkte ich, daß eines der Kamele angeschossen war und im Sterben lag. Ich zog die Schnapsflasche heraus und rief Onkeir zu: »Warte!« Ausgiebig begoß ich jede Wunde, die ich sehen konnte, wobei ich aber darauf achtete, daß ich Jared noch genügend für später übrig ließ, und nickte dann Onkeir zu, der die Verbände anlegte. Während er damit beschäftigt war, murmelte er immer wieder Worte, die ich nicht verstand, bis ich mich vorbeugte und erkannte, daß er im Namen Allahs, des allbarmherzigen, des allgütigen, für Jared betete. Oh, er war ein guter Mann, dieser Onkeir. Als wir mit dem Verbinden von Jareds Wunden fertig waren, ging er zu den Kamelen und überließ es mir, den Trost zu spenden, zu dem ich fähig war, obwohl ich bezweifle, daß Jared mich überhaupt wahrnahm. Draußen konnte ich Onkeir dem sterbenden Kamel die Kehle aufschlitzen sehen, auf daß er als guter Muslim das Fleisch essen konnte. Als er zurückkehrte, trug er Zeltstangen und Felle und stellte ohne ein Wort ein Zelt über Jared auf, damit er Schatten hatte, wenn der Morgen kam.
Ich fragte zögernd: »Wird der Sidi... *tuwafiyya* – zu Gott gerufen werden?«

Dies, sagte er ernst, liege in der Hand Allahs, aber ich sollte nicht verzweifeln.
Ich nickte. »Wird er« – ich langte mir an die Stirn, nach Worten ringend – »*harara*... Temperatur, Fieber haben?«
»*Naam*«, sagte er, doch bald würde er ein Feuer entfachen und die Wunden ausbrennen.
Ich verdrängte diesen Gedanken. Neben Jared sitzend, beträufelte ich sein erhitztes Gesicht mit kostbarem Wasser, während Onkeir die drei toten Banditen im Sand begrub und dann ein Feuer entfachte. Das Ausbrennen der Wunden mit einem rotglühenden Eisen war schrecklich anzusehen... Jared schrie auf, und der Geruch von verbranntem Fleisch war übel. Die Morgendämmerung kam, und während der Mond noch fahl am westlichen Himmel hing, stieg die Sonne im Osten auf, groß und rund wie eine Orange, doch mit dem Aufstieg der Sonne stieg auch Jareds Temperatur, und ich wußte, daß kein Mensch solch ein Fieber lang aushalten konnte und ich ihn verlieren würde.
Onkeir sah dies auch. Wir redeten in unserer Mischung aus Arabisch, Englisch und Haussa. Ich dankte ihm dafür, daß er uns nicht im Stich gelassen hatte, und für alles, was er getan hatte, doch er schüttelte den Kopf. Es sei Allahs Wille, daß er blieb, sagte er. Er und der Sidi hätten einen Vertrag gemacht, es sei eine Frage der Verantwortung.
»Aber der Sidi wird sterben«, fügte er ernst hinzu.
Ich sagte heftig: »Aber er soll nicht.«
»*Rahmut Ullahi Allaheim* – der Friede Gottes sei mit ihm«, sagte er traurig.
Ich kroch näher zu Jared, wie um ihn körperlich vom Tod abzuschirmen, der das Zelt betreten hatte und schon auf ihn wartete, und jetzt erst, als ich in Jareds Gesicht sah, um es mir einzuprägen, bemerkte ich eine Blutspur, dünn wie ein Faden, die vom Wangenknochen auf seinen Kiefer rann. Von allen seinen Wunden fesselte mich gerade diese, und ich war verdutzt und fragte mich, warum dies so war, bis ich erkannte, daß sie sehr der Fadenlinie eines Sprungs glich, den ich an einer vor mich hingestellten Tonschüssel bei einem heiligen Schrein gesehen hatte. Ich fragte mich... Sollte ich es wagen? Es war verrückt, jetzt an Shakespeare zu denken, aber »Zweifel sind Verräter«, erinnerte

ich mich, »die oft ein Gut entziehen (das wir erreichten), weil den Versuch wir scheuten...«
Ich bat Onkeir, sich zurückzuziehen, indem ich sagte, ich wollte in diesen letzten Augenblicken allein bei Jared sein. Er verstand, und sobald er gegangen war, ließ ich die Zeltklappen herunter, um mit ihm allein zu sein. Amina hatte gesagt, daß ihr Volk, wenn weder Beschwörungen noch Medizinen etwas ausrichteten, den Gott anrief, den es Spender des Atems und Lebens nannte, und betete.
Ich betete nun stumm.
Als ich neben Jared kniete, hörte ich, wie ihm ein schwacher Seufzer entfuhr – er war zumindest noch am Leben –, und ich setzte mich mit untergeschlagenen Beinen neben ihn. Erst besann ich mich einige Augenblicke, dann dachte ich: ›Heile, Jared... heile... HEILE!‹ Doch gleich erkannte ich, daß alles falsch war, weil ich Worte benutzte, das *iko* jedoch nichts mit Worten zu tun hatte. Ich war ungeduldig gewesen; ich ließ die Worte sein, rang eine endlose Zeitspanne darum, meine Zweifel und meine Ängste um Jareds Leben zu überwinden. ›Sei ruhig‹, sagte ich meinem aufgewühlten Gemüt. ›Laß los, laß los.‹ Zeit verging – eine lange Zeit –, bevor Stille in mir einkehrte und die Zeit stehen blieb. Meine Arme fühlten sich auf einmal schwer und beladen an. Langsam, ohne daß ich es wollte, bestanden sie darauf, sich aus meinem Schoß zu erheben und eine merkwürdige Kreisbewegung anzufangen: hoch in einem Bogen und dann runter und herum und wieder hoch, alles in dieser seltsamen Kreisbewegung, als wären sie völlig von meinem Körper gelöst. Obwohl ich keine Gedanken hatte, spürte ich ein Wiedererkennen – *iko* durchdrang mich –, und dann, langsam, sachte, ließen meine Arme von ihrer Bewegung ab und brachten meine Hände wieder in den Schoß zurück. Es war beendet. Ich holte tief Luft, aber da war keine Müdigkeit: Es war wieder geschehen – und zum letzten Mal, das wußte ich – und... ›was sein wird, wird sein‹, dachte ich.
Onkeir hatte gesagt, daß Jared sterben würde, doch – *Bismallah* – er lebte.

BUCH 4

18 Seit ich davon wußte, hatte ich nicht mehr an Jareds vergrabenes Vermögen gedacht, doch sobald sein Fieber nachließ, hörte ich ihn immer wieder davon reden, während der nächsten ruhelosen Stunden warf er sich hin und her und brummelte immer wieder: »Muß zurück, Gold ausgraben... es herauskriegen. Muß zurück... MUSS... es herauskriegen.«

Als ich darüber nachdachte, sah ich seinen Standpunkt ein. Ich würde meinen, daß jedem Menschen, der fast gestorben war, die Erinnerung, wie schlau er sein Geld vergraben hatte, damit es kein anderer finden konnte, ganz schön im Kopf herumgeht. Ich konnte mich nur nach Kräften bemühen, ihn zu beschwichtigen, doch nun, da diese schreckliche Krise überstanden war und er am Leben bleiben würde, hatten Onkeir und ich mit neuen Sorgen zu kämpfen. Schon allein unsere derzeitige Lage war unhaltbar; wir saßen fest auf einer weiten Schotterebene – pokkennarbiger Stein und Wanderdünen –, wir hatten nur noch wenig Wasser übrig, und obwohl Onkeir sich erbot, zu dem Brunnen in Bir Misaha zu reiten und unsere *Gerbas* zu füllen, hätte mich das leicht angreifbar gemacht, wenn etwa der letzte überlebende Bandit mit Freunden zurückgekehrt wäre, um Vergeltung zu üben. Es war keine erfreuliche Lage. In der zweiten Nacht war Onkeir sogar noch beunruhigter, und als ich ihn fragte, was ihm nun Sorgen machte, räumte er noch eine weitere Furcht ein: die vor den Geistern der nebenan begrabenen Toten.

Ich nickte dazu; genug war genug, wir würden gehen. Wir traten das Lagerfeuer aus, packten das Zelt zusammen und spannten ein Schaffell zwischen zwei Kamele, das wir mit Seilen sicherten, und dann wurde Jared auf diese behelfsmäßige Bahre geho-

ben. Er war soweit wieder bei Kräften, um schwach über seine Hilflosigkeit zu schimpfen, was Onkeir ein Lächeln entlockte.
»Sidi besser«, sagte er. *»Keif halaki, Sidi?«*
»*Tayib*, verdammt noch mal«, grollte Jared.
Bei mondlosem Himmel führten wir die Kamele zu dem Brunnen in Bir Misaha und ruhten uns zwei Tage aus, bevor wir zum Brunnen in Bir Dibis aufbrachen. Sobald wir dort wären, meinte Onkeir, müßten wir entscheiden, was wir als nächstes tun sollten, weil Bir Dibis auf der Darb-el-Arba'in lag, der alten Vierzig-Tage-Straße, die vom Sudan heraufkam, und dort könnte es Karawanen geben. Von Bir Dibis, meinte er, könnten wir wie geplant bis zum Nil weitergehen, oder...
»Oder was?« fragte ich.
»Der Vierzig-Tage-Straße nach Norden folgen.«
»Warum?« fragte ich verwirrt.
Im Norden läge el-wah El Kharga, die Große Südliche Oase, erklärte er, und an dessen südlicher Spitze lebe seine Tochter Saadiya in einer kleinen Oase gerade unterhalb von Baris. Der Sidi habe wohl vorgehabt, zum Nil und nach Assuan zu gehen, doch wenn er dort ankam, was dann? Der Sidi bräuchte einen Platz, um zu genesen und wieder stark zu werden, der Sidi bräuchte ein *beit*, ein Haus, und in der Oase El Hagar sei ein Brunnen mit gutem Wasser, vielen Dattelpalmen – und seiner Tochter.
Jared, der mitgehört hatte, fragte: »Wie weit?«
Beides sei weit, sagte Onkeir, doch die nördliche Strecke – vielleicht einen Tag länger, vielleicht auch nicht –, sei sicherer, eine gut begangene Route, wie der Sidi wissen müsse, da er sicher davon gehört habe. Sie führe nach El Hagar, wo er ausruhen könne.
Ich sah Jared an und lächelte. »Also?«
Er nickte. »Klingt vernünftig, was er sagt. Gehen wir nach Norden.«
Wir schlossen uns der ersten Karawane an, die auf der Vierzig-Tage-Straße aus dem Sudan kam – Natronschmuggler, vertraute mir Onkeir flüsternd an –, und mit ihnen reisten wir über tückisches, unwirtliches Gelände nordwärts. Wie die Tuareg sagen: Wer in der Wüste nicht getötet wird, lebt ewig. Am vierten Tag hatte Jared nicht nur sein vergrabenes Gold vergessen – so

dachte ich zumindest –, sondern saß rittlings auf einem unserer Kamele, wenn er auch noch nicht kräftig genug war, um es ohne Hilfe zu besteigen.
Immer wieder einmal, während wir nachts am Lagerfeuer Tee tranken, sprach Onkeir von der Großen Oase, auf die wir zusteuerten. Sie sei groß, sehr langgestreckt, sagte er, und sie liege deutlich tiefer als die Wüste und bestehe aus einem halben Dutzend Dörfern. »Wenn sie tiefer als die Wüste liegt, meinst du eine Depression?« fragte Jared, doch Onkeir kannte das Wort nicht, und ich wußte auch nicht, was es bedeutete. »Sie kommen in der Wüste vor, aber sie sind gewöhnlich nicht bewohnt«, erklärte er.
Ich konnte mir nicht vorstellen, was eine Depression war, oder gar, daß in diesem sterilen, unbewohnten Land mit seinen kegelförmigen Geröllhaufen und rutschigen runden Steinen eine Oase existieren konnte, doch eines Tages sah ich voraus die Umrisse von Bergen und parallel dazu einen hohen Erd- oder Sandwall. »Wir sind fast da«, sagte Onkeir.
Als Onkeir vorausgeritten war, wandte sich Jared an mich. »In Kharga leben Berber, und ich spreche und verstehe ihre Sprache nicht, wir werden ganz in Onkeirs Hand sein.«
»Wir können ihm doch sicher trauen?«
Jared sagte trocken: »Er scheint mich, seit ich ›von den Toten auferstanden bin‹, wie er es nennt, mit wahnsinnig viel Ehrfurcht anzusehen. Ja, wir können ihm trauen. Er wird ihnen sagen, ich sei ein Türke aus Alexandria, doch der Himmel allein weiß, für was er dich hält. Das beste ist, nichts zu sagen und das Gesicht verschleiert zu lassen.«
»Ich werde bald das Sprechen verlernen«, entgegnete ich trübsinnig.
»Ach, du kannst doch mit mir reden«, neckte er mich. »Ich werde nun die Exklusivrechte haben.«
Als wir die Erdwälle erreichten, die in die steinige Wüste ausliefen, trennten wir uns von der Schmugglerkarawane, offenbar war El Hagar für sie zu klein und unbedeutend, und sie würden ihre Kamele weiter nördlich in Baris tränken. So stiegen wir drei allein in diese sonderbare Landsenke unter dem Wüstenniveau hinab, fielen fast buchstäblich hinab, als wir in eine andere

Welt rutschten und glitten, um auf die kleine Oase El Hagar zu treffen.
Ich stand im Innern eines Akazienwalls, der errichtet worden war, um den von allen Seiten andrängenden Sand zurückzuhalten. Ein Dutzend oder mehr Lehmhütten schmorten in der heißen Sonne, nur spärlich beschattet von einem grünen Garten aus Noumpalmen, während in der Mitte die größte Attraktion stand, ein großer artesischer Brunnen, aus dem Wasser in Bewässerungskanäle geleitet wurde, um die Palmen und Reisfelder zu versorgen. Es war trocken, heiß und unordentlich – nicht gerade ein Paradies, dachte ich, doch nach der rauhen Gegend, durch die wir gereist waren, sahen Wasser und Bäume wunderschön aus.
Und für Onkeir war Saadiya da.
Später bemerkte ich erst, wie selten die Frauen des Dorfs zu sehen waren, und dann auch nur als Gesichter in einem Fenster, doch Onkeirs Tochter Saadiya war von einem andern Schlag, mit ungebrochener Lebenskraft und freiem Wesen. Ich sah sie oft vor ihrem Lehmziegelhaus stehen, die Hände in die Hüften gestemmt, während sie mit verrutschtem Schleier und schelmisch blitzenden Augen ihre Kinder anfuhr. »O Prophet, o Apostel, sie ist wie ihre *umm*, ihre Mutter«, sagte Onkeir stolz, und dann erzählte er, wie Saadiya sich geweigert hatte, den Mann zu heiraten, den er und ihre Mutter für sie in ihrem Dorf ausgesucht hatten. Sie hatte Ismael gewollt, den Karawanenführer, der oft durch ihr Dorf kam, und sie hatte sich wie ein *enerregreg* aufgeführt, sagte er – das Tuaregwort für ein Kamel, das traurig brüllt, wenn es abgesondert ist. Ich konnte mir das lebhaft vorstellen, denn Saadiya hielt nichts zurück, weder Wut noch Trauer oder Freude, und es erübrigt sich, zu erwähnen, daß sie nun Ismaels Frau war.
Wir schliefen in jenen ersten Nächten auf dem Dach von Saadiyas Häuschen, aber Jared war nicht wohl dabei, er mochte es nicht, und zu meiner Überraschung griff er tief in seine Satteltaschen, um ein Moskitonetz herauszuholen, von dessen Vorhandensein ich nichts gewußt hatte. »Warum?« fragte ich. »Du wirst sehen«, sagte er, und ich sah es in der Tat, denn als es dunkel wurde und der ständige heiße Wind sich legte, zündete er

ein Streichholz an, um mir zu zeigen, daß das Netz voller Moskitos hing.

»Verdammt viel Wasser hier«, sagte er grimmig. »Diese Palmen stecken zehn Zentimeter tief in stehendem Wasser – da ist auch noch das Reisfeld –, und stehendes Wasser brütet Moskitos aus, und Moskitos bedeuten Malaria.«

Es war mir schlichtweg nicht in den Sinn gekommen, daß es in der Wüste zu viel Wasser geben konnte. »Aber dies ist eine Oase, keine Wüste«, erinnerte er mich. »Die Wüste ist gesund. Morgen werden wir nach einem Lagerplatz außerhalb von El Hagar suchen.«

Dazu brachen wir im Morgengrauen auf, füllten eine *Gerba* mit Wasser und borgten uns von Saadiya zwei Esel. Da wir von Süden gekommen waren, zogen wir nach Osten in die Richtung der spitzen Hügel und Steilhänge, die eine Seite der Depression bildeten. Die Hitze sammelte sich bereits, und ein stetiger Nordwind stach uns mit Sand ins Gesicht. Eine halbe Meile vom Ort entfernt sahen wir drei Säulenstümpfe aus dem Boden ragen und drei Schatten werfen; wir ritten dorthin, um sie uns anzusehen.

»Die müssen römisch sein«, sagte Jared beim Absteigen.

»Sie sind aus Marmor!« sagte ich überrascht, während ich auf El Hagars kleine Lehmhütten zurückblickte.

»Wer weiß, da könnte eine ganze Stadt unter unseren Füßen in der Wüste vergraben sein«, sagte er, als er die Säulen betrachtete. »Sie sind anscheinend halb im Sand vergraben.«

Bakuli und ich hatten manchmal sonderbare, halb vergrabene Gebilde gesehen, aber es war niemand dagewesen, um sie zu erklären. »Wann waren die Römer hier?« fragte ich.

»Vor sehr langer Zeit, bevor Christus geboren wurde, und wahrscheinlich noch ein paar Jahrhunderte früher. Sie haben in der ganzen Sahara und in Ägypten Ruinen hinterlassen, Forts, Grenzbefestigungen und Zollhäuser, und da die Route vom Sudan hier vorbeikam – die Vierzig-Tage-Straße –, sind sie wohl auch hier gewesen. In jenen Zeiten muß es ganz anders ausgesehen haben«, sagte er und blickte sich um in der unwirtlichen Landschaft. »Ich habe den Verdacht, El Hagars artesischer Brunnen ist auch von ihnen errichtet worden.« Er beäugte nach-

denklich die Säulen. Ihn beschäftige, meinte er, daß zwei von ihnen genau gleich hoch waren, höher als er und zwei Meter auseinander. »Das bringt mich auf eine Idee«, sagte er und deutete auf die beiden Säulen. »Wir könnten unser Moskitonetz über diese beiden werfen und ein Zelt machen, indem wir das Netz mit Steinen beschweren.«
»Es wäre sehr heiß«, sagte ich zweifelnd, »und ohne Schatten.«
»In El Hagar ist es auch heiß«, erinnerte er mich. »Na ja, und der Schatten« – er zuckte mit den Schultern – »Palmenmatten, ein Teppich – besser als bei lebendigem Leib von Moskitos aufgefressen zu werden. Die Leute hier verstehen nicht, daß die im Wasser der Reisfelder sich kringelnden Würmer sich zu malariaübertragenden Insekten auswachsen.«
»Nicht einmal Onkeir?«
Jared lächelte. »Er hat mir höflich zugehört, als ich das erwähnte, aber ich denke, er hat mich ausgelacht.«
Wir ritten nach El Hagar zurück, während eine Idee aufgeregt die nächste hervorbrachte. Mit Onkeirs Hilfe band Jared Palmenstämme zusammen, und zwar gerade so breit, daß sie als Boden zwischen die beiden gleich großen Säulen geschoben werden konnten, und hoffentlich auch hoch genug, um Schlangen und Skorpione abzuwehren. Das Moskitonetz, an der Spitze beschwert, bildete ein Zelt, das sich gut zwischen den Pfeilern ausbreitete und uns reichlich Platz bot. Unsere Decken bildeten ein Dach, das tagsüber spärlichen Schatten warf und nachts entfernt werden konnte, damit wir die Sterne sehen konnten. Ich vergrub Datteln im Sand, damit sie trockneten und reiften.
Als unser Werk zwei Tage später fertig war, stellten wir uns beide davor und besahen es kritisch. »Könnte immer noch ein paar Verbesserungen vertragen«, sagte Jared.
Ich konnte ein Lachen nicht unterdrücken. »Es sieht ganz wie ein Spielhaus aus, das Kinder aus Schachteln und Kisten bauen.«
»Na ja, wer ist denn erfinderischer als ein Kind?« entgegnete er grinsend.
Da die Arbeit ihn ermüdet hatte, probierten wir am Nachmit-

tag unser neues Heim aus, indem wir uns auf das Podest legten, Wasserkrüge neben uns, während ich ihm weiter aus seinem Buch über den Forscher James Bruce in Abessinien vorlas.

»›Der König‹«, las ich, »›verurteilt Schwerverbrecher oft selbst. Ist der Gefangene zum Tode verurteilt, wird er nicht mehr ins Gefängnis zurückgeschickt, was für grausam erachtet wird, sondern augenblicklich weggebracht, und die Strafe wird vollzogen… Die vorherrschende Strafe ist das Kreuz. Als nächstes kommt das Auspeitschen des Opfers.‹«

»Das ist nicht sehr erbaulich«, murmelte Jared.

»›Steinigung bis zum Tode‹«, fuhr ich fort, »›ist die nächste Todesstrafe. Sie wird aus religiösen Gründen hauptsächlich Fremden auferlegt, die hier Franken heißen.‹ Da siehst du, was dir erspart geblieben ist«, bemerkte ich.

»Kaum«, sagte er. »Es ist eher ein Wunder, daß Bruce überlebt hat.«

Ich sah Jared jeden Tag mehr zu Kräften kommen. Ich bin sicher, die Dorfbewohner hielten uns für verrückt, weil wir unser Lager außerhalb ihrer Oase hatten, aber sie waren nicht unfreundlich. Offenbar hatte Onkeir ihnen von dem Kampf mit den Banditen berichtet und daß Jared die schweren Verwundungen wie durch ein Wunder überlebte, Allah sei gepriesen, und von dem sonderbaren Glauben fremder Völker, daß die Sonne heilen konnte. Sobald wir unser Zeltlager eingerichtet hatten, schloß sich Jared gelegentlich Onkeir und den anderen Männern im Dorf an, die stundenlang beim Dattelmarkt saßen und ihren Kaffee tranken, redeten und die wie ein Teppich zum Trocknen ausgebreiteten Datteln anschauten. Ich wollte mich nicht von meinem *Barrakan* trennen, aber während einem dieser Besuche zeigte mir Saadiya, wie ich seine Löcher flicken konnte, und gab mir oft Ziegenmilch, die ich zu unserem Zelt mitnahm. Auf dem Dattelmarkt kauften wir saftigere Datteln, als ich je zuvor gegessen hatte, und von Saadiya erstanden wir Mehl, mit dem ich ungesäuertes Brot machte, indem ich es nachts in die Glut unseres Lagerfeuers eingrub, damit es in der Morgendämmerung knusprig gebacken war. Doch die meisten Stunden verbrachten Jared und ich mit Gesprächen über unsere

Zukunft. Land sei billig in Afrika, sagte Jared, und werde sicher auch besiedelt, aber was hielte ich von Schottland?
»Gibt es dort viel Platz und Himmel?« fragte ich.
»Auf dem Land ja.«
»Dann würde ich aufs Land wollen. Kannst du auf dem Land Bücher schreiben?«
»Der beste Ort dafür«, sagte er. »Vielleicht Schafe und ein Garten?«
»Ich kenne mich mit Gärten überhaupt nicht aus«, teilte ich ihm mit, »und du?«
Er lachte. »Ich bin damit aufgewachsen, einen Morgen Land mit Gemüse zu bestellen. Wenn wir das nicht jedes Jahr gepflanzt hätten, wären wir im Winter einige Tage sehr hungig geblieben.«
Solche Gespräche waren so nahrhaft wie unser schlichter Speiseplan mit Datteln, Brot, Wasser und Ziegenmilch; Reichtum war durchaus relativ, wie ich schon herausgefunden hatte.
Eines Abends, als ich ein Loch im Sand vertiefte, um ein besseres Kochfeuer herzurichten, fand ich ein rundes Metallstück mit ein paar kaum entzifferbaren Buchstaben darauf. Ich brachte es Jared, und wir untersuchten es. »Offenbar eine Münze«, sagte er, »und sicher römisch, aber ich kann die Buchstaben nicht erkennen.«
»Ich sehe C-o-n«, verkündete ich stolz.
»Wo?«
Ich wies darauf, und er kniff die Augen zusammen und sagte: »Du hast recht, und da drüben ist t-i-u-s. Schön, schön«, fügte er erfreut hinzu, »der römische Kaiser Constantius. Schauen wir mal, was wir noch finden können, wir haben sicherlich genug Zeit. Gehen wir auf Erkundung.«
Wir hatten von Ruinen nicht weit von El Hagar gehört – an einem Ort namens Dush, wo niemand mehr wohnte. Eines Tages vor der Morgendämmerung brachen wir mit zwei Kamelen und genügend Wasser auf, um den Tag zu überstehen, und als wir östlich der Vierzig-Tage-Straße nach Süden zogen, fanden wir Überreste eines Tempels, von dem der Eingang zu dem verschwundenen Bau noch intakt war, von Wind und Sand durch bröckelnde Mauern geschützt. Die leere Eingangsöffnung

führte aber nur zur Wüste dahinter. Es war ein stiller Ort, voller Geister und nur von Skorpionen bewohnt, aber er barg reichlich Tonscherben, die wir ausgruben, bevor die Sonne hoch im Mittag stand. Unsere größte Entdeckung hatte die Form eines Bechers, und ich behandelte sie ehrfürchtig. »Wie alt?« flüsterte ich.

»Jahrhunderte alt«, sagte Jared und strich über die verwitterte Oberfläche.

»Ich möchte gern wissen, wem er gehört hat. Ich möchte auch gern wissen, wie die Menschen sich von uns unterschieden haben.«

Jared lächelte. »Sie waren sicher nicht sehr anders. Sie liebten und haßten, fochten Kriege aus, pflanzten Samen und bekamen Kinder; wer weiß, vielleicht haben sie hier auch Überreste aus einer noch früheren Vergangenheit gefunden.«

Ich blickte ihn an. »Und haben hier gestanden und sich über jene anderen Leute gewundert, genau wie wir es in diesem Augenblick tun?« Als er nickte, sagte ich: »Es ist also wie eine Karawane, nicht wahr, eine lange Reihe von Menschen auf dem Marsch, die eine Gruppe verschwindet aus dem Blickfeld, und eine andere kommt heran...«

»Bis ein Jahrhundert vorbei ist – und wieder und wieder eins«, sagte er. »Und hier sind wir in welchem Jahr auch immer, 1913 oder sogar 1914 mittlerweile, halten einen Becher, den irgend jemand gemacht und vor beinahe zweitausend Jahren benutzt hat.«

Ich schauderte. »Das ist eine lange Zeit, Jared.«

»Mit vielen Veränderungen.«

»Werden wir uns verändern?« fragte ich.

»Das tut jeder, aber du und ich werden uns zusammen verändern«, sagte er, »und das macht einen großen Unterschied.«

Als wir später ins Lager zurückritten, hatten wir eine Handvoll verwitterter Münzen, den alten Becher, ein paar Scherben, und wir bewegten uns bei Sonnenuntergang auf einen Himmel zu, der in einem Aufruhr von Orange, Rosa und Scharlachrot aufflammte. Und stets wartete die Nacht auf uns; wenn unsere Tage reich an Kameradschaft waren, so waren die Nächte mit Jared der Himmel.

Wir waren zwei Monate in El Hagar, als Saadiyas Mann Ismael mit einer Karawane über die Vierzig-Tage-Straße zurückkehrte, und bei seiner Ankunft sagte Jared, daß es Zeit für uns sei, an Aufbruch zu denken. »Zeit, nach Süden zu reisen und mein Gold auszugraben, bevor meine Taschen leer sind, Caressa.«
Als ich solche Worte hörte, spürte ich einen Anflug von Traurigkeit, denn unsere Tage hier in El Hagar waren die glücklichsten meines Lebens gewesen, aber da ich wußte, daß Schottland ohne das Gold nur ein Traum bleiben würde, sagte ich, so munter ich konnte: »In Ordnung, wann brechen wir auf?«
»Hör mich zu Ende an«, sagte er nüchtern, »denn ich habe es im Geiste schon durchdacht, schon seit wir hier angekommen sind. Ich muß allein gehen, Caressa.«
Verzweifelt schrie ich auf: »Jared!«
»Wohin ich gehe, ist kein Platz für eine Frau«, sagte er bestimmt, »und ich möchte schnell reisen. Jetzt hör zu und versuche, die Bürde zu erkennen, die du für mich wärst. Ich habe mit Onkeir darüber gesprochen.«
»Mit Onkeir?«
»Ja«, sagte er ruhig, »denn es mußte ausgetüftelt werden, um das noch verbleibende Geld aufzuteilen und nachzudenken, was für dich das beste und sicherste ist. Es gibt mittlerweile eine Eisenbahn, die nach Süden bis Sennar geht, sie fährt unregelmäßig, aber sie fährt, und in Sennar kann ich ein Kamel kaufen oder mieten und in Teseney spätestens beim nächsten Vollmond über die Grenze gehen.«
Verzweifelnd sagte ich: »Doch wenn du fast einen Monat brauchst, um dorthin zu kommen, dann bedeutet das ja auch einen Monat für die Rückkehr? Oh, Jared.« Ich sah mich in der Wüste um, die mir wie ein Zauber erschienen war, und erkannte, der Zauber war in mir gewesen, denn auf einmal sah ich die Einsamkeit und Enge. »Das könnten zwei Monate werden.«
»Du wirst nicht hier bleiben«, sagte er, meine Gedanken erratend. »Ich habe lange und angestrengt darüber nachgedacht und möchte, daß du bei deinen Landsleuten in Kairo auf mich wartest.«

»Kairo?« rief ich. »Ich habe keine Landsleute dort, Jared, warum?«
»Ich meine, es gibt dort ein amerikanisches Konsulat«, sagte er. »Du und Onkeir werdet mit dem Zug fahren – es sind nur zwei Tagesreisen –, Onkeir war schon mal in Kairo, also kennt er die Stadt ein bißchen. Er wird dich zum Konsulat bringen, denn ich werde dich nicht allein reisen lassen.«
»Aber Jared...«
»Zwei Monate«, betonte er, »und dann nehmen wir ein Schiff nach England, Caressa, und das wirst du denen in Kairo erklären, weil unglücklicherweise alle meine übrigen Taler dafür draufgehen werden, daß du mit Onkeir nach Kairo kommst und ich in den Süden reisen kann. Deswegen – und es fällt mir schwer, es zu sagen – wirst du auf dem Konsulat als notleidende Bürgerin vorstellig werden. Wie dem auch sei«, fügte er fest hinzu, »du wirst einen Schuldschein mit meiner Zusicherung mitnehmen, daß ich alle für deine Ausgaben vorgeschossenen Gelder zurückzahlen werde, sobald ich in zwei Monaten wieder bei dir bin.«
Erstaunt sagte ich: »Du wirst ohne Onkeir reisen?«
Er nickte. »Ich muß.« Er öffnete seinen Geldsack und leerte ihn auf den Boden. Er setzte sich im Schneidersitz hin, griff die beiden Goldringe heraus und sagte: »Einer davon geht an Onkeir, wie in unserem Vertrag versprochen. Aber der andere, der wird genau reichen, um dich und Onkeir mit dem Zug nach Kairo zu bringen.« Er deutete auf den Haufen Mariatheresientaler und fügte hinzu: »Und das reicht aus, damit ich zweiter Klasse nach Sennar reisen kann.« Der Haufen war verdächtig klein geworden, und nachdem er den Rest abgesondert hatte, meinte er noch: »Davon werde ich mir unterwegs was zu essen und ein Kamel kaufen, um nach Abessinien rüberzukommen und mir mein Gold wieder aus der Erde zu holen.«
»Jared, das ist nicht viel!«
Er lächelte. »Deswegen, meine Liebe, ist es Zeit, daß wir diesen gesegneten Ort verlassen. Wir können Gott nur dafür danken, daß die Bahnlinie schon so weit in den Süden führt, bloß kosten die Züge höllisch viel Geld.«
»Jared, ich möchte mit dir gehen.«

Er schüttelte den Kopf. »Ich habe schon Alpträume gehabt, was dir alles zustoßen könnte. Im Sudan weht ein anderer Wind.«
»Ich bin nicht unerfahren.«
Er lächelte. »Das gestehe ich dir zu, aber ich weiß nicht, was mir zustoßen wird – nichts, was mit einem Gewehr nicht zu erledigen wäre –, aber die Sorge um dich an meiner Seite könnte mir die Hand lähmen.«
Wir diskutierten stundenlang heftig darüber, doch ich war ihm gegenüber im Nachteil – ich mochte ein wenig Wissen über einen kleinen Teil der Sahara erworben haben, aber ich wußte nichts von Nubien, dem Sudan oder den wenigen Meilen in Abessinien, die Jared durchqueren mußte, um seinen Steinhaufen zu erreichen. Das war sein Wissen, und ich kam gegen seine ruhigen und beständigen Versicherungen nicht an, daß es kein Ort für eine Frau war. Schlußendlich mußte ich das akzeptieren: Das Gold für unser Leben in Schottland lag einen Monat entfernt, und er konnte schneller vom Fleck kommen, wenn er allein reiste.
Und so brachen Onkeir, Jared und ich eines Tages in der vollen Sommerhitze mit Ismael als unserem Führer auf, denn Ismael kannte den Pfad über den Dush-Paß, der uns durch die Wüste nach Esna und zur Eisenbahn führen würde. Der Anstieg aus der Depression und über den Paß verlangte uns das Letzte ab, und sobald wir die höchste Stelle erreicht hatten, trafen wir auf heftige Winde und tiefe Furchen, die mit großer Sorgfalt überquert werden mußten, aber Wegsteine sowie Tonscherben und Tierknochen markierten den Pfad, und so zogen wir weiter und stemmten uns gegen den Wind. Nach zwei Tagen teilte sich der Pfad, und wir steuerten nordöstlich über eine wasserlose Ebene auf den Nil zu.
Wir erreichten Esna viel zu früh. Die Reise war zwar hart gewesen, aber das, was vor uns lag, war noch härter. Wir stellten unser Zelt außerhalb der Stadt auf, und am nächsten Morgen traf Jared Reisevorbereitungen, handelte für den einen Goldring die Fahrkarten ein, die uns auseinanderbringen würden, und gab Onkeir den anderen. Ich war mittlerweile vor Kummer so angespannt, daß ich Esna nur als eine Stadt in Erinnerung behielt, wo die Männer dicke rote Turbane trugen – Jared sagte,

sie seien Gupten oder koptische Christen –, aber ich erinnerte mich mit quälender Klarheit an unsere letzte gemeinsame Nacht im Zelt, das unser Zuhause gewesen war.
Am Morgen packte Jared schweigend Geld, Gewehre, Munition, Nahrung und Medizin in ein Schaffell, rollte es zusammen, verschnürte es und band es sich um die Schultern. Es gab noch einen letzten Kamelritt, als Ismael uns an der Eisenbahn ablieferte, bevor er die Rückreise nach El Hagar antrat. Jareds Zug nach Süden sollte eine Stunde später als unserer eintreffen, und so standen wir drei benommen an den Gleisen und sahen den Zug nach Luxor und Kairo unausweichlich auf uns zurollen. Nun gab ich Jared das einzige wertvolle Stück, das ich zu besitzen meinte: Als der Zug zum Stehen kam, ließ ich Jacobs alten Kompaß in seine Hand gleiten.
»Damit er dich zurückbringt«, sagte ich.
»Ich werde dafür keinen Kompaß brauchen«, sagte er rauh, und ich sah den Schmerz in seinen Augen, und in meinen waren gewiß Tränen.
»Allah kerim«, sagte Onkeir.
»Insch'Allah«, sagte Jared, und so trennten wir uns.

19

Nach dem Leben in der Wüste mit ihrer großen Stille und Einsamkeit war Kairo ein Angriff auf meine Sinne, der mich fast erschlug. Auf jeden Fall erschreckte es mich, und ich klammerte mich an Onkeir, damit ich ihn in der Menge nicht verlor. Es herrschte ein solcher Lärm, es schien, als ob jeder auf der Straße schrie, während als Untermalung das Rattern von Zügen und Omnibussen und lautes Hupen ertönte; eine Reihe von Kamelen zog, erbärmlich brüllend, an uns vorbei; es gab hier auch pferdegezogene *Arabas* wie in Tripolis, denen aber Läufer vorausrannten, die riefen: »Platz da! Platz da!« Von den Häusern und Moscheen her, an denen wir vorbeikamen, erschien mir die Stadt grau, und sie war heiß. Nur der Ruf des Muezzin war vertraut.

Viele Male hielt Onkeir an, um sich nach dem Weg zu erkundigen, bis wir eine breitere Straße mit ein paar kümmerlichen Palmen erreichten. *»Hinehk«*, sagte er, mit dem Finger zeigend. *»Amrikahni Qunsulija.«*

Das Konsulat – das amerikanische. Erschreckt entledigte ich mich meines zerlumpten *Barrakans*, glättete meine neue Pluderhose und *Gandura*, ordnete mein Kopftuch und sagte: »Onkeir, was meinst du, was ich...«

Doch Onkeir war in der Menge untergetaucht und nirgends zu sehen. Ich weinte beinahe, so verzagt machten mich sein Verschwinden, der Lärm und die Fremdheit von allem. Es genügt zu sagen, daß ich beim Betreten des Konsulats entsetzt begafft und angeherrscht wurde, sofort zu verschwinden – bis ich auf englisch losredete und den Mann gehörig verblüffte, der mich empfangen hatte. Daraufhin wurde ich auf eine harte Holzbank in einem Flur verwiesen, wo ich warten sollte, bis jemand frei war, um mich anzuhören. Nach einer Stunde kam ich in ein Zimmer, wo ein junger Mann hinter einem Schreibtisch saß. Er sah freundlich aus – wenn ihn meine Kleidung aus der Fassung brachte, so unterdrückte er seine Reaktion – und erhob sich, um mir die Hand zu geben. Er war freilich eindeutig verblüfft, als ich ihm auf englisch mitteilte, daß ich als Amerikanerin und mittellose Bürgerin gekommen war, aber einen Schuldschein von Jared dabei hatte, daß er bei seiner Ankunft in Kairo meine Ausgaben begleichen würde.

»Schuldschein? Amerikanerin? Sie haben natürlich einen Beweis Ihrer Staatsbürgerschaft?« sagte er freundlich.

Ich übergab ihm den Schuldschein und erklärte, daß ich keinen Beweis oder Ausweis hätte. »Deswegen bin ich ja eine mittellose Bürgerin«, betonte ich.

Er legte Jareds Schriftstück, ohne es anzublicken, auf seinen Schreibtisch, und seine Haltung war auf einmal sehr förmlich und nicht mehr so freundlich. »Sie müssen verstehen, daß wir sehr strenge Gesetze haben«, sagte er steif. »Wenn Sie keinen Reisepaß, keine Papiere, keine Dokumente, keine Kennkarte haben…« Nach einem Blick auf mein Gesicht ergriff er seinen Füllfederhalter und fügte hinzu: »Dürfen wir mit Ihrem Namen anfangen, bitte?«

In dem Bemühen, ihm behilflich zu sein, sagte ich ihm meinen Namen.

»Caressa Bowman«, wiederholte er stirnrunzelnd. »Bowman? Ist das Boman oder Bowman?«

»B-o-w-m-a-n«, bestätigte ich ihm.

»Und Sie sagten Caressa?«

Ich fragte mich, ob er schwerhörig war; mein Name schien ihn eindeutig zu verblüffen. Nachdem er sich hingesetzt und mich angestarrt hatte, wobei er immer angestrengter dreinblickte, sagte er mir: »Das kommt mir irgendwie bekannt vor, wissen Sie, es – mein Gott!« stieß er hervor. »Sie sind Caressa Bowman!?«

Da ich es ihm bereits gesagte hatte, hielt ich es für zwecklos, es zu wiederholen.

»Aber ich kenne Sie«, rief er. »Zumindest meine Schwester… Aber Sie sind in der Wüste, in Tripolitanien, im Fezzan ermordet worden. Das ist doch sicher schon drei Jahre her?«

Bevor ich daraus schlau wurde, sagte er: »Wir haben monatelang Nachforschungen angestellt – aber Tripolis ließ verlauten, Sie und Ihr Ehemann seien tot. Meine Schwester hat tagelang geweint.« Er lehnte sich zurück und starrte mich ungläubig an. »Sie müssen mich plötzlich für verrückt halten, aber ich heiße Bill Stanhope, sagt Ihnen der Name Stanhope etwas?«
»Stanhope...« sagte ich langsam, weil es mir so lange her vorkam, »ich hatte einmal eine Freundin, Isabelle Stanhope. Wir haben uns auf der Valeria, die von Marseille abfuhr, kennengelernt, zumindest glaube ich, daß es die Valeria war, und...«
Er machte vor Verwunderung ganz große Augen. »Sie sind einfach hier hereinspaziert und haben das nicht erwähnt – nach all der Zeit von den Toten auferstanden? Es ist Ihnen nicht eingefallen – mein Gott!« sagte er.
»Je nun, wissen Sie«, bemerkte ich, »ich habe ja gewußt, daß ich nicht tot war. Geht es Isabelle gut?«
Er lachte. »Sie ist hier in Kairo.« Er schüttelte benommen den Kopf. »Sie werden das Tagesgespräch sein, wenn diese Neuigkeit herauskommt. Sie wohnen selbstverständlich bei uns – Isabella führt mir den Haushalt und ist eine fabelhafte Gastgeberin.«
Ich sagte: »O nein, ich möchte nur – mein Freund wird bald...«
Er schnitt mir das Wort ab. »Selbstverständlich werden Sie mein und Isabelles Gast sein; ich kann es gar nicht erwarten, ihr Gesicht zu sehen, wenn sie erfährt, daß Sie am Leben sind.« Er lächelte mich jungenhaft an. »Ich frage mich gerade – ja, ich glaube, Rogers wird mit Ihnen sprechen wollen, und Damien sollte auch von Ihnen erfahren.«
Ich war müde und perplex, aber in den nächsten paar Stunden wurde viel Aufhebens um mich gemacht, ich wurde von dem einen Mann befragt, von dem anderen vernommen und verhört. Meine Jahre in der Wüste schrumpften zu konturenlosen Fakten für sie und wurden dann dem Papier anvertraut. Was sie erfuhren, weiß ich nicht, doch ich erfuhr, daß dies der 14. Juni 1914 war und ich deshalb zwanzig Jahre alt war und in ein paar Monaten einundzwanzig sein würde. Isabelle wurde herbestellt und kam atemlos an, um endlich die Befragungen zu beenden.

»Ich kann es nicht glauben!« wiederholte sie immer wieder halb lachend, halb weinend. »Du bist am Leben, du bist am Leben!« Ich dachte mir: ›Wie unverändert sie aussieht‹, und für einen bloßen Augenblick machte mich dieser Zusammenprall der Welten schwindelig, dann küßte und umarmte sie mich, was ich für sehr tapfer von ihr hielt, weil ich sicherlich dreckig, sie aber elegant und sauber war und nach Lavendel duftete.
»Was du durchgemacht haben mußt!« rief sie, doch da sie ihren Bruder warnend die Stirn runzeln sah, fügte sie hinzu: »Doch jetzt ist Zeit, alles zu vergessen. Oh, laß mich sie bitte jetzt heimbringen, darf ich?«

Und nun begann eine Zeit der Einsamkeit, die noch einschneidender war als alles, was ich in der Hinsicht in der Vergangenheit durchgemacht hatte. Ein Teil von mir blieb immer noch in der Wüste, aber ich wartete mit Leib und Seele auf Jared, und doch mußte ich reden, lächeln und jeden Gedanken verheimlichen; ich mußte auch wieder lernen, mit Messer, Gabel und Löffel zu essen, Röcke zu tragen und unter einer Zimmerdecke zu schlafen, die die Sterne verbarg und schwer auf mir lastete.
Wie nett Isabelle war. Sie hatte sich nicht verändert und war so großzügig, wie ich sie in Erinnerung hatte, auch noch so lebhaft und hübsch, doch wer sich verändert hatte, war ich. Durch ihre Augen konnte ich die Caressa sehen, die ich vor langer Zeit gewesen war, und das Mädchen war mir fremd, doch Isabelle sah keine Veränderung. Ich war immer noch die sechzehnjährige Vertraute, für die sie gehofft hatte, einen Ball zu geben, und dazu kam noch die Attraktion, daß ich jetzt eine Heldin war. Sie schwankte zwischen Mitleid mit mir und Bewunderung meiner Ausdauer, doch da war auch Neid auf die Aufmerksamkeit, die die Zeitungen mir widmeten, und Ehrfurcht vor den Einladungen, die sie mir einbrachte.
Am betrüblichsten war die Feststellung, daß ich ihr gegenüber nicht von Jared sprechen konnte. Es gab keine Intimität zwischen uns, obwohl sie glücklicherweise das nicht bemerkte, denn ich verstand bald genug, in was für eine andere Welt ich geraten war, voller Regeln und Gepflogenheiten, die ich vergessen oder nie gekannt hatte. Ich sah, daß Isabelle empört – sogar

entsetzt – sein würde, wenn sie erfuhr, daß ich mit einem Mann zusammengelebt hatte, mit dem ich nicht verheiratet war; in ihren Augen wäre ich dadurch zu einer gefallenen Frau geworden, und keine Begleitumstände könnten das verzeihen. Wenn ich mich auch für mein Tun haßte, machte ich Jared doch zu einem bloßen Freund – was er ja auch war –, der mich aus der Wüste gerettet und dafür gesorgt hatte, daß ich Kairo erreichte, während er sich nach Abessinien aufmachte, um in ein, zwei Monaten wieder zu mir zu stoßen.

Ich war völlig aus meinem Element gerissen und wußte es; noch schlimmer, ich war jeder Wahl beraubt. Ich hatte den unkomplizierten Status einer mittellosen Bürgerin erwartet, hatte angenommen, daß Jareds Schuldschein gewürdigt werden und ich eine bescheidene Beihilfe für Unterkunft und Verpflegung in einem kleinen Zimmer erhalten würde, aus dem ich heraustreten könnte, um das Leben einer Stadt zu erkunden, die ich später Jared zeigen wollte. Vor allem hatte ich Privatheit erwartet. Ich glaube nicht, daß es Isabelle oder ihrem Bruder je einfiel, daß ich gar nicht ihr Gast sein wollte, das konnten sie sich nicht vorstellen. Was auch in den Jahren seit dem Massaker geschehen war, durfte nicht erwähnt werden, und wenn ich zuweilen zickig wurde oder meine Gedanken abschweiften, gab Isabelle sich große Mühe, nachsichtig zu sein.

Gnädigerweise zeigte Kairo nur ein kurzlebiges Interesse an mir; ich wurde nach zwei Wochen durch Nachrichten über den Anschlag auf einen Erzherzog in Sarajevo ersetzt, und die darauf folgenden Ultimaten und Anschuldigungen zwischen den Ländern Europas belegten die Titelseiten der Zeitungen, was mir eine große Erleichterung war, weil es schon mehr als genug anstrengte, mit dem Tempo von Isabelles gesellschaftlichem Leben Schritt zu halten.

Während meiner zweiten Woche bei ihr fand ich einen Menschen, mit dem ich reden konnte, der meine Gefühle erahnte, sie mir geschickt entlockte und damit unter Beweis stellte, daß er Freundschaft schließen wollte. Ich lernte ihn in meinem ausgeliehenen Putz auf dem Ball kennen, den Isabelle unweigerlich für mich gab, um mich vorzuführen, wie sie fröhlich sagte, und um mich in die Gesellschaft einzuführen. Ich hatte bemerkt, daß der Mann mich beobachtete, während ich einer endlosen Schar von Leuten vorgestellt wurde, die mich alle mit großer Neugier betrachteten, als sie mich zu meinem Überleben beglückwünschten. Ich hatte den Mann wegen seiner Stille bemerkt, was auffiel unter so vielen Menschen, die wie Spatzen tschilpten, wenn mir auch einige eher wie Geier vorkamen. Ich war ihm nicht vorgestellt worden, doch er wartete bei der Punschbowle auf mich, ein großer grauer Mann in den Fünfzigern, der so gepflegt aussah, daß ich ihn mindestens für einen Konsul oder Botschafter hielt.

Er sagte mit einem verschliffenen englischen Akzent, während er mich musterte: »Ihr Lächeln erreicht nicht Ihre Augen, Mrs. Bowman. Sind Sie wirklich zu beglückwünschen, daß Sie unter uns sind, oder sollte Ihnen statt dessen Mitgefühl entgegengebracht werden?« Als ich zögerte, sagte er: »Wenn Sie zu lächeln aufhören, machen Sie mir eher einen unglücklichen Eindruck.«

Das verneinte ich nicht, sondern blickte ihn bloß abschätzend an.

»Die Kunst des Flirts beherrschen Sie nicht, Mrs. Bowman?«

»Mir fehlt die Erfahrung darin«, sagte ich ihm, »genauso wie im small talk.«

»Kein Wunder, daß Sie unglücklich sind.« Er nahm mich am Arm und führte mich zu einem der im Saal befindlichen Alkoven. »Die Hälfte der Leute in diesem Raum hat leere Köpfe, doch ich gestehe, ich würde einen Sovereign dafür geben, um zu erfahren, was Sie heute abend denken.«

Ich war versucht, um diesen Sovereign zu bitten. »In Seguedine bin ich für das Vierfache gekauft worden, aber meine Gedanken gehören ganz allein mir.«

»Exakt«, sagte er nickend, »also werde ich nur um Ihre Gesellschaft bitten. Ich möchte gern wissen, ob Sie mir die Ehre erweisen würden, morgen bei Shepherd's mit mir Tee zu trinken? Ich glaube, es würde Ihnen gefallen, das Hotel zu sehen und zuzuschauen, wie ganz Kairo an der Terrasse dort vorbeispaziert.«

Diese Plötzlichkeit brachte mich aus der Fassung. Ich sagte plump: »Ich weiß weder, wer Sie sind, noch, wie Sie heißen.«

Darüber lächelte er schwach. »Ja, schon. Aber ich meine, Isabelle wird sich für mich verbürgen, ich werde kurz mit ihr reden. Ich bin Linton Teal.«

»Sir Linton Teal«, sagte Isabelle später mit ehrfürchtiger Stimme. »Reich wie Midas, Caressa, und ein Baronet. Er ist ein Sammler von großartigen Dingen, deren Besitz selbst Museen sich nicht leisten können, und es geht das Gerücht, daß er in London drei Rembrandts hat. Oh, du mußt unbedingt mit ihm Tee trinken, Caressa.«

Ich sah nicht ein, warum ich das mußte, doch wenigstens kam er mir nett vor und kultivierter als alle, denen ich bisher begegnet war. So lernte ich Sir Linton Teal kennen und war am nächsten Nachmittag zum Tee bei ihm.

Shepherd's Hotel war ein eindrucksvolles Gebäude mit vorspringenden Simsen und einer großen Kuppel, doch das Innere überwältigte mich beinahe, da ich bisher auch nicht an üppige Speisen gewöhnt war. Was für eine Extravaganz! Eine flirrende Üppigkeit aus Gold und Perlmuttintarsien, Mosaiken, Perserteppichen, Kronleuchtern und Topfpalmen, und jeder hier sah so reich aus wie Sir Linton, wohingegen ich in einem Kleid von Isabelle steckte, das mit Nadeln in die nötige Paßform geheftet worden war, und meine Haut war unmodisch braun. Ich fühlte mich besser, sobald wir die Terrasse erreicht hatten, und noch gemütlicher, als wir mit Limonade, Tee und Makronen vor uns in Korbsesseln saßen, denn hier konnte ich mir die Leute auf der Straße ansehen. Es war wie in der ersten Reihe im Theater: Ein Trupp ägyptischer Soldaten in ihren blau-weißen Uniformen zog vorbei; es blitzte scharlachrot auf, und zwei englische Soldaten ritten auf Eseln vorbei; als nächstes kam eine Reihe duldsam aussehender Kamele, die von einem verhutzelten Männlein geführt wurden. Da gab es Männer mit Tabletts voller Türkise und Händler, die ausgestopfte Krokodile verkauften, und jeder zweite Vorübergehende schien eine Frau zu sein, die in schwarze Tücher gehüllt war, aus denen nur ein Auge herausschaute, wie als Beweis, daß jemand darunter steckte.

Als Sir Linton mir noch eine Makrone anbot, wandte ich meine Aufmerksamkeit wieder ihm zu. »Sagen Sie mir, Mrs. Bowman«, meinte er lächelnd, »ich bin offen neugierig – ungeduldig wohl auch –, doch nach solch erstaunlichen Erfahrungen interessieren mich Ihre Erlebnisse. Was ist das für ein Gefühl, von den Toten aufzuerstehen?«

Wieder sagte ich geduldig: »Aber verstehen Sie, ich war gar nicht tot – nur für die anderen.«

Er nickte anerkennend. »Ja schon – also werde ich es anders formulieren. Wie also ist es, von einem Tag auf den anderen nicht zu wissen, ob Sie die nächste Woche oder den nächsten Monat weiterleben oder überleben werden?«

Trocken erwiderte ich: »Anregend.«

»Aha...« murmelte er. »Ja, ich verstehe. Aber auf welche Art?«

Ich erkannte, daß er es ernst meinte, daß er keine belanglose Konversation pflegte, sondern es wirklich wissen wollte. »Nun ja«, begann ich, »in der Erinnerung verändert es sich, nicht wahr? Manchmal gab es – na ja, viel Verzweiflung. Manchmal Hoffnungslosigkeit, manchmal Angst, manchmal die schiere Freude über wieder einen weiteren Tag«, gestand ich ein.

»Freude«, wiederholte er mit merkwürdiger Stimme, als ob das ein für ihn neues Wort wäre. »Aber Sie waren – Sie können doch nicht völlig allein so zurechtgekommen sein?«

Ich lächelte. »Zuerst war sehr lange Bakuli da.«

»Bakuli...« Aus irgendeinem Grund sah er erfreut aus. »Erzählen Sie mir von Bakuli.«

Also berichtete ich ihm, da ich fand, daß mit ihm leicht zu reden war. Ich begann diesen Mann zu schätzen oder ihm dankbar fürs Zuhören zu sein, und trotz seiner entrückten Art – oder vielleicht gerade deswegen – hörte er gut zu. Eigentlich denke ich, daß er mir etwas leid tat; ich bekam den Eindruck, als ob ihm auf irgendeine sonderbare Weise schon vor langer Zeit die Lebenssäfte ausgesaugt worden wären und nur Neugier und Intellekt zurückgelassen hätten, denn es war etwas Blutleeres an ihm, an seiner Blässe und seiner pergamentartigen Haut, so als hätte er seine Jahre immer in Räumen verbracht – Sammler taten das vielleicht –, und ich spürte, daß ihn interessierte, was ich zu sagen hatte, weil mein Leben so anders als seines gewesen war. Und so redeten wir – oder ich redete vielmehr und beantwortete viele Fragen, bis der Tee kalt wurde.

Als wir uns zum Gehen erhoben, fragte er: »Haben Sie schon die

Pyramiden von Gizeh gesehen? Vielleicht könnte ich Sie und Isabelle dazu verleiten, sie morgen mit mir zu besichtigen...?«

Als ich ihn das nächste Mal allein sah, schien er sich im Konsulat nach mir erkundigt zu haben. »Ich habe Verbindungen«, erklärte er, als er sah, wie verblüfft ich dreinblickte, und dann fuhr er fast leichthin fort: »Wer ist dieser Jared MacKay, dessen Schuldschein Sie nach Kairo mitgebracht haben?«

Ich lächelte darauf nur und schüttelte den Kopf. »Ein guter Freund«, sagte ich.

Nichtsdestoweniger hatte er mir innerhalb von ein paar Wochen geschickt die Bedeutung von Jared in meinem Leben, seinen Aufenthalt sowie auch unsere Pläne entlockt, so daß er von mir nicht bloß die einzelnen Bruchstücke wußte, die nach meinem Auftauchen in Kairo zirkuliert waren, oder das wenige, das Isabelle wußte, sondern fast meine ganze Geschichte. »Wie ich höre, besuchen Sie jeden Morgen das Konsulat, um zu fragen, ob es eine Nachricht von ihm gibt«, sagte er. »Es ist erst fünf Wochen her; glauben Sie wirklich, daß Ihr Jared so rasch reisen kann?«

Ich dachte: ›O ja, ja, das kann er‹, aber ich sagte es nicht.

Meine Unbedarftheit und wohl auch meine Gefühle gegenüber Jared schienen Sir Linton zu amüsieren, denn er fuhr fort, mich auszuforschen. »Warum?« fragte ich ihn eines Tages, nachdem wir die Altstadt Kairos und die Bazare besucht hatten und wieder auf der Terrasse des Shepherd's Hotel Tee tranken.

»Ich schätze Merkwürdigkeiten«, sagte er mir mit seinem ironischen Lächeln. »Da ich im Leben bloß Zuschauer bin, finde ich in der Philosophie unschätzbaren Trost; ich genieße es, über das Leben zu spekulieren, da es mir in dem Sinn versagt worden ist, wie Sie es gelebt haben. Und wir sind Freunde geworden, oder nicht?«

»Sie sind sehr nett zu mir gewesen, ja«, erwiderte ich.

Ich erinnere mich, das war am 2. August, und als ich am nächsten Morgen aufwachte, war meine einzige Sorge, daß jetzt der 3. August war und Jared vor nunmehr neun Wochen nach Abessinien aufgebrochen war; er hatte versprochen, in zwei Monaten in Kairo zu sein, war also schon eine Woche überfällig.

Das war am frühen Morgen; mittags erfuhr ich, daß Deutschland Rußland den Krieg erklärt hatte, und als ich am folgenden Tag aufwachte, hatte England Deutschland den Krieg erklärt, und ich hörte zu meiner Verblüffung, daß sich nun auch Afrika im Krieg befand. Fieberhaft ging ich wieder zu meinen Landkarten und suchte mir Abessinien heraus, das neben Britisch-Ostafrika lag, das wiederum neben Deutsch-Ostafrika lag, die plötzlich Feinde waren – ich hatte das nicht verstanden –, und zugleich mit dieser schrecklichen Nachricht kam die Erkenntnis, daß ich mein Unwohlsein jeden Morgen oder meinen wachsenden Verdacht, ich sei schwanger, nicht mehr übersehen konnte. Nein, ich war schwanger und war es schon seit mehr als drei Monaten, doch wo war Jared?
In Kairo wurden Deutsche und Österreicher interniert oder verschwanden auf geheimnisvolle Weise. Das Kriegsrecht wurde verhängt. In Berlin wurde verkündet, daß die Türken Ägypten angreifen und wieder besetzen würden, um an den Suez-Kanal zu gelangen, und ich begann, mich auf die Zeitungen zu stürzen. In Uganda und im Protektorat Britisch-Ostafrika – o Gott, beide Länder grenzten an Abessinien – wurden Aufrufe erlassen, es sollten sich Freiwillige melden, um mit den *King's African Rifles* zu kämpfen... Pferde wurden dringend benötigt und eiligst von Abessinien nach Nairobi gebracht, um gegen den Feind in Deutsch-Ostafrika eingesetzt zu werden... Der Kaiser von Abessinien, wurde berichtet, war in jeder Hinsicht kooperativ. War Jared heil nach Abessinien gekommen, hatte er es heil verlassen? War er aufgehalten und vom Krieg vereinnahmt worden? Er war schließlich britischer Staatsbürger; war er zwangsrekrutiert worden, um einige dieser Pferde nach Nairobi zu überstellen? Wo war er jetzt, und warum kam keine Nachricht von ihm, wenn er noch lebte?
Ich merke, daß es mich kaum reizt, von den folgenden Tagen zu berichten, denn sie zogen an mir vorüber; ich atmete, lächelte, legte sorgfältig meinen Gesichtsausdruck wie ein Mannequin zurecht; ich weinte häufig in dunklen Ecken und heulte leidenschaftlich und bitterlich, wenn ich nachts allein war. Bis Mitte August hatten die Briten die Feindseligkeiten in Deutsch-Ostafrika mit der Bombardierung der Küstenstädte Bagamoyo und

Daressalam eröffnet, und ein gepanzerter Zug patrouillierte auf der dreihundert Meilen langen Bahnstrecke zwischen Nairobi und Mombasa. Im späten August eroberten die Deutschen in Europa Brüssel, und drei Tage später entbrannte die Schlacht von Mons zwischen den Engländern und Deutschen, bis die Engländer gezwungen waren, sich an die Marne zurückzuziehen...

Der September kam, und ich versuchte, an Mittel und Wege zu denken, Isabelle zu verlassen und mich auf den Straßen von Kairo über Wasser zu halten, während ich auf Jared wartete. Da ich nicht einmal ein paar Groschen für die Flucht hatte, dachte ich, es wieder mit Jonglieren oder Taschendiebstahl zu probieren, bis ich erkannte, daß ich mittlerweile zu bekannt war. Ich würde auffallen, und das Konsulat, auf das ich wegen Nachrichten von Jared angewiesen war, würde Schritte gegen mich unternehmen, schlimmer noch, ich könnte sogar mit Schimpf und Schande nach Amerika deportiert werden, wo Jared mich nie finden konnte.

In meiner Verzweiflung wandte ich mich an Sir Linton. »Wie kann ich Jared finden?« flehte ich. »Ich kann nicht länger in Kairo bleiben. Bevor der Krieg näherrückt, muß ich in den Süden und nach ihm suchen, ich muß einfach. Können Sie mir helfen? Können Sie Ihren Einfluß geltend machen?«

»Meine liebe Caressa«, sagte er, »da wird Krieg geführt. Die Bahnstrecken stehen unter Bewachung, und Soldaten haben obersten Vorrang, und in diesem Land reisen Frauen nie allein, das ist unerhört.«

»Es gibt doch vielleicht Leute, mit denen ich nach Süden reisen könnte«, bemerkte ich.

»Sie würden eine Genehmigung brauchen«, sagte er, »und ich kann Ihnen nur versichern, mein liebes Kind, daß niemand im Konsulat Ihnen die Genehmigung erteilen wird. Allein schon der Gedanke daran würde alle entsetzen, und Sie würden ja sowieso nicht wissen, wo Sie jetzt suchen sollten. Darf ich fragen, was hinter dieser plötzlichen Panik steckt? Geht Kairo Ihnen so auf die Nerven?«

»Ich bin schwanger«, platzte ich heraus. »Ich werde ein Baby bekommen.«

»Ach so«, sagte er, wobei seine Augen sich weiteten. »Ja – ja, so ist das …« In seinem Gesicht war ein merkwürdiger Ausdruck; ich wartete darauf, daß er mir sagte, wie schockiert er sei, doch statt dessen lehnte er sich in seinem Stuhl zurück und sagte im Konversationston: »Sagen Sie mir, Caressa, was, meinen Sie, wäre aus Ihnen geworden, wenn Sie nach der Begegnung mit Jacob seinen Heiratsantrag abgelehnt hätten?«

Ich dachte darüber nach und zuckte mit den Schultern. »Vielleicht eine Tippse, wie sie jetzt heißen, nehme ich an.«

Er nickte. »Und Sie hätten zweifellos einen Angestellten geheiratet, mit ihm ein bescheidenes Leben geführt und ein halbes Dutzend Kinder gehabt. Was aber, meinen Sie, wäre aus Ihnen geworden, wenn Ihre Mutter nicht so einen hochfliegenden Ehrgeiz für Sie an dieser Whistle …«

»Thistle.«

»Ja richtig, Thistlethwaite-Schule gehabt hätte, und Sie auf dem Rummelplatz geblieben wären?«

Ungeduldig sagte ich: »Was macht das schon? Eine Zauberin wahrscheinlich.«

»Das waren Sie bereits«, erinnerte er mich, und seine Worte glichen so sehr denen von Amma, daß ich ihm einen raschen, überraschten Blick zuwarf.

»Statt dessen …« fing er an.

»Statt dessen«, fiel ich zornig ein, »bin ich ohne einen Penny und schwanger. Sind Sie dabei, irgendeine Bücherweisheit aus all dem zu basteln und mich zu einer Metapher für irgend etwas zu machen?«

Er lächelte. »Nein, ich wollte Sie gerade fragen, ob Sie mich heiraten wollen. Sie hatten bereits in so zartem Alter so viel überlebt, daß Sie die Ehe mit mir auch noch überleben dürften. Und Ihr Kind wird einen Namen brauchen.«

Nun war es an mir, schockiert zu sein. Nicht sehr taktvoll meinte ich: »Aber ich warte auf Jared! Das Kind ist von ihm.«

»Ja schon, aber er ist schon einen Monat überfällig, oder nicht? Wenn ich eine so delikate Frage stellen darf, wie weit ist Ihre Schwangerschaft fortgeschritten?«

»Vier Monate oder mehr«, bekannte ich.

Er nickte. »Ein Kind zu haben, von der Gesellschaft verstoßen zu werden, weil Sie nicht verheiratet sind, wäre verhängnisvoll für Sie, Caressa. Das viktorianische Zeitalter wirft noch immer seine Schatten, obwohl die Königin – Friede ihrer Asche – schon lange tot ist. Mein liebes Mädchen, ich biete Ihnen den Schutz, den Sie bald sehr nötig brauchen werden.«

Zähneknirschend sagte ich: »Ich verstehe nicht. Sie müssen verrückt sein, so etwas vorzuschlagen. Ich liebe Sie nicht, und Sie haben meine Lebensumstände bereits umrissen, wohingegen Sie...«

»Ah, aber ich weiß auch, was aus Ihnen geworden ist«, sagte er. »Ich habe Ihnen gesagt, ich bin ein Sammler. Ihre Schönheit ist wiedergekehrt, und sie ist ziemlich atemberaubend, und an Ihnen ist nichts Fades; das Leben hat das für Sie bewerkstelligt – und Sie haben gelebt. Ich beneide Sie darum. Es reizt mich, zu sehen, ob mein eintöniges Leben das Leben in Ihnen töten oder etwas davon mich infizieren wird, um meiner ziemlich öden Existenz Bedeutung zu verleihen. Ich könnte auch...«

Wieder sagte ich verbissen: »Wir haben uns angefreundet, das stimmt, aber ich muß nochmals betonen, daß ich Sie nicht liebe, Sir Linton.«

Er nickte. »Und ich wollte gerade betonen, daß Sie nun fast vier Monate in Kairo warten, und wie lange können Sie noch warten? Frauen laufen in dieser Welt nicht einmal unbegleitet auf der Straße.«

»Sie wollen mir sagen, ich habe keine Wahl?«

Er hob eine Augenbraue. »Haben Sie?«

»Wie Jacob«, sagte ich bitter.

»O nein«, erwiderte er lächelnd, »ganz und gar nicht wie Jacob, denn ich kümmere mich sehr um meine Sammlungen. Sie werden mir Ansehen und Ehre einbringen, Caressa, denn Sie besitzen Anmut, Schönheit und vor allem Erfahrung. Sie sind die einzige Frau aus meiner Bekanntschaft, die ich gerne...«

»Besäße?«

»Nein«, sagte er schlicht, »verehrte.«

›O Gott‹, dachte ich, ›Jared, wo bist du?‹ Denn hier war Sir Linton Teal, entschlossen, eine ehrbare Frau aus mir zu machen... außer daß an Linton nichts ehrbar war, wie ich noch entdecken sollte.

20

1914 trugen Frauen lange Röcke und wurden eingeteilt in gute und schlechte Frauen, wobei die guten Frauen keine unehelichen Kinder hatten; in Amerika durften Frauen noch nicht einmal wählen, und in Kairo trugen sie Schleier und verließen selten ihr Heim. Am Konsulat waren sie wegen Jareds Rückkehr zunehmend skeptischer geworden, so daß ich die Abschiebung fürchtete, und sicherlich hatte ich die Gastfreundschaft Isabelles schon zu lange in Anspruch genommen. Ich besaß keinen Groschen, doch ohne ein richtiges Visum der ägyptischen Behörden gab es keine Stellen, um die ich mich bewerben konnte, und die Straßen Kairos waren bereits voller Taschendiebe und Jongleure. Wenn Jared mir nicht einmal eine Nachricht schicken konnte, so waren die Schlußfolgerungen erschreckend. Ich mußte der Tatsache ins Auge sehen, daß das Kind in meinem Bauch, sollte Jared etwas zugestoßen sein, dann alles war, was ich je von ihm haben würde, und an das Kind mußte ich nun denken. Ich befand mich in einer verzweifelten Lage.

Und so wurde ich nach drei weiteren Wochen fruchtlosen Wartens Caressa, Lady Teal, Gattin von Sir Linton, weil ich keine Wahl hatte und mein Kind einen Namen bekommen sollte. Wir wurden in einer privaten Zeremonie in Kairo getraut, wonach ich taktvoll nach England abgeschoben wurde, bevor der Krieg das Reisen weiter erschwerte und meine Schwangerschaft auffiel. Ich ließ Jared, die Wüste und drei Jahre meines Lebens zurück, und da ich so viele Träume aufgegeben hatte, konnte ich nur noch von der Hoffnung zehren; auf dem Weg ins Exil ergriff mich Panik. Und es gab, sobald wir in London waren, gewiß nichts, was mein Gefühl der Gefangenschaft verringerte. Das Leben, in das Linton mich wie einen Brief in einen Umschlag

steckte, war streng, ohne Sonne und voller Vorschriften. Wenn er in Kairo aufmerksam und verständnisvoll gewesen war, so triumphierte nun der Besitzerstolz; mit einem Federstrich war ich die Seine geworden, etwas, das er umformen und umändern konnte, und er war ein strenger Lehrer, so erbarmungslos, daß ich mich manchmal fragte, ob er dachte, durch die Änderung meiner Kleidung, Manieren, Aussprache, Haltung und einfachen Vorlieben mein Herz ebenfalls ändern zu können, um mich nie wieder an Jared zu verlieren. Wohlstand kann schließlich nur eine andere Form der Verführung sein. Oder vielleicht wußte er, daß ich täglich auf das Eintreffen von Post wartete, da ich stets auf Nachrichten von Jared aus dem Konsulat von Kairo hoffte.
Aber es kamen keine Nachrichten von ihm, und da ich immer noch keine andere Wahl hatte, fand ich mich damit ab, schicke Gewänder und Diamanten zu tragen, mit denen Linton mich versorgte, und lernte von ihm, anmutig und intelligent über die verschiedenen Krisen der politischen Welt zu diskutieren, ein makelloses Englisch zu sprechen und in einem hellen georgianischen Backsteinhaus zu wohnen.
Nichts davon fühlte sich real an; die Sterne am englischen Himmel waren trüb, der Himmel am Mittag ein glanzloses Blau. Ich lebte mit einigen eleganten Möbelstücken, die mich einengten und erstickten, und es gab keine Lagerfeuer, keinen Platz, um die Augen schweifen zu lassen, sondern überall, wohin ich blickte, mich umschließende Wände.
›Ich schlafe, wo die Nacht mich einholt... mein Haus wird nicht verfallen...‹
O Gott, ja.
Eine kleine Begegnung war real: Beim Einkaufsbummel im West End sah ich eines Tages einen alten Mann, einen schwarzen Bettler, hilflos und geduldig im Schatten einer Mauer stehen. Ich wäre an ihm vorbeigegangen, wenn da nicht die Stammesnarben in seinem Gesicht und das Muster des Schals gewesen wäre, den er unter seinem zerlumpten Mantel trug; ich blieb stehen, um ihn anzustarren, und stieß in Bakulis Bemba aus: »*Mwapolêni!*«
Er war so verdutzt wie ich. »Ihr *sosa* Bemba? *Mwapo leni*!« rief er, und sein Gesicht belebte sich.

»Sie sind von weit her«, sagte ich. »*Cifulo?*«
»*Aaa*«, stöhnte er. »Ich bin *mfwila*.«
›Na ja‹, dachte ich, ›ich bin auch *mfwila* – eine Trauernde‹, doch ich nickte nur.
Traurig sagte er mit einer Geste zum Himmel: »Hier keine *Cipinda bushiku* – Milchstraße –, kein *Mulanga* – Morgenstern – an diesem Ort.«
»Oder Kreuz des Südens«, fügte ich hinzu, aber diesen englischen Begriff kannte er nicht. Ich gab ihm all das Geld, das ich bei mir hatte, fragte nach seinem Namen und schrieb ihm auf einem Zettel auf, wohin er sich um Hilfe wenden konnte: zu einer Herberge – einer *nsaka* –, erklärte ich, wo er was zu Essen bekommen würde. Ich kannte das Obdachlosenheim, denn ich widmete ihm so viel Zeit wie ich konnte. Er würde dort gut aufgehoben sein, und wenn ich mehr Geld haben würde, würde ich dafür sorgen, daß er seine Heimreise antreten konnte. Das sagte ich ihm, und er erwiderte würdevoll: »Ihr sein *cisungusho*.«
»Ein Wunder bin ich nicht«, sagte ich ihm ernsthaft, »aber ich habe einiges erlebt, *ih*.«
Nachdem ich ihm nachgesehen hatte, wie er seinen zerlumpten Mantel enger um sich zog und davonging, wandte ich mich um und sah, daß einer von Lintons Freunden vorbeigegangen und stehengeblieben war. »Lady Teal«, sagte er mit verblüffter Stimme, »Sie haben mit diesem Bettler in einer anderen Sprache gesprochen.«
Die Maske, die ich immer noch zu tragen lernte, rutschte leicht wieder an ihren Platz. »Unsinn, er ist Afrikaner«, meinte ich und lachte ihn an. »Wie um alles in der Welt hätte ich seine Sprache lernen sollen?«
Ja, wie wohl.
Deborah wurde geboren, und sie war Jareds und mein Kind, doch es gab Augenblicke, da dachte ich – ich gestehe es –, daß ich, wenn sie nicht gewesen wäre, irgendwie in Kairo geblieben wäre, wo Jared mich hätte finden können. Entsetzt vergrub ich diesen Gedanken tief, von Schuldgefühlen geplagt, doch sobald Deborah alt genug war, um zu sprechen, machte es nicht mehr viel aus, weil Linton sich ihrer sehr annahm; sie wurde zuneh-

mend sein Kind, und vielleicht zu Recht, weil er mich verloren hatte. Unwiderruflich.
Er verlor mich an einem Tag, als Deborah vier Jahre alt war, der Große Krieg, seit einem Jahr zu Ende, ein langsam verblassender Alptraum und die Siege bereits Illusionen waren. Der Tag und der Zeitpunkt bleiben mir ewig eingeprägt. Es war die Jahreszeit des *Ganni Wazuwirn*, was die Tuareg den Herbstmond nennen, aber es war an einem nebligen Morgen. Überraschenderweise gibt es Tage in London, die mich an die Wüste erinnern, und wenn das unmöglich erscheint, dann haben Sie noch nie den Staub gesehen, der vom *Harmattan* oder *Ghibli*, wie er in Tripois heißt, hergeweht wird, bis er einen Dunstschleier bildet, der die gleiche Beschaffenheit hat wie der Londoner Nebel. Ich blickte vom Bibliotheksfenster hinaus, und vielleicht stand Trauer in meinem Gesicht, als ich Lintons Schritt hörte und mich umdrehte, denn seine Stimme war kurz angebunden. »Ich sehe, du bist – wie üblich – die Post schon durchgegangen«, sagte er.
Ich nickte. »Ja«, und dann: »Ich möchte wissen, Linton, ob es möglich wäre, nun, da der Krieg vorbei und Deborah älter ist, daß ich ein paar Wochen verreise?«
»Es ist nicht unmöglich. Wohin gedachtest du zu gehen?«
Ich zuckte mit den Schultern. »Irgendwohin, wo es warm ist. Kairo vielleicht.«
Seine Augen funkelten wie bleiche graue Murmeln. »Damit du nach Jared suchen kannst?«
Ich verneinte das nicht. »Vielleicht Erkundigungen einziehen. Schließlich ist er Deborahs Vater.«
Seine Stimme entsprach der Kälte in seinen Augen. »Es ist nicht notwendig, Erkundigungen einzuziehen, darum habe ich mich vor Jahren gekümmert.« Ausdruckslos sagte er: »Er kommt nicht zurück.«
Verdutzt fragte ich: »Du klingst so sicher, wie kannst du bloß so sicher sein?«
»Weil ich dafür gesorgt habe, daß er nie zurückkommen wird«, meinte er tonlos und hielt meinem Blick stand.
Plötzlich durchfuhr es mich kalt, und eine Ahnung dämmerte mir. Eine Sekunde lang hatte ich Schwierigkeiten zu atmen,

doch ich sagte höflich: »Oh? Wie hast du das nur bewerkstelligen können?«
»Mit Geld«, erwiderte er. »Mit einer Menge Geld und ein paar Arabern, die Eyoub und Hammed hießen, denen ich Anweisungen gab, ihn aufzuspüren und zu töten.«
Zu töten... Das Wort hatte einen Beiklang und Nachhall, die diesem kultivierten und strengen Zimmer fremd waren. Er hatte es auch so gelassen gesagt, nicht ihn zu töten, sondern zu töten, wie ein Tier, er konnte doch nicht Jared meinen – ›O Gott, bitte nicht Jared‹, dachte ich –, weil Jared zu töten hieß, auch mich zu töten. Völlig schockiert starrte ich auf diesen Mann, mit dem ich beinahe fünf Jahre zusammengelebt hatte, sah, daß er dies wußte, sah den Triumph in seinen Augen, wie er sich an mir dafür rächte, daß ich Jared liebte. Obwohl die Kälte in mir auf eine fürchterliche Wut traf, gab ich kein Gefühl zu erkennen. Diese Reaktion kam mir so bekannt vor, daß ich vor dem Reden zögerte, weil ich mich darüber wunderte, bis ich mich an eine junge Caressa erinnerte, die, ringsum von Toten umgeben, wartend in der Wüste saß und sich innerlich stählte, kein Entsetzen zu zeigen; mein Entsetzen nun hatte den gleichen Geschmack. Bedachtsam sagte ich: »Es sieht nicht danach aus, als würdest du dadurch die Liebe fördern.«
Da lächelte er, und es war ein grausames Lächeln. »Nein, aber es kann Haß fördern, der erträglicher ist als Gleichgültigkeit.«
Ich hörte ihn kaum, ich wartete nur darauf zu fragen: »Und haben sie ihn gefunden und getötet?«
»Selbstverständlich.«
»Wie weißt du das, wie kannst du sicher sein?« Das fragte ich fast oberflächlich, doch meine Hände hatten sich zu Fäusten geballt.
Linton ging durchs Zimmer an seinen Schreibtisch, zog eine Schublade auf und griff ein kleines Objekt heraus, das er mir gab.
Es war ein abgenutzter Zinnkompaß, dessen Initialen vom Sand fast abgescheuert, aber noch zu entziffern waren. Es war der Kompaß, den ich Jared vor langer Zeit in Esna geschenkt hatte.

Ich stand da, kalt und still, während ich innerlich starb und stumm vor Schmerz aufschrie. »Wann? Wann?«
»Nicht lange, nachdem ich dich in Kairo kennengelernt hatte«, sagte er. »Als ich erfuhr, daß ich einen Rivalen hatte. Nachdem ich erfahren hatte, wie er hieß, wohin er unterwegs war und daß du auf ihn wartetest.«
»So lange her – so früh?« entfuhr es mir. »Dann hast du es die ganze Zeit schon gewußt... Aber wie rücksichtslos von dir, es mir mitzuteilen«, sagte ich. »Begreifst du nicht, daß ich dich mit einem Fluch belegen könnte, einem Hexenfluch?«
Er lachte nur darüber und ging hinaus.
Lange Zeit stand ich am Fenster und starrte blind in den Nebel, dann ging ich nach oben und zog aus der hintersten Ecke meines Wäscheschranks eine Kleiderschachtel aus Karton. Daraus nahm ich meinen zerschlissenen *Barrakan*, den ich in so vielen Wüstenjahren getragen hatte, und aus seinen Taschen holte ich ein knallrotes Kopftuch hervor, eine abgewetzte Fingerpuppe mit einem Clowngesicht, den grünen Glasstein, den gemeißelten Lebkuchenmann und die Handvoll roter Giftsamen.
Ich zählte die Samen: Es waren zwölf.
Ich konnte auch töten.
Bakuli hatte gesagt: »Schlucken so, keine Gefahr. Zerdrücken und – *Kai*! sterben schnell, und niemand wissen wie. Niemand.«
Zu einem Pulver zermahlen, konnten sie in Lintons Glas Portwein nach dem Abendessen geworfen werden; wenn sie zu grob waren, konnten sie in den Pudding mit Rosinen oder Nüssen gerührt werden. Es ließ sich machen, und ich hatte die Mittel dazu.
Ich lächelte, und ich bin sicher, es war kein hübsches Lächeln, doch wir alle tragen ja Masken, nicht wahr? Linton hatte eine getragen; wie sanft und reizend war er gewesen, doch während all dieser Wochen in Kairo, als ich ihn für einen Freund gehalten hatte, hatte er kaltblütig die Ermordung Jareds in die Wege geleitet.
›Schlucken so, keine Gefahr. Zerdrücken und – *Kai*! sterben schnell, und niemand wissen wie. Niemand.‹
Der liebe Bakuli mit seinem liebevollen und großzügigen Her-

zen, ein so standhafter Gefährte. Mein *ndume*, erinnerte ich mich, und mein Lächeln wurde weicher, doch der Erinnerung an ihn stellte ich den Gedanken gegenüber, wie oft in meinem Leben ich ohne Wahl mitgerissen worden war, als ich gehorsam Mamas Träumen folgte, Jacob heiratete, Linton heiratete.

Jetzt hatte ich die Wahl.

Erst wenn wir die Wahl bekommen, sitzen wir bei den Göttern und erschaffen uns selbst; dies war der Augenblick, um zu erfahren, wer ich war und was ich geworden war. Ich schloß die Augen und ging in mich, sah Bakuli und sein strahlendes Lächeln, sah die großen Felshänge des Tibesti und die Wüste sich vor mir zu einem fernen blauen Horizont erstrecken; ich sah die fünf Sterne vom Kreuz des Südens am Nachthimmel, ein bestimmtes Zelt in Seguedine und die wundersame Begegnung mit Jared; ich dachte auch an Amina und den heiligen Haussa-Schrein, an das *iko*, das ich dort erstmals erfahren hatte, und ich rief mir Isa und Shehu und das Gesicht Mohammeds vor Augen, als er mir die Hand der Fatima gab. Als mein Gemüt von Haß frei wurde, antworteten die Götter in mir, und ich verstand, wer und was ich war und welche Gaben mir in diesem Leben verliehen worden waren. Obwohl ich die roten Giftsamen wieder zählte, wußte ich, daß ich Linton nicht umbringen konnte. Es war bedauerlich, aber ich würde ihn statt dessen bemitleiden müssen.

Kummer heißt den Frühling nie willkommen, und der Sommer ist zu grell; Herbst bringt Holzrauch und absterbende Blumen, die zu einem traurigen Herzen passen, eine Verschnaufpause für mich vor Lintons glitzerndem Gesellschaftsleben im Winter. Ein junger Churchill dinierte bei uns – er war damals Kolonialminister –, und einmal auch Bertrand Russell. Ich wurde als erfindungsreiche Gastgeberin gelobt, und meine Arbeit für die Obdachlosenherberge wurde als nobel bezeichnet, was ich für Ironie hielt; und Deborah lernte allmählich, einige der Worte in ihren Bilderbüchern zu lesen. Meine einzige Zuflucht war der Garten, wo ich jeden Sommermorgen und manchmal auch spät in der Nacht rastlos die Wege auf und ab schritt, wobei die Worte von Amy Lowells ›Muster‹ mit mir Schritt hielten und mir meine Zukunft erläuterten.

Ein Muster werde ich abschreiten
Im Wegesand,
Sommers wie winters
In meinem steifen Brokatgewand.
Die Blausterne und Narzissen
Werden langstieligen Rosen weichen
Und dann Astern, und dann Schnee.

Ich werde schreiten
Auf dem Sand
In meinem Gewand.
Prunkvoll und adrett
In meinem Fischbeinkorsett.
Mein weicher Körper wird sicher sein
Vor Umarmungen
Durch Knöpfe, Haken und Verschnürungen.
Denn der Mann, der mich aufknöpfen sollte, ist tot.

Tot ist ein so endgültiges Wort.

Und doch... und doch... Es kam jener seltsame Tag, da Deborah sechs Jahre alt war, ein volles Jahrzehnt, bevor Linton so gnädig war, zu sterben. Es war im Spätsommer, als die Chrysanthemen farbenprächtig erstrahlten, und ich war im Garten, als Bertram mich suchen kam. Ich hielt in meinem Schritt inne und sah ihm zu, wie er sich langsam und umständlich über die Wege herbewegte und keinen Augenblick lang seine Würde verlor, nicht einmal, als er über einen Stein stolperte; es wäre ihm nie eingefallen, seine Stimme zu erheben und mich zu rufen.

Er blieb in meinem Schatten stehen, räusperte sich und sprach: »Madame, da ist ein...« Er hielt inne und rümpfte die Nase »Jemand... ein Mann an der Tür, der Sie zu sprechen wünscht und darauf besteht, daß Sie sich schon begegnet sind.«

Wie sorgfältig Bertram das Wort »Gentleman« vermied. Belustigt sagte ich: »Sag ihm, ich sei beschäftigt, Bertram.«

»Ja, Madame. Verzeihen Sie, Madame, ich dachte, er sei wegen der freien Gärtnerstelle gekommen, aber er weigert sich, zum Hintereingang zu gehen.«

»Ist schon in Ordnung, Bertram«, sagte ich ihm, und da mir einfiel, daß ich Arbeit zu erledigen hatte, machte ich kehrt und schlenderte mit ihm auf die Glastür in der Bibliothek zu. »Aber wenn wir uns schon getroffen haben, warum hat er seinen Namen nicht genannt?«
Er öffnete die Tür und ließ mir den Vortritt. »Er hat einen Namen genannt, Madame, aber in Anbetracht seiner Erscheinung – er trägt eine Augenklappe und seine Kleidung ist ziemlich unschicklich.«
Ich sah den Papierwust auf meinem Schreibtisch – Rechnungen, Bittbriefe, Einladungen – und zuckte zusammen. Ungeduldig sagte ich: »Wie lautet dann sein Name?«
»Ein Mr. Jared Soundso, Madame, ich habe den Nachnamen nicht mitbekommen.«
Ich packte die Lehne meines Schreibtischstuhls und stützte mich auf. ›Es gibt noch andere Jareds auf der Welt‹, sagte ich mir, ›und der Jared, den ich liebte, ist tot, hat Linton gesagt‹, doch mein Herz krampfte sich zusammen und machte einen Sprung, und eine Sekunde lang fürchtete ich, daß es aussetzen und nie wieder schlagen würde. Ich sagte rasch: »Na, dann werde ich ihn empfangen, Bertram. Bitte führe ihn herein.«
Als er mich ungläubig anstarrte, fügte ich scharf hinzu: »Sofort, Bertram.«
Und wartete, an die Stuhllehne geklammert; es schien, daß nur mein Tod meine Hoffnung besiegen könnte, so zitterte ich. Im Vestibül hörte ich Bertrams Stimme: »Sie wird Sie jetzt empfangen. Hier entlang, bitte.«
Die Spannung war unerträglich, und meine Hand klammerte sich fester an den Stuhl. Die Tür ging auf, und ich rang nach Luft, denn da stand Jared leibhaftig im Türstock, nur ein bißchen verändert; hagerer, dunkler, das Haar fast weiß gebleicht, und eines seiner seligen grünen Augen hinter einer schwarzen Klappe verborgen. »Jared«, flüsterte ich ungläubig. »Jared?«
Keiner von uns rührte sich. Meine Stimme, die sich in einem Schluchzen brach, schrie auf: »Aber er hat gesagt, du wärst tot. Vor zwei Jahren hat er es mir gesagt. Er hatte Männer ausgeschickt, um dich zu töten.«
»Sie haben ihr Bestes getan«, sagte er, mich von der Tür aus

musternd. »Sie haben mich eines Auges und all meines Goldes beraubt und mich wie einen Toten liegen gelassen.«
»Aber – nicht tot«, flüsterte ich. »Nicht tot?«
Worte, bedeutungslose Worte, während die ganze Zeit unsere Augen einander verschlangen, tausend Fragen stellten und beantworteten, bis ich endlich verstand, daß er weder ein Geist noch eine Halluzination war, und durchs Zimmer in seine Arme flog.
Was hatte Shakespeare geschrieben von Liebe, die nicht Liebe ist, wenn sie Störer stören, wenn sie Zerstreuung irrend kann zerstreuen? Jared hatte all seinen Besitz verkauft, um nach England zu kommen und nach mir zu suchen. Lintons Meuchelmörder hatten ihn fast ermordet, und sobald er genesen war, war er als Kundschafter für die *King's African Rifles* rekrutiert worden und dann Gefangener der Deutschen gewesen... all die Jahre!... aber ich hatte einen Bakuli gekannt, der mich gelehrt hatte, daß Bäume weinen, wenn sie verwundet sind, und daß Felsen und Steine Geist besitzen, und ich hatte gelernt, daß das, was überdauert, dem Auge nicht sichtbar ist, und so sah ich nur Poesie und Triumph, wo Bertram Armut gesehen hatte: Ich sah Jared.
»Ich dachte schon, du würdest diesen Stuhl nie verlassen«, sagte er, sein zauberhaftes Lächeln so voller Wärme und Zärtlichkeit aufsetzend.
»Ich dachte, ich würde ohnmächtig werden«, bekannte ich ihm. »Ich bin es beinahe geworden. Jared, halt mich fest.«
»Ich halte dich fest.«
»Fester«, sagte ich.
»Mit Vergnügen, aber Caressa...«
»Ja?«
Sein Gesicht war ernst. »Gott allein weiß, daß ich die Ereignisse betrauere, die uns getrennt haben, aber da ist etwas, das ich sagen muß – es fällt mir schwer, es zu sagen, aber das ändert die Dinge auch nicht, Caressa. Ich kann dich nicht in die Sahara oder nach Schottland entführen, egal, wie sehr du jahrelang davon geträumt hast, daß es in Erfüllung geht. Ich habe sowohl mein Gold wie den größten Teil meiner Jugend verloren, doch als ich mich immer noch am Leben sah, mit leeren Jahren, die

auszufüllen waren, wußte ich, daß ich sie in deiner Nähe verleben mußte. Einfach mußte. Wenn ich dich nur finden konnte.«
»Gott sei Dank ja«, sagte ich und küßte die Klappe über seinem blinden Auge und sein gesundes Auge. Nicht tot, sang mein Herz, nicht tot. »Nichts ist wichtig, außer dich wieder zu sehen. Jared, hast du gewußt, daß du und ich eine Tochter haben?«
»Nein«, sagte er bestürzt, und mit einem schmerzvollen Aufschrei: »O Gott, was habe ich versäumt. Deshalb also...«
»Ja, ihretwegen. Sie heißt Deborah – der Name deiner Mutter – und wird in ein paar Stunden wieder da sein; sie ist sechs Jahre alt, und ich möchte, daß du sie siehst.«
Er schüttelte den Kopf. »Noch nicht, Caressa, nicht in diesem Aufzug.« Er blickte betrübt auf seine Kleidung. »Ich bin gerade vom Schiff gekommen, weißt du, ich konnte nicht warten. Ich muß erst irgendwo ein Zimmer finden und mir etwas Kleidung kaufen.«
»Hast du Geld?« fragte ich.
»Genug«, erwiderte er. »Von Kairo aus habe ich an einen Londoner Verleger geschrieben, der mir einen kleinen Vorschuß geschickt hat, nachdem er das erste Kapitel meines Buchs über Afrika gelesen hatte.«
»Jared, es klappt also?«
»Ich denke schon«, sagte er fast scheu. »Ich habe vor, irgendeine Stelle zu finden – ich werde nicht viel brauchen, nur ein Zimmer und die Zeit zum Schreiben –, und wenn ich hin und wieder, Caressa, bloß hin und wieder...«
»Ja«, sagte ich, und auf einmal fiel mir wieder Bertram ein. Ich holte tief Luft und sagte dann: »Jared, der Butler hat dich verwechselt... kannst du Blumen und auch Gemüse anbauen?«
Er blickte zu mir herab, ganz still und wach; leise sagte er: »Ich habe das schon gemacht, ja. Er hat gedacht, ich wäre wegen einer Gärtnerstelle gekommen, nicht wahr?«
Ich nickte. »Wir brauchen einen, weißt du. Hinter dem Gewächshaus steht ein hübsches kleines Gartenhäuschen, ganz privat, ein wundervoll stiller Ort zum Schreiben.«
»Ich glaube nicht, daß ich es ertragen könnte, dich mit ihm zu sehen, nicht dich und...«
Ich starrte ihn verwundert an. »Glaubst du denn einen Augen-

blick, ich vergesse, daß ich mit einem Mörder unter einem Dach wohne, Jared? Wir leben höflich separat nebeneinander her, Linton und ich. Diese Woche ist er in Paris auf der Jagd nach einem Velásquez, und es ist meine Aufgabe, einen Gärtner zu finden. Komm und schau dir das Häuschen an«, sagte ich ihm. Absichtlich fügte ich hinzu: »Es ist ein Ort, wo wir ein bißchen Zeit für uns allein haben können. Niemand geht dorthin. Willst du es dir ansehen?«
Und so ließ ich ihn durch die Glastür in den immer noch duftenden Garten, und wir gingen über die Wege, über die ich so fieberhaft geschritten war, kamen am Brunnen und dem Gewächshaus vorbei und erreichten das Häuschen dahinter, und als die Tür hinter uns zuging, fielen wir uns mit einer Heftigkeit in die Arme, die von zu vielen Jahren der Trennung herrührte. Und das Häuschen wurde Jareds Zuhause für den Rest seines Lebens.

Deborah hat mich beim Schreiben mit einem hysterischen Anruf unterbrochen, etwas mit Sara, aber Deborah ist wegen ihrer Tochter oft hysterisch. Ich kann nicht verstehen, was sie sagt, außer daß Sara vorhat, sie zu verlassen.
»Sie ist fünfundzwanzig«, erinnere ich sie, »und sie ist eine sehr vernünftige junge Frau.«
»Vernünftig!« ruft Deborah. »Sie hat keinen Funken Vernunft im Leib.« Sich vom Telefon abwendend, ruft sie: »Sara? Sara, komm her, sag du es ihr.«
Ich höre Saras helle Stimme sagen: »Amma, kann ich vorbeikommen und was besprechen?«
Sie wird in einer halben Stunde hier sein.
Sie hat Jareds grüne Augen und mein dunkles Haar, und wenn sie, wie es heißt, mir ähnlich sieht, dann muß ich zugeben, daß ich einmal wunderschön war, ja, denn das ist sie ganz und gar, und dazu noch zärtlich und zutraulich. Sie kommt atemlos an, wie immer, und sogar Bertrams feierliche Butlermine zeigt eine Spur von Lächeln, als er sie in die Bibliothek führt.
»Oh, Amma«, klagt sie bekümmert. »Ich hab's wieder getan – ich kann Mutter einfach keine Freude machen, ich habe sie schockiert, und – Amma, ich möchte dich nicht auch noch verlet-

zen.« Sie wirft sich vor meinem Sessel auf den Boden und blickt mit betrübtem Gesicht zu mir auf. »Er möchte, daß ich mit ihm gehe«, berichtet sie mir. »Peter. Darum hast du mich in letzter Zeit nicht gesehen, es ist erschreckend ernst geworden. Er will, daß ich mit ihm gehe, und Mutter ist so aufgebracht.«
»Schau nicht so finster drein, Sara«, sagte ich ihr automatisch. »Wohin gehen?«
»In die Sahara.«
»Die Sahara!« wiederhole ich ungläubig.
Sie nickt. »Es ist der Amerikaner, den ich mitgebracht habe, damit er dich kennenlernt, der Benzin ›Gasolin‹ nennt, genau wie du. Er ist Ingenieur, arbeitet für eine Ölgesellschaft, und sie schicken ihn in die Sahara, wo es all das Öl gibt, und Mutter ist schockiert – du weißt doch, wie voreingenommen sie sein kann. Es ist zu weit, sagt sie, und – o Amma, du siehst auch schockiert aus.«
»Nicht schockiert«, sagte ich ihr trocken. »Liebst du ihn?«
»Ja«, erwidert sie einfach. »Aber Amma, du siehst merkwürdig aus, du bist auf einmal ganz bleich geworden.«
»Verblüfft vielleicht«, beschwichtige ich sie. »Neidisch. Sicherlich erstaunt darüber, daß sich der Kreis schließt.«
Sie lacht. »Daß sich der Kreis schließt? Neidisch? Amma, was soll das heißen?«
Ich erkenne, daß es Zeit ist – höchste Zeit –, ihr zu sagen, was sie nun erfahren muß, um sie zu bestärken und zu befreien; es ist das allermindeste, was ich tun kann. Also sage ich: »Weil deine Mutter in der Wüste gezeugt wurde, Sara, sehr nahe bei der Sahara, die ein Gebiet ist, mit dem ich übrigens sehr vertraut bin. Du hast es nie erfahren, und sie auch nicht, aber ich verrate es jetzt. Ganz unter uns.«
Sie lächelt, aber sie ist verwirrt. »Ist deine Geographie nicht etwas durcheinander, Amma? Du und Großvater Linton habt euch doch in Kairo kennengelernt, oder nicht?«
Ich nicke. »Stimmt, ja.«
»Also dann?«
»Aber weißt du«, sage ich ihr sanft, »ich war bereits schwanger – mit deiner Mutter –, als ich nach Kairo kam.«
Ihr bleibt der Mund offen. »Aber das ist unglaublich, meinst du

das ernst?« Munter fügt sie hinzu: »Du meinst, Linton war gar nicht mein wirklicher Großvater, und Mutter...« sie kichert. »Du willst mir doch nicht sagen, daß Mutter – ausgerechnet sie – unehelich ist? Meine gesetzte und sehr anständige Mutter?«
»Es überspringt eine Generation«, verkünde ich ihr trocken. »Sie weiß es nicht, und du wirst es ihr nicht sagen. Sie wird davon erfahren, wenn ich nicht mehr bin, wegen gewisser Details praktischer Art, die sie wissen muß. Aber unehelich nicht – dank Linton.«
»Aber Amma«, sagt sie entzückt, »wer war er? Was ist passiert? Oh, kein Wunder, daß du mir immer so – so anders vorgekommen bist.«
»Es ist eine lange Geschichte, mein Liebes, und jetzt nicht so wichtig«, sage ich ihr. »Du bist jetzt wichtig.«
Sie fegt das beiseite. »Aber wer war er, mein wirklicher Großvater? Ein Wüstenscheich? Ach bitte!«
»Ein Engländer«, sage ich. »Ein Reisender, ein Jäger.« Es ist eine so gute Beschreibung wie jede andere, schätze ich.
»Aber warum habt ihr nicht geheiratet, Amma? Ist er gestorben, ist er ermordet worden?«
Meine Gedanken schweifen in der Zeit zurück, und ich höre Lintons Stimme sagen: ›Mit Geld und ein paar Arabern, die Eyoub und Hammed hießen, denen ich Anweisungen gab, zu töten...‹ Aber da ist auch Bertrams Stimme: ›Madame, da ist ein – jemand – ein Mann an der Tür, der Sie zu sprechen wünscht und sagt, daß Sie sich schon begegnet sind...«
»Was ist?« fragt Sara. »Du hast dich gerade an ihn erinnert, das kann ich sehen, aber du spannst mich auf die Folter.«
»Es tut mir leid«, sage ich ihr. »Folter?«
»Ja, ich habe gefragt, was mit ihm passiert ist, Amma. Ist er gestorben?«
Ich lächle Sara an und sage ihr, daß wir ein andermal darüber reden werden, daß Peter bestimmt auf sie wartet, daß es bereits Teezeit ist und ich ein bißchen müde bin. Ich sehne mich danach, ihr zu erzählen, daß er nun tot ist, ja, doch bevor er vor vier Jahren in meinen Armen gestorben ist, hat er wohlbehalten im Gärtnerhäuschen gelebt, und sie hat ihn als John gekannt – was gibt es für eine bessere Rache an Linton, der zwei gedungene

Meuchelmörder in die Wüste geschickt hat, um ihn zu finden und umzubringen? –, und jeden Morgen hat er mir Rosen aus dem Gewächshaus gebracht. Mit guter Laune und mit Liebe. Und Linton hat nie etwas geahnt.
Ich wünsche mir auch, ich könnte ihr sagen, wer es war, mit dem sie als Kind stundenlang geredet hat, der ihr zum Entsetzen ihrer Mutter viel Trost gegeben hat, und daß sie alle die Bücher gelesen hat, die Jared unter anderem Namen geschrieben hat – ich brauche nur meinen Blick zu heben und sehe sie im Bücherregal neben mir. ›Abyssinian Tales‹, ›Hunting in the African Bush‹, ›King Menelek the Second‹, ›Trekking in the Deserts and Mountains of Africa‹. Aber wie Amma zu sagen pflegte: Jedermanns Leben ist eine Geschichte voller Kapitel, und manche Kapitel eignen sich zum Erzählen, andere zum Verheimlichen, und wegen Deborah, Linton und Jared sind die seltsamen Ereignisse aus meiner Vergangenheit fest unter Verschluß geblieben. Bis Sara mich verblüfft hat – aber sie ist jetzt fortgegangen, um Peter zu treffen. Nur dem Papier habe ich anvertraut, wer ich gewesen bin und was ich gesehen habe und warum ich einen aus Stein gehauenen Lebkuchenmann besitze, der jahrhundertealt ist und einst einer Wüstenkönigin gehört hat.
Vielleicht hat Marc Aurel recht, und die Verkettung der Ursachen hat unsere Existenz seit Ewigkeit mit dem Eintreffen der Ereignisse verknüpft, und unsere Schicksale sind uns lange vor unserer Geburt schon bestimmt, aber ich bin keine Philosophin. Ich weiß nur, daß hier meine Geschichte ist, so wahr, wie ich sie berichten kann, oder wie Omar Khajjam geschrieben hat: »Das Wahre ist vom Falschen durch Haaresbreite nur getrennt.«
Aber er hat auch geschrieben: »In jener Nacht, wo keine Sterne blinken, wo keines Auswegs Hoffnungsstrahlen blinken, schrick nicht zurück, wenn deine Reihe kommt!«
Dafür bin ich bereit; die Wörter, die ich hinschreibe, ließen sich in letzter Zeit schwer zu Papier bringen, ich werde müde, aber wie herrlich ist es doch gewesen, wieder zu empfinden, und wie herrlicher noch, diese anständige Lady Teal zu entlarven, deren Maske die Last der Jahre trägt. Ich statte mir selbst Bericht ab, nun bereit für die nächste Karawane, wohin sie mich auch bringen mag, aber das eine weiß ich: Wenn es nach diesem noch ein

Leben gibt, würde ich zu Aminas Spender des Atems und Lebens, zu Bakulis christlichem Gott und zu dem Allah der Muslime beten, daß mir wieder der eine oder andere Zaubertrick, ein Zelt unter den Sternen und Jared jede Nacht in meinem Bett gewährt werden.
Dies bete ich, Caressa Horvath, auch bekannt als Missy, Kleine Bowman, Fremde aus dem Norden, *bako* für Amina, die Haussa und ihre Schreingeister, Witwe von Sir Linton Teal und Geliebte Jareds.
Iyaka ya kare – es ist zu Ende.
Shī ke nan – das ist es, es gibt nichts mehr.

GLOSSAR

ahlah	*(Tamahak)* festliche Zusammenkunft von befreundeten Tuareg-Familien
alwat	*(Tamahak)* hartes Wüstengras
amrar	*(Tamahak)* adliger Tuareg, Angehöriger der obersten Führungsschicht, auch *amahar*
amzar	(Tamahak) einsaitige Geige der Tuareg, auch *imzad*
bako	(Haussa) Fremder, Fremde
Barrakan	Hemdartiges Übergewand der Nordafrikaner
Bemba	Sprache wie auch Volksstamm am Sambesi
Burnus	(ar.) s. *Gandura*
Chaamba	arabischer Volksstamm der Sahara
Dschinn	(ar.) Geist von Verstorbenen, der in der Wüste spukt
Durra	Mohrenhirse *(sorghum vulgare)*
Elsie Dinsmore	Hauptfigur von 28 Romanen der amerikanischen Schriftstellerin Martha Finley, die zwischen 1867 und 1905 erschienen und den Lebenslauf der Heldin vom Mädchen bis zur Großmutter darstellten; sie gehörten zu den populärsten Kinderbüchern in Amerika
Enaden	(Tamahak, pl.) Schmiede- und Handwerkerzunft der Tuareg, die etwa den gesellschaftlichen Status der Zigeuner bei uns hat
erg	(ar.) Sandwüste der Sahara
ettama	(Tamahak) geistige Zauberkraft
Fatima	Tochter des Propheten Mohammed, die als Heilige verehrt wird, da von ihr die einzigen männlichen Nachfahren Mohammeds herstammen
Freckles	amerikanisches Kinderbuch von Gene Stratton Porter (Jahrhundertwende)
Fulani	Angehörige des negroiden nordafrikanischen Volksstamms der Fulbe

furman	(türk.) Genehmigung, Erlaubnisschreiben
Gandura	(ar.) langes Männergewand der Araber
gari	(Haussa) Dorf, kleine Siedlung
gedasch	(ar.) wieviel
geruhsam erinnerte Gefühlsregung	im Original »emotion remembered in tranquility«, Abwandlung eines Zitats des englischen Dichters William Wordsworth aus dem Vorwort zu seinen ›Lyrical Ballads‹, ursprünglicher Wortlaut: »emotion recollected in tranquility«
Ghibli	(ar.) starker Wüstenwind (Sandsturm) in der Sahara
Halloween	(engl.) der Vorabend vor Allerheiligen, Feiertag in den USA, an dem Dämonen vertrieben werden, indem vorwiegend Kinder mit Gesichtsmasken (ausgehöhlter Kürbis) durch die Straßen ziehen und oft recht aufdringlich um Gaben betteln
Hammada	(ar.) große Geröll- oder Steinebene in der Sahara
Haratin	Volksstamm der Sahara
Harmattan	(Tamahak) s. *Ghibli*
Das Haus der sieben Giebel	Roman des amerikanischen Schriftstellers Nathaniel Hawthorne (1804–1864)
Haussa	negroider Volksstamm am Südrand der Sahara, auch *Bahausche*
Huri	(ar.) im islamischen Glauben eine Gefährtin, die den männlichen Verstorbenen im Paradies das ewige Leben versüßt
hunturu	(Haussa) s. *Ghibli*
iko	(Haussa) s. *ettama*
jamal	(ar.) Kamel
Jebel	(ar.) Berg, Gebirge
khabbir	(ar.) Führer
Khanjar	breiter asiatischer Dolch
King's African Rifles	Truppenverband der englischen Armee im Ersten Weltkrieg in Afrika, der aus Einheimischen rekrutiert wurde
Der kleine Lord	»Little Lord Fauntleroy«, sehr populäres Kinderbuch von Frances H. Burnett
mahari	(ar.) Reitkamel, meist von heller Farbe
Marabu	(ar.) muslimischer Heiliger und Glaubensverkünder, meist asketisch lebend

nail	(Tamahak) Sandalen der Tuareg
ndume	(Bemba) Bruder
reg	(ar.) Steinwüste der Sahara
roumi	(Tamahak) Christ, Europäer
Senussi	islamische Bruderschaft, die stark gegen den christlichen Einfluß in Nordafrika kämpfte
Sufi	(ar.) Bezeichnung für islamischen Mystiker
Suk	(ar.) Basar in arabischen Ländern, meist in überdachten Galerien angesiedelt
tagelmust	(Tamahak) Gesichtsschleier der männlichen Tuareg
Tamahak	Sprache der Tuareg
tamat	(Tamahak) dorniger Akazienstrauch *(acacia segal)*
tikumorin	(Tamahak) getrockneter Hartkäse
Wadi	(ar.) meist trockenliegender Flußlauf in der Wüste